I0691324

TRÉBOL DE MADERA

CIUDAD FORTUNA II:
TRÉBOL DE MADERA

DAVID F. CAÑAVERAL

© 2016 David Fernández-Cañaveral Rodríguez
Primera edición: diciembre 2016
ISBN: 978-84-617-6025-1

Imágenes y diseño de la cubierta: Pilar Lahuerta

Impresión bajo demanda mediante Kindle Direct Publishing.
www.davidfcanaveral.es

Este es para Pilar,
que habita las calles del barrio de Hornos.

Llámese naturaleza, destino, fortuna; son todos nombres de un único y mismo Dios.
Séneca (4 a. C. - 65 d. C.)
Filósofo y político romano

Si un hombre que no sabe contar encuentra un trébol de cuatro hojas, ¿tiene suerte?
Stanislaw Lem (1921 - 2006)
Escritor polaco

BIENVENIDA

Estimado lector:

Has vuelto a la ciudad.

¿Recuerdas a Alexander? ¿Recuerdas su maldición? ¿Recuerdas sus recuerdos? ¿Conoces la verdadera suerte? ¿Recuerdas cómo acabó todo? ¿Recuerdas a Lara?

Trébol de madera es el segundo volumen de la serie titulada *Ciudad Fortuna*.

Te ruego que no leas *Trébol de madera* sin haber leído antes *Dados de cristal*. El universo en el que vas a adentrarte, el universo del cual ya formas parte, carece de detalles accesorios, personajes superfluos o relatos decorativos.

Si no recuerdas cómo terminó todo o te apetece refrescar tu memoria, te animo a visitar mi blog (www.davidfcanaveral.es) y contactar conmigo para recibir un resumen del volumen anterior, que te aconsejo leer antes de pasar esta página.

Ahora, sin más dilación, la historia continúa.

La ciudad te llama. Sus calles te esperan.

¡Bienvenido de nuevo a Ciudad Fortuna!

CIUDAD FORTUNA II
Trébol de madera

PLANO DE LA CIUDAD: BARRIOS

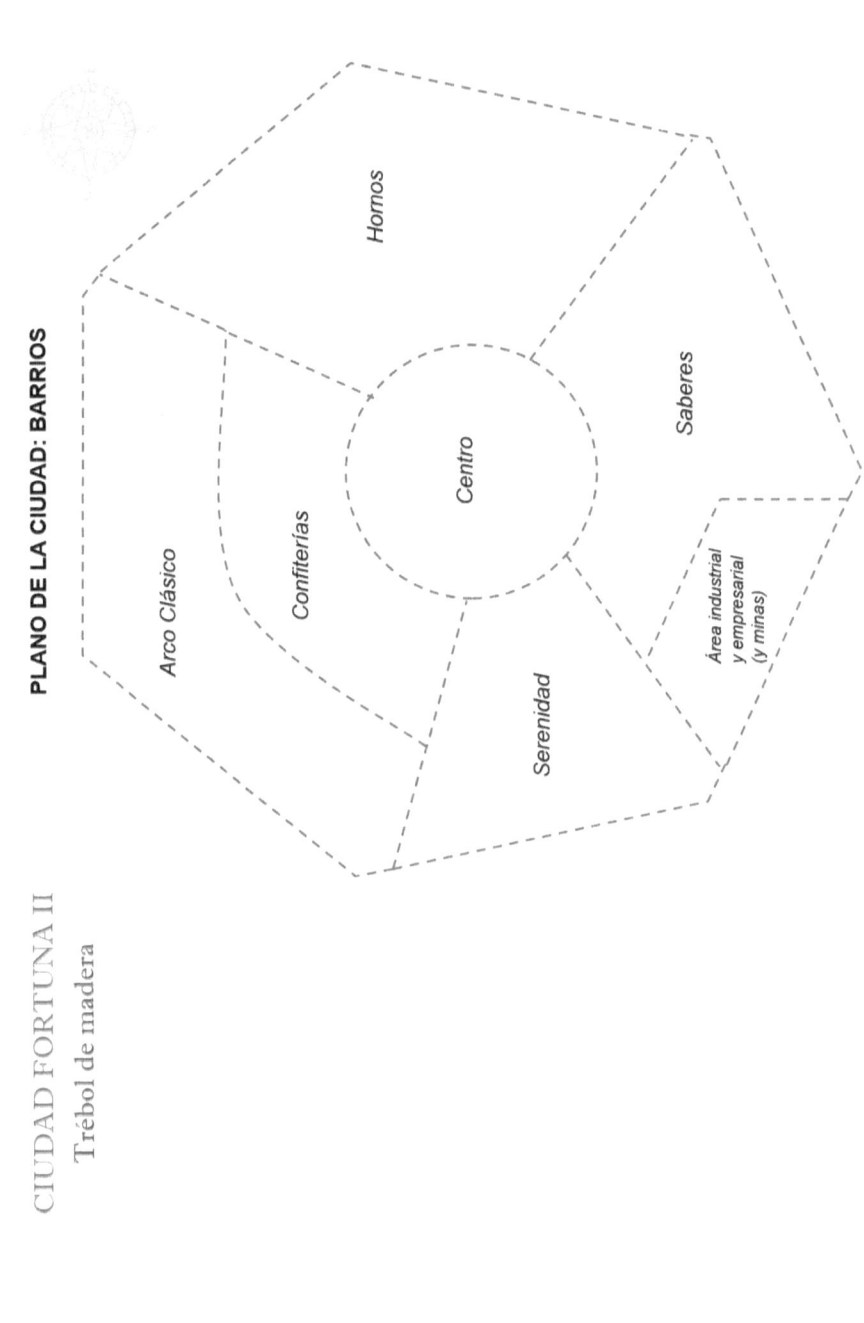

- Hornos
- Saberes
- Centro
- Confiterías
- Arco Clásico
- Serenidad
- Área industrial y empresarial (y minas)

PLANO DE LA CIUDAD: AVENIDAS, CALLES Y LUGARES

CIUDAD FORTUNA II
Trébol de madera

AVENIDAS
DE: Deziro
MA: Majstro
FA: Fabriko
KO: Komerci
AB: Abundo
SA: Sageco
PE: Persisto

CALLES
TR: Tragaluces
GT: General Tauber
AT: Alan Turing
CO: Comendadores
PI: Pizarras
CE: Ceniza

LUGARES
1. La herradura...
2. Casa Varone
3. Org. Heptágono
4. Casa Irene
5. Casa Joseph
6. Penitenciaria
7. Casa Luka
8. Fuente Lara
9. Edificio Zita
10. Ayuntamiento
11. La Routa
12. Arcángel Miguel
13. H. Santo Damián
14. Casa Vanessa
15. Cuatro Calles
16. Kmann
17. Estación Oriental
18. Casa Selena
19. Parque Frutales
20. El Séptimo Cielo
21. Pza. Cornucopia
22. Pza. Tilo
23. Semisótano
24. Casa Pete/Travis
25. Comisaria
26. Trébol
27. Mansión Wagner
28. Café Greco
29. Salida sur
30. Jardín Musas

FA
KO
MA
AB
DE
SA
PE

CAPÍTULO I

El segundo dogma

1979

Lo único que tenía claro era el nombre, pero incluso esa cuestión era una disyuntiva.

Había decidido un nombre para niño y otro para niña. Lo que desconocía era el sexo del bebé. Ella había preferido no saberlo porque le atraía el encanto de la incertidumbre y la sorpresa. Su marido tampoco había insistido en el tema, aunque, en su caso, el motivo era la indiferencia, pues otras eran las predicciones que le interesaban.

Por esa razón estaban allí los dos hombres que murmuraban junto al viejo chifonier. Ella no lo sabía a ciencia cierta, solo lo sospechaba. La pareja desafinaba sobremanera en el, por otra parte, caótico panorama de la habitación. Entretanto, su marido se ausentaba. De eso no podía culparle, pues el parto se había adelantado. La sobrecogía el presentimiento de que todo iba a ir mal. La verdadera suerte no cambiaba en toda la vida. Ella, en breve, iba a descubrir cuál era, en realidad, la suya.

Quedaba poco para que el reloj anunciase la medianoche. El Sol ya se había ocultado cuando ella advirtió los primeros dolores. Desde ese instante, todo había transcurrido de un modo precipitado. Aquel nacimiento se presumía un acontecimiento imparable, inevitable. La ventura era caprichosa.

Cuando todo empezó, ella se encontraba en el huertecillo del caserío. Le gustaba asegurarse de que sus cultivos invernales estaban bien protegidos contra las heladas. Vivían un febrero gélido. Las luces del ocaso sumían la finca en una cómplice penumbra. El silencio tranquilizaba. Ella vestía una falda larga y se había puesto una rebeca sobre la camisa, pero se le helaban los tobillos. Decidió volver adentro.

En la escalerilla que conducía a la puerta de la cocina, justo al pisar el primer escalón, un súbito latigazo sacudió su interior más íntimo. Soltó

17

un grito y se dobló afligida, a punto de caerse. Enseguida, una voz briosa y varonil la invitó a tranquilizarse. Una figura apareció de la nada y corrió hacia ella. Le reconoció al cabo de unos segundos. Se trataba del leñero. Le había visto en algunas ocasiones. Era un hombre muy afable. Una segunda figura intervino. Era una mujer de mediana edad, algo más joven que él. También la identificó. Se trataba de la esposa del leñero. Mientras él acudía en busca de ayuda, ella la acarició e intentó calmarla con el tarareo de una nana.

En el caserío solo estaban las dos criadas. El leñero y su esposa se quedaron a ayudar. La llevaron a su habitación y la tendieron en la cama. Llamaron al médico. Para cuando este llegó, tanto ella como los demás ya sabían que aquel parto no se podía retrasar. No lograron contactar con su marido, el padre de la criatura prematura. Los que sí aparecieron fueron los dos hombres de traje, que ocuparon su puesto junto al chifonier. Ella, cada vez que le sobrevenía una contracción, gruñía constreñida por el dolor mientras les miraba con toda su inquina. Detestaba todo lo que ellos representaban. Las horas pasaron en un santiamén. Pronto, ella sustituyó el frío por el ardor de sus entrañas.

Al filo de la medianoche, estaba acostada, abierta de piernas, encima de una cama tan mojada de sudor como su propio cuerpo. Se sentía agotada. Le costaba escuchar al médico. Se le nublaba la vista. No distinguía la madera de las paredes, tampoco los cuadros. El resto del cuarto parecía alejarse. Solo veía la cama. La luz de las lámparas de noche la cegaba.

Le prometieron que ese sería el último empujón. Ella aguardó hasta que le indicaron. En el momento preciso, entornó los ojos, apretó los dientes, chilló y empujó. Le asombró notar cómo la criaturita emergía de su interior. Nunca sabría si fue su imaginación pero, en algún rincón remoto del dormitorio, una bombilla brilló con gran brío y, de pronto, se apagó. Acto seguido, la luz de una de las lámparas de noche hizo lo mismo.

Sintió que desfallecía. Miró angustiada al médico y las criadas. No conseguía articular palabra. No veía al bebé. Escuchó el llanto. El sonido la impresionó. La criada más joven la miró sonriente y anunció que el recién nacido era un niño. Estaba sano.

Ella trató de incorporarse. Recordó sus elecciones y anunció el nombre:
–Alexander –exhaló.

18

Entonces, los dos hombres cogieron al crío y lo colocaron encima del chifonier para examinarle. Ella quiso decirles que le dejaran en paz, que se lo dieran, pero le faltaba el aire. Oyó cómo una criada avisaba al médico de que ella no dejaba de sangrar. Se preguntó cuál era, al final, su auténtica suerte. Y cayó en un largo, largo sueño.

35 AÑOS DESPUÉS

1

Ciudad Fortuna es recóndita, laberíntica, hechizante, insondable y soñadora; cómplice de pensamientos no pronunciados y sentimientos no mostrados. Contiene luz y oscuridad, palabra y silencio, verdad y mentira. Es el vórtice alrededor del cual orbitan constelaciones desconocidas.

Sus vías urden entramados para el perpetuo extravío. Sus habitantes siguen un ritmo incógnito. Hay mentes aletargadas. Hay corazones destrozados. Los días relucen con ímpetu. Las noches se prometen interminables.

En el verano del año catorce, un polvo rojizo se sublima en un hálito escarlata. Y los horizontes de la ciudad adoptan un amenazante, mas desapercibido, color encarnado.

2

Alexander Berkel respiró hondo el aire de la desértica madrugada. Se mimetizaba con lo nocturno, con lo tenebroso. Nadie le veía, ni siquiera quienes tanto pretendían descubrirle. Le aliviaban aquellos ratos, durante los cuales tan solo escuchaba sus pisadas y el único rostro que vislumbraba era el suyo, reflejado en los escaparates de las tiendas cerradas. Por un instante, llegaba a creer que era libre, que la ciudad entera podía pertenecerle. Luego, no tardaba en recordar cuál era su vida actual.

Disfrutaba de un refresco, sentado en la acera, junto al portal de un elevado y vetusto bloque de viviendas. Era el único en la calle a esas horas. No oía nada. No circulaba ningún coche. Los que estaban aparcados habían aprovechado el mínimo hueco posible. Los árboles lucían longevos y frondosos. Los bancos se veían desgastados. Los edificios eran elevados. A su lado, se hallaba una panadería de aspecto moderno; al otro lado, una tienda de telas. Las farolas escaseaban. La quietud y la penumbra lo envolvían todo.

Aquella era una calle secundaria, otra de las muchas que recorrían la ciudad. Se situaba entre las avenidas Majstro y Fabriko, en el difuso linde entre el centro y el barrio obrero. Era el tipo de vía discreta y vacía que él ahora transitaba. Para Alexander, el sigilo y la prudencia se habían convertido en requisitos inexcusables para sobrevivir.

Pero, por secundaria que fuera, tan inadvertida en la urbe como sí mismo, él conocía aquella calle. De hecho, recordaba momentos vividos en ella. En efecto, sabía que, a pocos metros hacia su izquierda, en la acera opuesta, se ubicaba un centro municipal de salud. El sitio era conocido por no solicitar documentación alguna a quienes se atendía. En una ocasión, tres o cuatro años antes, Alexander había llevado allí a su hermana, que se había cortado con una herramienta oxidada y temía que su vacunación contra el tétanos no estuviese al día. Su padre les acercó en una furgoneta del empleo que tenía por aquel entonces.

Alexander jamás dejaría de asombrarse ante lo irregular y tornadiza que era su memoria. Mientras era incapaz de recapitular tantos y tantos episodios de su infancia, se acordaba de una escena en apariencia insignificante como esa, cuando llevó a su hermana a curarse y vacunarse. Esto se debía a que, en realidad, tales vivencias poseían gran valor simbólico. Al menos, para él, suponían una muestra de todo cuanto ya no recuperaría. Le mostraban otra vida, la que pertenecía al pasado, la que había perdido.

La silueta de su sombra sobre el adoquinado le sobresaltó. Se había encendido la luz en el interior del edificio. Alguien se encaminaba al portal, de modo que se puso en pie, tiró la lata de refresco en una repleta papelera y echó a andar hacia su derecha, en dirección al noreste. No tenía por qué ocurrir nada, pero era mejor prevenir, ya que ahora era un proscrito. Nunca se sabía dónde podían reconocerle.

Era muy extraño. A pesar del tiempo, no se acostumbraba. Siempre se supo maldito, un excluido. Había experimentado el rechazo en su piel, pero jamás había sido perseguido. Nunca había sido objeto del repudio y el acecho. Ahora, lo era. Se le acusaba de dos asesinatos; dos que no había cometido. Él era inocente, si bien a alguien con su tara, a un portador del infortunio, nadie le creía, ni siquiera cuando muy pocos eran conscientes del significado e influjo de la verdadera suerte.

Anduvo por esa calle. Minutos después, torció en una esquina hacia la derecha. Enfiló una vía que discurría paralela a la avenida Fabriko, arteria principal del barrio de Hornos. Aquel era su terreno, el que conocía. Se trataba de la zona humilde y trabajadora, al este de la ciudad. Por allí discurrían las rutas seguras por las que se movía cada noche, aunque hoy no realizaría más escapadas. Era hora de retirarse.

En un momento dado, se cruzó con alguien. Se limitó a bajar la cabeza y continuar su caminata. De refilón, el otro le pareció un borracho que zigzagueaba en su soliloquio, otro prófugo de la realidad. No le preocupó. Entre los tipos de la noche había complicidad. En cuestión de minutos, los dos olvidarían que se habían visto. Podrían hasta pensar que había sido un sueño o, más bien, parte de la pesadilla de la que no lograban despertar.

En una pequeña plazoleta, no lejos de su refugio, Alexander se acercó a una fuentecilla para lavarse las manos. La lata de refresco que había bebido estaba pegajosa. A la luz de las farolas, durante unos segundos, atisbó su propio reflejo en el agua. Se había transformado. Su corte de pelo y su barba endurecían sus facciones. Su mirada, de ojos marrones casi negros, resultaba más esquiva. Su corriente vestimenta ocultaba un poderío disminuido.

Y, con todo, el verdadero cambio, el que sin duda importaba, era el obrado en su dolorido interior. Las tinieblas le engullían. La soledad le lastimaba y confortaba a la par. Los pensamientos le atormentaban. Los recuerdos le laceraban. Las disculpas se le atragantaban. Pensaba en ella. Él había errado y ella lo había pagado. Las consecuencias de sus decisiones se habían revelado terribles. Ahora, su castigo se imaginaba perpetuo.

Alexander apartó la mirada de su reflejo y prosiguió su recorrido por esa madrugada. Aquel era el verano más cálido que la ciudad recordaba en lustros. Pronto, haría siete años desde que llegara allí. ¡Tantas cosas habían pasado! ¡Tantos cambios se habían precipitado! Cada vez más, le costaba rememorar que hubo un tiempo en que todo era sencillo, aunque él, en ese momento, no lo supiera.

Llegó, al fin, a la calle de los Tragaluces, en la mitad sur del barrio. Era una de las más largas, pobladas y concurridas, si bien, por la noche, no había transeúntes. Bastantes de los edificios, bloques de pisos de distintas alturas, presentaban techos abuhardillados; de ahí el nombre de la vía. Ahora, los comercios y locales estaban cerrados. Varios vecinos habían abierto las ventanas en busca de brisa para aplacar la temperatura.

Caminó junto al portal donde vivía antes. Más allá, a escasos metros de su destino, se detuvo al advertir una figura oscura. Era un gato negro que le miraba en la distancia. Reconoció sus llamativos ojos dorados. Esbozó una sucinta sonrisa. Solo su colega felino se las arrancaba ahora. El minino echó a correr y emprendió otro paseo nocturno.

Pasó por delante de *La herradura de plata* y se introdujo en el callejón anejo a la misma. Triste, palpó el amuleto que pendía de su cuello: un trébol de cuatro hojas tallado en madera. Ese estimado objeto era el signo de su identidad, la seña de su maldición.

Alexander Berkel era gafe, uno al que le llegaba la hora de esconderse. Debía ocultarse y dormir durante el día. Su suerte no variaría. Eso no sucedería.

Habían transcurrido siete meses desde las muertes de Ismael Wagner y Lara Varone.

3

En *La herradura de plata* siempre podía oírse el bullicio de la clientela y el trasiego de la cafetera y la cocina. La actividad no disminuía ni en verano. A pesar del sofocante calor, las gentes del barrio de Hornos aprovechaban cualquier ocasión en su mañana para guarecerse en la sencilla taberna y refrescarse con una pinta. Los obreros encargados de las reformas y reparaciones que se habían postergado hasta el verano acudían más tarde para disfrutar de raciones y bocadillos. El viejo local seguía igual que siempre, con sus paredes pendientes de una nueva mano de pintura y su espacio abarrotado por mesas y sillas, que apuraban todo recoveco posible. El tabernero, sin embargo, se esforzaba en que, a pesar de lo antiguo del mobiliario y la instalación, el aspecto no dejase de resultar limpio, higiénico y agradable.

Ubicada en la acera de los pares de la calle de los Tragaluces, casi enfrente del antiguo portal donde solía vivir Alexander Berkel, resultaba curioso que *La herradura de plata* fuese el escondite de quien, de la noche a la mañana, en los últimos siete meses, se había convertido en el enemigo público número uno de Ciudad Fortuna. No obstante, esa cercanía convertía a la simple y tosca taberna en el lugar idóneo para que Alexander se refugiase. Era bastante improbable que sus perseguidores buscasen a Berkel tan cerca de su antiguo hogar.

La Policía había señalado a Alexander como sospechoso principal de dos asesinatos. La primera muerte era la de Ismael Wagner, representante de una familia muy arraigada en la ciudad y, aunque pocos lo supiesen, director general de la omnipresente y casi clandestina Organización Heptágono. Alexander no había matado a Wagner, pero una serie de circunstancias, en exceso casuales, le colocó en el momento equivocado y el lugar erróneo. La segunda muerte, la que más le afligía, era la de Lara Varone, una joven, hermosa, virtuosa y prometedora bailarina, hija del alcalde. Alexander jamás le hubiese hecho daño. Él amaba a Lara y ella le amaba a él. Todavía se preguntaba quién era el responsable de aquello, a pesar de que la culpa siempre iría con él.

La vida actual de Alexander, su constante ocultación, se organizó muy poco después de los trágicos crímenes. Fue obra de cierto grupo de gente, personas próximas a él o amistades de su difunto padre adoptivo, quienes trabajaron en equipo para ayudarle, aunque ello supusiese asumir riesgos. Era irónico que Alexander, que siempre se aisló y creyó capaz de salir adelante solo, de pronto, fuera el centro de una inesperada red de colaboraciones. La generosidad le abrumaba.

La herradura de plata, en tiempos pretéritos, además de taberna, fue una posada. En la planta alta, había habitaciones. En la actualidad, esa vertiente del negocio se había desechado. Las habitaciones servían como almacén o lugar de reposo para el tabernero y, desde el otoño previo al sofocante verano del año catorce, una de ellas escondía a Alexander Berkel. El cuarto, el de mayores dimensiones del inmueble, daba al callejón lateral del edificio. Su mobiliario consistía en una cama, un escritorio, una estantería y una mesa redonda más tres sillas. Los muebles estaban avejentados, realizados en madera arañada pero resistente. Había un armario empotrado. Las pertenencias de Berkel se limitaban a ropa y poco más. Sus cosas personales, como toda su vida, se había quedado en su antigua casa, custodiada por las autoridades.

Puesto que acostumbraba a vivir por la noche, después de dormir unas cuantas horas después del amanecer, Alexander se despertó al mediodía. Solía descansar hasta más tarde, pero ese día se había planeado una reunión. Hizo la cama y se puso ropa ligera.

Alguien golpeó la puerta con los nudillos. Luego, apareció una joven de cuerpo delgado, pelo castaño claro muy corto, rostro fino y gesto sonriente. Llevaba ropa clara, fresca e informal. Lucía, como era costumbre en ella, un *piercing* en la ceja izquierda. Cargaba una mochila al hombro y el casco de una moto bajo el brazo.

La chica dejó el casco y la mochila. Se acercó para abrazar a Alexander. En otra época, este hubiera rehuido el contacto. Ahora, lo aceptaba y necesitaba. Por ello, le propinó un desusado beso en la frente a su hermana, su hermana adoptiva, la familia que Héctor le dio al sacarle del orfanato.

–¿Algún problema? –preguntó.

–Ninguno –aseveró Irene.

–¿Cómo va la patente?

–Bueno –suspiró ella–, poco a poco, desatascando la burocracia.

En ese momento, otros dos golpes en la puerta precedieron la entrada del tercer asistente a la reunión: un joven de estatura media, cuerpo delgado, cabello moreno, ojos claros y gafas pequeñas. Vestía camiseta y pantalón corto. La noche que Alexander le conoció, el hombre llevaba un uniforme hospitalario lleno de manchas de sangre.

El chico saludó a Irene y le estrechó la mano a Alexander. Esto, un gesto que los que conocían la condición de Berkel eludían, era la prueba de que ese joven, Luka Miller, era el primer amigo verdadero que había tenido en toda su solitaria vida.

–¿Qué tal? –dijo Alexander–. ¿Cómo están Clarisa y el niño?

–Ella y yo, agotados. El niño, feliz. Le hemos comprado una piscina hinchable.

Alexander rio un segundo al imaginar los chapoteos del hijo de siete meses de Luka.

Irene y Luka eran las dos personas más importantes en la vida de Alexander en esos momentos. Además, eran los únicos que habían presenciado la espeluznante facultad de su reverso tenebroso: su capacidad de mermar la suerte de los otros. Cuando pensaba en ello, deseaba con todas sus fuerzas no tener que gafar a nadie más frente a otras personas.

Herbert Finch, el tabernero, un viejo amigo del difunto padre adoptivo de Alexander, pasó a la habitación. Portaba una bandeja con latas de cerveza y una bolsa de patatas fritas. Era un sexagenario cargado de vitalidad. Nunca se le veía quieto. Corpulento, con el calor, su cabeza, casi calva, se veía perlada por el sudor.

–Muchas gracias, Herbert –anotó Alexander.

–Sabes que estoy aquí para lo que sea –contestó el tabernero, antes de marcharse.

Una vez solos, Alexander, Irene y Luka conversaron sobre diversos asuntos, la mayoría triviales al principio. En realidad, quienes hablaban eran Irene y Luka, que entretenían a Alexander con las distintas novedades y eventualidades de su existencia, su vida normal. Él se limitaba a escuchar y mostrarse interesado. Procuraba sonreír un poco, pese a que era un gesto que no le salía de manera natural. Les estaba muy agradecido a ambos, sin duda. Su hermana y su amigo procuraban mantenerle conectado a la realidad, a la vida. Luka iba más a visitarle, ya que casi nadie sabía que eran amigos. Para Irene, muy vigilada por ser su hermana, acudir allí resultaba bastante arriesgado.

Más tarde, como Alexander presentía que ocurriría, igual que en otras reuniones, Irene y Luka intercambiaron una rápida mirada y adoptaron un talante más serio. Le hablaron del estancamiento de su situación. Por enésima vez, le alentaron a actuar con el fin de limpiar su nombre, de demostrar su inocencia. Temían que la Policía le atrapase tarde o temprano. Alexander se había granjeado peligrosos enemigos. Pero, tal como sucedía siempre, él desvió la mirada y movió la cabeza con aire abatido. Serio, oscuro y taciturno, respondió:

–No hay nada que hacer. No hay más opciones. La suerte no cambia. No es posible. No existe otra alternativa.

Entonces, el ritual que tantas veces se había repetido en los meses anteriores, a pesar de la frustración de Irene y Luka, se completaba con el mutismo de estos dos, incapaces de debatir el tema con Alexander. Este, con ello, se sentía aún peor. Sabía que ellos pretendían ayudarle, pero se sentía derrotado.

Un cuarto asistente se unió al encuentro. Era larguirucho, con el duro pelaje negro, el rostro de facciones redondeadas y unos ojos de luminosidad dorada. Se trataba de Trece, el gato de Alexander. El minino se coló en la habitación por la ventana, procedente de la escalera de emergencia del edificio. Brincó sobre el escritorio y saltó al suelo. Fue a la estantería, donde se puso a juguetear con su objeto favorito: un brillante dado de cristal azul, de puntos blancos y núcleo más opaco. Su colega humano se lo quitó.

Con el dado azul entre los dedos, embelesado en los reflejos que suscitaba, Alexander recordó otro dado, este de tonalidad anaranjada, el cual había encontrado al lado del cuerpo inerte de su querida Lara. Ese dado naranja era el camino hacia el verdadero asesino de la bella bailarina. Aquella fatídica tarde, él lo reconoció y dudó qué hacer al respecto. Decidió dejarlo allí. Por desgracia, la Policía no parecía haberlo hallado. Así que, para sus perseguidores y enemigos, no existía más culpable que el maldito Alexander Berkel.

<u>4</u>

El jardín había quedado precioso. El césped natural, que sustituía al artificial, relucía. No en vano, el jardinero lo regaba cada día. Asimismo, las coloridas flores plantadas por el perímetro de la parcela, de cualquier color imaginable, eran maravillosas. La lástima era que no hubiese nadie para disfrutar de ello.

Ricardo Varone observaba los resultados de las reformas de su jardín desde la cocina, mientras se tomaba su café. Además del remozamiento paisajístico, se había cambiado el invernadero, que nadie había utilizado en años, por una caseta que servía de trastero para herramientas y un sinfín de dispares objetos suyos.

Ricardo nunca pensó que aborrecería el silencio en esa casa, pero lo cierto era que le sacaba de quicio. Él necesitaba movimiento, actividad, sonidos, hasta ruidos, si era preciso; cualquier cosa que llenase el vacío, la huera realidad a la que todo había quedado reducido. Exasperado, estuvo en un tris de llamar a voces a la cocinera para ordenarle que cocinase algo, lo que fuera, aunque después no hubiese nadie para comérselo.

En ese momento, para alivio suyo, advirtió cierto correteo dirigido a la cocina. Nizza apareció, procedente del interior de la casa, y dio vueltas alrededor de la mesa en torno a la que Ricardo se sentaba. La bonita perrita boloñesa, pequeña y avispada, de suave y gracioso pelaje rizado, tan inmaculado que se confundía con la tonalidad de la estancia, siempre se mostraba fascinada por la cocina: los armarios y las encimeras relucientes y deslumbrantes; los recovecos por donde poder colarse; las máquinas y los utensilios, variados y llamativos; y los muy atrayentes olores. Se ponía nerviosa, saltaba, quería jugar con cuanto descubría y, por supuesto, obtener algún sabroso obsequio. Lo normal era que no le permitiesen estar allí, pero a Ricardo ya no le molestaba.

Después, Casandra entró en la cocina. La esposa de Varone había estado unas semanas fuera, mientras se efectuaban las obras en el patio. Dos años menor que su marido, su belleza innata, esa que nunca la abandonaría, persistía. Sus tenues arrugas eran hermosas. Se había dejado el pelo moreno más largo que de costumbre. Vestía ropa liviana, siempre elegante y discreta, que no disimulaba su escuálido físico, de una fragilidad acentuada en los últimos tiempos. Podía haberse descuidado un poco. El iris color ceniza de sus ojos se veía más apagado que antes. Al llegar, la mujer no reaccionó ante la presencia de su marido.

—¿Has paseado con Nizza? —preguntó Ricardo.

—Sí —respondió ella, escueta y monocorde.

—¿Hace calor?

—Sí.

Ricardo apuró su café y miró a su esposa, que bebía un vaso de agua de espaldas a él. Hacía años que no eran una pareja feliz, si acaso alguna vez lo fueron, aunque sí se habían sentido de alguna manera compenetrados. Desde hacía siete meses, parecían habitar planos distintos del universo, imposibles de unificar.

—Me gustaría organizar una fiesta —desveló él—, por tu cumpleaños. Quizás nos vendría bien.

Casandra continuaba de espaldas a él. Por un instante, Ricardo estuvo convencido de que iba a abandonar la habitación sin decirle nada. Sin embargo, la mujer se dio la vuelta, le miró unos segundos con absoluta indiferencia, y dijo:

—No sé.

Así, su esposa se fue por donde había llegado. Nizza, que todavía correteaba por toda la cocina, se detuvo un momento junto a Ricardo, le miró con la cabecilla inclinada y se fue con su ama.

—¿Tú también, Nizza? —murmuró Ricardo, entre el hastío y la desilusión.

Se levantó y fue al recibidor. Repasó su aspecto en el espejo. Era una jornada señalada. Había seleccionado uno de sus trajes más caros. La calidad de la tela y el estilo del corte eran estupendos. Se ajustó la corbata, se puso la chaqueta y revisó que no se le arrugase. Se atusó el pelo, de tinte moreno, peinado para encubrir la alopecia. Sus dientes brillaban.

Las semanas de verano habían reforzado el moreno de su tez. Tenía cincuenta y siete años.

Salió a la parte frontal de la parcela, donde ya le esperaba el lujoso coche oscuro. Miró a su alrededor. El rumor del motor del automóvil era lo único que placaba el insoportable mutismo. La vivienda, de arquitectura geométrica y moderna, paredes blancas y techos oscuros, quedaba allí, erigida en santuario a la vacuidad. Para huir de aquello, Ricardo subió al asiento trasero del vehículo. Travis Dixon esperaba al volante, y le saludó:

—Buenos días, señor alcalde. El comisario dice tener algo que enseñarle.

—Vamos muy apurados. Dile que nos vemos un minuto en la puerta.

Presto, Travis tecleó un breve mensaje en su novísimo teléfono. A Ricardo le gustaba el chico nuevo, quien, debido al forzado retiro de Carlo Ferrara, llevaba más de medio año como su nuevo jefe de seguridad. Al guapo veinteañero se le notaba encantado con su traje de alta costura, su cabello engominado y sus lujosas gafas de sol.

El aire acondicionado amortiguaba el soporífero calor en el interior del coche. Ricardo hojeó el abultado contenido de su maletín. Aparte del importante acto de ese mediodía, debía atender bastantes cuestiones. Su equipo del Ayuntamiento ultimaba los procedimientos de *eFortuna Global*. Llevaba con él un libro cuya lectura le interesaba. Y, al oír las noticias de la radio de fondo, recordó otro tema clave:

—Travis, necesito un informe completo sobre una persona —anunció. El chico le miró un instante por el retrovisor y asintió para indicar que le escuchaba—. No dejes ningún detalle o tema sin incluir. Todo puede ser útil. Es acerca de Martina Leone.

—De acuerdo, señor alcalde —contestó Travis, sin titubear—. Me pondré con ello.

Dejaron la calle del general Tauber, una avenida residencial, de construcciones vistosas y parcelas espaciosas, para alejarse de la tranquilidad y el refinamiento del Arco Clásico. Enfilaron la avenida Sageco. Circularon por los lugares más comerciales y espléndidos del barrio de Confiterías. Al final, se detuvieron bastante cerca de la plaza de la Cornucopia.

Ricardo bajó del coche. Sonrió al comprobar que allí, en pleno centro, ni el calor ni el estío retraían la actividad usual de la urbe. Los hombres y mujeres del mundo empresarial y financiero caminaban con ritmo célere, los coches llenaban la calzada y el silencio era imposible de encontrar. Notó algunas miradas. Los ciudadanos conocían a su alcalde.

Tal como se le había ordenado, el comisario Garmash aguardaba frente al edificio en el que Ricardo debía presentarse de inmediato. Garmash era la víctima perfecta del verano. Todos sus poros manaban sudor, como revelaban los antiestéticos rodales de su desgastada camisa. A medida que se acercaba a la edad de jubilación, la calvicie y la pesadez del comisario se incrementaban sin ningún reparo. Parecía que siempre estaba fatigado.

—Esto es todo lo que el departamento científico ha encontrado —dijo, con voz ronca, y le entregó una carpeta al alcalde—. En realidad, no había nada del gafe.

El gesto de Ricardo se torció en cuanto escuchó ese apelativo: "el gafe". El café se le revolvió en el estómago. Tomó la carpeta y hojeó su contenido.

—No sirve para nada. Archívalo —dispuso, despótico, mientras se la devolvía con malos modos—. ¡Y encuentra a Berkel!

Ricardo despachó al comisario. No podía tolerar que el triunfo que estaba a punto de saborear, el único cosechado en meses, se le atragantase. Las ambiciones le guiaban hacia la victoria y el poder. Y, tarde o temprano, lograría su objetivo fundamental: vengar la desdichada muerte de su hija.

Ahora, le esperaba la que estaba decidido a que fuera la primera de esa suculenta lista de ambiciones satisfechas. Admiró el imponente y rectangular edificio de granito gris, siete plantas y siete hileras verticales de ventanas. La robusta puerta cobriza de doble hoja estaba abierta. A un lado, el muro reproducía el relieve de un heptágono perfecto.

Los viandantes caminaban por allí sin fijarse en la edificación. Lo más seguro era que la mayoría de ellos no supiese que albergaba un organismo tan desconocido como el influjo de la verdadera suerte. En cambio, allí plantado, Ricardo sonrió y, antes de adentrarse en el regio lugar, se recordó que, sin duda alguna, la suerte gobernaba el mundo.

5

El patio interior se hallaba engalanado y abarrotado. Esto solo sucedía en situaciones especiales y escasas como esa. En su opinión, tal boato

30

merecía la pena, ya que ese día bien podía marcar el inicio de una nueva era. Además, ocasiones de esa clase también contenían una oportunidad; tal vez, la de conseguir enterrar las turbaciones del pasado.

Selena Myers sacó su móvil del pequeño bolso de gala y miró la hora. La puntualidad era una seña de identidad de la Organización Heptágono. El acto de proclamación del nuevo director general daría comienzo enseguida. Cierto murmullo creciente connotaba que el homenajeado se encontraba ya en la sede.

Selena atraía muchas miradas. Seducía con su vestido blanco, de estilo formal a la par que moderno, el cual ensalzaba el precioso tono mulato de su piel, favorecía su voluptuosa figura y descubría parte de su sensual espalda, así como sus estilizadas piernas. Había soltado su cabello azabache. Pero su belleza y glamur no eran los únicos motivos de ese interés, ya que ella también estaba de enhorabuena esa agitada mañana de verano. Por ello, muchos de los presentes se le acercaban y la felicitaban por su ascenso.

A la hora prevista, una gran ovación acompañó la llegada al lugar del nuevo director general, Ricardo Varone. La reputada y estricta presidenta del Consejo de la Organización, Yan Lien, subió a la tarima que se había montado delante de la diosa Fortuna para introducir el discurso solemne del elegido por el Claustro.

En las sesiones anuales, se elegía al director general de la Organización para un mandato de cinco años. Lo normal era que se celebraran con una única candidatura de consenso, sin pugnas de votos. Entre elección y elección, las sesiones anuales servían para controlar la acción del equipo del director general.

Con su sonrisa fotogénica y su fingida modestia, Varone se situó tras el atril, y habló:

—Apreciados amigos y amigas, respetados compañeros y compañeras, supone un gran honor para mí aceptar vuestro nombramiento como director general de la Organización.

Los aplausos interrumpieron el parlamento de Ricardo, que no cesaba de sonreír.

Selena analizó la escena. Al acto no le faltaba detalle alguno. El curioso y pulcro patio interior del edificio de la Organización, del cual ocupaba la altura de cinco plantas, con su endiablada red de escaleras, luz procedente de claraboyas translúcidas, ventanas a distintas estancias, clásica decoración con mármoles, y la hermosa y formidable escultura de la diosa romana Fortuna, reunía a miembros y autoridades de todas las altas instituciones de Heptágono. El secretario del Consejo, Mario Alberto Castillo, escuchaba a un lado del atril.

Mientras atendía a Ricardo, Selena rememoró la génesis de aquel ascenso y la tragedia que el alcalde había vivido meses antes. Una vez más, se le puso el vello de punta.

–Nuestra historia –dijo el director general, en el transcurso del discurso– es centenaria, milenaria. Persistimos, pues nuestras misiones son imperecederas. Con todo, vivimos ya en el siglo XXI y solo aseguraremos nuestra supervivencia aprendiendo a vivir estos nuevos tiempos. Soy un determinado hombre de futuro. Bajo mi dirección, esta será una Organización de futuro. La filosofía, la enseñanza de los siete dogmas, el conocimiento en relación a la verdadera suerte, será el camino a seguir, nuestra base permanente e incuestionable. Para ello, la genética, el estudio completo, de ninguna manera aberrante, de los grados de suerte, será nuestra herramienta inquebrantable. Haremos realidad, al fin, una aspiración largamente perseguida pero nunca materializada. Me refiero a la confección de un censo, el registro integral y universal de los grados de suerte del mundo. Será la gran iniciativa de mi mandato. Entretanto, las supersticiones, todas anticuadas, no merecen relevancia actualmente. Los fanatismos solo obtendrán nuestro más firme rechazo. Nuestras grandes metas, por tanto, serán el poder del conocimiento y el dominio del aprendizaje.

Selena observó a los presentes. Estos parecían entender las ideas centrales del discurso. Por el momento, las reacciones eran cautas, pero ella sospechaba que simpatizantes. Las palabras de Ricardo estaban cargadas de significado explícito e implícito. Defendía que solo la filosofía debía guiar a la Organización. Dejaba a un lado los polémicos y esotéricos temas de la religión. En cambio, la idea del censo, sin duda muy ambiciosa, requeriría inversiones, ingentes esfuerzos y debates de índole ideológica bastante complejos. Ella se sentía abierta a esas nuevas ideas. Creía en la filosofía y le interesaba la genética; no tanto la religión, aunque siempre le fascinó la leyenda en torno al *Libro de los Días*.

Concluida la alocución, se sirvió un cóctel a los asistentes. Varone se acercó a Selena con dos copas de champán. Le ofreció una para brindar.

—¿Qué tal he estado? –preguntó el alcalde.

—Fenomenal, por supuesto.

—¿Habrá calado mi estilo en este auditorio?

—Desde luego, te has desmarcado del de Ismael Wagner.

El flamante director general no dejaba de recibir elogios de toda clase. Aprovechó un breve instante de calma para, con mayor discreción, comentar:

—He de confesarte, Selena, que tu propuesta para nuevo número tres me sorprendió.

—¿Sí? –repuso ella, con simulada sorpresa–. Su currículum es excelente. ¿No lo crees?

—Sí, sin duda. Por eso, no objeté nada. Seguro que se adecuará a tus objetivos.

En ese momento, ambos callaron ante la cercanía de un asistente destacado.

—Enhorabuena, Ricardo –dijo el hombre. Tenía treinta y pocos años, como Selena. Era alto y atlético, de fuerte cabello castaño oscuro y facciones atrayentes. Vestía con traje, como todos los presentes. Lucía sombra de barba. Selena se fijó en que poseía los mismos ojos grises que su difunto padre.

—Gracias, Isaac –correspondió Ricardo–. Enhorabuena a ti también.

—Sí, me halaga la confianza depositada –confesó el nuevo número cuatro de Heptágono–. Director de información. Fue el primer cargo ejecutivo que desempeñó mi padre.

—Él estaría orgulloso –anotó Ricardo.

—Eso espero –declaró Isaac, evocador.

Más tarde, al término del cóctel, Ricardo había convocado una primera reunión de su nueva ejecutiva, aunque con un contenido más simbólico e introductorio que deliberativo.

Antes, Selena se escabulló de la celebración. Usó dos ascensores diferentes para subir al que, desde ese día, era su nuevo despacho, el perteneciente a la dirección de operaciones, ubicado en la sexta planta del edificio. El lugar, de generosas dimensiones, daba a la avenida Sageco. Sus cosas estaban por allí en cajas, a la espera de ser ordenadas. Selena pensó que debía personalizar la decoración de la estancia.

Se sentó en una cómoda butaca, tras el reluciente escritorio. Encendió el ordenador. Dada la suma diligencia con que funcionaban los servicios

33

internos de la Organización, era probable que ya hubiesen iniciado su autorización de seguridad como número dos. Accedió a los sistemas de archivo de Heptágono. En todos ellos, introdujo el nombre de Alexander Berkel. Leyó por encima las informaciones que podía consultar. La mayoría de ellas consistía en registros del "caso azafrán", la investigación que vinculó tanto a la Organización como a la propia Selena con Berkel. Debía estudiarlas con más detalle, si bien, de momento, los centinelas no habían descubierto algo que ella sí sabía.

Apagó el monitor. Se retrepó en la butaca. Deslizó las ruedas para admirar las vistas de las que podía disfrutar desde su nueva situación en el edificio. Abstraída, fue consciente de que lo que acababa de hacer, buscar el nombre de Alexander en el sistema, avivaba una obsesión que, a pesar de todo, no se había aquietado en los meses anteriores.

Berkel no era sino uno solo de una urdimbre de nudos maltrechos, intricados de manera que no se pudiera tirar de uno sin apretar más el resto. Era muy peligroso: la trama de sus tormentos y obsesiones temblaba demasiado.

Alexander la conducía a la pasión y la adicción. La pasión y la adicción la trasladaban a un hombre, llamado Djoser, que, años antes, la enganchara en el gozo. Esto la llevaba a la excitación y la necesidad. Así, se desembocaba en la perdición y el dolor. Entonces, retornaba al padecimiento por la muerte de su hermana.

Y, sobre todo, pensar en la muerte no conducía sino al fallecimiento de la joven Varone. Recordar a Lara era su castigo secreto. Las preguntas la desquiciaban: ¿qué salió mal?, ¿se desvelaría alguna vez? Quizás, pronto lo supiera.

No obstante, se puso en pie, alisó su bonito vestido y volvió a decirse que la ocasión celebrada ese día era una oportunidad: la de continuar el ascenso de su vida y su carrera, cumplir sus metas y dejar atrás ahogos interiores. Mas, en el fondo, no tardó en perderse en la fogosa fantasía de volver a besar y poseer a Alexander.

<u>6</u>

Conducir era su paliativo más eficaz contra la ansiedad. La reunión secreta había enquistado sus angustias. Por eso, en cuanto salió, no dudó en subirse a su moto y accionar el acelerador para evadirse de la realidad.

34

Circuló por la sombra. Sorteaba el calor de aquella mañana de verano. Deseó poder sentirse así de libre siempre.

Irene Berkel vivía marcada por el estigma. Hasta hacía poco, aunque ahora le pareciese bastante tiempo, su existencia era sencilla. Era una más. Jamás se había inhibido al rebelarse contra lo habitual. Era una emprendedora que se había labrado una carrera que pocos de su generación poseían a su edad. No llevó bien la muerte de su padre. Había estado enganchada a las drogas de diseño. Era, en resumen, una persona corriente. Tenía sus claroscuros. Ahora, añoraba la sencillez que antes ni siquiera advertía.

Era la hermana del hombre más odiado de la ciudad. Había sufrido el acoso de la Policía, que la había interrogado en reiteradas ocasiones y la vigilaba con regularidad. Asimismo, se sentía acechada por los llamados centinelas de la Organización Heptágono, quienes suponían una amenaza etérea que no sabía cómo calificar.

De hecho, debido a esa amenaza, detuvo la moto junto a la acera para revisar su ropa y el vehículo. Comprobó que no cargaba ningún dispositivo de rastreo oculto. Su hermano les había hablado de los sistemas de espionaje que Heptágono empleaba.

Reanudó la marcha. Aceleró sin timidez por la avenida Majstro. Reflexionó acerca de que lo peor de esos siete meses había sido la hostilidad gratuita procedente de los desconocidos. Las muestras de aversión aparecían por doquier. Había tenido que cerrar su perfil de *Facebook*, saturado de insultos y amenazas.

Por descontado, su situación laboral también se había resentido. Trabajaba de manera autónoma. Prestaba soporte y servicios informáticos a empresas y profesionales. Poseía una cartera de clientes habituales, además de recibir encargos esporádicos, pero su volumen de trabajo había disminuido mucho, igual que su nivel de ingresos.

Consciente de que, agobiada por la temperatura del mediodía y frustrada por la inacción de Alexander, ni siquiera conducir mitigaba sus preocupaciones, Irene volvió a casa. Se dirigió a la calle de Alan Turing, situada al sur del barrio de Saberes, donde vivía en un piso de un moderno edificio de viviendas.

Antes de subir a la cuarta planta, cogió el correo del buzón. Cruzó el umbral del piso cargada con la mochila y el casco. El traqueteo típico de

Sam, su gracioso hámster dorado, de pelo cremoso y blanco, que recorría el piso dentro de su esfera transparente, salió a recibirla. Irene le dedicó una carantoña.

—¡Llegas a tiempo! —saludó Lena desde la cocina—. El *tabulé* casi está.

Irene pasó a la cocina. La estancia, de dimensiones escasas, en la que se aprovechó el más mínimo hueco para montar armarios y encimeras, apenas daba para los electrodomésticos básicos. En ese momento, estaba tomada por los utensilios de Lena, habilidosa cocinera aficionada. La chica, ocupada, dio un fugaz beso en los labios a Irene.

Llevaban alrededor de un año juntas, sin contar la época previa de tonteo. Aun así, a pesar de que no lo admitía, Irene no sabía qué título otorgar a Lena Cascio. Lo lógico era considerarla su novia, pero tal calificativo implicaba una seriedad que la turbaba. Observó a la joven: femenina, sensual, morena y bella. El lunar de su pómulo derecho y las curvas que su poca ropa permitía vislumbrar eran la perdición de Irene.

—Luego pienso leerme con detalle lo de la patente —comentó Lena. Hablaba sin dejar de preparar la exótica ensalada—. ¡Estoy harta de burocracia!

En efecto, cierta invención conjunta, en cuya patente Irene y Lena, las dos informáticas, habían trabajado más de un año, no dejaba de toparse con toda clase de obstáculos en su tramitación legal. A veces, Irene pensaba que el hecho de que ella fuese una de las titulares de la propuesta era la causa de que la Administración las incordiase tanto.

No obstante, hoy no tenía ganas de tratar tan tediosa cuestión, por lo que dejó a Lena y pasó al salón, donde, por fin, soltó las cosas que cargaba. Miró a su alrededor. Cuando se mudó a ese piso, Irene solo se afanó en la decoración de su habitación preferida, su despacho, de modo que el salón inspiraba sensación de desatención. Sin embargo, allí, como en toda la casa, cada vez veía más cosas de Lena, lo cual se unía a su lista de agobios.

Irene cogió el correo. Se sentó en el sillón y encendió la televisión. Sam circulaba por allí. Ella le envidió, aunque solo en parte, pues, en el fondo, pese a todo, no anhelaba encerrarse en una burbuja, sino escapar de la jaula invisible en la que se hallaba apresada. Lo que quería era su independencia, liberarse del estigma que cargaba, salir adelante. Mas ¿cómo?

36

De súbito, abandonó sus cavilaciones. Entre su correspondencia, halló algo que nunca pensó recibir: un sobre, con un sello heptagonal que lacraba su reverso, dirigido a ella.

7

Era metódico y testarudo, incluso obsesivo. Lo sabía. No pretendía evitarlo. Pensaba mucho las cosas. Cuidaba los detalles. De esa manera, se sentía a salvo. En algunas ocasiones, tendía a la procrastinación. Esa mañana era una de ellas. Temía la hora de afrontar un encuentro incómodo y una decisión terminante.

Joseph Klausmann agradecía la sombrilla que le guarecía. No solía almorzar en casa. Acostumbraba a hacerlo en una cafetería cercana, en una zona ancha y poblada de arbustos de la calle de los Comendadores. Allí, en verano, se sentaba en la terraza y pedía un té helado y un sándwich. El lugar resultaba bastante tranquilo.

Joseph meditaba en la solitaria quietud que siempre le acompañaba, mientras los hielos del té se derretían. Tenía una gastada libreta, del tamaño de media cuartilla, con deslucidas tapas de piel, en la que tomaba sus notas. Observaba a las personas: los demás clientes de la cafetería, los viandantes, los vecinos, etc. Calculaba y teorizaba.

Apuró su té. Llamó al camarero, un tipo de mediana edad que le atendía desde hacía años. Le pagó con la propina de costumbre. El educado camarero le descó un buen día. A Joseph le caía bien, puesto que le hacía sentirse notable y respetado.

Otro que enaltecía sus ínfulas era el portero, quien inclinaba la cabeza cada vez que le abría el portal. Joseph vivía en un longevo y elevado edificio, de seria fachada revestida de ladrillos oscuros, en la propia calle de los Comendadores. El edificio, igual que la zona, era habitado por personas que habían heredado esos pisos, de vieja construcción pero excelente y cara localización, durante generaciones. Eran gente de casta añeja.

El piso de Joseph se situaba en la quinta planta. Vivía solo. La casa era grande para él. La decoración era antigua y recargada. Faltaba aire y luz, aunque a él no le importaba. Evitaba los cambios. Aparte de él, solo la señora de la limpieza entraba allí.

El cántico de Sigfrido aliviaba la opacidad del salón, lleno de muebles de vieja y oscura madera. Joseph se dirigió a la circular y alta jaula, colgada de un soporte al lado del ventanal de la terraza, el cual daba a la calle principal. Los visillos protegían del calor al jilguero, que, en su jaula, tenía de todo: agua, alpiste, palos, anillas y hasta una bañera. El pajarillo, de lomo claro, alas negras y pajizas y rostro carmesí, era su compañero de piso.

Allí, a la claridad de la mañana, de pie junto a la jaula, Joseph repasó una de las listas manuscritas en su libreta. Solía enumerar las tareas que tenía pendientes y los plazos en los que quería resolverlas. Desde hacía varios meses, estaba entregado a un proyecto complejo y ambicioso, una cuestión de familia, un legado en el que pensaba esforzarse al máximo, sin reparar en costes de ningún tipo. Las primeras pruebas se iniciarían enseguida. Se disponían los elementos necesarios. Disimularía el proyecto como una actividad de su empresa, la cual hacía años que solo usaba para facturar trabajos autónomos. Había alquilado y acomodado unas instalaciones para ello. El anterior ayudante de su sobrina, a quien había empleado, lo tenía todo casi listo. El asunto de la financiación era complicado. Había solicitado dinero a alguien de confianza. Esperaba que este accediera a su petición sin crisparle.

Fue al cuarto que usaba como despacho. Allí, entre estanterías atestadas de carpetas y libros, que rodeaban un robusto escritorio de tablero colmado de papeles y cuadernos, bajo una ventana, tenía un mueble de armarios y cajones. Joseph se acuclilló. Abrió una puerta y extrajo una ajada caja de zapatos que, décadas antes, perteneció a su padre. La destapó y, de debajo de apergaminados documentos y una tablilla de madera, sacó un frasquito de cristal, de escasa capacidad, en cuyo interior guardaba unos pocos gramos de cierto polvo rojizo: el "azafrán" de Vera, lo único provechoso que había surgido de su pobre sobrina. A partir de esos pocos gramos, en los meses previos, Joseph había avanzado y mejorado el intento de su sobrina de descifrar la clave química que incidía en la suerte de las personas. En esa sustancia residía el propósito de Joseph. Pocos le entenderían, pero estaba decidido a sanar a los desafortunados. No compartía la derrotista creencia según la cual la suerte no cambiaba. Se negaba a creerlo. Él demostraría que no era así.

La hora de la cita que tan poco le apetecía afrontar se aproximaba. Pasó al cuarto de baño. Repasó su aspecto. No era una persona atrayente, lo sabía, pero hoy debía ser lo más anodino posible. Tenía sesenta y un años. Peinó su fuerte cabello castaño oscuro para que la raya quedase perfecta y no se descolocara. Se había afeitado esa mañana, de modo que su tostada piel brillaba por el paso de la cuchilla. Persistía, no obstante, cierta sombra de barba en su faz. Se le plisaba la frente. Sus ojos eran del mismo color que su pelo. Tenía los labios cortados por el calor. No le gustaban sus orejas. Su traje, en tonos marrones, con una camisa de rayas gastada por los lavados, intentaba disimular el deterioro de un cuerpo que cada vez cuidaba menos, con hombros caídos y vientre fondón.

Salió de casa. Más tarde, se adentró, una vez más, en un sitio que le inquietaba, donde procuraba contener la respiración y evitaba tocar cualquier superficie. Cuando iba allí, en su interior, se decía que el Centro Penitenciario Este-II se situaba tan al término de la avenida Fabriko, tan a las afueras de la ciudad, porque, en verdad, aquel era un lugar que no pertenecía a ninguna parte. Era como entrar en otro mundo. Joseph contaba los minutos que le quedaban para poder regresar al suyo.

Le llevaron a la sala de otras veces: una estancia de paredes y suelo sucios, carente de ventilación, en la que había una mesa de maltratada madera con un par de sillas. Poco después, su sobrina, Vera, ataviada con el horrendo uniforme carcelario, llegó al cuarto. Joseph hizo de tripas corazón y la besó en la mejilla. Vera era la chica de veintisiete años más desmejorada del planeta. Se la veía flaca y demacrada, con las manos marcadas por arañazos y la melena cobriza apagada. Sufría tics y tembleques.

La joven llevaba meses encerrada debido al fiasco de sus letales pruebas con el "azafrán", su fervor errático por lograr que las personas tuvieran más suerte. Varios homicidios iban a mantenerla presa muchos años. Con todo, Joseph sabía cuál era el auténtico e insufrible tormento de su sobrina. Este no era que Vera fuese una drogadicta que dependía de las dosis de H7 que él le pasaba cuando podía. Eso la afectaba, por supuesto, pero era lo de menos. Lo peor para la joven era haber perdido su suerte, pues Alexander Berkel la había mermado y la cárcel no era buen sitio para recuperarla. Allí no obraría el quinto dogma. Lo sarcástico era que Vera nunca fue afortunada. De hecho, esa fue la razón de tantos desvelos y de su caída. Ahora, con su poca suerte más reducida aún, desfallecía.

La caída en desgracia de Vera conducía a Joseph al recuerdo de Alexander Berkel, ese personaje tan conocido ahora, a quien él estrechó la mano meses antes. Recordaba a menudo el trébol de madera que pendía de su cuello. Conocía la liturgia que rodeaba esos amuletos. ¿Qué pensaría el gafe si conociera sus propósitos, su proyecto secreto, su legado?

—¿Cómo te encuentras, Vera? —preguntó a su sobrina.

—Estoy harta. Me muero de frío —comentó Vera, que hablaba entre temblores.

—Pero, Vera, tenemos el verano más caluroso en años.

—¡Eso será ahí fuera! —contestó la joven, airada. Joseph siempre se fijaba en que ella le rehuía la mirada. Intuía por qué lo hacía: se avergonzaba de sí misma, de su desgracia—. Eso será ahí fuera —repitió—. Aquí dentro todo es distinto. No lo aguanto. ¿Tienes algo?

Él no la respondió. Sí tenía algo. Lo ocultaba entre sus manos, entrelazadas debajo de la mesa. Se trataba de una papelina con una única pastilla azul. Era lo que había conseguido para su sobrina. Llegaba la decisión terminante que le turbaba. Dudaba si entregársela.

Dialogó con Vera para aplazar el ingrato dilema de esa mañana. En esencia, quien de verdad hablaba era él. Ella farfullaba monosílabos y lamentaciones entre tiritonas. También se tocaba la cara, en una vana manía por tapar una mácula que tenía en el pómulo derecho, bien visible ahora que carecía de maquillaje para disimularla. Se mordía las uñas.

En un momento dado, Joseph se dijo que tenía que haber alguna manera de ayudar a su sobrina. Verla allí era presenciar impasible su sufrimiento. A él no se le ocurría qué hacer por ella, pero debía existir algo. En cambio, entonces, se dio cuenta de que había dejado de escucharla. Volvió a atender y las palabras de Vera resultaron determinantes:

—El abogado es un inútil. No coge mis llamadas. ¡Nadie me defiende! —decía la joven. Esa era una de sus temáticas recurrentes. Su histerismo se acrecentaba—. Yo colaboré con la Policía. ¿Para qué? Hablé con ellos. Les hablé sobre Yazpik cuando preguntaron por lo de la chica muerta. Yo colaboré —recalcó. Tensa, golpeaba la mesa con los dedos—. Lo podría volver a hacer, colaborar a cambio de salir antes. O no. Espera, tío. —Joseph observaba con pasmo a su sobrina: cambiaba de asunto y parecer todo el rato, ¡estaba desquiciada!—. Tío, has seguido con ello, ¿verdad? Lo has retomado. ¡Yo me quedé tan cerca! Si la vendiéramos ganaríamos dinero, ganaríamos poder. Hay que darle la vuelta a esto.

Vera se mordió las uñas de nuevo. Respiraba con zozobra. Joseph la miraba sin decir nada. Esa última salida era la prueba de su peligrosa inestabilidad. Comprendió que la decisión estaba tomada. No había dilema alguno. Contempló los ojos de ella, que rehuían siempre los suyos. Asumió que quien estaba allí sentada ya no era Vera, ya no era su sobrina, esa pobre chica cuya suerte sí que no podía cambiar.

Alargó la mano bajo la mesa. Acarició la rodilla de Vera. Ella le miró. Joseph sonrió. No fue una sonrisa alegre. No podía serlo. Vera metió las manos debajo de la mesa y agarró la papelina que él le tendía. El alivio iluminó su semblante. Aquella pastilla era su felicidad. Eso era lo que Joseph recordaría.

Joseph se levantó. De repente, estaba cansado. Quería irse a casa, refugiarse del calor, echarse y deleitarse con el cántico de Sigfrido. Descansaría. Después, todo pasaría.

—Vera, me marcho —dijo—. Todo irá bien, ¿vale? No pienses más cosas malas.

Se inclinó sobre ella y le dio un breve beso en la frente. Durante ese instante, pensó en su hermana menor, Esther, la madre de Vera. Toda la culpa era suya. Esther nunca supo querer a una hija con solo un cuatro de grado de suerte. Esa era la razón de todo.

Vera no dijo nada para despedirse. Joseph se marchó sin mirar atrás.

8

La tarde de aquel jueves se prometía vacua y lenta, como todo en el día a día actual de Alexander. Sus distracciones favoritas eran la lectura y la música. Detestaba la televisión. A veces, se entretenía con las redes sociales, donde su alias era "El tirador de dados". Contaba el tiempo que quedaba para que regresara la noche y él pudiera deslizarse de nuevo por las sombras de la ciudad, tal como hacía Trece.

Esa tarde, sin previo aviso, recibió una segunda visita de Luka. Alexander y él se distrajeron con un pasatiempo al que se habían aficionado: jugar a las cartas. Luka se sorprendió la primera vez que su amigo le retó a una partida, pues, como siempre quedaba patente, era imposible que Alexander le ganara. Sin embargo, este le contó que aquella era una rara tradición que, años atrás, disfrutaba con su padre adoptivo. Las partidas resultantes eran del todo singulares. Rememorarlas le consolaba.

Entre baza y baza de naipes, Alexander analizó a su amigo. Este contaba treinta y dos años, tres menos que él. Era verdad que, en el físico, ellos diferían en parte. Luka estaba en buena forma, sí, aunque carecía de su corpulencia. Su cabello era fino y corto; su piel, suave y lampiña. Sus ojos azules contrastaban con el moreno de su pelo, prolongado hasta unas finas patillas. Sus gafas redondeadas realzaban la bondad de su apariencia. Por el pico de su veraniega camiseta, asomaba una vieja cicatriz quirúrgica sobre el esternón.

A Luka le tocaba repartir, pero dejó de barajar y tomó aire. Alexander supo que iba a decirle lo que bullía en su mente. Luka y él también se diferenciaban en lo psicológico, sentido en el que Alexander envidiaba muchas de sus cualidades. En ese instante, por ejemplo, Luka se disponía a expresar algo que, con toda seguridad, él prefería no oír pero tenía que escuchar. Esa era la clase de actitud que distinguía a un buen amigo.

–Alexander –dijo Luka–, tú no conoces tu grado de suerte, ¿cierto?

–Cierto –asintió él–. No sé qué día nací. Es un dato imprescindible.

–Sí, pero, aunque no sepas tu grado de suerte, sabes cuál es tu suerte, ¿verdad?

–Verdad. Sé muy bien cuál es –añadió Alexander, y señaló su trébol de madera.

–Y tú crees en la suerte, ¿no es así?

Alexander esbozó media sonrisa. El año anterior, el hombre al que ahora le acusaban de haber asesinado, Ismael Wagner, alguien a quien no trató como merecía en su momento, le preguntó lo mismo. Ismael recitó el primer dogma de la suerte: "La suerte ni se crea ni se destruye". Le explicó que ese dogma definía la naturaleza de la suerte. Habló de las aparentes incoherencias entre los siete dogmas. El primero era esencial, mientras los demás actuaban como acotaciones o excepciones. Wagner le animó a aprender de los dogmas y no rechazar su propia suerte. Sin embargo, Alexander se limitó a utilizar cierta respuesta huraña que muchas veces esgrimió: "Yo no creo en la suerte".

42

–Sí, creo en la suerte –concedió, esa tarde. Recordó cuando la abuela de Luka le hizo la misma pregunta, que también le hizo su padre adoptivo años antes.

–Claro que crees –aseveró Luka–. Sabes que la suerte es verdadera y que los dogmas siempre se cumplen; a veces, del peor modo posible –agregó, más cohibido.

Alexander cerró los ojos. Se le hizo un repentino nudo en la garganta, algo que le sucedía de pronto desde el otoño anterior. Tragó saliva y respiró hondo.

Por supuesto que era consciente de cómo se cumplían los dogmas. Siete meses antes, también le recordaron el tercer dogma, el referente a la inestabilidad de la suerte: "Los actos más puros del cuerpo y el corazón funden la suerte de las personas". Y fue la pureza irrefrenable de su amor correspondido, junto con la pasión de su consumación, lo que provocó la muerte de aquella a quien amó, una joven de mayor suerte, cuyo cariño no merecía.

–No te enfades conmigo, Alexander –rogó Luka.

–No lo hago –declaró él, que contuvo el llanto.

–Tengo que decirte esto porque estás olvidando el segundo dogma, el de la estabilidad de la suerte. "La suerte persevera toda una vida". ¿Sabes qué significa?

–Sí –afirmó Alexander, que abrió los ojos, repuesto de la congoja–. Significa que uno nace y muere con la misma suerte. No cambia mientras otras energías no interfieran, aunque, al final, ella las domina. La suerte da, y la suerte quita. No hay nada que hacer.

–Bueno, así lo ves tú, pero puede interpretarse desde el otro extremo. No pretendo filosofar, Alexander. No quiero importunarte más. Solo quiero explicarte que este segundo dogma también implica que la suerte hay que aceptarla como es y avanzar.

–Ya –dijo Alexander, que asentía con la cabeza. Captaba el mensaje.

–Piensa en mi abuela. Piensa en todo cuanto nos dijo. Vaticinó cosas. Las hemos hablado. Bien sabemos que algunas se han cumplido. Mi abuela sentía la suerte. Mi opinión, Alexander, es que, en su memoria, debemos aceptar la suerte y avanzar.

Alexander se limitó a cabecear. Agradeció que su amigo dejara el tema ahí y no entrara en cuestiones más esotéricas, como todo lo relacionado con el séptimo dogma.

Cuando Luka se fue de la habitación de *La herradura de plata*, el crepúsculo empezaba a teñir el cielo. Alexander se recostó en su cama. Escuchó el ronroneo de Trece.

Reflexionó en torno al segundo dogma. Recordó a Héctor y a Betina. Volvió a sentir que la congoja paralizaba su corazón. Deseó que la noche llegase pronto.

2

Esperaba no haberse pasado en el tono de sus palabras. No quería enfadar ni lastimar a Alexander. Al fin y al cabo, él también andaba escaso de amigos. Pero creía que su deber era decirle aquellas cosas. Por encima de todo, había una promesa que cumplir.

Luka Miller cogió la circular del tranvía para atravesar el barrio de Hornos de regreso a casa. Anochecía. Iba abstraído en sus cavilaciones. Hablar con Alexander había avivado el recuerdo de su abuela Betina, la mujer que le crio desde que él se quedara huérfano a corta edad. Evocarla era hermoso, aunque triste. Unas semanas antes de que la casi nonagenaria falleciera, él le prometió que ayudaría a Alexander y permanecería a su lado. Y estaba decidido a no traicionar tal juramento.

No sería capaz. Para Luka, a causa de su traumática orfandad, la familia era intocable. Se mostraba generoso y protector. Sin ir más lejos, su trabajo consistía en cuidar al prójimo. Sufría ante el malestar ajeno. La calamidad en su familia representaba su mayor temor. Por descontado, consideraba que la familia no era solo la de sangre. La familia también abarcaba a personas como Alexander Berkel. Para él, era así. Jamás abandonaría a Alexander, igual que a su mujer o a su hijo.

Se apeó del tranvía en la tranquila calle de las Pizarras, una vía de viviendas humildes, la mayoría unifamiliares, con bastantes tejados hechos de dicho material. Cruzó la chirriante verja del porche delantero de la suya, una casita blanca de dos plantas.

Pasó al salón. Desde siempre, en esa estancia había un montón de muebles. Ahora, a esa congestión se habían sumado los juguetes del niño.

Clarisa, con un despierto Marko en brazos, acudió a recibirle.

—Estaba preocupada —dijo ella—. Pensé que vendrías antes.

44

–No pasa nada. El tranvía se retrasó. Además, tenemos derecho a relajarnos. Todavía me quedan unos días de vacaciones. Hay que disfrutar.

Luka besó en los labios a su mujer; su guapa mujer de rostro redondeado y ojos verdes. Se abrazó a ella mientras le daba otro beso en la frente a Marko, su hijo de siete meses. Este jugueteaba con el abundante y trenzado cabello dorado de su madre.

Luka comprendía que su esposa se preocupase por él. Trataba de quitarle relevancia a sus reuniones en *La herradura de plata*. Aunque ella jamás lo admitiese en voz alta, él percibía el temor de Clarisa a su amistad con Alexander Berkel. Pese a ello, se mantenía en sus promesas a su abuela. Betina Sikorski había sido extraordinaria, agraciada con un don excelso y muy arraigado en su familia. Era una clarividente de la suerte, alguien capaz de ver, percibir, presentir y presagiar la suerte. Él creería siempre en cada uno de los vaticinios que hizo.

–Se está poniendo el Sol –anunció Luka–. ¿Qué tal si cenamos hoy en el patio?

Clarisa sonrió y besó a su esposo.

–Estupendo –anotó la mujer.

Clarisa le pasó al niño. Marko intentó quitarle las redondas gafas a su padre.

La noche fue muy agradable. La temperatura se suavizó. Cenaron en el patio. Acostaron al niño. Vieron una película en la televisión. Después, se fueron a dormir.

Esa noche, Luka tuvo un sueño.

<u>10</u>

Sentía la pesadez del costoso avance. Discernía el más mínimo detalle del mecanismo en el transcurso de la marcha. Sintió la plenitud de los sonidos. Advirtió la plasticidad de las formas y los colores. La luz era limitada. Solo veía un poco por delante de él. El frío le estremeció. Vio una vía de tren recta, férrea, uniforme e interminable, sobre grava de umbrío gris. Empezó a escuchar los compases de la cuenta atrás. Tic tac. Tic tac. Tic tac.

Era él, mas no era su cuerpo ni su razón. Un pedazo de conocimiento se le mostraba. Se desplazaba hacia delante por esa vía de tren. La oscuridad era palpable. Entonces, poco a poco, un resplandor encarnado se encendía allá en el horizonte, el cual era un sumidero al que, sin remedio, se encaminaba todo. Tic tac. Tic tac. Tic tac.

De improviso, el ritmo se ralentizaba, pero él quería llegar a su destino. Aparecía algo en la lejanía. En aquel resplandor encarnado que quebraba la lobreguez, se dibujaba el contorno de una puerta. El marco de esa puerta se confundía con la oscuridad circundante. En ella, algo le atraía. Tic tac. Tic tac. Tic tac. Tic tac.

Al final, todo se aceleraba. No se podía detener. Sabía que se estrellaría contra su destino. Al aproximarse, discernía qué había en la puerta: un trébol de cuatro hojas, realizado en madera. Terminaba la cuenta atrás. Justo antes del impacto, le faltaba el aire. Tic tac. Tic tac. Tic tac. Tic tac. Tic tac. Tic tac. Tic tac.

11

Luka se despertó sobresaltado. Miró el reloj. Apenas había dormido una hora. Jamás había tenido un sueño tan vívido y tangible.

El niño lloraba. También se había despertado. Clarisa suspiró al lado de Luka. Este la acarició para que se durmiera. Se levantó, fue a la cuna de Marko y le cogió en brazos.

Bajó al salón con el crío. El niño se apaciguó nada más notar su contacto. Se abrazó a él como si temiera algo. Gimoteaba de vez en cuando. Luka le besó la frente. Adoraba ese tacto límpido de la clara piel del nene. Marko estaba gracioso, rollizo y saludable. Tenía el pelo fino y moreno de su padre, así como sus ojos azules, igual que su difunta bisabuela.

Padre e hijo se tranquilizaron delante del acuario, cuyas fascinantes luces relucían en la estancia. Luka meditó en torno a tan insólito sueño. En sus brazos, Marko admiraba los peces de colores de Betina, reía y gorjeaba.

12

Alexander estaba sentado frente al escritorio de su habitación. Cavilaba con la cabeza apoyada en la mano. La luz de un flexo iluminaba un

46

cuaderno de tapas azul oscuro, cerrado con una cinta elástica. Era la única luz encendida.

Escuchó el estridente chirrido del oxidado cierre metálico de la taberna. Miró la hora. Herbert terminaba otra larga jornada en *La herradura de plata*. Desde allí, junto al callejón, se sentía la calma de la calle de los Tragaluces durante la noche. El calor se había suavizado.

En efecto, tras llamar a la puerta con los nudillos, Herbert se asomó un instante para, como cada día, despedirse:

—Me voy ya. Ten cuidado —dijo.

—No te preocupes, Herbert. Que descanses. Hasta mañana.

Herbert se marchó. Vivía a escasos cinco minutos de allí. En unas horas, regresaría.

Alexander respiró hondo y se estiró. Cambió de postura en la silla y volvió a mirar el cuaderno de tapas azules cerrado. Sus páginas eran el polo alrededor del cual gravitaban sus persistentes meditaciones. Su contenido era la única tarea en la cual había mostrado interés y perseverancia durante los meses recientes. Guardaba recuerdos, un bien escaso y preciado para él. Le quitó la goma elástica para releer sus últimas notas. Quería haberlas continuado, pero no se le ocurría nada. Otros pensamientos le ocupaban esa noche.

Luka había agitado su interior. Sus palabras le habían hecho pensar en muchas cosas. Sobre todo, ahora tenía muy presente a su padre adoptivo, Héctor Berkel. Si este no hubiese aparecido, él no habría podido salir del orfanato, un sitio del cual no conservaba buenos recuerdos y de donde deseó escapar muchas veces. Héctor le rescató. Le adoptó a los doce años. Le dio su apellido, su cariño y una hermana llamada Irene.

Mas, por encima de todo, Héctor le mostró un sendero que poder seguir. Le enseñó cuál era su más profunda identidad. Héctor y Alexander eran lo mismo. Los dos eran gafes. Ambos, hombres malditos con la peor de las taras, portaban el infortunio. Héctor talló y le dio el amuleto que, desde ese día, Alexander siempre llevaba colgado al cuello: un trébol de cuatro hojas. El de su padre era una pequeña herradura de latón.

Aparte de instruirle sobre sus capacidades, Héctor intentó transmitirle sus valores. Le habló de ser justo y solo mermar la suerte a quienes lo merecieran; de mostrar coraje y, a la vez, respeto ante las situaciones peliagudas y los enemigos peligrosos; de actuar con cautela con los demás y saber aceptar ayuda; de ser leal a los suyos y no abandonar a su familia; de la importancia de buscar un bien superior; de los riesgos inevitables del amor; y de aceptar la suerte verdadera y su tara con honestidad. Al evocar las guías de su padre adoptivo, de su único padre auténtico, Alexander se preguntaba si aún las seguía.

Esa misma tarde, Luka le había exhortado a reaccionar y asumir el sentido del segundo dogma. Y Héctor le había inculcado la relevancia de no rechazar su condición. Su padre adoptivo no era un hombre dado a disertar acerca de la filosofía de la suerte, si bien su idea se parecía a la defensa del segundo dogma de Luka. No obstante, mientras el joven insistía en que el hecho de que la suerte no variase era motivo para acatarlo y avanzar, Alexander no podía evitar interpretarlo como una resignación. Para él, todo era gris. No conseguía ver nada positivo.

Acalorado e inquieto, fue a un viejo cuarto de baño que había en esa planta. Se quitó la camiseta y se refrescó la cara. Se estudió en el espejo y constató que había perdido fortaleza. Mantenerse escondido, a pesar de sus profusas salidas nocturnas, le había restado firmeza. Se veía flaco. Sus hombros y su torso carecían del vigor de antaño. Su abdomen y su espalda ya no perfilaban su musculatura como antes. Los nervios le impulsaban a rascar las señales de viejas lesiones acaecidas en los años del orfanato, por lo que se las había irritado. En una, tenía una costra que el corto vello corporal disimulaba. Sus brazos y sus piernas, al menos, todavía reflejaban el poderío de épocas pasadas. Dado que no salía por el día, había perdido el habitual tostado de su piel. Su rostro se veía más delgado. Tenues ojeras, dos sombras entre su recta y ancha nariz, delataban su insomnio. Desde hacía meses, sus carnosos labios se limitaban a una mueca impávida. Un conato de hoyuelo surgía en su barbilla. Llevaba más corto su liso cabello castaño oscuro, lo cual afilaba su cara, con pómulos más marcados. Se había vuelto perezoso en la cuestión del afeitado, aunque los duros pelos le picasen.

Volvió a la habitación. Se puso un delgado pantalón oscuro y una camiseta de manga corta, todo ello en colores neutros. Debía pasar inadvertido. Se colocó una gorra para evitar que algún transeúnte pudiera reconocerle.

Necesitaba salir. Su interior se lo pedía. El día no había terminado para él. Era jueves, el día de Júpiter, el padre de Fortuna.

48

Antes, Trece se paró a sus pies, le clavó sus ojos dorados y maulló. Alexander se preguntó si su colega felino temía por su escapada nocturna o también quería decirle que creyera en la suerte y el segundo dogma.

13

Desde que era un prófugo, la noche era su terreno. De hecho, tal vez fuera el halo de irrealidad que lo impregnaba todo en su actual existencia, pero las noches de ese verano se le antojaban las más oscuras y silentes de cuantos estíos había vivido.

El estrellado firmamento se extendía sin confines sobre él. Ese jueves, Júpiter no era visible en la bóveda celeste. Se ocultaba, del mismo modo que Alexander.

Caminaba, célere pero sigiloso, por las zonas intransitadas del barrio de Hornos, por aquella ciudad interminable, a la cual sentía que pertenecía. Durante el paseo, se abstrajo y se sumió en los recuerdos que había escrito en las páginas de su cuaderno azul.

Se trataba de los recuerdos de su infancia. Se había decidido a recopilar los pocos instantes y escenas, reducidas y deslumbrantes, que conseguía recapitular. La mayoría, siempre de manera efímera y limitada, se refería a un verano, cuando él debía tener unos cinco años. Evocaba un caserío muy grande, al menos a ojos de un niño, y unos campos de cultivo con altísimos maizales. Atisbaba el rostro y la risa de una niña pelirroja que jugaba con él. También había una mujer de cabello fogoso, que le preparaba la merienda. Veía una muñeca de trapo olvidada. Escuchaba una hermosa sinfonía. Se acercaba al borde de una cama.

Pero el recuerdo al que su memoria retornaba con insistencia era el que despertó en su mente la tarde lluviosa que su amada falleció. En él, hallaba con insólita nitidez a su madre, una mujer bella, joven, de piel clara y cabello azabache. Era una mañana muy luminosa. Estaban solos en el caserío. Unos hombres llegaban y le raptaban, a pesar de su rebeldía y la de su madre. Esa escena, cuyos motivos desconocía, le obsesionaba. ¿Qué pudo ocurrir? ¿Adónde le llevaron?, ¿al orfanato o a otro sitio? Siempre pensó que su familia le abandonó por su tara, pero ahora sospechaba que fue secuestrado por otro motivo.

Sumido en sus recuerdos inconclusos, dejó atrás Hornos y Saberes para ir a los lindes de Serenidad. Meditó sobre que no le había comentado a nadie lo de su rapto. A Lara sí se lo habría contado.

Alexander, tendente a la soledad y la aflicción, era ahora más taciturno y cerrado que nunca. Era prisionero de la culpabilidad y el sufrimiento, incapaz de perdonarse. No sonreía. Apenas hablaba. Evitaba las miradas. No compartía sus aflicciones bajo ningún concepto. Se castigaba, pero esos castigos eran un bucle que jamás conducía al desahogo. Ni siquiera creía merecer llorar. Para él, el consuelo no existía. No debía existir.

Así, por enésima vez, esa noche de jueves, acudió al santuario de su agonía, allí donde prolongaba su castigo interno y se sumergía en las tinieblas: al rincón de la ronda del Forastero cerca del cual se halló el cuerpo sin vida de Lara Varone.

El lugar estaba desierto. El cauce de agua que discurría por la cacera parecía reducido, tal vez por el calor. Los árboles del bosquecillo de detrás limitaban la de por sí escasa luminosidad. Entre claroscuros, se alzaba una nueva fuente, erigida en memoria de la joven asesinada. Hecha en piedra blanca, con pequeño tamaño, representaba a una bailarina en una delicada posición. El rumor de su circuito de agua llenaba el vacío del sitio.

Admirar la triste belleza de esa fuente era la tortura de Alexander, la que él mismo se infligía. Se odiaba. Se odiaba por haber amado. Amó a Lara. La quiso. Nunca se lo dijo por miedo a lo que esa verdad conllevaba, pero no fue capaz de dejar de amarla.

Betina Sikorski, la prodigiosa abuela de Luka, le advirtió sobre lo que acontecería. En ese momento, él no se percató de ello. Ocurrió el día que la anciana falleció. Esta pronunció diversos vaticinios, siete en especial. Alexander no los olvidaba. Nunca fue adepto de la religión, pero esos vaticinios se cumplían. Betina también le susurró: "¿Cuándo has llegado? No siempre lo harás a tiempo". Y él no llegó a tiempo de salvar a la pobre Lara.

No obstante, pese al poder de los vaticinios, Alexander no aceptaba otro aspecto que, según Luka, la abuela Sikorski presentía: una difusa conexión entre él y el Hijo del Siete, la mítica figura capaz de quebrar el vínculo entre la suerte y el destino. No, eso era imposible.

La congoja cerraba su garganta. Acarició otra vez el trébol de madera de su cuello. El trébol de cuatro hojas, aquel en el que Betina Sikorski también reparó, simbolizaba su tara, la maldición innata que le caracterizaba. Siempre iba a su lado porque él siempre sería gafe.

Así, junto a esa fuente que tanto le apenaba, Alexander asumió que era hora de reaccionar. Se resignó: no quedaba otra salida. Los pocos que le apreciaban se lo rogaban. Tenía que avanzar. El segundo dogma era cierto: su suerte no cambiaría. El único camino posible era aceptarlo y proseguir. ¿Cómo? No lo sabía, pero no podía permanecer impasible mientras se le culpara de dos asesinatos que no cometió. Merecía probar su inocencia. Hasta los gafes poseían honor. Asimismo, debía descifrar su identidad, lo que los dañados recuerdos de su infancia enmascaraban. Sabía que era Alexander Berkel, mas ¿quién era en realidad?

Dudoso sobre su futuro, por un segundo, se sintió el único hombre de una noche sin fin. Echó una última mirada a la fuente y reanudó su solitaria caminata. Escuchó un crujido. Se detuvo. Miró hacia atrás. No vio nada ni nadie. ¿Qué había sido? Poco importaba.

Mientras se alejaba, se preguntó si acaso habría sido una señal cómplice de la ventura, la cual le susurraba al oído que si había alguien por quien reaccionar y avanzar, esa persona era, sin duda alguna, aquella que le había mostrado la más gloriosa plenitud: Lara Varone.

Capítulo II

Mal de ojo

1979

En los momentos de mayor aturdimiento, había llegado a pensar que estaba muerta.

Pero luego se contestaba que, de estar muerta, no padecería tantos dolores. Creía que le dolían hasta las uñas. Y dormida tampoco estaba, pues jamás había sufrido una pesadilla tan molesta como el pesado estado en el que ahora se encontraba. Tenía la sensación de hallarse inmersa en un denso fluido que le impedía regresar a la superficie. De vez en cuando, se acordaba de que había parido al niño. ¿Qué había pasado?

—Ayuda… —balbució, con la garganta tan seca que le crujió.

Nadie acudió en su auxilio, pero, poco a poco, recuperó la consciencia. La realidad a su alrededor volvía a ser la que recordaba. Estaba en la cama, la misma donde había dado a luz. La cruda luminosidad de la mañana bañaba la habitación. ¿Qué hora era? ¿Cuántos días habían transcurrido? Vestía un arrugado y sudado camisón. Estaba sola.

Tragó saliva para aclarar su garganta. Pidió ayuda varias veces más. Nadie respondió. Al rato, optó por actuar sola. Se sentía más despejada. Le costó, pero logró incorporarse. Se notaba pegajosa, lastimada y entumecida. Estiró brazos y piernas a modo de calentamiento. Después, con gran cuidado, llegó hasta el cuarto de baño anejo al dormitorio.

Lavarse la cara con agua fría la despertó del todo. Se miró al espejo. Se asustó un instante. Su tez, siempre límpida y clara, ahora se veía anémica. Parecía más delgada, una impresión que el holgado camisón acentuaba. Su cabello, largo y de color moreno, estaba muy sucio. Sus abultados senos le dolían y le recordaban su maternidad. Con todo, enseguida se dijo que nada de aquello era importante. Lo importante de verdad era el niño, su hijo.

Se calzó sus zapatillas. Siempre junto a la pared, anduvo con cautela y salió al pasillo. Todo parecía igual: las paredes revestidas de madera, con retratos antiguos y espejos colgados; las alfombras que cubrían el suelo; la claridad filtrada por los visillos; las viejas lámparas… Escuchó ruido de cacerolas abajo, en la cocina. Todo se hallaba donde solía estar.

Sin embargo, de repente, la estremeció cierta sensación que ya tuvo durante el parto: el presentimiento de que nada volvería a ser como antes. Tuvo miedo. Se sintió sola.

En ese instante, oyó al niño. Le dio la impresión de que gimoteaba. El rumor procedía del cuarto del fondo, uno de los destinados a invitados, que casi nunca se utilizaba. Movida por una energía que momentos antes no percibía, sin atender a su torpeza, dio grandes zancadas hasta entrar en la habitación.

El bebé estaba solo. Habían puesto la cuna, de altos barrotes lacados en oro, cerca de la ventana. Sobre la cama, vio pañales, paños y ropa. Aun así, todo inspiraba una desatención que la conmovió. Nadie le cuidaba.

Se acercó a la cuna. Admiró a su hijo. Era muy menudo. Tenía la piel rosada. Una pelusilla clara cubría su cabecita. Hacía ruiditos. Estaba despierto. Estaba despierto y solo.

—Hola —le susurró, emocionada. Le cogió en brazos. Le asombró lo poco que pesaba. Sus dedos eran diminutos. Su aroma era el más maravilloso que pudiera existir. Recordó el nombre que escogió para él: Alexander. Juró que ni ella ni él estarían solos nunca.

Se dirigió hacia el pasillo, y exclamó:

—¡Venid ahora mismo!

Esa vez, sí la escucharon. El ruido de la cocina cesó. Céleres pisadas subieron las escaleras. Una criada, la más joven, se paró en el umbral, callada.

—¿Qué sucede aquí? —le preguntó ella, enfadada—. ¿Qué hace el niño aquí solo y todo el mundo abajo? Os he llamado. ¿Cuántos días llevo así?

—Siete días —respondió la criada, con gesto timorato, sin moverse de su sitio.

—¿Y qué haces ahí embobada? —añadió ella—. Tenéis que ayudarme a bañarme y llevar la cuna a nuestra habitación, que, por cierto, convendría limpiar.

La criada se mordió el labio, nerviosa. Al final, dijo:

—Lo siento. El señor no nos deja. Ha dicho que el niño no dormirá en su cuarto.

Al oír aquello, recordó a los hombres que cogieron al crío tras el alumbramiento. Y, a medida que comprendía lo que había ocurrido, sus peores temores se acrecentaron.

Le hizo un gesto a la criada para que se fuera. Arrulló a su hijo y le besó la frente. No era posible. No podía creerlo. ¡Una criatura tan preciosa…! No podía estar maldito.

35 AÑOS DESPUÉS

1

Ciudad Fortuna era una urbe llena de contrastes. Mostraba, en muchos aspectos, dos caras de la misma moneda. Por un lado, existía lo diurno y palmario; por otro, lo nocturno y subterráneo. Había mucho más por descubrir si se miraba con atención.

El barrio del Centro, en la confluencia de las siete grandes avenidas, no solo incluía los sitios más famosos y emblemáticos de la ciudad, sino también enclaves no tan populares pero aún más atrayentes. Cobijaba toda clase de locales, empresas e instituciones. Reunía el interés turístico por sus profusos y hermosos monumentos. Quienes poseían su residencia entre sus llamativas calles eran auténticos privilegiados. Su ambiente era vivo y dinámico sin importar la hora del día. No existía el descanso o el silencio en esa zona.

Entre sus lugares más notables, sobresalía la inmensa plaza de la Cornucopia, que albergaba el Ayuntamiento y varios lugares históricos. Además, en este barrio, se escondía un gran casino subterráneo.

Alexander Berkel se había visto forzado a alejarse de lo diurno para adentrarse en los numerosos recovecos de lo nocturno. Ese miércoles, al caer el Sol, abandonó con cautela el abrigo de su escondite para, con sigilo, camuflado, cruzar la ciudad por diversos coladeros. Llegó al lugar al que solía acudir muchas veladas. Sentado en un banco, en un rincón umbrío entre farolas, vigilaba el otro lado de la calle, a la espera de que la zona quedara despejada, para finalizar su periplo.

Estaba en una corta calle ubicada entre Deziro y Majstro, muy cerca de la plaza de la Cornucopia. El lugar que ojeaba se llamaba Edificio Zita. Se trataba de una construcción de estilo decimonónico, de cinco alturas, fachada blanca con ornamentos, refinados balcones y alguna cristalera. En la parte baja del edificio aledaño, se encontraba un prohibitivo restaurante. Un grupo de hombres y mujeres charlaba a la salida de lo que presumía ser una cena de negocios.

Alexander podía haber seguido su camino. Vestía un fino y bien planchado traje negro. Había perfilado y recortado su barba. Lo más probable era que no llamase la atención. Pese a ello, prefería esperar. Así, cuando

55

ese grupo se marchó, él se puso en pie, cruzó la calle y se encaminó a una discreta puerta, en un extremo del Edificio Zita. Tecleó un código en el panel electrónico del portal, el cual se abrió con un chasquido.

En el descansillo, se dirigió a la entrada de la que parecía ser la única oficina sita en la planta baja. La puerta poseía un lector de tarjetas magnéticas. Él sacó una de color rubí de su cartera. La pasó por el lector. Accedió al interior, un vestíbulo decorado con sobriedad, donde se hallaban varias puertas y el inicio de dos pasillos. Aunque parecía no haber nadie, se escuchaba murmullo de conversaciones y ruido de teclados. Alexander fue a un ascensor y descendió al sótano. Una vez allí, caminó por un largo corredor, similar al vestíbulo, hasta traspasar una puerta, la cual abrió con la misma tarjeta brillante de tonalidad rubí. El cuartito al que llegó era pequeño. No había ventanas; solo dos sillones de piel, una mesa de café de cristal, un teléfono inalámbrico, un televisor y un minibar. Alexander se relajó en uno de los sillones y cogió una botella de agua mineral.

Cuando Ismael Wagner y Lara Varone fallecieron y, de repente, se le acusó de ambas muertes, se puso en marcha una red de favores secretos destinada a esconderle y protegerle. Alexander recibía la ayuda de Irene, Luka o Herbert, pero no eran los únicos. Sin duda, el ofrecimiento que más le sorprendió fue el de Manuel Sócrates, dueño y gerente de *La rueda de la fortuna*. Este contactó con su hermana para hacerle llegar una propuesta: le ofreció un trabajo. Con ello, Alexander solucionaba un asunto que le incomodaba: el hecho de carecer de dinero para pagar el "alquiler" de la habitación de Herbert o, sin ir más lejos, suplir sus necesidades básicas. Manuel le dio un empleo que solo él podía desempeñar, sin contrato ni nómina oficial, por supuesto, pero con una considerable remuneración semanal. Se trataba de una ocupación que conllevaba dilemas morales.

La rueda de la fortuna era el casino subterráneo de Ciudad Fortuna. Se extendía por una amplia área indeterminada, en el oeste y el sur del centro, bajo muchos edificios y avenidas fundamentales. Era muy singular, aparte de por su tamaño y su situación bajo tierra, por su enigmática entidad. La existencia de *La rueda de la fortuna* era desconocida por mucha gente, casi de la misma manera que la propia influencia de la verdadera suerte sobre la vida de las personas. Este carácter reservado y clandestino ensalzaba el seductor halo de peculiaridad del negocio. Era un destino

56

casi legendario para muchos amantes del juego y el azar. En su vasta extensión, además de los juegos, había salas de espectáculos y similares. El acceso se realizaba por curiosas entradas camufladas. Estas simulaban ser la recepción de un hotel o una tienda de *delicatessen*, por ejemplo. La gente no reparaba en el truco.

Esa noche, Manuel Sócrates fue a saludar a Alexander. El dueño y gerente del casino inspiraba una seductora imagen de control y éxito. Vestía trajes caros y estilizados. Su cuerpo era esbelto; su fisonomía, atractiva, con su cabello moreno, la cuidada barba y los labios carnosos. Aparentaba poco más de cuarenta años. Era un galán educado y correcto.

Manuel se sentó en el sillón libre. Eludió tener que estrechar la mano de Alexander.

—¿Qué tal va la noche? ¿Está todo en orden por aquí? —preguntó, sonriente y afable.

—Sí, sí, por supuesto —respondió Alexander—. Muchas gracias por todo, Manuel. Si no fuera por usted, viviría de la limosna de mis amigos —agregó. Era algo que decía mucho. Se sentía abrumado por la colaboración de Sócrates. Incluso se consideraba indigno.

—Lo sé, Alexander. No hace falta que me lo repitas cada vez que me ves. Relájate. Tú me ayudas también. Y háblame de tú. Además, ¿este trabajo no te causaba conflictos?

—Sí, lo hace, lo reconozco. No lo puedo evitar. Recuerdo a mi padre y no sé qué diría de lo que hago aquí. Tenía una visión muy concreta del uso de nuestra condición.

—Ya sabes mi opinión. Tu padre hizo lo mismo para mí, hace años. Solo fue una vez, cierto, pero piensa que la gente de la que te encargas merece lo que le haces.

—Puede ser —anotó Alexander. Manuel solía placar sus dilemas. Lo que le decía no era desacertado, pero también lo decía porque, para Sócrates, la función de Alexander allí era muy valiosa—. ¿A qué se dedicaban tus padres? —dijo, para cambiar de tema.

—¿Mis padres? —Manuel guardó silencio. Luego, comentó—: Mi padre trabajaba en una gestoría. Y mi madre… Mi madre era falsificadora de cuadros.

—¿Cómo? —contestó Alexander, sorprendido.

—Falsificadora de cuadros. Era excelente. ¿Por qué te asombra? Mi éxito se debe a sus genes. El juego no es más que un teatro de apariencias, un arte de fingir. No importa tanto qué cartas lleves como qué crean los demás que llevas. El jugador cazado está perdido.

Entonces, Manuel se sacó una tarjeta plateada de un bolsillo. Era una invitación a una sala de fiestas reservada. La dejó sobre la mesa.

—Hay un tipo intentando hacer trampas —explicó—. Juega en la mesa once. Traje verde bastante feo y mucha gomina.

—Entendido —asintió Alexander. Acto seguido, se puso en pie, se guardó la tarjeta plateada en el bolsillo izquierdo del pantalón y salió de allí.

Había tenido que memorizar planos del casino, así como la numeración de los diferentes puestos de juego. Existían montones de rincones del recinto que él ni siquiera lograría localizar, pero sabía por dónde moverse. Así, anduvo por un largo y sencillo pasillo. No se topó con nadie. De todos modos, no les habría sentido. Estaba concentrado. Focalizaba sus energías. Disponía sus poderes. Tenía la mano izquierda dentro del bolsillo. Acariciaba la tarjeta plateada. Palpaba cada centímetro hasta casi sentir minúsculas chispas. Respiraba a un ritmo regular. Vaciaba la mente.

Llegó a una puerta. La abrió y pasó a una sala de juegos sin alzar la vista del suelo. De no haber estado inmerso en su poderosa burbuja, enseguida habría oído el soniquete de las tragaperras, el retumbar de los tacones y el tintineo de las monedas y las fichas. Ese casino era ostentoso y desmedido. Recibía clientela todas las jornadas del año. Allí, como cuando transitaba las oscuras calles de la urbe, nadie reparaba en él.

Sabía dónde estaba la mesa once. Por el camino, solo veía la moqueta granate. Evitaba a la clientela. No podía fijarse en nadie. No debía perjudicar. Parecía que la tarjeta plateada ardía en su bolsillo. No dejaba de tocarla. Cerró la mano izquierda sobre ella, como si retuviese una energía que podía escapar. Se notaba en tensión. Pausó su respiración.

El tipo del feo traje verde y el pelo pasado de gomina jugaba y bebía en la mesa once. Repiqueteaba con el pie en el suelo. Según se aproximaba a él, Alexander alzó la mirada y la fijó en él. Se paró a su lado, soltó el aire que había aguantado, posó su mano izquierda con la tarjeta en el tapete de juego y se la pasó al hombre. Le tocó durante un instante.

El tramposo brincó del susto. Vio la tarjeta y, sin pensarlo, la cogió. Después, miró a Alexander. Este clavó sus pupilas en las suyas. El hom-

58

bre no lo sabía pero, durante ese raro segundo, habría sido incapaz de despegar su mirada de la de ese desconocido de traje oscuro y mirada tenebrosa, cuya mala suerte no variaba.

—Cortesía de la casa —dijo Alexander, en alusión a la tarjeta. El hombre sonrió un poco atolondrado y continuó con el juego.

Desapercibido, Alexander abandonó la sala de juegos por otra puerta mimetizada con la decoración. Se mareó, pero se repuso.

El tramposo pronto perdería el dinero apostado. En un templo del azar como ese casino, la capacidad de Alexander se intensificaba.

Él, por su parte, volvió al cuartito, donde Manuel Sócrates ya no estaba. Y, de nuevo, se condenó con el convencimiento de que Héctor nunca aceptaría que se ganase la vida así.

2

El tramposo no lo entendería nunca, pero le habían echado mal de ojo. El mal de ojo no arrebataba la suerte de la víctima. Solo la afectaba de manera momentánea, en ocasiones durante meros segundos. Su efecto era pasajero, un mal fario transitorio y de corto alcance. El castigo que acarreaba al gafe que lo perpetraba era igual de menor. Pese a tanta levedad, Alexander no dejaba de pensar que vivir de transmitir su infortunio, aunque fuese de modo tenue y pasajero y siempre a tramposos, era algo que su padre adoptivo hubiese reprobado.

Por lo general, después de trabajar en el casino, tarea que en ocasiones se prolongaba hasta la madrugada, Alexander dormía hasta el mediodía. Esa mañana, al contrario, procuró levantarse temprano para ducharse y limpiar su habitación. Se había organizado otro discreto encuentro en la planta alta de *La herradura de plata*.

Ordenó la habitación. Repasó unas notas que había tomado para la reunión. Bajó a la cocina y cogió cervezas y frutos secos. Agobiado por el ajetreo que montaba su colega humano, Trece profirió un arisco maullido y optó por encaramarse a la ventana y marcharse a dar uno de sus acostumbrados paseos matutinos.

El primero en acudir fue Luka. Los contactos entre Alexander y él habían aumentado en la última semana. Se comunicaban mediante *WhatsApp*. Utilizaban tarjetas de *prepago* con las que camuflaban sus identidades. En sus conversaciones, Alexander confesó que deseaba esclarecer todo lo referente a su inocencia.

–¿Qué tal? ¿Volviste tarde del casino? –preguntó Luka, mientras se sentaba a la mesa y abría una cerveza.

–No –respondió él–, la noche fue bastante tranquila, aunque tuve que encargarme de un tramposo.

–Es increíble que haya gente que crea que conseguirá engañar en un sitio así –se mofó Luka.

El tercer asistente a la reunión era Eddie Baltz, un policía que, convencido por Irene, también ayudaba a Alexander. Se conocieron años atrás, cuando, tras una desatinada noche, el gafe acabó en el calabozo. Baltz era un treintañero fuerte, de gesto redondeado y actitud juiciosa. Ese verano, llevaba el pelo rubio muy corto. Cuidaba su perilla. Vestía de paisano.

–Buenos días –saludó Eddie, al llegar. Se le notaba agobiado. Miraba su reloj.

–¿Qué tal? Muchas gracias por responder al mensaje, Eddie –dijo Alexander.

Aparte de *WhatsApp* y tarjetas de *prepago*, Alexander y su círculo de cómplices usaban cuentas de *Twitter*, enmascaradas tras pseudónimos, donde publicaban textos o mensajes de vocabulario encriptado para comunicarse. Desde hacía meses, Baltz utilizaba una cuenta en dicha red social para informar de los lugares donde la Policía buscaba a Alexander.

Alexander, Luka y Eddie se sentaron en torno a la mesa redonda. Hablaron de cómo aclarar la inocencia del gafe. Sin embargo, Eddie no traía buenas noticias.

–No hay manera. No se consideran más posibilidades. Es una obsesión del comisario –explicó el agente–. Garmash está emperrado en buscarte a ti y solo a ti.

Esas palabras, sobre todo la mención al insufrible comisario Garmash, suscitaron que Alexander resoplara. Igual de frustrado, Luka contestó:

–Pero ¿por qué lo tiene tan claro? ¿No hay más sospechosos?

–En esencia, parece que no –declaró Eddie–. La línea de acción principal es perseguir a Alexander. En el caso de Ismael Wagner, el tema de las huellas y las fibras halladas por la escena del crimen complican mucho el panorama. Además, hay algunos testigos que aseguran que irrumpió en el despacho de Wagner bastante agitado, días antes del asesinato.

—Sí, lo sé —anotó Alexander, avergonzado—. Lo hice. Ojalá pudiera volver atrás.

—En el otro caso —prosiguió Eddie, un poco apocado, consciente de que el asunto era muy delicado para Alexander—, prueba firme, en el fondo, no consta ninguna. Me temo que lo que pesa es el testimonio y la perspectiva que ha aportado el alcalde Varone. Ese hombre te odia. Y su odio es muy grande.

Alexander prefirió no objetar nada sobre el alcalde. Se puso en pie, fue a la estantería y cogió el dado de cristal azul que encontró varios meses antes, en peculiares circunstancias. Volvió a la mesa, se lo mostró a Eddie, y agregó:

—Y ¿qué hay del dado del que te hablé? Un dado igual que este, pero naranja. Lo vi al lado de Lara. Sé perfectamente a quién pertenece: a Alonso Yazpik, el contrabandista al que detuvieron semanas antes, cuando me lo topé. ¿Nadie lo encontró?

—Lo he mirado —respondió Eddie—. He buscado los atestados relativos a la escena del crimen. Me los he leído. No hay nada, aparentemente. Se alude a unos análisis técnicos que no sé para qué son. Vi unas notas a mano, creo que de la letra del comisario. Ponía algo así como "orden 17". No logré encontrar nada más.

—Tranquilo, Eddie —suspiró Alexander—. Te agradezco mucho todo.

—Alexander —intervino Luka— ¿por qué Alonso Yazpik haría aquello?

Alexander respiró hondo, reflexionó, y dijo:

—No lo sé, pero sí sé que hay algo. Sin querer, yo di al traste con el trato de favor que recibía de la Policía. Recordad que Yazpik parecía haber firmado un pacto por debajo de la mesa con Garmash, probablemente con la connivencia del alcalde. Tuvieron que detenerle para guardar las apariencias cuando yo le investigué por el "caso azafrán". No soy capaz de describirlo, pero, cuando le arrestaron, me miró de una manera que me puso la piel de gallina. Tal vez, lo hizo por venganza. Eddie —anotó Alexander—, ¿por qué salió de la cárcel?

—También lo he mirado —asintió Eddie—. En prisión, recibió la visita de una abogada, a la que no he podido localizar, que, de algún modo, pudo pagar su fianza. No se ha vuelto a saber de él desde entonces. Podría estar muy lejos de aquí. —Un desolado silencio se hizo entre los tres. Eddie, incómodo, se revolvió en su silla y aprovechó para decir—: Alexander, lo siento mucho, pero no puedo hacer nada. No puedo venir a verte a menudo. Para mí es peligroso. Podría perder mi trabajo e ir a la cárcel. Perdóname. Ojalá pudiera hacer más.

–Haces mucho, Eddie –afirmó Alexander–. Te lo agradezco de todo corazón.

–Puedo seguir alertándote por *Twitter*, pero venir aquí es muy complicado.

–Tranquilo. No te preocupes.

Los tres bebieron a la vez de sus cervezas. Bebieron para no tener que hablar; quizás, también para olvidar. La conversación se adentró en temas más banales, con los que Luka y Eddie intentaban paliar la incomodidad de la infructuosa reunión.

Alexander fingía que les escuchaba. De vez en cuando, intercalaba monosílabos. Mas, en verdad, se recluía en su interior, en el cómodo refugio de su derrotismo. Se decía que no había nada que hacer. Su mala suerte no variaría. Así lo decía el segundo dogma.

<u>3</u>

Luka y Eddie tuvieron que marcharse. Alexander les agradeció su colaboración. A solas, apuró su cerveza y meditó. El insistente claxon de un vehículo, quizá un camión, llegaba por la ventana, procedente de la calle de los Tragaluces, llena de vida a esas horas. Asimismo, el rico aroma de la cocina de Herbert subía desde la cocina y elevaba su ánimo.

Más tarde, decidió aparcar la frustración por su inocencia y retomar las incógnitas de su identidad. Abrió el cuaderno de tapas azul oscuro. Había tratado de realizar una descripción del sitio donde acaecían los recuerdos de su infancia. Solo tenía visiones fugaces, pero sabía que había vivido en un caserío grande, rodeado de una extensa parcela. No descuidaba que, a ojos de un niño, todo parecía más grande que en la realidad. Incluso así, presumía que el lugar era de dilatadas dimensiones. Recordaba un caserío hecho de madera, campos de cultivo de cereales, montes que circundaban la parcela, su aislamiento, unos columpios y pocos detalles más. No obstante, era un buen punto de partida para buscar aquel lugar.

Alexander usó un *smartphone* que Irene le había conseguido para navegar por Internet. Buceó en *Google Maps*. Sus primeras pesquisas se basaban en localizar lugares que pudieran asemejarse al que rememoraba de su infancia. Más adelante, podía indagar sobre el orfanato donde Héctor le adoptó, buscar noticias antiguas o rastrear los registros civiles. Era similar a buscar una aguja en un pajar.

La frustración le poseyó de nuevo. Sus primeros intentos por avanzar en su inocencia y su identidad resultaban deprimentes. Su situación era estática. No podía cambiar. Nervioso, ponderó la posibilidad de recurrir a Irene. Era consciente de que debía usar el móvil con mucha mesura, pero su hermana sabía cómo hallar información de cualquier tipo. Por ello, la telefoneó. Ella contestó.

—Hola, soy yo —saludó Alexander.

—Hola. ¿Qué ocurre?

—Nada. Quería pedirte un favor.

—Dime —dijo Irene. Sonaba seria.

—Es sobre mi infancia. Alguna vez te he hablado del caserío del que me acuerdo. Últimamente, he estado buscando lugares similares en Internet, pero no doy una. Me preguntaba si a ti se te ocurre alguna idea o conoces alguna herramienta o registro.

—Tendría que mirarlo. Ahora no puedo.

—Perdona. ¿Te molesto? No debí llamar.

—Voy a pasar a una reunión con un cliente. No te preocupes. Lo miraré.

Se despidieron en pocas palabras. Alexander se arrepintió de haberla llamado.

Se sentó frente al escritorio. Releyó las páginas de su cuaderno azul. Se dio cuenta de que su confinamiento en esa habitación comenzaba a agobiarle. Temió haber destapado la caja de los truenos al proponerse reaccionar. Quizás, lo mejor hubiese sido seguir inactivo.

Pensativo, sopesó qué hacer. Cogió una revista que guardaba por allí, un ejemplar de un reputado semanario. La fotografía que, de manera abrumadora, llenaba la portada era la de su ficha policial. El reportaje principal del número se titulaba "Leyenda/Maldición".

4

Irene Berkel acababa de mentir a su hermano. Era cierto que estaba a punto de pasar a una reunión, pero esta no era con un cliente. Se encontraba frente al imponente portal de la sede central de la Organización Heptágono. Había recibido una intrigante misiva, con un sello heptagonal, en la cual se la citaba, ese día y a esa hora, sin aportar más datos. No sabía, por tanto, qué iba a suceder.

Estaban en pleno julio y el Sol matinal calentaba, pero Irene no paraba de frotarse las manos como si estuviera helada. Era un tic nervioso, un gesto que le recordaba la época en la que estuvo enganchada al H7. Allí parada, le asombraba cómo la gente pasaba junto a ese edificio de la avenida Sageco sin reparar en él. La vida en el centro de la urbe era así. Nadie se preguntaba qué albergaba aquella mole de granito.

Podía sentir el corazón acelerado. Le hubiera pedido un cigarrillo a algún veloz viandante, pero intentó tranquilizarse. Consultó la hora en su teléfono. Debía entrar ya. Se alisó la falda, que le llegaba hasta la rodilla. Era una prenda que no solía vestir. Ese día, había optado por un conjunto elegante, en un serio gris que tampoco escogía a menudo.

Le pesaba haber mentido a Alexander. Se imaginaba lo que este diría si se enterase de que había acudido a aquella citación. Se preocuparía y se enojaría. Lena había reaccionado así. Esa mañana, antes de que Irene saliese de casa, la joven le había rogado que no acudiera al encuentro. Tenía miedo de las intenciones de la Organización.

Irene también desconfiaba. No tenía pruebas de ello, pero sospechaba que los centinelas de Heptágono habían estado pendientes de todos sus movimientos. Era consciente de que no solo podían vigilar sus desplazamientos o compañías, sino también todas sus llamadas o entradas en Internet. Los centinelas, de hecho, eran el motivo por el que no podía ver a Alexander con la frecuencia que ella quisiera.

Decidida a no prolongar la incertidumbre, respiró hondo y traspasó la puerta doble, con relieves de cobre, que daba paso al vestíbulo. Al verse en esa estancia tan silente y vacía, recordó las veces que Alexander se la había descrito: las paredes inmaculadas, la llamativa escalera con dos tramos que se reunía en un rellano central, las escayolas del techo y las hornacinas con las esculturas de *Palas Atenea* y el *Discóbolo*.

Un detalle esencial, del cual Alexander también le había hablado, era la cámara de vigilancia, el único elemento tecnológico, que oteaba la sala desde la puerta del ascensor, en el rellano central. La cámara detectó su presencia. Su piloto rojo parpadeó. A continuación, la puerta del ascensor se abrió. Incómoda, Irene subió la escalera. Estuvo a punto de tropezar porque llevaba tacones, un calzado que no acostumbraba a emplear.

El ascensor la llevó a la cuarta planta. Al salir, Irene se halló frente a un vigilante, que ocupaba una mesa en mitad del largo pasillo. El hombre, de mediana edad y poblado bigote cano, sonrió con brevedad y, mientras señalaba con el dedo, le indicó:

—La segunda puerta a la derecha. Tome asiento. Enseguida la atienden.

Irene se limitó a asentir con la cabeza y seguir las instrucciones del hombre.

En efecto, no había nadie en el despacho. Daba a la avenida Sageco. Irene se acercó a la ancha ventana para admirar las vistas. La estancia constaba de un robusto y oscuro escritorio de madera, con una butaca detrás y dos sillas al otro lado. El sitio no era muy grande. En un rincón, había dos sillones y una mesa redonda de café. Vio algunas estanterías, vacías la mayoría. Las paredes carecían de cuadros. Pensó que, o bien nadie ocupaba el despacho, o bien, tal vez, su ocupante todavía no se había instalado.

Vio su reflejo en el limpio cristal. Irene tenía veintisiete años, pero no los aparentaba. Su aspecto menudo, de cuerpo delgado y rostro límpido, la hacían parecer más joven. Comía bastante, pero apenas engordaba. Sus brazos y sus piernas eran flacos; su busto, escaso. Su rostro poseía pómulos marcados y labios finos. Llevaba el pelo, del mismo tono castaño que sus ojos marrones, corto y arremolinado. Su imagen no le preocupaba en exceso.

Ese día, al contrario, se sintió disfrazada. Observó la falda y la chaqueta. Hasta había prescindido del *piercing* que siempre adornaba su ceja izquierda. Comprendió que la que veía en el cristal no era ella. De pronto, le entró pánico. Todo allí era un fraude. Temió que la Organización pretendiese interrogarla o retenerla de algún modo para forzarla a confesar el paradero de Alexander. Asustada, decidió escapar antes de que fuese tarde.

Entonces, la puerta del despacho se abrió. Un hombre, de unos treinta y pocos años, vestido con un traje que se adivinaba caro, caminó hacia ella. Deslumbraba con su impoluta dentadura y, mientras le tendía la mano, se presentó:

—Bienvenida, Irene. Me llamo Isaac. Soy el director de información, el número cuatro de la Organización Heptágono. Siéntese, por favor.

Resignada a no huir, Irene tomó asiento. Isaac ocupó su butaca, detrás del escritorio. Ella se fijó en sus ojos grises y su actitud confiada. Aquel joven no solo era guapo, sino que sabía que lo era. Ella calaba pronto a esos tipos.

—Gracias por venir, Irene —comenzó Isaac—. Se preguntará por qué está aquí. Le pido disculpas por el escueto mensaje que se le envió. La Organización es muy celosa respecto a sus asuntos internos. Mi trabajo aquí consiste en manejar la gran cantidad de información a nuestro alcance. No es fácil, se lo aseguro. Tras estudiar el currículum que figura en su web, consideramos que es idónea para nuestro encargo.

—Disculpe, ¿encargo? —interrogó Irene, confusa.

—Exacto. Permítame que le explique. Hablamos de un proyecto que, aunque coordine yo, implica a varias direcciones de la Organización. Supongo que sabe que nuestro objetivo es conocer, vigilar y proteger la suerte en el mundo. Con tal fin, se recopilan ingentes cantidades de información, en todos los formatos imaginables, operando muchísimas variables y requerimientos. Lamentablemente, Heptágono no ha estructurado ni almacenado de manera adecuada sus millones y millones de datos. Hoy día, se solapan distintas bases de datos, herramientas de búsqueda, protocolos, etcétera. ¿Se imagina qué necesito?

—Sí —asintió Irene, quien, aún sin salir de su desconcierto, preveía cuál era el encargo.

—Irene, conocemos su trabajo y hemos solicitado referencias. Creo sinceramente que es la persona que puede ayudarnos a deshacer el embrollo. El encargo consiste, básicamente, en montar un único archivo integral que contenga todos los tipos de datos que obran en poder de la Organización. Requerimos su diseño, un modo de volcado, los protocolos posteriores, instrumentos de búsqueda, etcétera. Es decir, todo lo necesario, en definitiva, para que se evite el lío actual y el resultado sea estable y productivo. Además, en un futuro próximo, esperamos aumentar considerablemente ese volumen de datos.

La oferta estimuló el cerebro de informática de Irene, que comenzó a realizar predicciones. La verdad era que el encargo la apasionaba. No obstante, procuró refrenarse. Decidió ser cauta y recapacitar. Se disponía

66

a reprocharle a ese hombre que actuase como si no supiese que era la hermana de Alexander Berkel, pero Isaac le impidió hablar cuando volvió a tomar la palabra:

—Este informe –añadió, mientras le pasaba una carpetilla– es un resumen del proyecto que le acabo de introducir. En la primera página, puede leer nuestra oferta de pago. Está sujeta a negociación, por supuesto.

Intrigada, Irene abrió la carpetilla y buscó la cifra. Cuando la leyó, trató por todos los medios de que su estupefacción no fuese manifiesta, aunque no pudo evitar tragar saliva. El pago cuadruplicaba la factura más alta que hubiera cobrado nunca a sus clientes. Era dinero de sobra para vivir muy bien bastante tiempo. Y ella andaba escasa de efectivo.

—Somos conscientes de la complejidad del encargo –anotó Isaac–. Este tipo de trabajos suele conllevar una fase preliminar de análisis, tras la cual usted nos propondría un plan de acción y unos plazos. Por ello, estamos dispuestos a firmar un precontrato y negociar un adelanto para que pueda avanzar en esa primera fase de análisis. Todo puede discutirse.

Irene creyó que se mareaba. La cabeza le iba a estallar. ¿Aquello estaba sucediendo de verdad? Se trataba de la oferta más tentadora que le hubiesen hecho en toda su vida laboral, aunque le escamaba. ¿Cómo era posible que su parentesco con Alexander no hubiese saltado a la conversación desde el primer minuto? ¿Qué pretendían? No lo entendía.

—Irene –dijo Isaac, para captar su atención. Ella alzó la vista. Miró los labios perfectos del hombre, así como su sonrisa seductora y su cuerpo atlético–. ¿Qué me dice?

<u>5</u>

Selena Myers estudiaba la calle desde el ventanal de su despacho. Abstraída, se dirigió a una pequeña nevera que tenía en un rincón de la estancia, sacó una botella de agua y se la bebió de un trago. No llevaba bien el calor. Se alisó la falda y la blusa, y regresó a su butaca. Había recolocado el mobiliario para que el despacho fuese más luminoso. Después de colgar sus cuadros y mapas, el lugar parecía más agradable. Sentía que era su terreno.

Tenía dos reuniones y la primera se iniciaría en breve. Después de marcar diferencias con el estilo ideológico de Ismael Wagner en su dis-

67

curso inaugural, Ricardo había rediseñado las funciones de los cargos directivos. Él, ya que compaginaba su puesto con la alcaldía, delegaba las cuestiones del día a día en Selena, algo que ella pensaba aprovechar.

Yuri Anton llegó puntual a la cita. A Selena no le extrañó. El joven tenía pinta de ser el tipo de persona que se esmeraba por los detalles y la exactitud. Todavía no había cumplido los treinta. Era espigado y delgado, característica que el traje acentuaba. Su pelo era fino y claro; su piel, lampiña y pecosa. Resaltaban sus ojos oscuros.

–Siéntate, Yuri –le invitó Selena. Señaló uno de los asientos que había al otro lado de su escritorio–. Te agradezco la puntualidad. Siento que no nos hayamos reunido hasta hoy. Había muchos trámites urgentes a los que dar salida tras los nombramientos.

–Tranquila, Selena –dijo Yuri–. Me alegra que por fin podamos empezar el trabajo de verdad. Estoy muy agradecido por la confianza depositada.

–Por supuesto.

Selena sonrió. Aquello le gustaba. Por lo que decía y cómo lo decía, Yuri no solo manifestaba un escrupuloso respeto por la jerarquía, sino que tenía claro que era un privilegiado. Era el nuevo director de investigaciones, nada menos que número tres del gobierno de la Organización. La decisión de Selena había sorprendido a muchos. Era verdad que Yuri, a pesar de su juventud, poseía un currículo excelente en Heptágono y que su grado de suerte cinco era muy bueno, aunque no de los más altos. No obstante, podía faltarle cierta madurez. Algunos mencionaban que Anton no se había curtido lo suficiente.

La reunión resultó sencilla. Yuri asentía a todo cuanto Selena comentaba. Hasta tomó notas en una libreta, como si de un colegial que atendía al maestro se tratase. Divagaron un poco en cuanto a los grandes pilares de la Organización Heptágono: la filosofía, la genética y la religión. Selena se expresó con total nitidez al explicar que ella llevaría el peso del principal proyecto: el censo. Anton diseñaría las maneras de recabar la información, pero, en el fondo, la intención que ella albergaba era que se limitara a ser un recolector y evaluador de estadísticas. Se coordinaría con el resto de las direcciones, siempre bajo su supervisión.

–El director Varone fue preciso en su toma de posesión –declaró–. La filosofía ha de ser nuestra única guía. Vivimos en el siglo XXI. Las demencias de la eugenesia son delirios de épocas pasadas. Tu área ha de desarrollar la recopilación de datos y el estudio estadístico de los grados de suerte, pero nada más. Los temas de la religión deben ir quedando reducidos al estudio histórico. Las supersticiones carecen de sentido hoy día. Yo misma coincido con esa visión. Creo fielmente en la filosofía y sus dogmas. La genética me interesa desde lo empírico, nunca lo experimental. La religión jamás me convenció.

—¿Qué hay de la investigación relativa a Alexander Berkel?

—No es prioritaria —sentenció Selena, tajante. Ante el pasmo de Yuri, le aclaró—: No le perseguiremos. Eso es asunto de la autoridad policial.

Yuri cabeceó meditabundo. Parecía meditar algo; tal vez, una opinión contraria a sus planteamientos. No la expresó, lo cual Selena celebró. Necesitaba que Anton fuese la clase de subordinado manejable que ella requería.

La mayoría de los miembros de Heptágono, incluido Ricardo Varone, esperaban que su propuesta para nuevo número tres fuese otra. La opción más evidente era Colin Sawyer, el hombre que había sido su leal y solícito subdirector de investigación.

Por eso, Sawyer era la segunda persona a la que había citado esa mañana. Este sí llegó un poco tarde. Selena intuyó que lo había hecho adrede. Su mal humor era patente: sin dar los buenos días, se sentó frente a ella y le clavó sus ojos marrones. Era un hombre guapo, aunque de semblante, en principio, huraño. Atlético, de cabello castaño oscuro y rebelde, la perilla remarcaba sus rasgos afilados. Vestía formal, pero sin traje.

—Lamento que no hayamos hablado hasta hoy —comentó Selena. Guardaba la calma e incluso sonreía. Conocía bien a Sawyer.

—No importa —contestó él, seco.

—Pareces molesto.

—¿Debería estarlo? —saltó él. Se notaba que tenía ganas de discutir.

—Depende. Si querías ser director de investigaciones, sí, deberías estarlo.

—Pues lo estoy.

—Craso error. La semana pasada, en la sesión anual, te conté que tenía grandes planes para esta nueva etapa. Te comenté que iba a necesitar alguien fuerte a mi lado.

—¿Y Yuri Anton es fuerte? —espetó Sawyer, casi burlón. Estaba enojadísimo.

—No, para nada.

—¿Entonces? —interrogó Sawyer. La respuesta de Selena le había mosqueado.

—Yuri Anton no es fuerte. Por eso, no va a estar a mi lado. Estará por debajo de mí y te aseguro que su departamento no tendrá ni la mitad de atribuciones que poseía cuando yo lo llevaba. Tú eres quien estará a mi lado. —Selena vio cómo el rictus agrio de su compañero mutaba en una sonrisa. Había adivinado lo que ella estaba a punto de anunciarle—. Lamento no habértelo dicho antes. Han intentado endosarme otros nombres, pero he peleado y está hecho: Colin Sawyer, desde este mismo instante, te nombro jefe de los centinelas.

El semblante de satisfacción del hombre era innegable. De hecho, se puso en pie y se permitió darle un abrazo a Selena.

—Muchísimas gracias —dijo Sawyer, cuando volvieron a ocupar sus asientos.

—Olvida las palabras. Agradécemelo con hechos desde ya mismo.

—Tú dirás. Soy todo oídos.

—Bueno, lo primero es que te hagas con el control del equipo. Tómate tu tiempo. Es un lugar oscuro. Indaga todo lo que estén haciendo. Busca gente de confianza. Desempolva todo. Que no quede nada olvidado en los cajones. En cuanto sea posible, quiero que inicies algunos seguimientos.

—¿Sobre quiénes?

—Me interesa alguien: Ricardo Varone.

—Selena —añadió Sawyer enseguida—, es imposible vigilar al director general.

—Lo sé, lo sé. Por eso, a él vamos a dejarle en paz, pero, muy discretamente, vas a seguir los pasos de Travis Dixon, su hombre de confianza. También, busca a Carlo Ferrara, la persona que llevaba todos sus asuntos hasta que, hace unos meses, se esfumó. Quiero saber qué le pasó. Y, por cierto, a ver qué puedes averiguar del paradero de Alonso Yazpik.

—Entendido. ¿Algo más? —solicitó Sawyer, quien no podía disimular que se sentía encantado con su nueva posición.

—Sí. Hay un tema del que quiero que se me informe a mí y solo a mí, con las máximas precauciones: Alexander Berkel.

Colin Sawyer no solo no tomó apuntes, sino que acató sus órdenes como Selena prefería: con diligencia y sin preguntas. Sería un estupendo jefe de los centinelas.

70

Por ahora, en lo que a Alexander se refería, Selena mantenía su ventaja. Solo ella había averiguado la clave en relación al gafe; una clave que se llamaba Luka Miller.

6

Ricardo Varone se ajustó la corbata antes de entrar en el salón de plenos. Consultó la hora en su reloj de pulsera. Esperaba que la tramitación no se demorase. Tenía otros temas que atender; temas que le interesaban más y solo le concernían a él.

Ese pleno municipal, el último ordinario antes del descanso veraniego, se había retrasado adrede para que incluyera ciertos asuntos que requerían aprobarse antes del otoño. Su equipo había trabajado a toda prisa y lo había logrado. La burocracia estaba arreglada y la mayoría absoluta del gobierno garantizaba el último trámite legal.

Los concejales ya ocupaban sus asientos. El murmullo habitual disminuía. El salón de plenos se ubicaba en la parte antigua e histórica del Ayuntamiento. El ambiente estaba algo cargado. Los sistemas de ventilación no estaban acostumbrados a las actuales temperaturas. La estancia era rectangular. Constaba de dos bancadas paralelas enfrentadas, en las cuales se repartían los veinticinco escaños. Al fondo, entre ambas, perpendicular, se ubicaba la mesa presidencial, donde tenían su asiento el alcalde, el vicealcalde y el edil que realizaba las funciones de secretario del pleno. La decoración era recargada: retratos de alcaldes insignes en las paredes, artesonados de madera en el techo, tapices...

La primera parte del pleno, la más importante, se desarrolló sin problemas. Por fin, la principal promesa electoral del cuarto mandato del alcalde Varone, *eFortuna Global*, se puso en marcha. Se aprobaron las disposiciones legales y atribuciones presupuestarias pertinentes para organizar las primeras inversiones y contrataciones. La urbe pretendía convertirse en la primera "ciudad electrónica e inteligente" del mundo. El proyecto había supuesto el perfecto golpe de efecto electoral: no solo interesaba a diversos empresarios, sino que seducía a la población con la promesa de generar empleo. Así, ocho meses después de los comicios, las palabras, al fin, se transformaban en hechos. El plan era tan redondo que la oposición carecía de argumentos en contra, de modo que la mayoría se abstuvo. Tan solo dos concejales, miembros de partidos minoritarios, se opusieron.

Una vez aprobado ese paquete de medidas, Ricardo, con discreción y sin comentarios al respecto, solicitó al vicealcalde que asumiera la presidencia del pleno. Había otros asuntos que votar, pero él prefería ausentarse de la deliberación. Nadie puso objeciones. Entre las propuestas que figuraban en el orden del día, una planteaba renombrar una calle en honor a Lara. El alcalde no participaba en ninguna medida oficial de esa clase. En muy pocas ocasiones había hablado en público de la tragedia.

El salón de plenos estaba en la primera planta. Ricardo cogió los pasillos y ascensores a los que no tenían acceso ni periodistas ni visitantes para subir a la segunda. El edificio del Ayuntamiento era bastante longevo. En la práctica, los servicios ciudadanos y casi todos los despachos se habían establecido en la parte posterior del mismo, la más remodelada. Mientras, en la parte que daba a la plaza de la Cornucopia, la más antigua, hoy día solo se encontraban las estancias del alcalde y el vicealcalde, el salón de plenos, la biblioteca y los salones históricos que se destinaban a actos señalados.

Su despacho era amplio. Poseía un enorme ventanal que lo inundaba de luz. Contaba con banderas, fotografías y toda la parafernalia oficial que el lugar exigía. Al verle llegar, sus dos asesores, quienes tenían sus mesas en la antecámara, se pusieron en pie de inmediato y le siguieron hasta el interior. Los dos, treintañeros, hombre y mujer, llevaban cierto tiempo con él. Ricardo les trataba como secretarios. Ignoraba sus consejos y opiniones. Solo admitía los de sus concejales de confianza y la gente del partido. Reconocía que ambos eran muy eficaces: él gestionaba su agenda; ella se dirigía a la prensa. Siempre iban pendientes de sus móviles. Se había propuesto que, antes de que acabara el año, se sabría bien sus nombres.

Repasó con ellos los temas pendientes de su agenda. Tenía todo controlado. Se había centrado en la alcaldía y había delegado los asuntos corrientes de la Organización en Selena. Estaba cómodo con ese acuerdo, si bien le preocupaba que, a largo plazo, la mujer pudiese excederse en su ambición. De todos modos, ya pensaría en ello.

Antes de decirles a sus asesores que podían irse, recordó preguntarles:

—¿Ha confirmado mi mujer la lista de invitados para la fiesta de cumpleaños?

72

La pareja de asesores intercambió una mirada fugaz. El hombre respondió:

—La he llamado. La señora Varone me ha dicho que no había tenido tiempo.

—De acuerdo —contestó Ricardo, desganado—. No insistáis más. Ya lo haré yo.

Cuando la pareja se fue, Ricardo chasqueó la lengua. La actitud de Casandra le mortificaba. Su esposa pasaba por completo de los preparativos para la fiesta que él quería dar en su honor. Estaba claro que lo hacía aposta. Despreciaba todo lo que procediese de él.

Se sentó tras su escritorio. Buscó una carpeta en el cajón que solía cerrar con llave. Se trataba del informe que Travis había elaborado con información de Martina Leone. Volvió a ojearlo, pero pronto lo dejó. Aquello no servía. Travis solo había recopilado los datos que todos conocían acerca de esa mujer. Lo que él necesitaba era lo escondido, lo ilícito. Tenía que hacerle otro tipo de encargo. Había buscado datos sobre ella en los archivos de Heptágono. Sin embargo, a primera vista, tampoco había localizado nada interesante.

Giró su butaca. Admiró el envidiable paisaje que se contemplaba desde ese despacho. La plaza de la Cornucopia era espléndida. La actividad y el tráfico nunca cesaban en ella. Se dijo que, al ser viernes, podía relajarse. Tenía muchos objetivos en los que ahondar. Ese fin de semana reflexionaría sobre todos ellos. Ahora, se merecía un descanso.

Retomó el libro que estaba leyendo, titulado *La ecuación del siete*. La obra le interesaba no solo por su contenido, sino por las glosas que su anterior dueño había efectuado en los márgenes. Mientras lo leía, pensaba en los asuntos vinculados a la religión que, gracias a su nueva política, Heptágono ya no investigaría. Aquello le evitaba molestias.

La lectura, no obstante, también le hizo recordar a Alexander Berkel, lo cual alimentó las ansias de venganza que se expandían sin control en su interior.

7

Alexander se pasó casi toda la tarde tirado en la cama, mas ni su mente ni su cuerpo descansaron. Por eso, cuando cayó la noche, le animó tener algo que hacer. Hacía días que las cuatro paredes de esa habitación se le antojaban cada vez más angostas.

Esperó a que pasase la hora de cenar, cuando el ambiente del barrio se apagaba, para salir. Recorrió el itinerario habitual hasta el Edificio Zita. No debía bajar la guardia. La proximidad del fin de semana y el alivio de la temperatura nocturna incitaban a muchos, sobre todo jóvenes, a salir a esas horas. Podía toparse con alguien en cualquier esquina.

Se arrepentía de haber creído que podía hacer algo respecto a su inocencia y su identidad. No podía evitar regañarse y disgustarse por ello. Llevaba siete meses acostumbrado a la aflicción y el pesimismo. Aun así, no dejaba de pensar sobre ambos asuntos. Debía haber otros modos de aclararlos. Necesitaba hallarlos. Los obstáculos le desquiciaban.

Se acercaba la medianoche cuando, en su cuartito de *La rueda de la fortuna*, el teléfono inalámbrico timbró. Alexander, que zapeaba aburrido, respondió enseguida. Sócrates habló al otro lado de la línea, con un tono de voz más serio que otras noches.

—Intervenga de inmediato, Alexander —pidió, sin mediar saludo alguno—. Es joven, no más de treinta años. Ha debido ponerse lo mejor que tenía en el armario, pero en la entrada han tenido que prestarle la chaqueta. Los zapatos son azules. Mesa dos.

—Voy ahora mismo, señor Sócrates —aseguró Alexander.

—Sin líos, por favor —añadió Manuel—. Solo échele. Es de los suyos.

—¿Perdón? —contestó Alexander. No le entendía.

—Que es gafe. No sé qué pretende. La banca está quedándose todo su dinero, pero él está haciendo perder al resto de la mesa. Y ya sabe que si pierden siempre, no vuelven.

Alexander se quedó boquiabierto. Titubeó.

—Ahora voy —logró decir, antes de colgar.

Se incorporó, nervioso. Se alisó el traje, se atusó el pelo y se puso unas gafas oscuras para pasar más desapercibido. Al fin y al cabo, no iba a fijar la mirada en nadie. No era posible echarle mal de ojo a alguien como él.

Mientras cruzaba los pasillos que conducían a la sala de juego, Alexander osciló entre la impaciencia y la turbación. No había conocido a otro gafe nunca, excepto Héctor. Este le había hablado de lo más o menos inusual de su condición. ¿Cómo reaccionaría el que ahora jugaba en la mesa dos? ¿Sería un amigo o se mostraría hostil?

74

Ya en la sala de juegos, según se acercaba a la mesa, se percató del semblante inquieto del crupier. El pobre, algún refuerzo temporal contratado para el verano, repartía las cartas con lentitud, mientras miraba en todas direcciones, a la espera de alguien: de él. Le habrían alertado de la situación por su minúsculo auricular y aguardaba a que la ayuda se personase. Alexander volvió a beneficiarse de que los adinerados clientes del casino no reparasen en él, a quien, con toda seguridad, percibían como un empleado, alguien sin importancia.

No le costó identificar al gafe. Se había sentado en un lateral de la mesa. Le estudió. Tendría veintitantos años. Daba la impresión de ser inofensivo. Incluso se le intuía cortado, consciente de no encajar en ese lugar. Era de estatura media y complexión fuerte. Su rostro era redondeado, cubierto de una fuerte barba rala, castaña oscura, igual que su pelo corto. Tal como Sócrates describiera, se veía que había tratado de vestirse con lo mejor que guardaba en su armario, pero se notaba que la ropa era barata, aparte de no ir nada conjuntado.

Alexander respiró hondo antes de plantarse a su lado. Al tenerle cerca, se fijó en una vieja cicatriz que le cruzaba la mejilla izquierda. Advirtió que temblaba. Al percatarse de su presencia, el joven le miró con un atisbo de miedo en los ojos, de iris marrón verdoso.

–Discúlpeme, caballero –dijo Alexander–. Acompáñeme, si es tan amable.

–¿Por qué? –interrogó el gafe, asustado. Tenía la voz suave pero varonil.

–Creo que ha perdido todo lo jugado. La banca no puede ofrecerle crédito por ahora y las apuestas deben continuar. Acompáñeme, por favor –insistió Alexander, con cortesía.

El joven le miró varios segundos. Tal vez, intentaba atisbar algo más allá de sus gafas oscuras. Se preguntaba qué sucedía. La situación era muy extraña. Por su parte, Alexander procuró no dirigir la mirada ni al crupier ni al resto de jugadores.

Al fin, consciente de que interrumpía el juego de la mesa, cohibido y quizá avergonzado, el joven accedió a acompañar a Alexander.

Sin hablar, salieron del casino. Lo hicieron a través de *La Routa*, la supuesta recepción de un hotel que no existía, situado en una perpendicular a la avenida Deziro, cerca del Gran Teatro Fortuna. Ensimismado, nostálgico, Alexander rememoró una noche del otoño anterior, cuando visitó *La rueda de la fortuna* con Irene. Esa noche, conoció a Manuel Sócrates y charló por primera vez con la única chica a la que había amado.

—Lo siento —dijo el gafe.

Alexander observó al joven. Este parecía abatido. Le tendía la chaqueta, que se había quitado. Alexander la cogió y supuso que ya no se la prestarían a nadie. Admiró la calma de la calle. Circulaban pocos coches. Escaseaban las farolas. No se oían ruidos. El cielo estaba estrellado. En la acera opuesta, una pareja paseaba entrelazada.

—¿Qué sientes? —preguntó.

—No sé. Lo que sea. Lo que haya hecho para que me echen.

—Bueno, era inevitable, ¿no? ¿Qué pensabas conseguir aquí?

—¿Aquí? Dinero, ¿qué si no?

Al escuchar esa respuesta, Alexander comenzó a considerar cierta teoría que, en principio, juzgó improbable.

—Has perdido todo el dinero que habías apostado. Y, si te has dado cuenta, los demás jugadores de tu mesa también han perdido. La banca se ha forrado —agregó—. ¿Cómo creías que ibas a evitar que eso sucediese?

—¿Evitarlo? —contestó el gafe—. ¡Ni que yo tuviera la culpa de que los demás pierdan!

Asombrado, Alexander se preguntó cómo podía ser posible que ese joven no entendiese que era un gafe. Nunca se lo había planteado: ¿podía alguien de su condición ir por la vida sin conocer la verdadera suerte?, ¿sin sentir el peso de la tara con la cual convivía?

Reticente a creer eso, desabrochó el primer botón de su camisa y sacó su amuleto.

—¿Sabes qué es esto? —inquirió, al mostrarle la preciada posesión al confundido joven.

—Un trébol, uno de cuatro hojas —respondió el gafe, sin más. No se enteraba de nada.

Alexander suspiró. Era verdad. Pese a su edad, nadie le había explicado al chico que era portador del infortunio. Nadie le había guiado ni le había entregado su propio amuleto. Nadie le había hecho ver que estaba maldito. Y, por descontado, nadie le había explicado que esa suerte permanecería inmutable toda su vida.

—¿Cómo supiste de este lugar? —quiso saber.

76

—Casualidad, supongo. Necesito dinero y ya no sé qué más hacer. Perdí mi trabajo y no he encontrado nada. Fui a comprar un billete de lotería. En el quiosco, me encontré con un hombre que vivía en el mismo edificio que yo cuando era pequeño. Hablamos un rato y me contó sobre este casino. Pregunté a más gente. ¿Yo qué sé? ¡Fue solo una casualidad!

Alexander le habría replicado que la casualidad solo era el disfraz de la ventura, pero no sabía cómo actuar. Evocó el día, lejano ya, en que su padre adoptivo le explicó que ellos dos eran gafes. ¿Quién era él para perturbar de esa manera a ese desconocido? No se sentía capaz de ello. No obstante, alguien debía desvelárselo. ¿Cómo controlaría sus poderes?

—¿Cómo te llamas?

—Frank Axel.

Héctor se habría sincerado con él y habría asegurado que era lo correcto. Compartían una condición indeseada. Cierta responsabilidad les unía. Mas Alexander era un gafe derrotado. Él no podía ayudar a nadie. Así que, aún consciente del error, solo dijo:

—No vengas más por aquí, Frank. No es una amenaza, sino un consejo. Aquí no vas a encontrar más que problemas. En un casino, solo ganan los poderosos. Busca tu camino en otras partes. Ve con cautela. Ten mucho, mucho cuidado en esta ciudad.

Alexander se dio la vuelta y dejó allí al gafe. Guardó su amuleto, se abrochó la camisa y volvió dentro, donde tiró la chaqueta prestada a un contenedor.

<u>8</u>

Joseph Klausmann no acostumbraba a conducir, aunque tuviera carné. Siempre había preferido caminar. Pasear le ayudaba a evadirse de distracciones, despejar sus indecisiones y concentrarse en lo que le ocupaba. Ese viernes, no obstante, pidió un taxi. Podía haber ido a pie, pero no le apetecía mancharse ni retrasarse.

Llevaba uno de los escasos trajes negros que tenía. El tejido no era grueso y permitía soportar el calor. Él solía vestir otros colores, como el marrón o el azul. No le importaban las modas. No les prestaba atención. Pero, ese día, consideró necesario cumplir con el protocolo del luto. De modo que chaqueta, corbata, pantalón y zapatos eran negros. La camisa era blanca; su semblante, hierático.

Pocos minutos después de las nueve y media, el taxi llegó a la vacía calle de los Desconocidos. Él pagó la carrera al conductor y se apeó del coche, que se alejó. Entonces, un silencio absoluto, incluso sobrecogedor, reinó en el lugar. Joseph notó que le picaba la garganta. No tenía qué beber. Se encontraba allí donde el barrio de Serenidad casi se sumía en el olvido, donde nunca se veían paseantes y no podían forjarse recuerdos gratos. El tramo de la calle era curvo. El asfalto estaba desgastado. A su espalda, se alzaba la tapia de superficie descascarillada de un antiguo sanatorio. A unos metros, hacia su derecha, se hallaba un parque cuya vegetación se encontraba descuidada. En dirección contraria, a pocos minutos, se desembocaba en la avenida Persisto.

Ante él, se alzaba la puerta central del cementerio. Era de hierro grueso y oscuro. Estaba abierta. Había una garita a cada lado, ambas desocupadas en ese momento. Desde allí, dada la curvatura de la calle, no se lograba atisbar el final de los largos y altos muros que se extendían a derecha e izquierda. Joseph entró en el camposanto. El terreno levantaba polvo y ensuciaba sus zapatos, cosa que le fastidió. Se acercó a una fuente para beber un sorbo de agua, a pesar de que estaba caliente.

La extensión del Cementerio del Arcángel Miguel era enorme. La puerta central estaba orientada al este. Había otra, más vistosa, en la parte septentrional, donde se situaban los mausoleos y sepulturas de mayor abolengo. En cambio, ese viernes, Joseph anduvo en línea recta hacia una pequeña parcela, rodeada de arbustos y cipreses, reservada para el descanso eterno de algunos de sus familiares.

Uno de los guardeses, acompañado de una pareja de sepultureros, aguardaban allí. Ya lo tenían todo dispuesto. Vera Klausmann iba a ser enterrada sin responso litúrgico. Joseph había estimado que era lo más oportuno. Su sobrina no profesaba ninguna creencia religiosa tradicional. Ella solo creía en sus delirios eugenésicos. Además, el propio Joseph iba a ser el único asistente al acto funerario.

O eso creía él. Pues cuando, después de saludar al guardés, se disponía a indicarle que sus hombres y él se pusiesen manos a la obra, se fijó en una figura gacha que se aproximaba a la parcela. Al principio, no le dio importancia. Luego, se percató de quién era el asistente inesperado.

78

Por un lado, se sorprendió. Por otro, rememoró algunas sospechas y pensó que era comprensible que estuviese allí.

Jon Hosen tenía cincuenta y pocos años. Sin embargo, se le veía desmejorado para su edad. Parecía coetáneo de Joseph. Era un hombre corriente, que solía agachar los hombros. De rostro enjuto, su frente se arrugaba y su piel tostada se notaba irritada por los afeitados. Tenía el cabello castaño claro. Llamaba la atención por un fuerte mechón blanco que crecía en la parte frontal de su cabeza. No vestía traje negro.

—Joseph —saludó Jon, lacónico, con su voz apocada.

—Jon —correspondió Joseph, formal—. No te esperaba.

Los dos hombres se observaron varios segundos, callados. Se estrecharon la mano.

Joseph comunicó al guardés que el entierro podía comenzar. Los sepultureros empezaron a afanarse en sus tareas. Mientras, él miró de reojo a Jon. Se percató del compungido semblante con el que contemplaba el austero ataúd de Vera. Se mostraba más afectado por la tragedia que él. Daba la impresión de que pugnaba por no romper a llorar.

—¿Cómo ocurrió? —preguntó Jon, mientras los obreros destapaban la tumba.

—Fue un paro cardíaco —explicó Joseph. No le apetecía nada hablar de aquello.

—¿Un paro cardíaco con solo veintisiete años? Vera no tenía problemas de corazón.

—No, pero sí tenía problemas con las drogas, Jon —contestó Joseph. Procuró emplear un tono de voz bajo. Al ver el gesto apesadumbrado del hombre, que cerró los ojos con la cabeza gacha, agregó—: Vera estaba enganchada a una droga de diseño. Creo que la llamaba H7. Yo lo descubrí poco antes del fiasco de sus delirantes experimentos. No sé cómo, pero en la cárcel se las arregló para seguir consumiendo. En esos lugares sucede cualquier cosa.

—¿Así que fue una sobredosis? —interrogó Jon, afectado por la truculenta revelación.

—En realidad, no. Lo que pasó fue que consumió una pastilla mala, mezclada con algo que le provocó un colapso letal. Le hicieron la autopsia en prisión, pero no recuerdo ahora los detalles. La encontraron en su celda, a la mañana siguiente. Justo hoy hace una semana.

–Se te ve bastante entero –apuntó Jon. Joseph se preguntó si había sido un reproche.

–Porque ya ha pasado una semana –dijo–, siete días y siete noches para asumirlo, para meditar. En cierto modo, me he dado cuenta de que lo ocurrido era inevitable.

–¿Inevitable?

–Sí, inevitable. Fue el infortunio. Ante eso, no hay nada que hacer. –Respiró hondo, y añadió–: Vera fue gafada. Mermaron su suerte. Estaba perdida. La maldijeron.

Jon tragó saliva.

Tardaron casi una hora en darle sepultura a Vera. Joseph y Jon asistieron al trabajo de los sepultureros en silencio, sin apartar la vista de la tumba. Luego, después de firmar unos papeles que el guardés requería, Joseph contempló el camposanto. A pesar de que sabía que este se encontraba en el término de la ciudad, era incapaz de adivinar qué había más allá de los lindes del lugar. Era un terreno ignoto en el que nunca se había aventurado.

El guardés y los sepultureros les dejaron a solas. Jon se acercó a la lápida. Le limpió el polvo con la mano, allá donde estaba inscrito el nombre de la madre de Vera.

–Compartirá sepultura con Esther –observó.

–Sí. Ojalá ambas hallen la paz que merecen.

Joseph introdujo la mano en un bolsillo de su pantalón. Palpó cierto objeto que había llevado consigo. Caviló un instante. Decidió entregárselo a Jon. Se trataba del dado de cristal amarillo que perteneciera a su sobrina.

–Era de Vera –señaló–. Quédatelo.

Jon lo cogió, y anotó:

–Te lo agradezco. –A su vez, Jon le entregó un sobre que guardaba en un bolsillo. Se lo tendió a Joseph, y detalló–: Me han pedido que te trajera este mensaje. La respuesta a tu solicitud de financiación es afirmativa, pero hay una condición. Léelo.

Más tarde, Joseph abandonó el cementerio. Decidió no llamar a un taxi para la vuelta. Prefería pasear y alejarse de aquella zona apartada para volver al interior de la ciudad. Podía coger el tranvía de la media luna para llegar hasta su casa. El trayecto sería largo, pero serviría de oportunidad para examinar sus observaciones y elucubraciones.

Llevaba su libreta consigo y, durante el paseo, repasó la lista de tareas pendientes, que conocía de memoria. Trazaba marcas según resolvía cosas. Podía tachar el tema de la financiación. La inyección de dinero se disimularía para que ni él ni su socio inversor se topasen con problemas en caso de complicaciones. Aceptaría la condición que este había demandado. Las mejoras sobre el azafrán arrojaban resultados satisfactorios, superiores a los logros de Vera. Pete se encargaba de organizar todo en las nuevas instalaciones de su empresa. Se habían borrado ciertos datos de los registros oficiales. Además, se había decidido la liquidación de las empresas a nombre de Vera para repartir lo que quedara como correspondiese. Había recibido información sobre una gestoría que se dedicaba a eso.

Aquello lo facilitaría todo. Vera ya no era un problema. Los dilemas y cargos de conciencia quedaban atrás. Ahora, podía centrarse en mutar lo que todos creían inmutable.

2

Luka Miller había vuelto al trabajo. Las vacaciones siempre transcurrían a toda prisa. Antes de iniciarlas, pensaba en ellas cada día. Imaginaba lo que podía hacer. Luego, los días pasaban sin que apenas se percatase. No habían ido a ningún sitio, ya que su situación económica no era boyante. El niño suponía gastos constantes. De todos modos, esa noche, en su primera guardia nocturna, se arrepintió de no haberlo intentado.

Era enfermero del Santo Damián, el hospital público de Ciudad Fortuna. Los turnos de noche eran difíciles. Además, en verano, resultaban muy raros. Cuando entraba al trabajo, el cielo, en pleno ocaso, todavía clareaba. Y, a la mañana siguiente, cuando salía, volvía a ser de día. Sin embargo, él, recluido entre los muros del enorme y viejo complejo, no había experimentado la noche, por mucho que su cuerpo la añorase.

Al salir, había cogido la línea circular del tranvía, como de costumbre. Se esforzó para resistir despierto durante el trayecto. Sabía que no debía dormirse hasta llegar a casa. De lo contrario, podía espabilarse y no conciliaría bien el sueño.

Logró resistir. Clarisa y Marko dormían cuando él entró en casa. Sigiloso, se lavó los dientes, se quitó la ropa, que estaba sudorosa, y se metió en la cama. Ese era el mejor momento. En menos de un minuto, se quedó dormido.

Volvió a tener el sueño de la semana anterior. Fue igual que esa vez, con similar viveza. Se percibían incluso los detalles nimios. Revivió la sensación de no ser dueño de su voluntad, de ocupar otra conciencia. Su visión era limitada, pues una espesa bruma lo envolvía todo y le permitía ver solo una fracción de ese universo onírico. Reconoció la vía de tren y su pesado avance, el frío en rededor, el resplandor encarnado del fondo… El tictac sonaba con una cadencia muy marcada. ¿Sería una especie de código? La velocidad aumentaba y él se aproximaba a la puerta. Distinguía el trébol de cuatro hojas.

Como la anterior ocasión, se despertó sobresaltado y escuchó el llanto de su hijo. La luz de la mañana se colaba por las rendijas de las persianas. Consultó el reloj. Era mediodía. Advirtió el ajetreo de su esposa en la cocina. Clarisa cocinaba a la vez que atendía a Marko. A Luka le invadió la desoladora certeza de que no conseguiría volver a dormirse.

Se levantó. Notaba los músculos agarrotados. Se estiró. Buscó un pantalón corto y se puso las gafas. Todavía atontado, bajó a la cocina.

En efecto, Clarisa preparaba la comida con el bebé en brazos. El niño hipaba, fatigado por la reciente llorera, con la mirada perdida.

–¿Qué haces despierto? –preguntó Clarisa, apenada–. ¿Hago mucho ruido?

–No, no. Me he despertado. ¡Qué raro! He tenido aquel sueño otra vez.

Marko estiró los brazos al ver a su padre. Necesitaba consuelo. Luka le cogió y le besó en la frente. El crío pareció relajarse poco a poco, igual de adormilado que él.

–¿Por qué habré tenido otra vez el mismo sueño? –insistió Luka.

–Porque piensas en ello –opinó Clarisa–. Marko también estaba dormido.

–No es un sueño cualquiera.

–Ninguno lo es. No le des importancia. La mente es misteriosa.

Esa frase indujo una idea en la mente de Luka, quien, con Marko en brazos, se dirigió al salón. El niño señaló el acuario con insistencia. Él cedió a su deseo. Sabía que aquel era el rincón preferido de su hijo. Este observaba embelesado los peces de colores de Betina. Los había de muchas clases y colores. El acuario, asimismo, contaba con accesorios muy llamativos: corales, conchas, un volcán y hasta un templo.

Aquel sueño no era normal. Entrañaba algo que Luka no lograba descifrar. Allí, junto al bonito acuario, se preguntó qué habría interpretado su abuela. Betina solía soñar mucho. Le había narrado sueños fascinantes.

Entonces, tuvo una idea, pensó algo, regresó a la cocina, y anunció:

—Creo que ya sé qué sucede.

10

Las noches de los fines de semana eran las más complicadas para andar por la ciudad, en especial durante el verano. En esas ocasiones, podía encontrarse gente en la calle a cualquier hora. Por eso, ese viernes, cuando salió del Edificio Zita casi a la una de la madrugada y escuchó el alboroto de un grupo de jóvenes, Alexander decidió esperar un rato dentro del portal, hasta que la panda se marchara.

La velada en el casino había sido tranquila. No había tenido que intervenir. No tener que echar mal de ojo era un alivio. Entretanto, recordaba al pobre Frank Axel, el gafe de la otra noche. No estaba seguro de haber hecho lo correcto. Su conciencia le susurraba que le debió prestar ayuda, pero ¿qué podía hacer él? Vivía oculto y proscrito.

La algarabía adolescente se distanció. Alexander envió un mensaje con su *smartphone*. No quería volver a su escondite. Las noches eran su oasis de libertad. Dejó el Edificio Zita y paseó por calles paralelas a la avenida Majstro, hacia el sureste. En un momento dado, un ruido le asustó. Se giró de un respingo. No obstante, solo era la tapa de un cubo de basura metálico, la cual se había caído y rodaba por la calzada: una burla de la ventura.

Recibió un mensaje de respuesta. Al leerlo, se encaminó hacia la parte meridional del barrio de Hornos. Cruzó Majstro. Luego, llegó a una de las áreas más marginales de la ciudad. Se trataba de un conjunto de avejentados y elevados bloques de pisos, viviendas que se entregaron con fines sociales en décadas previas y que, en la actualidad, representaban una zona nada recomendable.

Llamó a un telefonillo y le abrieron el portal. El ascensor no funcionaba, aunque, de todos modos, él no lo usaba. Subió al tercer piso a pie.

Golpeó una puerta con los nudillos. Esta se abrió. Una mujer de veintitantos, envuelta en una toalla anudada bajo las axilas, con el largo cabello moreno y la piel mojados, le sonrió, y dijo:

—¡Pasa! Termino de secarme el pelo y estoy contigo.

Mientras la mujer volvía al baño, Alexander pasó al exiguo salón del apartamento. El sitio estaba siempre desordenado y repleto de cosas. Apartó unas revistas del sofá para sentarse. Escuchó el sonido de un secador de pelo.

Alexander conoció a Vanessa Danzi a finales de la primavera previa, durante otra noche de fin de semana. Él regresaba a la taberna. Ella había sufrido un desagradable percance con un sinvergüenza. Él la vio a lo lejos y fue incapaz de no acudir en su auxilio. La acompañó a su casa. Ella le invitó a subir.

Vanessa salió del baño. Se había secado. Solo la toalla tapaba su desnudez. Alexander la contempló: la piel delicada con algunas señales, el cuerpo menudo, el abundante y sedoso cabello moreno, el bonito rostro, aún con ojeras, de ojos oscuros y labios delgados… No lo podía negar: sus recuerdos de Lara estallaban ante la semblanza de esa joven.

Vanessa se sentó a su lado, casi sobre él. Palpó la suavidad de su traje. Acarició su repeinado flequillo y la áspera pero varonil sombra de su barba. Se aproximó despacio y besó sus labios con primor. Él cerró los ojos para acentuar la sensación. Aquello era placentero, pero, al mismo tiempo, le avergonzaba. ¿Adónde podía llegar con esa chica? A nada bueno, se temía. Mas estaba saturado de dolor. Clamaba por un paliativo.

—¿Dónde estás? —preguntó Vanessa—. Te noto muy lejos.

—Estoy lejos —reconoció él—, pero no sé dónde estoy.

—Deja que yo te encuentre —susurró ella.

Alexander intuía en cada vez más matices y detalles que Vanessa se había enamorado de él, lo cual era funesto y le aterraba. Debía remediarlo.

Pero, en ese momento, Vanessa se deshizo de su toalla y le envolvió en el ardor de su ansioso cuerpo. Alexander se entregó sin obstáculos al bálsamo de tan gozoso refugio.

84

CAPÍTULO III

Memoria y corazón

1979

Los meses transcurrían como si fueran años, pues ciertas cosas no parecían cambiar.

Esa era su nueva noción del tiempo. Habían pasado el invierno, la primavera y el verano. Empezaba el otoño. Ella lo temía. Las épocas cálidas habían logrado que la situación en casa resultase más o menos llevadera. Ahora, se avecinaba un invierno que prometía ser muy, muy largo. El ambiente empeoraría.

Solo hacía siete meses desde el nacimiento del niño. Antes del parto pensaba que esa primera etapa sucedería a toda prisa, pero había ocurrido de otro modo. Debido a los conflictos, apenas recordaba cómo era todo antes de dar a luz. Su memoria había desterrado lo anterior a esos meses, a su maternidad.

Ella era la única que de verdad se preocupaba del niño. Se ocupaba de alimentarle, de bañarle, de sacarle de paseo por la finca, de dormirle, de velarle si caía enfermo...; de todo. Era su desvelo. Hasta se había ocupado de amueblar y decorar como era debido el pequeño cuarto de invitados al cual, desde el principio, le habían relegado. ¡Su hijo no merecía criarse como si viviese de prestado en su propia casa! Los corazones de madre e hijo latían al unísono. Se mantenían con vida el uno al otro.

Su marido, testarudo e intransigente, no había cambiado. Ella empezaba a asumir que no lo haría nunca. Cada nimio detalle que ella trataba de mejorar por el bien del niño requería disputas y acritud. Él perseveraba en sus obsesiones. Incluso se enojaba si ella llevaba al crío de paseo más allá de los lindes de la parcela. No podía comprenderle. Él dejaba patente con cada gesto que la culpaba de lo ocurrido, como si ella fuese el origen de la tara que les había caído encima. Y, al mismo tiempo, pretendía mantener su quebrado matrimonio unido, por miedo a que su desgracia se hiciese pública.

Los empleados de la finca actuaban con normalidad ante el niño, aunque las órdenes del señor a veces les confundiesen. Las que trabajaban en el caserío, como la cocinera o las criadas, eran quienes más se enteraban de lo que acaecía entre su marido y ella. Con el paso de los meses, se habían sosegado respecto al crío, quizás por desconocer la verdadera suerte. Al principio, al ver cómo se comportaba el padre, debieron pensar que había nacido con alguna clase de deformidad o enfermedad infecciosa, lo que las atemorizó. No entendían en qué consistía la auténtica maldición que el progenitor abominaba.

Esa mañana, en el patio trasero, ella advirtió por primera vez el cambio de color de la hierba. Pensó que era hora de guardar los vestidos de verano y rescatar las lanas. En efecto, pronto, el otoño lo cubriría todo con su pesar: los cultivos, el huertecillo, los columpios, la maleza circundante; hasta el caserío, que acababa de remozarse. Más tarde, el invierno ensombrecería la belleza de esa casa de revestimiento de madera, con su porche, su tejado con gabletes y lucernarios, sus ventanas y balcones. Lo temía, pero resistiría a ello.

Regresó al interior del caserío. Una criada, la joven, se acercó, y dijo:

–El señor me ha pedido que le diga que la vendrá a recoger a las seis.

¡Qué absurdo! ¿Por qué no podía "el señor" decírselo a ella?

–¿Cuándo se ha marchado?

–Hace poco, señora. Solo me ha pedido que se lo recuerde.

–De acuerdo. Gracias.

Sabía muy bien por qué su marido utilizaba a la pobre criada, a la que tanto miedo infundía, como mensajera de sus recaditos. Quería que ella supiese que, esa tarde, a las seis, la iba a recoger a ella, solo a ella, no al niño. Su hijo no estaba invitado a acto social alguno.

Subió a la planta alta. Pasó al cuarto del crío. Alexander ya estaba despierto. Pataleaba y canturreaba tan campante dentro de la cuna. Ella sonrió henchida de alegría al verle. Ese era el único y maravilloso efecto que tan graciosa y preciosa criaturita provocaba en ella. Le encantaban sus mofletes, su boquita, su cabello castaño y sus piernas rollizas. Enamorada, le cogió en brazos y le besó varias veces. Mientras le llevaba abajo, le susurró:

86

–No importa. No te preocupes. Solo recuerda que, pase lo que pase, tú nunca, nunca, nunca estarás solo. Jamás lo olvides.

Fue al cuarto de la plancha. Ahí habían puesto el parque de juego. Le dejó dentro. Él ya aguantaba sentado. Allí estaba la niña: pelirroja, vivaracha y parlanchina. Hablaron en su idioma. El niño y la niña se querían.

35 AÑOS DESPUÉS

1

Ciudad Fortuna se expandía, capaz de quebrar toda barrera y superar cualquier límite. De la misma manera, sus contrastes se extendían a lo largo y ancho de sus calles sin confín. Las opciones para el secreto y el enigma aumentaban por doquier.

El barrio de Hornos se emplazaba entre las avenidas de Majstro y Komerci. Fabriko trazaba su arteria central. Era la prueba de que, en el siglo XXI, pese al declive de las fábricas y el menor impulso de las minas, en la urbe pervivía la ingente clase obrera que nació y se estableció en el siglo XIX, fruto de la revolución industrial. Representaba las desigualdades propias de la ciudad. Era el barrio más extenso y poblado, pero también el dotado con la menor renta per cápita. Sus habitantes eran gente humilde.

Albergaba rincones preciosos y acogedores, como la plaza del Tilo. También poseía lugares demasiado desatendidos. Su línea en la red del tranvía, la de Fabriko, subsistía con las infraestructuras y convoyes más anticuados.

Alexander Berkel no imaginaba vivir en otra parte de la ciudad. Había asumido que el barrio de Hornos era su hogar. Aun así, en ocasiones, necesitaba alejarse y perderse por los interminables senderos de aquella urbe. Sus salidas nocturnas aliviaban el hecho de ocultarse durante el día. Le ayudaban a sentirse cuerdo. Además, desde que se empeñara en afrontar las cuestiones relativas a su inocencia y su identidad, con vanos resultados, la habitación de la taberna le parecía cada vez más pequeña. Se ahogaba allí dentro.

Por eso, pero también porque añoraba cierto contacto físico, esa noche, una vez más, se escabulló de su escondite en *La herradura de plata*, pasada la medianoche, para encaminarse al sur del barrio de Hornos. Hoy no había tenido que ir a *La rueda de la fortuna*. Era miércoles, una noche tranquila en el casino, incluso en verano. Dado que sus cavilaciones no eran más que una angustiosa amalgama de incógnitas y frustraciones, había vuelto a contactar con Vanessa Danzi. Era cierto que apenas hacía cinco noches desde la última vez y que la frecuencia de sus encuentros aumentaba demasiado, pero ella era su único alivio.

88

Cerca del bloque de pisos donde Vanessa vivía, Alexander avistó a lo lejos una escena tan lamentable como habitual. Se trataba del furtivo diálogo entre dos personajes que, hasta con poca luz, se podían identificar como el yonqui y su camello. Trapicheaban al lado de un viejo coche abandonado. Efectuaron su intercambio: papelina por billetes. Verlo le asqueó y le trajo varios recuerdos: del pasado tenebroso de su hermana y de los inicios de la investigación que realizó el otoño previo. Era una escena deplorable, la peor imagen del barrio obrero de la ciudad. Sin embargo, después, mientras subía las escaleras del portal de Vanessa, se percató de que su visita, realizada a hurtadillas en plena madrugada, suponía otra escena igual de infausta. Se preguntó qué opinaría Héctor, y se avergonzó.

Esa noche, Vanessa estaba muy contenta. Cuando Alexander fue al piso, ella se bebía una copa y sirvió otra para él. Veía vídeos musicales en un canal de televisión. Había comprado el último número de su revista de moda favorita. El motivo de su entusiasmo era que había encontrado un nuevo empleo, un puesto como limpiadora.

—La última vez que tuve un contrato en toda regla fue hace tanto que no sé si contarlo en años o en lustros —dijo ella, al sentarse junto a él en el sofá.

Mientras Vanessa parloteaba entusiasmada, Alexander la analizó. Lo que vio le turbó, pues presintió el velado pero progresivo deterioro de la chica. Esta, cada vez más enamorada de él, cegada por esas emociones, no se percataba de que su suerte se mezclaba con la de un gafe. No conocía ni la verdadera suerte ni la tara de su amante.

—¿Cómo es el sitio? —preguntó Alexander, aunque, centrado en sus crecientes remordimientos, no escuchaba nada de lo que la chica decía.

—El edificio es viejo. No me extrañaría que fuesen los únicos allí. Las demás empresas se han marchado al área industrial y empresarial. Está lleno de trastos. Se llama *Kmann*. Voy a sudar hasta que lo adecente, pero lo haré bien.

—Eso es lo importante —comentó Alexander, que no prestaba verdadera atención.

—¡Claro que sí! No sabes lo idiota que era de joven. Era muy idiota, pero no lo sabía. Mi madre limpiaba escaleras y yo me avergonzaba de ella. ¡Qué imbécil! Ahora, un contrato de limpiadora es lo mejor que me podía pasar.

En efecto, lo era. Alexander lo sabía porque conocía el pasado de la joven. Vanessa, antes, era puta. Había tenido que ejercer la prostitución durante demasiado tiempo, atrapada en un círculo de marginalidad donde las oportunidades para escapar eran casi inexistentes. Lloraba en una esquina del barrio de Hornos, tras haber sido golpeada por un cliente, la noche que Alexander la auxilió. Esa noche, él vio a Lara en sus ojos llorosos. Con el tiempo, la aconsejó acerca de cómo dejar la calle.

—¿Sabes qué es lo importante?, ¿lo importante de verdad? —añadió Vanessa, sentada a horcajadas encima de él—. Que este trabajo demuestra que todo puede mejorar. Es el inicio de un montón de cosas buenas.

Alexander esbozó una sonrisa que le dolió. No podía seguir con esa situación. Se alegraba por Vanessa. No obstante, no estaba enamorado. Jamás se enamoraría de nuevo.

En cambio, más tarde, volvió a acostarse con ella. Desconectó su cerebro. Su conciencia enmudeció. Dejó que lo carnal tomase el control. Apagó las alarmas de su memoria. Aquello era muy arriesgado, pero anhelaba un paliativo para el suplicio de su corazón. Los alivios que Vanessa le proporcionaba le sugestionaban.

Luego, al acabar, se sintió fatal, como siempre. Dejó pasar un rato, volvió a vestirse y anunció que tenía que marcharse.

—¿Vendrás el fin de semana? —interrogó Vanessa, esperanzada—. Así te contaré qué tal los primeros días.

—No lo sé —respondió Alexander. No era capaz de decirle que no—. Dependo del trabajo. Ya te diré.

Vanessa sonrió y le despidió con un beso, uno muy grato, que acrecentó la culpabilidad de Alexander.

De regreso a la taberna, no se veía a nadie por la calle. Miró el reloj. Eran casi las tres de la madrugada. Por eso, cuando estaba más cerca de su guarida, decidió ir por la calle de los Tragaluces, a pesar de que, por lo general, escogía vías menos importantes.

Fue un error, una temeridad que nunca debió haber cometido porque, a escasos doscientos metros del callejón por el que pasaba a la taberna, reconoció un vehículo que circulaba a poca velocidad hacia él. Era un coche de la Policía. Patrullaba el barrio.

Se quedó helado. Estuvo a punto de detenerse, pero se obligó a caminar, aunque más despacio, para aparentar normalidad. Era imposible que los agentes no reparasen en él, ya que era la única persona en toda la calle. ¿Cómo podía librarse? Si torcía la esquina, resultaría sospechoso. Si caminaba hacia ellos, era factible que le reconociesen.

Entonces, ocurrió algo inesperado. Apareció una figura, un hombre que, por su forma de tambalearse, estaba borracho. ¿De dónde había salido? Cruzó la calzada con temeridad, a punto de ser atropellado por el coche policial, que pegó un frenazo.

Alexander dio gracias a la ventura. Aprovechó la oportunísima distracción para dar la vuelta, torcer en la primera esquina que halló y alejarse de allí aprisa, sin llamar la atención.

2

Alexander esquivó a la Policía. Esperó en una estrecha calleja cercana, una por la que no circulaban vehículos. Cuando había pasado tiempo de sobra, con suma cautela, volvió a Tragaluces. No halló rastro ni del coche patrulla ni del borracho kamikaze. Daba igual qué hubiera sucedido. Lo importante era que el mal trago le recordaba que no debía confiarse.

Cuando llegó a su habitación, estaba bastante nervioso. Era normal después del susto que acababa de llevarse. Se quitó la ropa y se echó en la cama. El ronroneo de Trece ayudó a calmarle. Se quedó dormido, pero, en realidad, no descansó. Se sentía alterado. Soñó que le apresaban. Se vio atrapado en una oscuridad insondable. Tuvo miedo. No podía permitir que eso ocurriese. Se había granjeado la antipatía de mucha gente.

Por la mañana, le despertó el ruido procedente de la calle. La actividad habitual regresaba al barrio. Somnoliento, se levantó para cerrar la ventana. La claridad del día se colaba en la habitación. Volvió a acostarse. Notó las pisadas de su colega felino, que se había desperezado. Se durmió de nuevo. Más tarde, abrió los ojos otra vez.

Las indagaciones sobre su inocencia y su identidad se encontraban estancadas. Su voluntad de avanzar en ambos temas no había servido de mucho. Por un lado, la información de Eddie Baltz demostraba que la Policía, comandada por el comisario Garmash, el pelele a su vez del alcalde Varone, no se planteaba la posibilidad de investigar a otros sospechosos. Él, obligado a esconderse, no tenía manera de rebatirles. Por otro lado, tanto él como Irene habían buscado en Internet lugares que cuadrasen con la descripción del lugar que recordaba de su infancia. No habían hallado nada. Alexander había llegado a un punto muerto. No se le ocurría dónde indagar. Le quedaba un as en la manga, una posibilidad difícil y, tal vez, arriesgada. Sin embargo, ¿qué más podía hacer?

Determinado, dispuesto a no pensarlo más por miedo a arrepentirse, se incorporó de repente. Cogió la revista cuya portada mostraba la fotografía de su ficha policial. El reportaje principal se titulaba "Leyenda/Maldición". Lo había leído en más de una ocasión. Recordaba la tarde otoñal en la que dijo algunas de las respuestas que el texto del artículo recogía entrecomilladas. Buscó información de contacto de la periodista autora del mismo. Solo vio una página web.

Recordó una cosa. Abrió un cajón del escritorio, rebuscó en su interior y localizó una tarjeta de visita. Decidido a contactar con esa persona, encendió su móvil. Al aparato se le había agotado la batería. Incapaz de contenerse, se puso algo de ropa y, de puntillas, bajó a la planta baja de la taberna. Al pie de la escalera, miró hacia el salón, separado del resto del inmueble por una puerta batiente. Debía ser cuidadoso, puesto que los clientes pasaban por allí para ir a los aseos. Miró también hacia la cocina, cuya puerta tenía un ojo de buey. Oía ajetreo. Herbert no paraba.

Alexander pasó a un minúsculo cuarto, que servía de despacho para la administración del negocio. El sitio se encontraba muy desordenado. En las paredes, enmarcados, vio planos antiguos de la ciudad, similares a los que podía contemplarse en la taberna, aunque se conservaban en peor estado. Descolgó el teléfono fijo que había en la mesa. Tecleó el número que figuraba en la tarjeta de visita. Respiró hondo y aguardó. Esa decisión podía volverse en su contra.

Al quinto tono, una voz suave y femenina, de pronunciación impecable, contestó:

–¿Dígame?

–¿Francine Moreau?

–Perdón, ¿quién es?

–Francine, soy…

No pudo seguir. La llamada se cortó. Desconcertado, Alexander se quedó allí parado. Miró el auricular sin saber qué hacer. Colgó. En ese mismo momento, el teléfono sonó. Él se sobresaltó tanto que casi dio un brinco. Enseguida, respondió:

92

—¿Quién es?

—¿Alexander?

Por un segundo, se quedó sin aliento. Era la voz que había escuchado instantes antes.

—¿Quién es? —dijo.

—Alexander, soy Francine Moreau. Es usted, ¿verdad?

—Sí —admitió él. Empezaba a relajarse, pero no por completo.

—¿Por qué me ha llamado? —inquirió Francine. Se la notaba tensa.

—Necesito hablar con usted.

—¿Desde dónde ha llamado?

—Eh… —titubeó—. Es el teléfono de un amigo.

—Mal hecho. Sea quien sea su amigo, es posible que le haya puesto en peligro. Piense que, desde que publiqué esa entrevista, el otoño pasado, creen que sé cómo contactar con usted. Además, no suelo escribir sobre temas poco polémicos. Hace tiempo que sospecho que mi teléfono oficial, al que usted ha llamado, puede estar intervenido.

Alexander se maldijo por su falta de temple. No quería perjudicar a Herbert.

—Pero ya lo ha hecho —continuó Francine—. Lo hecho, hecho está. He reconocido su voz. No le he olvidado. Por eso, he colgado. Ahora llamo desde un número que nadie sabe que me pertenece. O eso espero. Alexander, ¿se encuentra bien? ¿Dónde está?

—Estoy bien. Estoy escondido. Llevo escondido siete meses. Leí su reportaje.

—¿Le gustó?

—Me gustó el respeto con el que habló de mí.

—Sí, ya. Por eso, ahora creen que soy su amiga.

—Francine, necesito pedirle algo. Bueno, no es un favor. Le ofrezco un intercambio.

—Dígame.

—Francine, hay dos cosas que quiero que investigue para mí. Usted tiene los medios y conoce las maneras. Deseo que pruebe que existen otros posibles sospechosos en los casos de asesinato que me imputan. También necesito que averigüe cosas de mí, en relación a mi infancia. He recordado detalles de aquellos años, pero no sé cómo descifrarlos.

—Podría hacer eso. Todo depende de lo que me ofrezca usted a cambio.

93

—Lo que le ofrezco es sencillo: un encuentro secreto, una exclusiva.

Al otro lado, Francine guardó silencio. A continuación, interrogó:

—¿Dónde está?

—¿Dónde cree? —replicó Alexander.

No podía verla, pero supo que Francine Moreau sonreía cuando adivinó:

—En Ciudad Fortuna.

3

Irene Berkel dudaba si volver a quitarse el *piercing* que lucía en su ceja izquierda. Pensaba en ello mientras, despacio, meneaba el vaso de té helado. Oía el tintineo de los hielos. Miró a su alrededor con disimulo. Se encontraba en una cafetería del centro de la ciudad, en la misma avenida Sageco. El lugar era muy chic: formas onduladas; colores blancos, negros y malvas; lámparas de pie con vistosas pantallas; superficies relucientes. Se había sentado en la barra, en un taburete. Se preguntaba cuánto costaría el mísero vaso de té con hielo. En el fondo, se preguntaba si debía haber entrado en ese local. Pretendía fingir ser una elegante mujer de negocios, como alguna que veía por allí. Por algo que no lograba precisar, se notaba que ella no pertenecía a ese hábitat, a pesar de que, de nuevo, vistiese la ropa más formal y elegante que guardaba. ¿Era, de verdad, por el *piercing*? No estaba segura.

Irene nunca había aspirado a ser como la gente que podía hallarse en esa cafetería tan refinada. No les despreciaba, sino que prefería protegerse. Más de una vez, se había sentido vilipendiada por personas que se estimaban superiores en base a un estatus económico más elevado. En su trabajo, por ejemplo, le había costado ganarse la confianza de muchos clientes, logro que se había malogrado por los problemas de Alexander. Estaba habituada a vivir con humildad. Había crecido solo con su padre, ya que su madre murió al nacer ella. Fue el coste del infortunio. Así, Héctor y ella, y más tarde también Alexander, vivieron en muchos sitios durante su niñez. Siempre sobrevivieron con lo justo. En cambio, ahora, la estupenda oferta que la Organización Heptágono le presentaba podía ayudarla a medrar.

Sin embargo, la única imperfección de esa oferta era, de hecho, que procediera de la Organización Heptágono. Irene no conseguía entender

94

qué obtenía la Organización al contratarla. La situación le escamaba. No podía negar que sentía miedo, aunque, si lo recapacitaba con frialdad, ¿hasta qué punto debía temer a unas personas que, en el fondo, no conocía? ¿Qué daños concretos podían infringir? La etérea existencia de sus centinelas imponía, pero, por muy hábiles espías que fuesen, ¿qué límites legales podían saltarse para dominarla? ¿Qué poder fáctico real ocultaba Heptágono?

Había discutido con Lena. Irene era consciente de que su relación ya vivía momentos difíciles. La irrupción de la Organización solo había empeorado las cosas. Lena exteriorizaba en exceso sus temores y acentuaba la inseguridad de Irene. Después de haber evitado el asunto bastante tiempo, Irene le había pedido más espacio. Le agobiaba que Lena estuviese en su piso casi todos los días. Esta se había disgustado, pero, en ocasiones, Irene presentía que solo podía convivir al cien por cien con su hámster Sam.

Lo peor de todo, aquello en lo que más había incidido Lena durante su discusión, era ocultarle lo de Heptágono a Alexander. Irene llevaba dos semanas sin visitar a su hermano. Pese a que el escondite en *La herradura de plata* funcionaba a la perfección, ir a verle no dejaba de entrañar riesgos. Tampoco había logrado ayudarle con su infancia. Quería hacerlo, pero no se le ocurría dónde buscar con tan poca información. Era una petición peliaguda. Se sentía saturada de desasosiegos, obligaciones y preocupaciones.

Terminó su té helado y pidió la cuenta. No le salió tan caro como ella temía. Decidió quitarse el *piercing*. Se peinó y alisó su traje. Iba a firmar el acuerdo. Aunque la Organización la intimidaba, debía librarse de apuros. Los económicos eran un buen comienzo.

Acudió a la sede de Heptágono. Igual que la semana anterior, la cámara del vestíbulo la detectó, el ascensor se abrió para ella y subió a la cuarta planta. El mismo tipo de la otra vez, el del poblado bigote cano, le solicitó que aguardase en el mismo despacho.

Ese día, el tal Isaac apareció enseguida. Actuaba con la seguridad arrolladora que ella ya advirtió cuando se conocieron. Vestía un traje fino. Estaba claro que le gustaba seducir.

—Buenos días —saludó él. Tendió su mano. Ella se la estrechó. Al hacerlo, percibió el agradable tacto de su piel. El hombre sonrió. Con un ademán, la invitó a sentarse. Él ocupó su butaca tras la mesa, y añadió—: Celebro que haya asistido a la reunión, Irene.

—Por supuesto. He decidido firmar el precontrato —anunció ella.

El precontrato ocupaba varias páginas. Irene se lo leyó a conciencia. No halló trampa alguna. Por medio de ese documento, Irene efectuaría la fase de análisis del complejo proyecto de la Organización, elaboraría una propuesta de trabajo y recibiría un buen adelanto.

El detalle que la paralizó no fue ninguna cláusula, sino el nombre completo del representante de Heptágono: Isaac Wagner. ¿Wagner?, ¿como el difunto Ismael Wagner? No lo comprendía. ¿Quién era ese hombre que la sonreía, sentado delante de ella? Desconcertada, aunque procuró ser prudente, preguntó:

—¿Es pariente de Ismael Wagner?

—Sí —admitió Isaac, con una serenidad que la inquietó—. Soy su hijo.

Eso hizo estallar a Irene. Enojada, apartó el contrato, e interrogó:

—¿Qué está sucediendo aquí?

—¿A qué se refiere? —contestó Isaac, con el mismo aplomo que la turbaba.

—¿Qué? ¿Entonces vamos a fingir que no soy la hermana de Alexander Berkel?

—La verdad —dijo Isaac, con seriedad—, pensé que era mejor dejar ese detalle para más adelante y no enturbiar lo profesional. Me pareció desagradable mezclar esos temas.

—¿Perdón? ¿Qué clase de juego es este? ¡Esto es absurdo! —denunció Irene. Intranquila, se puso en pie. De repente, se dio cuenta de lo extraño que era todo y de lo ingenua que había sido. El miedo la invadió. Se sintió amenazada. Tensa, declaró—: Quiero irme de aquí. Quiero irme de aquí ahora mismo.

Caminó hacia la puerta. Isaac se levantó y fue tras ella.

—Irene, por favor, cálmese. Escúcheme —pidió.

—¡No! —gritó Irene, y se apartó de él. Isaac la miraba con semblante preocupado. Por la rendija entreabierta de la puerta, ella se percató de que el vigilante de seguridad se encontraba al otro lado. ¿Le habían alertado sus voces o esperaba una señal para entrar? Paranoica, temió lo que le pudiese suceder—. Me voy —repitió.

Ni Isaac ni el vigilante se lo impidieron. Irene logró marcharse. Para sus adentros, se reprochó lo tonta que había sido.

4

Ricardo Varone entendía que la política tenía sus tiempos, unos que había que seguir. En especial, las dinámicas electorales suponían unos plazos que debían manejarse con gran pericia. Hacía menos de un año de su último triunfo en las urnas, pero Ricardo ya estaba de nuevo en campaña, aunque nadie lo supiese. En realidad, él siempre lo estaba.

Acomodado en la parte trasera del coche oficial, repasaba los apuntes de su intervención. Travis conducía el vehículo en silencio. Se dirigían a un acto relacionado con *eFortuna Global*. En realidad, el acto, como casi todo lo vinculado con los espectáculos de la política, carecía de contenido concreto. Era un modo de atraer la atención de los medios para que lo acordado en el reciente pleno municipal llegase a los ciudadanos. Hoy, el alcalde presumiría de las inversiones que iban a efectuarse y de los muchos puestos de trabajo que generarían. La actualidad política solía ser bastante floja en verano, por lo que los medios acudirían a él ávidos de sus gestos y palabras, lo cual le garantizaba una muy buena cobertura.

Llegaron al lugar escogido para el acto. Se trataba de la plaza de Las Cuatro Calles. Se podía considerar una de las fronteras entre el Arco Clásico y el barrio de Confiterías, donde desembocaban cuatro anchas vías comerciales, relevantes y siempre concurridas, las cuales, a su vez, conducían a cuatro puntos destacados de la ciudad: al norte, el puente del Fundador; al sur, los campos de Juno; al este, la avenida Komerci; y, al oeste, la avenida Abundo. Se trataba de una plaza de formas cuadrangulares. Poseía el ambiente espléndido y refinado de los barrios ricos, además de su vistosa arquitectura. El interior era peatonal, con un jardín y un templete cuya sombra confortaba.

Tal como estaba previsto, bastantes medios de comunicación aguardaban la aparición del alcalde Varone. Él bajó del coche, cerca de la zona de la plaza donde se erigía el templete, y anduvo hacia ahí. Por el camino, aparte de saludar a los curiosos espontáneos que, sin nada mejor que hacer, se habían sumado a los espectadores del acto, estrechó la mano de algunas personalidades de la ciudad, quienes, con su presencia, adelantaban su apoyo a *eFortuna Global*: el gerente del banco de la ciudad, el responsable de una acaudalada constructora o los dirigentes de una importante empresa de telecomunicaciones. Ricardo, como de costumbre, deslumbró a los ciudadanos con su impecable sonrisa.

Subió al templete, donde habían dispuesto un atril y el equipo de sonido para que declamara su discurso. Le acompañaban concejales del gobierno municipal y miembros de su partido. Sus dos asesores, el hombre y la mujer, habían ido en otro coche.

En su discurso, habló sobre la necesidad de emprender en los buenos y en los malos tiempos. Se refirió al futuro y la esperanza en varias ocasiones. Obtuvo el aplauso del público. Logró disimular que el fin de sus palabras trascendía lo municipal.

Después, charló en un pretendido tono coloquial con los asistentes más selectos. Más tarde, cuando se disponía a retirarse, una mujer de mediana edad, cuya ropa sencilla y gesto cansado no concordaban con la elegante apariencia de las señoras de esos barrios acaudalados, se le acercó, puso una mano sobre su brazo, y dijo:

—Le acompaño en el sentimiento, señor alcalde.

Ricardo se sintió igual que si, de repente, notase un cristal en la garganta y tuviese que deglutirlo sin que el desagrado empañase su mirada. Le hubiera encantado preguntarle a esa mujer que qué hacía ella en esa zona de la ciudad. Pensó que, tal vez, sirviese en alguna casa rica. Se guardó la inquina, y contestó:

—Se lo agradezco. Muy amable.

Con disimulo, se libró de la mano de la mujer. Llegó hasta su coche. Se montó en el asiento trasero. Travis iba al volante.

—Arranca —le ordenó.

Respiró hondo. Se masajeó las sienes. Percibía un sabor agrio en la boca.

—Acércame la carpeta —solicitó.

El joven le dio una carpeta que reposaba en el asiento del copiloto. Ricardo la abrió y hojeó su contenido, que ya había leído antes. Después de pedirle a su jefe de seguridad una investigación oficial sobre Martina Leone, en vista de los nulos resultados, había encargado otra investigación, esta extraoficial. Le había sugerido a Dixon que se sirviera de los contactos de Carlo Ferrara en la prensa para rastrear trapos sucios. De todos modos, la búsqueda había sido inútil, no sabía si porque no había nada o porque no habían confiado en Travis.

¿Cómo podía una persona ser tan intachable? Él no creía en las buenas personas. No creía porque el mundo era malo. ¿Qué pensaba la mujer de la plaza, la estúpida pobretona?, ¿que necesitaba que le recordasen que el mundo era una mierda porque su hija había muerto? Odiaba que la gente la nombrara. Lara era un recuerdo tan delicado y tan puro que solo merecía pervivir en su memoria. ¿Acaso se pensaba esa señora que era mejor porque a ella también le daba pena que hubiesen asesinado a la criatura más maravillosa del universo?

Arrojó la carpeta al suelo con furia. Se percató de cómo Travis le miró de reojo por el retrovisor. Este tuvo la suficiente inteligencia para no abrir la boca. Detalles como ese eran la razón por la que el chico le caía bien. Respiró hondo una vez más.

—¿Sabes si mi mujer ha hecho algo para la fiesta? —interrogó.

—No, señor alcalde —respondió el chico—. Lo preguntaré.

—No, déjalo. No te preocupes.

Ricardo cogió su maletín y sacó *La ecuación del siete*. Se dijo que unos minutos de lectura le tranquilizaría.

En cambio, pocos segundos después, también apartó el libro. Se sentía lleno de odio. Odiaba a todos. Odiaba a las buenas personas, a los desgraciados, a los pobres y, por encima de todos, a Alexander Berkel.

Esa era la miserable verdad. Su día a día le enervaba. Solo descansaría cuando el sufrimiento que le habían provocado se pagase con sangre y lágrimas.

<u>5</u>

Alexander pasó el resto del día recluido en su habitación. El tiempo, a pesar de que él aprovechaba las horas diurnas para dormir, transcurría sin prisa. Carecía de entretenimiento. Prefería no pensar más en su inocencia y su identidad. Para colmo, ahora le preocupaba haber puesto a Herbert en peligro por haber usado su teléfono para contactar con Francine Moreau. No se perdonaría que el tabernero tuviese problemas por su culpa.

Al llegar la noche, recibió un mensaje de Manuel Sócrates. Este tampoco requería sus servicios esa noche. Al leer el texto, a Alexander le agobió la soledad y el silencio de aquella habitación. Supo que no lo soportaría. Asimismo, no debía caer en la tentación de acudir de nuevo a Vanessa Danzi. Visitarla dos noches consecutivas era excesivo. Recordó que hacía días que Luka deseaba quedar con él, por lo que le escribió un mensaje.

Luka respondió enseguida. No tenía turno de noche, así que podía ir a verle. Minutos después de la medianoche, con gran discreción, Alexander le abrió la puerta del callejón. La taberna ya estaba cerrada. El lugar se encontraba desierto y a oscuras. Herbert se había ido a casa poco antes. Cogieron un par de refrescos de los frigoríficos. Alexander propuso que subiesen a la azotea del edificio, donde había unas viejas tumbonas olvidadas y podían disfrutar de la refrescante temperatura nocturna.

—¿Estás seguro de que es buena idea? —interrogó Luka, tras abrir la oxidada puerta de la azotea, que emitió un chirrido que no le gustó.

La azotea abarcaba toda la planta del edificio. Tenía un antepecho para evitar caídas. Además del cuarto de máquinas del ascensor, había varios aparatos de aire acondicionado, algunos de los cuales bufaban en esos momentos. Vieron tiestos llenos de tierra seca, en los que hacía tiempo que no crecía nada. En efecto, hallaron unas tumbonas algo destartaladas.

—Sí. No es la primera vez que subo aquí —admitió Alexander—. Además, si viniese alguien, lo único que tenemos que hacer es saludar y marcharnos como si nada. Estos meses he aprendido que comportarse con normalidad es el mejor modo de que nadie se fije en ti.

—Bueno, si tú lo dices —suspiró Luka.

Mientras Luka se acomodaba en una tumbona, Alexander se preguntó si aquello era confiarse demasiado. Recordó el susto que se había dado con los policías la noche anterior. Tal vez fuese cierto y hubiese relajado sus cautelas. Para evitar la reprimenda de su amigo, optó por no confesar el incidente.

Se acercó al antepecho, en el lado del edificio que daba a Tragaluces. El paisaje que se contemplaba desde la azotea, en especial en una noche despejada y estrellada como esa, era fascinante. Aunque las edificaciones de la ciudad se solapaban y fundían en la penumbra, la iluminación artificial permitía reconocer muchos sitios emblemáticos. Mientras tanto, Alexander observaba meditabundo cierta buhardilla de la acera opuesta. Ahí se hallaba el apartamento donde había vivido varios años. Vio las luces apagadas. Nadie lo habitaba. La Policía lo custodiaba. ¡Allí ocurrieron tantas cosas!, ¡tantos recuerdos y sentimientos que ahora yacían sepultados!

—¿En qué piensas? —preguntó Luka.

Alexander estaba seguro de que su amigo suponía en qué pensaba. Solo se lo preguntaba para rescatarle de sus lamentos.

—Necesitaba venir a mirar el cielo —comentó—. La habitación cada vez es más diminuta. Me agobia. No debí proponerme nada.

—¿Proponerte qué?

—Ya sabes —dijo Alexander, que ocupó la tumbona que había junto a la de Luka—, todo eso de limpiar mi nombre. El mundo ya me ha condenado. No tengo nada que hacer.

Luka guardó silencio. Después, añadió:

—Son cosas difíciles, pero yo no me rendiría. He tenido un sueño.

—¿Un sueño?

—Sí, un sueño. Lo he tenido dos veces ya. Te lo quiero contar.

Así, Luka le habló de un sueño, diferente de los demás por lo vívido que era y los detalles que se podía captar en él. Ya lo había experimentado dos veces en los últimos quince días. En ese sueño, había una vía de tren, un frío estremecedor, un resplandor amenazante, un tictac con una cadencia nada casual, una puerta y un trébol.

—Al principio, no entendía qué sucedía. Fue muy raro tener un sueño tan intenso otra vez —prosiguió Luka—. Todo se repetía de manera idéntica. Es como si se repitiese para que pueda comprender un mensaje cifrado.

—¿Lo has descifrado?

—No. Todavía no sé qué significa, pero sé que significa algo. También sé que lo tengo que descubrir.

—¿Por qué?

—Porque lo he leído en los diarios de mi abuela.

—¿Los diarios de Betina? —repitió Alexander, sorprendido. Aquello le intrigó.

—Sí. Yo ya sabía que existían. Mi abuela siempre los escribió. —Alexander se acordó de la tarde en la que Betina Sikorski falleció. Él estuvo a su lado. Aprendió muchas cosas acerca de la mujer. Se fijó en un diario que ella guardaba en su mesita de noche. La anciana le dijo que había escrito varios—. Cuando murió, Clarisa y yo guardamos sus cosas en el desván —explicó Luka—. Fui a buscar. Está todo disperso por diversas cajas, pero he encontrado algunos diarios. No son correlativos. No sé si los demás estarán perdidos o en otro sitio. También hay páginas arrancadas. Mi abuela meditaba mucho cuando escribía. Supongo que borró cosas. No lo sé. Lo importante es que he encontrado el que debió ser el primero o el segundo. Es de su juventud, después de la Segunda Guerra Mundial. Lo estoy leyendo ahora. Cuenta historias muy interesantes.

—¿Qué cosas? –inquirió Alexander. No acababa de comprender los credos que Betina Sikorski representaba. Aun así, respetaba la figura de la anciana.

—Mi abuela habla de sus primeras experiencias como clarividente. Detalla que ese don es una cadena que se posee desde el instante del nacimiento. Lógicamente, hasta que no se es mayor, uno no comprende su capacidad. Por eso, muchas veces, un clarividente, durante la infancia, desarrolla un vínculo especial con alguien de su misma sangre, quien se convierte en una especie de traductor o intérprete. ¿Ves adónde voy?

—Sí –asintió Alexander, reflexivo–. ¿Lo que intentas decir es que ese sueño que tienes es un sueño que está teniendo tu hijo?

—Exacto –corroboró Luka–. Estoy convencido. Marko es clarividente. Lo heredó de su bisabuela. Betina lo pronosticó. Hasta que Marko sea mayor, yo, que en mis venas llevo su sangre y la de mi abuela, compartiré ese don. He tenido este sueño dos veces ya. Intuyo que volverá. No cesará hasta que su mensaje sea traducido.

Alexander admiró las estrellas. Algunos decían usar los astros para vaticinar el porvenir. Otros, como la difunta Betina o, de repente, el propio Luka, portadores de un don místico, vislumbraban el pasado, presente y futuro de la suerte. Esta religión era muy abstracta para Alexander. ¿Cómo reaccionar?

—¿Cómo se descifra un sueño? –quiso saber.

—Todavía no lo sé, pero este sueño no es casual. Es el camino a algún lugar. Debemos seguirlo. El trébol que aparece no puede ser baladí. Puede que yo solo tenga un grado de suerte cuatro, pero creo en la verdadera suerte. Lo hago porque creo en Betina y en lo que me legó –declaró Luka–. Esto se lo debemos.

6

Joseph Klausmann se sentía tan animado que, ese viernes por la mañana, se despertó por sí solo antes de que sonara el despertador. Decidió levantarse. Semejante impulso interior resultaba del todo inusitado en él. Llevaba demasiados años sumido en un pereza vital que le desmotivaba. Ahora, en cambio, poseía un objetivo, un empeño que le alentaba.

Se duchó, lo cual le desperezó y le libró del calor. Escogió ropa cómoda, pues podía quedarse hasta tarde en el trabajo. Desayunó en casa, en contra de su costumbre. No quería entretenerse. Sigfrido, quizá contagiado por la energía de su dueño, le deleitó con un prolongado cántico a la luz del Sol del verano.

Antes de salir de casa, repasó el contenido de su maletín. Se acordó de coger su dado de cristal añil. Decidió tomar el tranvía de la media luna hasta el final de su trazado, al norte de la avenida Komerci. De esa manera, se ahorraba buena parte de la caminata hacia el trabajo. A partir de ahí, continuó a pie.

En su lista de tareas pendientes quedaban pocas anotaciones que tachar. Unos gestores habían liquidado las empresas a nombre de Vera. Joseph había heredado la parte de los restos que le correspondía. También había recibido la financiación solicitada. Por fin, podía centrarse en lo interesante de verdad. Su ayudante de laboratorio afirmaba que conseguir la sublimación era inminente. Las pruebas previas habían sido muy prometedoras. Superaban con creces las cotas alcanzadas por su sobrina.

Al norte del barrio de Hornos, cerca de las viejas fábricas, se ubicaba un conjunto de edificios similares que, décadas antes, habían alojado a diversas empresas. Hoy día, la mayoría de estas se había mudado a los modernos pabellones que conformaban el área industrial y empresarial del suroeste. Así, la zona se hallaba bastante desangelada. De hecho, las nuevas instalaciones de la revitalizada empresa de Joseph, *Kmann*, eran las únicas de su edificio, lo cual les proporcionaba el recogimiento que él deseaba.

Desde fuera, el edificio era una mole cúbica revestida de uniforme granito blanco. Se pasaba a un gran patio interior, al que desembocaban numerosas galerías, escaleras y corredores, desde los cuales se accedía a los espacios de las distintas empresas. Todo se veía avejentado. Las instalaciones alquiladas por la empresa de Joseph estaban en la segunda planta. En la entrada principal, un discreto letrero reproducía su logo: un esquemático anagrama de formas rectas a partir de las dos primeras letras del nombre, la k y la m.

103

Las instalaciones abarcaban unos doscientos metros cuadrados. En realidad, la actividad científica de Joseph no requería tanto espacio. Al entrar, superado un amplio vestíbulo, el inmueble se dividía en dos partes. A un lado, había despachos y salas de trabajo; al otro, lo que él denominaba la "zona experimental". No le había preocupado nada la decoración del lugar. Allí no habría visitas de ningún tipo. Entre otras cosas, se había encargado de que la ubicación de ese centro de actividades no constara en ningún registro público.

La chica que había contratado para limpiar el lugar, una joven bastante educada, estaba junto al mostrador de recepción, con su paño, el cubo y la fregona. Parecía trabajadora. Se esforzaba no solo en quitar la mucha suciedad, sino en intentar que el sitio luciese como una oficina decente y corriente. Usaba un uniforme recién comprado.

—Buenos días —saludó Joseph. Se le acababa de olvidar su nombre.

—Buenos días —respondió ella, sonriente, para luego seguir con sus labores.

Joseph se dirigió a la "zona experimental". Justo cuando cruzaba la doble puerta que conducía a ese sector de la instalación, recordó que la chica se llamaba Vanessa.

Desconocía qué actividades realizaban allí los anteriores inquilinos, pero, en lo que él llamaba ahora la "zona experimental", quedaba maquinaria anticuada de todo tipo, incluida una estructura de transporte con rieles por el suelo de losetas grises. Él había instalado un sistema de refrigeración y aislamiento y el resultado, en suma, era un caos. Aun así, Joseph le había insistido a Vanessa en que no limpiase ahí. Era mejor prevenir dificultades. Para disuadirla, había alegado que usaban materiales tóxicos. Encima de la puerta blindada que llevaba al laboratorio principal, había colocado una llamativa luz de emergencia. Y se había inventado una señal de peligro, como las que indicaban riegos por radiaciones ionizantes.

Pete Callow le esperaba ya en el laboratorio principal. El joven, un espigado veinteañero de cabello rubio, rostro lampiño y gafas redondeadas, organizaba todos los elementos que, entre mesas y estanterías, habían reunido allí: utensilios y máquinas propias del trabajo químico; ordenadores y más componentes informáticos; material sanitario y hasta un equipo de reanimación. En mitad de la estancia, se hallaba un espacio de

104

trece metros cuadrados, acristalado por completo, dotado de un sistema de ventilación aparte, con una mesa, una silla, varias cajas de colores y juegos de azar. Mientras se ponía una bata blanca como la de Pete, Joseph se preguntó qué diría Vanessa si descubriese tan extravagante parafernalia.

—¿Todo listo? —interrogó Joseph.

—Todo listo —asintió Pete.

Les llevó casi todo el día, pero, gracias a muchos meses de cálculos, lo consiguieron.

A partir de la última versión creada por Vera, Joseph había fabricado más cantidad de "azafrán". Lo pusieron a calentar en un recipiente cerrado, diseñado a tal efecto por ellos, a la temperatura y velocidad precisas, en función de sus intentos anteriores. La sustancia, sin malograrse ni desintegrarse, se sublimó en un gas de tonalidad escarlata, que se elevaba con hechizante sinuosidad, hasta ser recogido en un colector aislado.

Aunque dentro del laboratorio hacía frío, Joseph, satisfecho y exultante, no lo percibía. Por fin, podría desmontar la persistencia de la genética.

7

Frank Axel estaba teniendo una suerte nefasta. Sentado al fondo del tranvía, consultó su reloj de muñeca. Llegaba tarde a una entrevista de trabajo. Vivía casi en el área industrial. Debía cruzar la ciudad. Había pensado mal su itinerario. Usar el eje Persisto-Komerci, con el trasbordo incluido, hubiera sido mejor que seguir la línea de la media luna. Esta iba muy lenta hoy. Para colmo, se había dejado el móvil en casa y no podía avisar de su demora.

Se dirigía a la Estación Oriental de Ferrocarril, destinada al transporte de mercancías. Esta se ubicaba al noreste del Arco Clásico, equidistante al río Tyche y la avenida Komerci, cerca de los cerros. Se trataba de una estación longeva, de infraestructuras deterioradas, mal conservada y organizada, donde podía hallarse antiguas locomotoras abandonadas. No era un lugar frecuentado por los ciudadanos de a pie, pues no daba servicio a pasajeros.

Frank había trabajado bastantes años allí. Desempeñaba una labor penosa y peligrosa: se encargaba de enganchar los vagones de los mu-

105

chos trenes que pasaban por esa estación, en ocasiones con mercancías peligrosas. Debía meterse entre los pesados vagones, a riesgo de sufrir un accidente causado por cualquier descuido y quedar aplastado. Era una tarea que nadie quería hacer y el único empleo que había conseguido.

Meses antes, en pleno invierno, hubo un accidente, según decían, por su culpa, pese a que él todavía no se lo explicaba. Un ferroviario acabó herido de gravedad. Poco después, le echaron y le dieron la espalda. Hoy, al fin, después de acudir a esa estación una y otra vez para suplicar cualquier puesto libre, le habían llamado.

Llegó sudado, jadeante y con la camisa arrugada. Su contacto le había indicado que le esperaría en una de las oficinas situadas cerca de la entrada del recinto. Aquella mañana, el Sol calentaba con fuerza. El suelo ardía.

Tocó la puerta con los nudillos. Desde el interior, una voz masculina, aunque de matiz apocado, le invitó a pasar. Frank entró. El sitio, más que una oficina, era un almacén de trastos en desuso. Tras una mesa, estaba un hombre de mediana edad. Se fijó en el mechón de pelo blanco que el tipo tenía entre su cabello castaño claro, sobre la mitad de la frente.

—¿Señor Hosen? —preguntó Frank.

—Jon Hosen, sí. ¿Frank Axel? Ya pensaba que no venía.

—Siento el retraso, señor.

—He de irme pronto. Siéntese. Seré breve. —Sin esperar siquiera a que Frank tomara asiento frente a él, Jon Hosen continuó—: Necesito ya mismo a un maquinista para hacer la ruta oriental cuatro veces por semana. El sueldo es malo; la ruta, costosa; el horario, sufrido. Si le interesa, empieza este domingo. Tendrá que acercarse a nuestra gestoría antes de la una para que cojan sus datos, le den de alta y firme los seguros. Tiene el permiso de maquinista en regla, ¿verdad? Es urgente.

—Sí —acertó a decir Frank, presa del asombro. Era cierto que, con enorme esfuerzo, se había sacado la licencia de maquinista, pero jamás le habían ofrecido un trabajo de ello. Era su gran sueño hecho realidad. Las malas condiciones no le importaban. ¿Qué podía pasar?

—¿Le interesa? ¿Conoce la ruta? ¿Conoce la locomotora? Son viejas, las de siempre.

—Sí, sí, sí —afirmó Frank, todavía estupefacto—. No sabía que era para maquinista.

–Me habló de usted el jefe de estación. ¿No le interesa trabajar de maquinista?

–Sí, sí, sí –repitió Frank.

–Hecho pues –zanjó Jon.

Este abrumó un poco más a Frank al enumerar la lista de documentos con la que debía presentarse a toda prisa en una gestoría de Confiterías. Frank le pidió un trozo de papel para anotar todo, mientras asentía sumido en el pasmo. ¡Aquello era de verdad! ¡Iba a conducir un tren, uno de verdad, con vagones de verdad, por una vía de verdad!

Se despidieron enseguida. Jon tenía prisa. Frank le tendió la mano. El hombre, agobiado por lo tarde que se le había hecho, pareció no percatarse del gesto.

De nuevo en la calle, Frank contempló la estación. La vio de otra manera. Pensó que podría levitar de júbilo. Debía celebrar que, por fin, su suerte había cambiado.

8

Selena Myers llegó a casa por la tarde. Sibylle acudió a su encuentro. La melosa felina bicolor, blanca y negra, tenía un cuerpo estilizado, que movía con sinuosidad y parsimonia, y un pelaje de tacto sedoso. Se paseó entre las piernas de su ama. Le encantaba el cosquilleo que ese contacto le provocaba. A Selena le hacía sonreír. Sibylle era la compañía con la que siempre podía contar, incluso cuando las cuerdas invisibles que la mantenía en pie se enredaban y corría el riesgo de perder el equilibrio.

Selena vivía en un piso de dos dormitorios, ubicado en un elegante edificio de la avenida Persisto, una comunidad de gente acomodada, silenciosa y discreta. Ella apreciaba ese ambiente. Había decorado la vivienda con su estilo minimalista. Prescindía de posesiones superfluas. Valoraba la luminosidad. Le disgustaba el desorden.

Pensó qué hacer ese fin de semana. Todavía tenía pendiente la lectura de *El misterio de las siete esferas*, de Agatha Christie. Necesitaba entretenerse. De lo contrario, lo más probable era que la trama de cuerdas invisibles que la sostenía se enzarzara y la condujera a Alexander. Temía que la espiral de recuerdos y emociones que ello activaría la atrapara.

Sabía dónde se escondía Alexander Berkel: continuaba en Ciudad Fortuna. No le había costado descubrirlo. La clave para llegar al gafe había sido un tal Luka Miller. Durante la investigación del "caso azafrán", el otoño anterior, ella colocó un dispositivo de rastreo en la cazadora de Berkel. Al espiarle, dedujo su amistad con el enfermero apellidado Miller. En los últimos meses, había seguido los pasos de este hasta comprender que sus asiduas visitas a la taberna *La herradura de plata* no eran casuales. La Policía debía desconocer la amistad de Berkel y Miller. Por eso, no habían llegado a esa conclusión. Sin embargo, ahora se preguntaba cómo utilizar su ventaja. La última vez que vio a Alexander, él la rechazó.

Selena se obcecaba con facilidad. La frustración y la derrota la exasperaban sobremanera y la llevaban a ofuscarse con lo que fuera. Conocía las oscuras aristas de su psique. Ya se había dañado con sus filos en otras ocasiones. Sabía que poseía una tendencia peligrosa a la adicción, al enganche; algo que debía controlar con cuidado. No soportaba la lentitud ni los retrasos en sus objetivos. Era orgullosa. Aparentaba ser dura y, en realidad, esto solo era la coraza que se había construido para defenderse. Había sufrido. Había perdido.

Desde hacía más de siete meses, Alexander Berkel era su más ardiente obsesión. Algo en él la había enganchado a una rueda de adicción y deseo que, en otros tiempos, ya la trastornó. Una duda la consumía: ¿qué diablos sucedió con Lara Varone la fatídica tarde que la joven falleció? Selena estaba implicada en aquella muerte, aunque jamás quiso que fuera así. Ella ayudó a Alonso Yazpik a salir de la cárcel. Estaba celosa de la bailarina. Pretendía que Yazpik la asustase, que la hiciese ver que estar con un gafe solo le causaría problemas, pero algo debió salir mal, muy mal. No se lo explicaba. ¿Qué ocurrió? ¡Ella nunca pidió sangre! No tenía ni idea del paradero de Yazpik. Aquello estallaría tarde o temprano.

Ese terrible recuerdo puso en marcha la espiral de pensamientos que la atormentaba. Rememorar a Alexander conducía a su pasado, a uno que ella había enterrado. Tenía claro por qué el gafe la atraía tanto. Era una atracción malsana. Le recordaba a Djoser. Este era el hombre que, a sus treinta y tres años, más había marcado y dañado a Selena.

Con Djoser, Selena descubrió facetas de su interior que ni ella misma adivinaba tener. Él la fascinó desde el primer momento: piel tostada, labios carnosos, manos suaves, cuerpo escultural, elegancia imperecedera. Le conoció durante sus estudios de posgrado. De hecho, gracias a Djoser, más tarde, Selena contactó con Ismael Wagner, su valedor en la Organización. Su primer encuentro fue profesional. Poco después, coincidieron en un ambiente más distendido. Surgió el deseo, si bien, esa noche, no pudieron desfogarlo.

Selena era más corporal que sentimental. No se enamoró de Djoser. Sí se encaprichó con una fantasía que prometía tornarse en una realidad muy placentera. Le irritaba perder. Era controladora. De modo que, dispuesta a complacer sus nuevos impulsos, se las ingenió para coincidir otra vez con él. Esa vez, le cautivó. O eso creyó, pues lo que no previó fue que, en verdad, Djoser siempre tuvo el mando. Él dominó. Él la embelesó. Él la enganchó. Ella se dejó llevar y lo que halló le encantó. Por desgracia, el éxtasis fue efímero.

Selena se sentó frente al televisor apagado. Sibylle se acomodó a su lado y ronroneó con sus caricias. Ella se percató de que repiqueteaba con la punta de su zapato en el parqué. Era un tic nervioso que se esforzaba por refrenar. Solo lo reproducía cuando se sentía ansiosa. En efecto, las cuerdas invisibles se habían enredado. Ahora, se tambaleaba. Supo que no lo podría soportar mucho tiempo más. Tenía que actuar, tenía que arriesgar, pese a los catastróficos resultados de obsesiones anteriores.

2

Después de pasar otra noche de viernes en *La rueda de la fortuna*, Alexander regresaba a *La herradura de plata* por calles silentes y penumbrosas, más allá de la medianoche. El susto de la otra noche le había enseñado que debía ser cauto y no arriesgarse sin necesidad.

No sabía qué hacer. El impulso de visitar a Vanessa era fuerte, pero no debía hacerlo. Tenía que plantarse, zanjar ese tema. Por otro lado, estaba confuso: había recibido un mensaje de Lena, la novia de Irene. La joven le decía que necesitaba hablar con él. Alexander se preguntaba qué sucedía. Le extrañaba porque Lena y él nunca se comunicaban.

Cuando enfiló la calle de los Tragaluces, todo estaba desierto. Cerca del callejón de la taberna, reconoció la escurridiza figura negra de Trece. Su colega felino se iba de paseo otra vez. Trece se detuvo a unos cuantos metros y le miró antes de seguir. Alexander se adentró en el callejón. Comprendió que lo más precavido era no visitar a Vanessa esa noche.

A pocos pasos de la puerta, se detuvo en seco y ahogó un alarido. Petrificado, avistó una silueta, dibujada por la luz de la Luna en las tinieblas del callejón. Había alguien allí. La figura empezó a caminar hacia él. Escuchó el sonido de unos tacones. Temió que se le fuese a salir el corazón por la boca. Pronto, comprendió quién era aquella persona.

Reconoció a Selena Myers. Su seductora figura, de rasgos felinos y curvas femeninas, captaba la atención al instante. Su tez mulata resaltaba con sensualidad. En esos momentos, vestía una blusa escotada blanca y una falda corta oscura, las cuales mostraban la exuberancia de su busto y la perfección de sus piernas. Caminó hasta Alexander, que rememoró sus rasgados ojos color miel; su boca, hecha para el deseo, cuyos brillantes labios dibujaron una sonrisa; su melena morena, que le recordaba a Lara y le turbaba; y su sugerente cuello.

—¡Cuánto tiempo! —susurró Selena, que observó su traje negro con cierta intriga.

—¿Qué hace aquí, señorita Myers? —inquirió él, desconcertado y temeroso. Le llamaba la atención la seguridad con la que ella hablaba, así como la pulcritud de su dicción.

—¿Señorita? Me parece, Alexander, que podemos tutearnos sin ruborizarnos.

—Como quieras. ¿Qué haces?

—He venido a buscarte.

Alexander escrutó a Selena. Esa mujer suponía un auténtico enigma para él. Le atraía y, a la vez, le causaba recelo. Había gozado mucho con ella, pero no confiaba.

—¿Cómo has sabido dónde estaba? —interrogó. Su pasmo se convertía en molestia.

—¿Recuerdas aquel aparato diminuto que te puse en la chaqueta para poder ayudarte y que tú pisoteaste?

—No. Lo que recuerdo es aquel aparato diminuto que me pusiste para poder espiarme —contestó él, arisco.

—Bien —afirmó Selena, y obvió su enfado. Jamás perdía los nervios—. Con él, detecté a alguien que debía ser tu amigo. Se llama Luka Miller. Le

110

vigilé. Me di cuenta de que le gusta esta taberna. Algunas veces, coincide aquí con tu hermana Irene. Ha sido bastante fácil.

Alexander se esforzó por mostrarse impasible. Oscilaba entre el pavor y el enojo.

—Y ahora ¿qué? –dijo. Era lo único que podía decir. Le habían atrapado.

—Ahora que te he encontrado, te reitero mi oferta de ayuda. No la rechaces otra vez.

—¿Ayuda?, ¿de ti? –replicó Alexander, incrédulo. Ese diálogo se parecía mucho a otro que mantuvieron más de siete meses antes y que terminó en desencuentro.

—Sí, Alexander, mi ayuda –recalcó Selena. Él advirtió el fuego en su penetrante mirada. La mujer debía pugnar por no manifestar su irritación–. ¿Acaso no te das cuenta de que sé esto desde hace mucho y te he protegido?

—¿Cómo me proteges?

—Alexander, las cosas han cambiado en la Organización Heptágono. Ricardo Varone, tu mayor enemigo sin duda alguna, es ahora el director general, pero yo soy la número dos. Controlo a los centinelas y les he alejado de tu búsqueda. Iban a hallarte tarde o temprano.

Alexander estaba abrumado por ese encuentro. Aun así, terco como siempre, declaró:

—No necesito tu ayuda.

Selena respiró hondo un par de veces. Se contuvo, y añadió:

—Deberías aceptarla.

—¿Por qué?

—Porque tu suerte, tu mala suerte, no cambiará nunca. ¿Es que no lo sabías?

—"La suerte persevera toda una vida" –recitó Alexander, en tono casi burlón.

—Exacto –asintió Selena–. El segundo dogma.

—Me da igual –insistió él–. Me dan igual los dogmas. Gracias, pero rechazo tu ayuda.

La alusión al segundo dogma enervó a Alexander. En su última conversación con Selena, el otoño previo, ella esgrimió el tercer dogma y, horas después, él descubrió cuán cruel era el alcance de su significado.

Entonces, Selena se le acercó tanto que sus cuerpos se rozaron. Desabrochó el botón superior de la camisa de Alexander, metió su mano y

111

palpó su torso. Él intentó disimular su excitación. Ella sacó su amuleto, aquel trébol de cuatro hojas de madera, y comentó:

—A ti puede darte igual la suerte, pero a la suerte no le das igual tú. Ni a la suerte ni a la Policía ni a Heptágono. Es cuestión de tiempo que alguno de ellos te alcance. Soy la única capaz de protegerte de verdad. Tú verás.

Alexander dudó por un minuto. ¿Y si erraba de nuevo? Quizás, Selena Myers fuese su única escapatoria.

—No —sentenció.

Selena no dijo nada. Se limitó a mirarle unos largos segundos, darse la vuelta y volver a Tragaluces, hasta desaparecer de su vista.

Al ver la arriesgada relación que había establecido con esa mujer, Alexander pensó en Héctor, en sus enseñanzas, que él había descuidado, y entendió que debía visitar a Vanessa Danzi esa misma noche. Tenía que cortar con ella.

<u>10</u>

Martin Krane siempre había mirado hacia delante. No le había quedado otra opción. No recordaba ninguna etapa fácil. Muy pocas personas conocían que su madre era gafe. La mujer le crio sola, con grandes esfuerzos y sacrificios. Su mal fario le dio alcance al final. La suerte de otras gentes, indignas de sus privilegios, la arrolló y él se quedó solo demasiado pronto. Aprendió de golpe lo amarga que podía llegar a ser la vida. Durante muchos años, se preguntó cuánto de la tara de su madre se había impregnado a su propio espíritu.

Un gato negro, quieto en mitad de la calzada, le había mirado con fijeza. Poseía unos llamativos ojos dorados que, por un instante, le provocaron un escalofrío. Martin no estaba acostumbrado a sentirse descubierto. Nadie solía reparar en él. Solo era un hombre de más de cincuenta años, de piel negra, fisonomía anodina, cabello oscuro, vestuario muy discreto y viejas gafas de montura metálica. Su pericia solía ayudarle a pasar inadvertido. El minino, tras escrutarle, había retomado su correría nocturna. Él pudo continuar su vigilancia. Así, bien escondido, a mayor distancia de la que hubiera preferido, atisbó el inesperado encuentro entre Alexander Berkel y Selena Myers. La escena le intrigó bastante. No

112

pudo escuchar el diálogo, pero intuyó que la situación se resolvió de manera poco amistosa.

Durante las últimas semanas, Martin se había acercado en exceso a Alexander Berkel. Se había arriesgado demasiado. Cuando le siguió hasta la fuente conmemorativa de la ronda del Forastero, el hombre escuchó el crujido que sus pisadas provocaron sobre la hojarasca. En una ocasión posterior, a la salida del Edificio Zita, Martin le dio una patada involuntaria a la metálica tapa de un cubo de basura. Por último, solo dos noches antes, esta vez de manera consciente, había fingido ser un borracho para arrojarse sobre un coche de la Policía y despistar a los agentes. Por esa temeridad, había estado a punto de ser recluido en los calabozos. Al menos, la ventura había hecho que los policías se apiadaran de su simulada situación. Por el momento, no quería que las autoridades capturasen a Berkel.

Martin prefería mirar hacia delante, pero hacía más de siete meses que no lo lograba. La desgracia había vuelto a trastocar su existencia. Tras la muerte de su madre, un hombre en quien tardó en confiar, Ismael Wagner, le protegió y le enseñó a seguir adelante. Le convirtió en su hombre de confianza. Martin realizaba muy dispares trabajos para él. Tuvieron una curiosa amistad. De hecho, Wagner le instruyó en relación a las enseñanzas de la suerte. A pesar de ello, había muchas cosas que jamás entendería.

Martin supo del asesinato de Ismael Wagner por la prensa. Se quedó de piedra al leer la impactante noticia. ¡No podía creerlo! Además de una enorme desolación, la culpabilidad le devastó. Ismael acababa de darle unos días libres. No dejaba de cavilar que, si se hubiese quedado a su lado, habría evitado aquella tragedia.

Lo que más le desconcertó fue la identidad del principal sospechoso: Alexander Berkel. Martin no supo qué pensar. ¿Qué debía hacer?, ¿creer o no creer a las autoridades? Con los meses, aunque ya hubiese tomado una decisión, todavía no sabía cómo actuar. Así que, por ahora, se mantenía en la penumbra.

Pero no podía dedicarse a vigilar a Alexander Berkel de por vida. Se acercaba el momento de abordarle cara a cara y asumir lo que ocurriera. Actuaría por su profunda lealtad a Ismael Wagner. Intervendría. Rumiaba un importante asunto pendiente con aquel gafe.

CAPÍTULO IV

Siervos de la ventura

1984

Su mundo eran la casa y el campo, dos sitios de los que no salía y que no tenían fin.

El día era muy luminoso. El Sol estaba justo encima de su cabeza. Su brillo llegaba a todas partes: la gran casa, los columpios, los maizales, el camino… Sus rayos iban más allá de ese campo interminable, con las montañas de fondo, que nunca dejaba de sorprenderle. Siempre hallaba algo nuevo que descubrir. Podía oírse el discurrir del riachuelo, detrás de los cultivos, donde a él le refrescaba introducir los pies.

Alexander ya tenía cinco años. Eran todos los dedos de una mano, ni uno más ni uno menos. No le tenía ningún miedo al Sol, aunque este pudiese derretirle los ojos si lo miraba fijamente. A él no le asustaba nada, tampoco el calor. Solo corría y jugaba. No le importaba el sudor. Se rascaba donde le picaban los mosquitos. Le hacían gracia las ranas, que siempre se le escapaban. Cuando cogiese una, sería su mascota.

Echó a correr entre las enormes e idénticas hileras del maíz. Las plantas eran más altas que él; tanto que le daban sombra. El día anterior había tropezado y se había hecho un agujero en el pantalón corto. Nadie se había dado cuenta. Hoy se había comido un regaliz y se había manchado un poco la camiseta.

Cambió varias veces de rumbo. Reía y reía sin pensar. Jugaba a perderse por el maíz. Oyó un grillo. Ya no escuchaba el riachuelo. Volvía hacia el caserío. De repente, se detuvo. Creía haber notado algo, pero el silencio le rodeaba, lo cual le incomodó. Ahogó un grito cuando, de súbito, una mano le cogió del hombro y le giró.

Solo era la señora de la cocina. ¡Menos mal! Podía haber sido él. O uno de esos hombres. La señora, altísima y pelirroja, guapa aunque no tanto como su mamá, se acuclilló para ponerse a su altura. Le miró como si estuviera enfadada. Él se preocupó.

—Alexander —dijo ella—, ¿qué haces? ¡Mira cómo te has puesto!

—Quiero jugar —respondió él. Sonrió para que ella sonriera.

—Juega donde quieras, pero no vayas al granero.

—¿Por qué?

—Somos siervos de la ventura, cariñín. No la tientes.

Él se quedó callado. No la entendía. ¿Qué ventura? Ella, al fin, sonrió.

—¿Me prometes que no te acercarás al granero? —interrogó, y le acarició.

Él asintió con la cabeza, pero, sin que ella lo viese, cruzó los dedos mientras tanto.

La mujer pelirroja le alisó la camiseta y el pantalón, y se fue. Alexander se quedó solo. Se miró las sandalias. Pensaba. Él jamás entraba en el granero. ¿Por qué era peligroso? Estaba allí, a pocos pasos, tras unas cuantas filas de maíz. ¿Por qué no descubrirlo?

Despacio, respiró hondo y empezó a abrirse paso entre los cultivos. Cruzó una hilera, otra y otra más. Así, paso a paso, se acercó al granero. No debía ser visto. Si había secretos y sorpresas escondidos, él los descubriría. Volvería a ser invisible.

No sabía qué era la ventura, pero a él no le asustaba nada.

30 AÑOS DESPUÉS

1

Ciudad Fortuna, una urbe cargada de contrastes, se expandía sin límite aparente, hasta que, allí donde pocos moraban y la mayoría no se aventuraba, topaba con lindes difusos y lóbregos, que convertían todo lo que aguardaba más allá en un auténtico misterio.

El área industrial y empresarial era el barrio más reciente, aunque, en realidad, no era un barrio, ya que en él no vivía nadie. Era un polígono conformado por amplios pabellones y naves industriales, donde distintas empresas desarrollaban sus actividades. El actual alcalde lo ideó como el primer proyecto estrella de sus mandatos. Resultó un éxito. Se situaba al lado de las minas, donde no cesaba el trabajo. Por allí, la ciudad perdía su personalidad. De improviso, uno podía verse en mitad de la nada.

Ningún enclave concreto de ese barrio llamaba la atención. Diferenciar sus edificios resultaba casi imposible. Confundir sus calles era sencillo. El año anterior, había albergado las fechorías de los *Laboratorios Librae*.

Alexander Berkel observaba la ciudad desde la azotea de *La herradura de plata*. Oteaba el horizonte en dirección al área industrial y empresarial, ese límite oscuro de la urbe, donde las minas presentaban una atmósfera fantasmagórica. Creía que Vanessa Danzi había dicho que trabajaba en una empresa situada en ese barrio. No lo recordaba con exactitud, ya que, embotado en sus inquietudes, no la escuchó con interés cuando ella se lo contaba. Ahora, miraba en lontananza, en esa dirección, pensaba en la chica y tenía remordimientos.

Alexander había roto con Vanessa. En realidad, entre ellos nunca existió algo concreto que romper. Ninguno pronunció expresiones propias de una relación estable. Eludieron esa cuestión. Si lo pensaba, lo único que él había quebrado con sus egoístas decisiones eran el corazón y la suerte de la pobre joven. Lo había hecho todo mal. Su conciencia palpitaba en un ardiente soliloquio de reprimendas. Cuando miraba atrás, se reprochaba todos y cada uno de sus actos. ¿Por qué no detuvo aquello antes de que el daño alcanzase límites serios? ¿Por qué no contuvo las ilusiones de la chica? ¿Por qué accedió siquiera a subir a

116

su piso la noche que se conocieron? ¡Menudo necio! ¿No sabía que su dicha no iba a cambiar?

La semana anterior, después de que Selena Myers le abordase en el callejón anejo a la taberna, Alexander hizo una última visita a Vanessa. Era muy tarde y no avisó. La despertó. La joven se mostró entusiasmada ante su llegada. Le besó sin ocultar sus sentimientos. Para él, la situación fue muy incómoda; para ella, fue mucho peor. Alexander se comportó con seriedad. La condujo al salón y la sentó en el sofá. Vanessa no tardó en adivinar que las cosas no iban bien. De hecho, antes de que él hablase, ella ya había anticipado sus palabras. No pudo reprimir los pucheros. Alexander se sintió fatal al ver sus lágrimas. Vanessa no le pidió explicaciones. Actuó con gran entereza. Le dio una lección, de algún modo.

Alexander sabía que había sido un auténtico imbécil, pero, una vez cometido el error, tan distraído como andaba en el deleite del desliz, ¿qué otra cosa podía haber hecho? Según transcurrían las semanas y el contacto entre Vanessa y él se incrementaba, notaba muestras del deterioro de la suerte de la joven. Ella no se daba cuenta, no de una manera consciente, pues desconocía la verdadera suerte, pero tenía que apartarse de su maldición cuanto antes. Alexander esperaba que el daño no fuese irreparable. Confiaba en que Vanessa se repusiera, tanto en su corazón como en su suerte. Se preguntó si la chica le olvidaría o acaso le recordaría desde el odio y el rencor. Se dijo que no. Ella no era así. Ella era mejor.

Desde la azotea, Alexander admiraba las gamas violáceas del firmamento. El progresivo apagado de las estrellas denotaba que no iba a tardar en amanecer. Se había desvelado y tenía que dormir. Ese jueves, por la tarde, debía acudir a una cita importante.

Abrió la oxidada puerta de la azotea. Procuró no hacer ruido. No le convenía que los vecinos advirtiesen que se dedicaba a subir allí por las noches. Aquel era su refugio cuando sentía que las paredes de la habitación empezaban a juntarse, como si de una estancia menguante se tratara. Intentaría dormir. Herbert no tardaría en llegar, dispuesto a afrontar otra jornada laboral. Él debía descansar y centrarse en la entrevista con Francine Moreau, concertada para las cinco de la tarde.

117

Francine Moreau era una periodista especializada en reportajes de investigación. Trabajaba con diversas publicaciones. El otoño anterior, mientras Alexander intentaba indagar en los enigmas del "caso azafrán", Francine contactó con él para pedirle una entrevista. De alguna manera, la periodista conocía su condición de gafe. Él sospechaba que dio con él a través de Selena, aunque jamás consiguió que se lo confirmara. Para Francine, familiarizada con la verdadera suerte, conocer y hablar con un gafe era como un encuentro divino. En su momento, Alexander receló mucho de la mujer. Accedió a conversar con ella porque pensó que podía obtener información a cambio. El diálogo que mantuvieron, en una terraza de la plaza de la Cornucopia, se materializó en el reportaje "Leyenda/Maldición", publicado durante su persecución policial. Fue un éxito de ventas y popularidad.

Alexander, por inusual que fuese en él, creía poder confiar en Francine Moreau. Estaba dispuesto a concederle otra entrevista, sin duda otro gran éxito de ventas, a cambio de que ella le ayudase. Por un lado, necesitaba que la periodista ahondase en los dos crímenes que le imputaban. La Policía no se planteaba considerar otros sospechosos. Él se negaba a asumir que ya no hubiese nada que hacer. Por otro lado, se preguntaba si la mujer podía buscar más datos que condujesen a la identidad de su familia biológica. La opción de investigar el orfanato donde le abandonaron con seis años todavía no se había explorado. Era consciente de que todo lo relacionado con su infancia era más complicado que lo de su inocencia. Aun así, albergaba cierta esperanza. La destreza profesional de Francine le podía beneficiar. La periodista sería una valiosa aliada.

Alexander regresó a su habitación. Cerró las cortinas. Las luces de la mañana iluminarían la estancia en pocos minutos. Pese a ello, trataría de dormir. Estaba nervioso, y no solo por los riesgos que conllevaba encontrarse con la periodista. Presentía que el endeble castillo de naipes que sostenía su vida de proscrito iba a derrumbarse. En los días previos, había contactado con la novia de su hermana. Lo que esta le había desvelado no le había gustado nada. Debía hablar con Irene lo antes posible.

Además, aún no se había recuperado del susto que Selena le dio. No se lo había contado a nadie. Prefería no generar alarma, pero, si ella había descubierto dónde se escondía, otros podían llegar a la misma conclusión.

118

Mientras se preguntaba dónde iría si tuviera que escapar, procuró evadirse del calor y conciliar el sueño.

2

A la mañana siguiente, se encontró más despejado. La entrevista todavía le inquietaba, pero se sentía más animado. Pensaba que la reunión podía dar un buen giro a su situación. Preparó la habitación para recibir una visita. Trece se refugió debajo de la cama. Se entretenía con una pelotita que Herbert le había obsequiado.

Alrededor del mediodía, llamaron con los nudillos a la puerta de la habitación. Esta se abrió e Irene se asomó. Alexander y ella se sonrieron, contentos después de tres semanas sin verse. Ella entró y los hermanos se estrecharon en un breve pero sentido abrazo. Ahora comprendían la importancia de los lazos que les unían.

—¿Problemas para venir? –preguntó Alexander.

—Para nada. He tomado todas las precauciones.

—¿Quieres tomar algo?

—Agua. Estoy sedienta.

—Vuelvo enseguida. Siéntate.

Minutos después, Alexander e Irene charlaban en torno a la mesa redonda. Ella le pidió perdón por no hallar ningún dato sobre el lugar de su infancia. Se interesó por la logística de la entrevista de la tarde y por sus noches en el casino. Él obvió todo lo relacionado con su intrigante encuentro con Selena.

Alexander intentó que Irene le contara sus novedades personales y profesionales. Ella le respondió con vaguedades, por lo que él supo que había llegado la hora de abordar cierto asunto. Respiró hondo, se irguió en la silla, y dijo:

—Irene, hay algo de lo que tenemos que hablar.

—¿Qué pasa?

—Hace pocos días, Lena contactó conmigo.

—¿Lena? –replicó Irene, de un respingo.

—Sí.

—¿Cómo contactó contigo? –interrogó Irene. Se notaba que aquello no le gustaba.

—Por la cuenta de *Twitter*. Si la conversación ya resultaba rara, mantenerla en párrafos de ciento cuarenta caracteres la hizo aún más surrealista.

Entonces, fue Irene quien respiró hondo y se irguió en la silla. Era evidente que había adivinado el contenido de esa conversación. Su malestar era patente.

—¿Qué te dijo? —inquirió, bastante seria.

—Te lo puedes imaginar. Irene —suspiró Alexander—, ¿no ibas a contármelo?

Alexander observó a su hermana, que se revolvía en su asiento y evitaba mirarle a los ojos. Él procuró mostrarse sereno. No quería iniciar una discusión. Estaba enfadado, pero, sobre todo, tenía miedo. Temía a la Organización Heptágono.

—Ya no hay nada que contar —desveló Irene—. Nada de nada.

—¿La Organización Heptágono te ofrece un trabajo y no le das importancia?

—No, porque no la tiene. No trabajaré para ellos. He rechazado su propuesta.

—Pero la ibas a aceptar —contestó Alexander—. Te arrepentiste en el último momento.

—¡Vaya! —exclamó Irene, y se levantó con evidente nerviosismo—. ¡Parece que Lena no se ha dejado ni un detalle! Sí, Alexander, me eché atrás. Eso es lo importante. Ya está.

—Irene —continuó Alexander, que volvía a respirar hondo y pugnaba por no enojarse también—, ¿no comprendes lo peligroso que es? Heptágono tiene mucho poder. La mayoría de la gente no conoce ni la verdadera suerte ni a la Organización. Los pocos que sí lo hacen no se imaginan hasta dónde pueden llegar. ¿En qué pensabas?

—¿Que en qué pensaba? —espetó Irene. Volvió a sentarse delante de él, se bebió de un trago su vaso de agua, tomó aire, y prosiguió—: Para empezar, pensaba en el dinero. ¿Sabes lo que me cuesta llegar a final de mes desde que empezó lo tuyo? He perdido clientes y no me salen trabajos nuevos. La gente me asocia contigo. Me cuesta pagar las facturas.

Alexander clavó la mirada en la mesa. No contaba con eso. Una vez más, su mal fario y los efectos de sus actos emponzoñaban a sus seres queridos. Tragó saliva.

—Aparte de lo insensata y estúpida que soy, ¿te ha contado Lena algo de la oferta que me hacían? –añadió Irene–. Seguro que no, pero, ¿sabes?, era estupenda, un sueño hecho realidad. Era la persona perfecta para lo que buscaban.

—Claro que lo eras –apuntó Alexander, incapaz de reprimirse. Todavía abatido por la culpabilidad, volvió a mirar a su hermana.

—¿Por qué dices eso?

—Sé que eres la mejor en tu trabajo. Lo sé porque me has ayudado muchísimo en un montón de cosas. Pero, Irene, si eras la persona perfecta para ese encargo es porque, sea lo que sea lo que te proponían, tú eres la manera perfecta para llegar hasta mí.

En ese momento, el rostro de Irene mostró un gesto que él no supo interpretar. ¿Estaba irritada?, ¿afligida? Cabeceaba despacio, como si rumiase un pensamiento que no terminaba de atreverse a expresar.

—Me queda claro –agregó.

—¿El qué?

—Lo ingenua que soy.

—No es eso –negó Alexander. Lo último que pretendía era ofenderla.

—¡Vaya que no! Sí que lo soy. Soy una ingenua. ¿Sabes por qué? Porque aunque, te lo creas o no, jamás dejé de desconfiar, sí que hubo un punto en esa extraña historia en la que creí que me habían buscado porque valía para algo. Pero no, Alexander, resulta que no, que nunca ha sido sobre mí, que siempre es sobre ti. Ellos solo te buscan a ti.

Irene se puso en pie. Cogió el casco de la moto, que había dejado encima de la cama, y se dirigió a la puerta, dispuesta a marcharse sin más. Él se levantó, y le rogó:

—Irene, por favor, espera.

—No –dijo ella–. Tranquilo. Se me pasará. No le des más vueltas.

Así, Irene se marchó sin darle ni un abrazo ni un beso ni nada.

3

Irene Berkel salió muy mosqueada de la habitación de su hermano. Al pasar por el salón de *La herradura de plata*, donde Herbert secaba unas jarras tras la barra, forzó una sonrisa y se despidió a toda prisa del simpático tabernero. No le apetecía que el otrora amigo de su padre, quien muchas veces la trataba como si fuese su progenitor, percibiese su tensión.

Ya en la calle, caminó a grandes zancadas, como solía hacer cuando se sentía de muy mal humor, hasta el sitio donde había aparcado la moto. Antes de alejarse de allí, se detuvo y le dieron ganas de fumarse un cigarrillo. No era la primera vez que le sucedía en las últimas semanas. Hacía años que no necesitaba recurrir al tabaco.

Por un segundo, allí parada al lado de la moto, estuvo a punto de regresar a la taberna para retomar la disputa con su hermano, si bien, en realidad, no deseaba seguir la discusión, sino enmendar la situación. Se dio cuenta de que, más que airada, estaba triste. Lamentaba haber decepcionado a Alexander, pero le había dolido mucho tener que rechazar la oferta de la Organización Heptágono. Estaba harta de su vida actual.

Aun así, lo peor era lo de Lena. Su socia, novia, amante o como quisiese autodefinirse se había pasado. ¿Quién se creía que era? Aquello no lo iban a superar. Al fin, lo veía con nitidez. Ponerse en contacto con Alexander era el colmo. ¿Y si la Policía o Heptágono rastreaba sus redes sociales? ¿Acaso no había pensado en ello?

Se puso el casco y se preparó para volver a casa. Tal vez, diese un paseo con la moto antes. Entonces, se percató de que su móvil vibraba dentro del bolsillo de su pantalón. Miró quién llamaba. Se trataba de un número que no tenía registrado. Por si era de algún trabajo, se quitó el casco, se aclaró la garganta, y contestó:

—¿Dígame?

—¿Irene Berkel?

—Sí. ¿Quién es? —preguntó. Le sonaba esa suave voz varonil, pero no la ubicaba.

—Buenos días, Irene. Soy Isaac Wagner. Por favor, le ruego que no me cuelgue.

Se quedó absorta, sin saber qué hacer o decir. Se limitó a aguardar.

—Irene —siguió Isaac—, no sé cómo, pero quiero corregir el malentendido de la semana pasada. La oferta sigue en pie y, si viene a verme, se lo explicaré todo.

—¿Cuándo? —interrogó ella, descolocada. Le duraba el cabreo.

—Cuando quiera. Cuando sea. Ahora. Da igual.

Irene se decidió enseguida. No dudó ni un instante. Tenía clara su determinación. Solo requería un impulso como aquel enfado para actuar.

—Ahora —dijo. Acto seguido, colgó, se puso el casco, se subió a la moto y arrancó.

La moto era ideal para sortear el tráfico. Circuló por Tragaluces hasta desembocar en la avenida Majstro. Recorrió esta hasta la misma plaza de la Cornucopia donde, de rotonda en rotonda, tomó Sageco. Dejó la moto frente a la entrada de la sede de la Organización.

Traspasó la gruesa puerta doble, siempre abierta. Ese era el punto de no retorno. Ella lo sabía. Esperó a que, como de costumbre, la cámara de seguridad la detectase y abriese las puertas del ascensor. Se percató de que, al contrario que en las demás reuniones, ese día iba vestida tal y como era, *piercing* incluido. Se dijo que era mejor así: no debía disfrazarse.

Para su sorpresa, cuando el ascensor se abrió, en su interior encontró a Isaac Wagner. El hombre le hizo un gesto para que fuese con él. Ella entró en el habitáculo. Mientras este ascendía, Isaac, más serio que otras veces, pero igual de apuesto, comentó:

—Deseo enseñarle algo.

Ella no añadió nada.

Se bajaron en la segunda planta. Isaac guio a Irene. Torcieron a la izquierda y caminaron por un pasillo tan sofisticado e insubstancial como, según parecía, todos los que hubiese en aquel edificio. Giraron a la derecha hasta llegar a una puerta doble.

Isaac sacó una especie de llave electrónica de su bolsillo. La introdujo en la cerradura de la puerta. Esta se abrió con un chasquido. El hombre se apartó para dejar paso a Irene.

El lugar parecía una biblioteca. A derecha e izquierda, podían verse numerosas hileras de estanterías, altísimos archivadores, armarios de varios pisos... Su contenido se adivinaba de lo más variopinto: libros, cuadernos, cajas, etc. Miró hacia arriba y descubrió que existía una segunda altura, con otras tantas filas del mismo tipo, por lo que dedujo que esa enorme sala ocupaba dos plantas del inmueble. Le llamó la atención que la estancia, además, se presumía profunda. La iluminación era penumbrosa, de manera que no alcanzaba a ver el final. ¿Cuál era la extensión real de aquella construcción? Cerca de la entrada, había mesas, sillas y algunos archivadores.

—Esta —detalló Isaac, mientras Irene estudiaba el sitio casi boquiabierta— es solo una de las salas de archivo e información que hay en este edificio. Este, aunque sirva como sede central, es solo uno de las decenas de edificios que existen por todo el globo. Aquí dentro, evidentemente, solo pueden hallarse ítems físicos: libros, grabados, manuscritos, imágenes de varias clases… También hay elementos audiovisuales y, por supuesto, más salas llenas de equipos y servidores informáticos que guardan los *terabytes*, *petabytes*, *exabytes* de datos. Intenté aprenderme las cifras, pero admito que desistí. —Con un ademán, Isaac le indicó a Irene que saliera. De nuevo fuera, agregó—: ¿Sabe por qué le he enseñado esto?

—No —reconoció Irene.

—Como curiosidad, nada más, porque usted nunca, jamás, verá ni un solo documento perteneciente a la Organización. No poseerá información. Lo único que queremos de usted es que diseñe el contenedor: el sistema definitivo para archivo y consulta. Del contenido ya nos encargamos nosotros. No sueñe con tener acceso a nada en absoluto. Usted construirá el edificio, pero no entrará en él. Los centinelas, por descontado, la han investigado sobradamente. Nos consta que no está en contacto con su hermano. Huelga anotar que no sabrá nada de lo que nosotros sabemos, ni sobre él ni sobre nada. Si le oferté el encargo fue porque pienso que es buena en lo que hace. Sé que ahora casi no tiene trabajo, así que supongo que le interesan los ingresos. Eso sí, si descubrimos que sí colabora con su hermano, tendrá bastantes problemas. —Isaac tomó aire tras la parrafada. A continuación, declaró—: El precontrato continúa en mi despacho. Puede llevárselo para que un abogado de su confianza lo revise. Lo que prefiera.

Irene guardó silencio. Miraba al infinito en aquel pasillo. Reflexionaba.

—No será necesario —respondió, al fin—. Firmaré ahora mismo si es posible.

<u>4</u>

Alexander no podría haberse sentido peor después de que Irene se fuera tan airada de la habitación. No pretendía molestarla, pero le parecía imposible actuar como si no supiera lo que Lena le había desvelado. El hecho de que la Organización hubiese contactado con su hermana le

124

asustaba. Su propia experiencia al respecto le demostraba que los de Heptágono siempre ocultaban sus verdaderas intenciones. Temía por Irene y por sí mismo.

Reñir con ella era lo que menos necesitaba en su situación. De hecho, recordaba muy pocas ocasiones en las que se hubiesen enfadado. Desde que Héctor le adoptase, la joven y él habían estado siempre unidos. Ella era quien le insistía en que no podía aislarse del mundo y que, aunque fuera gafe, los lazos humanos le convenían. Muchas veces, ella era la que se comportaba como si fuese la primogénita. Ella era quien siempre velaba por él.

Por eso, segundos después de que Irene saliese de su cuarto, Alexander, con el pecho oprimido por el disgusto y la culpa, sintió el impulso de correr tras ella. Le habría suplicado que no se marchara de esa manera, que le escuchara y le permitiese explicarse y disculparse. Le habría dicho que ella era su única familia y el mejor recuerdo que tenía de Héctor.

Pero eso no era posible. Alexander no podía salir de esa latosa habitación. A esa hora de la mañana, la taberna estaba llena de gente. En cuanto pisase la planta baja, se arriesgaría a que alguien le viese y le reconociese. Llegar a la calle era impensable y recurrir al móvil se le antojaba inadecuado. No se podía arreglar por teléfono lo que se había estropeado cara a cara. Así que era prisionero de su desgracia. No tenía nada que hacer.

Tuvo la sensación de que se ahogaba. Le dieron ganas de liarse a patadas con aquellas cuatro paredes que le recluían. Pensó que iba a sufrir un ataque de ansiedad. No aguantaba más. Anhelaba la libertad, la que había disfrutado toda su vida sin pararse a pensar en ella. Detestaba su destino y su maldición. ¿Qué más podía irle mal?

No le quedó otro remedio que contenerse. Se tumbó en la cama. Hizo algunos ejercicios de relajación. Al rato, Herbert le subió la comida: una ensalada veraniega y un escalope de ternera; de postre, macedonia. Alexander se lo agradeció. A pesar de que intentó disimular, el tabernero debió notar su humor, más pesaroso de lo normal, aunque no dijo nada.

Después de almorzar, usó su *smartphone* para revisar una y otra vez sus mensajes y su perfil de *Twitter*, con la esperanza de que Irene le hubiese escrito, mas no halló nada. Resignado, decidió centrarse en la entrevista con Francine Moreau, que se había establecido para las diecisiete horas.

Alexander había preparado el encuentro a conciencia. Iba a asumir unos riesgos nada triviales y, por lo menos, debía sentir que el lance merecía la pena. Durante la semana anterior, había repasado el cuaderno azul de sus recuerdos. Cualquier detalle, por insignificante que pareciera, podía resultar de utilidad para la periodista. Asimismo, había tomado algunas notas relativas a los dos asesinatos que le endosaban.

Se vistió con una camiseta lisa, bermudas vaqueros y zapatillas deportivas. Debía pasar desapercibido, parecer uno más. Se puso las gafas oscuras que empleaba en el casino. Se aseguró de que llevaba todo lo que necesitaba.

Luka Miller llegó alrededor de las cuatro de la tarde. Había sido el encargado de concretar los detalles de la reunión con Francine. Le llevaría en coche al sitio acordado. A continuación, se iría al hospital, donde había conseguido que le cubrieran un par de horas.

—¿Estás preparado? —preguntó Luka.

—Preparado —asintió Alexander.

Era consciente de que su ánimo taciturno era patente. Su amigo debió percibirlo, pero no indagó al respecto. Alexander lo agradeció.

Luka sacó un folio doblado de un bolsillo de su pantalón corto. Lo estiró para enseñárselo. Era un dibujo esquemático del Parque de los Frutales, donde el joven había indicado las entradas y había marcado un punto concreto con una cruz. Lo señaló, y dijo:

—Aquí te verás con Moreau. Es una zona bastante tranquila, recogida. Hay bancos en los que podéis charlar sin problemas. ¿Te ubicas? —interrogó, y le tendió el papel.

—Tranquilo. Conozco el parque —afirmó Alexander—. Sé dónde queda eso.

Luka dejó el folio encima de la mesilla.

—¿Has pensado en el sueño que te conté? —añadió el joven.

—No, la verdad. ¿Has vuelto a tenerlo?

—Sí, por tercera vez. Estoy seguro de que es importante.

—¿En serio? ¿Por qué?

—No puede ser casual. Tiene un significado relevante, pero aún no sé cuál.

—Bueno, si no te importa, prefiero hablar de eso otro día —agregó Alexander. Trataba de no sonar brusco. Aunque todavía no había asimilado la epifanía de su amigo, lo que no quería, bajo ningún concepto, era que él también se ofendiera–. Estoy impaciente –se excusó–. Mejor nos vamos ya.

—Vale, pero no lo eches en saco roto. Me gustaría hablarlo y analizarlo. Podríamos interpretarlo demasiado tarde –advirtió Luka.

—De acuerdo –concedió él, escéptico.

Alexander comprendía que ese enigmático sueño importaba mucho a Luka, ya que le hacía sentirse más cerca de su difunta abuela Betina, pero él no podía dedicarse a eso hoy.

Se marcharon a las cuatro y media.

La ventura quiso que el folio con el dibujo de Luka se quedara olvidado en la mesilla.

5

Selena Myers jugueteaba con un bolígrafo entre sus dedos. Sentada tras su escritorio, delante del ventanal que daba a la avenida Sageco, valoraba su decisión. Ya sabía que no le convenía actuar guiada por impulsos. No obstante, estaba harta. Era hora de mover ficha.

Se preguntaba si el arriesgado movimiento que estaba a punto de efectuar no acabaría en desastre. No sería la primera vez que eso sucedía, pero ¿qué más podía hacer? Lo había intentado por las buenas. Solo le quedaba precipitar los acontecimientos por las malas.

A pesar de los numerosos imponderables, confiaba en que el caos resultante se resolviera a su favor. Así que, decidida a no meditarlo más, descolgó el teléfono de su escritorio. Marcó un número del directorio. Escuchó los tonos de la llamada. En cualquier momento, contestarían al otro lado y, entonces, sus actos no tendrían vuelta atrás. A partir de ese punto, debería asumir las consecuencias de lo que tuviese que acontecer. No se amilanó.

Pasados cuatro tonos, escuchó la voz ronca del comisario Garmash:

—Aquí Garmash –se presentó el mentecato jefe de la Policía.

—Buenas tardes, comisario. Soy Selena Myers, de la Organización Heptágono.

—Dígame –añadió el comisario, tras un breve silencio.

—Como nueva directora de operaciones, le llamo para darle una información crucial.

—¿Qué información?

—Se trata de un hallazgo bastante relevante que los centinelas de la Organización acaban de efectuar. Le hablo del paradero de Alexander Berkel.

Garmash calló. Luego, dijo:

—¿Qué sabe de él?

Selena pensó que el comisario se mostraba demasiado calmado. Ella le explicó:

—Hemos averiguado dónde se oculta. De hecho, sospechamos que ha estado siempre en el mismo sitio, delante de nuestras narices. Se halla aquí mismo, en Ciudad Fortuna.

—¿Dónde? —inquirió Garmash.

—En una taberna llamada *La herradura de plata*. Se sitúa a poquísimos metros del anterior domicilio de Berkel. Increíble, ¿no?

Selena no pudo guardarse esa puya. Detestaba a los cazurros como el comisario. Restregarle su incompetencia le complacía.

—¿Por qué me cuenta esto, señorita Myers? —interrogó Garmash. Parecía suspicaz. Tal vez, no fuese tan estúpido. Aun así, Selena le superaba en inteligencia.

—Verá, comisario —respondió—, la actual dirección de Heptágono ha determinado que el "asunto Berkel" concierne únicamente a la Policía. Sin embargo, no podemos tener estos datos y no obrar como es debido. Incluso creo que el origen de esta información no debe desvelarse. Usted lleva ocho meses persiguiendo a Berkel de manera implacable y merece atribuirse el mérito de la captura. ¿No está de acuerdo, comisario?

6

El Parque de los Frutales era, sin duda, uno de los lugares más bellos de Ciudad Fortuna. Representaba el corazón del barrio de Serenidad, atravesado por el río Tyche y ubicado entre dos puentes populares: el del Barquillero y el del Pobre. Se trataba de un enclave destacado para los turistas, también frecuentado por gente de la urbe. En verano, además, suponía el más hermoso oasis de frescura, dada la sombra y el cobijo que proporcionaba su abundante vegetación. Al derivar el cauce del río, se habían creado estrechos canales, cuyas corrientes, repletas de meandros, lo surcaban. Ofrecía rincones para el reposo, la práctica de deportes o actividades al aire libre. Era usual hallar artistas aficionados con su caballete y sus lienzos. El recinto constaba de diversas puertas. Existían explanadas abiertas y recovecos más recónditos. La iluminación nocturna era escasa, por lo que cerraba al anochecer.

Encontrarse con la periodista Francine Moreau allí era, en opinión de Alexander, una gran idea. Al gafe le encantaba el lugar, a pesar de algunos recuerdos bastante dolorosos. Le retrotraía a épocas más sencillas, cuando contaba con un trabajo decente y caminaba por la calle sin cuidar quién le miraba o por dónde se metía. Al mismo tiempo, el parque les ofrecía una temperatura muy llevadera a esa hora de la tarde del 31 de julio. Podían charlar sin llamar la atención. De todos modos, no descuidaron las precauciones. Luka le llevó en coche hasta una de las puertas secundarias del perímetro. Desde ahí, escondido tras sus gafas oscuras, Alexander caminó cabizbajo hasta cierto recodo, en un sinuoso sendero. Allí, sentada en un banco de madera, bajo un frondoso melocotonero, aguardaba su cita. Apenas pasaba, de vez en cuando, algún que otro paseante. Nadie se fijaba en ella.

Francine no había cambiado respecto a la tarde que Alexander la conoció. La mujer, de treinta y pocos años, baja estatura y curvas menudas pero bonitas, lucía su melena rubia más corta que antes. Vestía ropa clara, estival. También usaba gafas de sol. Su nariz puntiaguda remarcaba el carácter avispado de su semblante y su espíritu sagaz.

Con absoluta naturalidad, aunque siempre pendiente del entorno, Alexander se sentó a su lado. Ninguno se quitó las gafas. Sonriente, Francine le saludó:

—Me alegra verle. ¿Cómo se encuentra?

—Bien, dentro de lo que cabe, claro.

—Me ha gustado volver aquí.

—Debe ser grato poder ir y venir.

—Me alegro de que su amigo propusiera este parque para nuestra reunión. Es un sitio precioso que no conocía. ¿Quién es él, por cierto?

—Un amigo, el único que tengo, un hombre al que no hay que complicarle más la vida —recalcó Alexander. Francine no malgastaba ninguna ocasión para averiguar datos adicionales. Era muy perspicaz.

129

Alexander se quedó absorto. Miraba más allá de Francine, como si pudiera atravesar la espesa vegetación circundante.

—¿Ha visto algo malo? –interrogó ella.

—No, no. Solo recordaba. Muy cerca de aquí, murió mi padre –confesó él.

—¿Cómo? ¿Qué sucedió?

—Fue hace seis años. También era verano. De hecho, me parece que el verano acababa de empezar. No sé qué pasó, en realidad. Fue un atraco. Mi padre era gafe, como yo. Ya se lo conté en la otra entrevista. Supongo que el mal fario le dio caza después de todo. Llegué a tiempo de presenciar sus últimos instantes. Él murió y yo me quedé en blanco, vacío; tanto que tardé bastante en darme cuenta de que no había avisado a mi hermana.

Un melancólico silencio reinó en aquel discreto recodo durante un minuto. Después, Francine tomó aire, y anotó:

—Habla de su padre adoptivo, ¿no?

—Hablo de mi único padre conocido –respondió Alexander–, mi padre auténtico.

—Por supuesto, pero, pese a ello, no ceja en su empeño de hallar al padre biológico.

—No, claro que no. No cejo en mi empeño de hallarle a él, a mi madre biológica o a la familia que pueda tener. ¿Usted renunciaría a investigar algo así?

—Yo no renuncio a investigar nada –aseveró Francine, con una sonrisa.

Como era de esperar, Francine había acudido a ese encuentro armada con un grueso bloc de notas y un bolígrafo negro de punta fina, con el que escribía una preciosa caligrafía. Antes de adentrarse en la verdadera conversación, Alexander y ella afianzaron los términos de su trato: él le daría esa entrevista y contestaría cualquier cuestión; ella indagaría los asuntos de su inocencia y su identidad.

—Le recuerdo –agregó Francine, en un momento dado– que me atribuyo el derecho a publicar cualquier cosa que me cuente.

—De acuerdo –asintió Alexander–. Lo veo justo. Soy consciente de ello. No deje nada sin publicar y nada sin investigar.

—Trato hecho –zanjó Francine.

130

Con esas palabras, la periodista efectuó un gesto cuya valentía entendía bien: tenderle la mano al gafe. Alexander meditó y, a continuación, se la estrechó con brevedad.

Para comenzar, Francine le preguntó acerca de la muerte de Ismael Wagner:

—¿Por qué afirma la Policía que había huellas y fibras suyas en la escena del crimen?

—Porque será cierto. Estuve allí.

—¿Estuvo en casa de Wagner?

—Sí, pero, cuando yo llegué, él estaba muerto. Era la primera vez que yo estaba en esa mansión. Vi a un perro. Era muy raro todo, pero no desconfié. Estaba cegado por las ganas de conseguir la recompensa que la Organización Heptágono me había asegurado por resolver el "caso azafrán": la identidad de mi familia biológica. Estuve allí, sí. Estuve allí y toqué cosas, imagino que sin darme cuenta. El perro me llevó al salón donde yacía Wagner. Traté de ver si tenía pulso. De repente, sonó la alarma y me fui.

—Huyó de la escena del crimen.

—¿Qué otra cosa iba a hacer?

—No lo sé. ¿Este relato le parece verosímil?, ¿creíble?

—No tengo ni idea. Solo sé que yo no maté a Ismael Wagner —manifestó Alexander.

—Alexander —dijo Francine, y se inclinó un poco hacia él—, ¿quién lo hizo entonces?

—Quienquiera que me preparara aquella trampa tan verosímil.

—¿Trampa? —repitió Francine, con el ceño fruncido.

—Sí, trampa. ¡Fue todo demasiado oportuno! La puerta abierta, la alarma en el instante justo, la Policía alertada… ¿No le parece?

—¿Quién asesinaría a Wagner? —inquirió Francine.

—Quien se beneficiara de ello, por ejemplo. Conoce la Organización Heptágono, ¿no?

A pesar de las gafas oscuras, Alexander notaba las pupilas de Francine clavadas en él. La periodista cavilaba sus palabras. Movía la cabeza con lentos gestos afirmativos.

—¿De quién sospecha? —preguntó ella.

—No creo que pueda ni decirlo en voz alta sin correr peligro.

Francine volvió a meditar en silencio. Acto seguido, declaró:

—Ya. Aunque me repatee, yo tampoco podría publicarlo.

—¿No?

—No. El hombre en el que ambos pensamos mueve cada vez más hilos. Oigo cosas.

Hablaron bastante rato del asesinato de Ismael Wagner. Francine recababa todo tipo de información. A Alexander le sorprendió lo meticulosa y metódica que era. La mujer no dejaba ningún detalle sin explorar. Tomaba notas con velocidad y asombrosa pulcritud.

Más tarde, llegó el otro asunto relacionado con la inocencia de Alexander, el que más le dolía abordar: la muerte de Lara Varone. El hecho de que ellos tenían una relación amorosa se había dejado entrever en las crónicas de los medios tras la tragedia. Quizás por ello, consciente de su dolor, Francine formuló sus preguntas con una sutil delicadeza.

—¿Cómo murió la joven Varone? –planteó.

—No lo sé –admitió Alexander, que, casi con un hilo de voz, perdía la entereza–. No la pude salvar. Llegué tarde. Tenía una aplicación en mi móvil para localizar su posición. La encontré, pero ya no había nada que hacer. Supe enseguida que me culparían.

—Si no fue usted, ¿quién lo hizo? ¿Por qué?

—Esto quiero dejarlo claro –anunció Alexander. Procuraba mantenerse firme–. Desconozco el porqué, pero sé quién lo hizo. Fue Alonso Yazpik. Investigue sobre él. Le detuvieron por mi culpa, por resumirlo de alguna manera. Se vengó de mí. Fue él.

—¿Cómo lo tiene tan claro?

—Porque, al lado de Lara, vi algo que sé a ciencia cierta que era suyo: un dado naranja. No sé si la Policía no halló el dado o si no le prestó importancia, pero ese dado puede relacionarse con pruebas del "caso azafrán" y puede conducir hasta Alonso Yazpik.

Alexander respiró hondo de nuevo. Ese tema era duro. Admiró la calma de aquel rincón del Parque de los Frutales. Nadie les molestaba. Francine retomó la palabra:

—¿Por qué ha tardado ocho meses en decidir hablar conmigo?

—Estaba atascado –explicó él, después de pensarlo–. Sigo así, la verdad, pero he decidido hacerlo por los dogmas.

—¿Los dogmas?

132

–Sí, los dogmas. Usted conoce la verdadera suerte, lo sé. Sabe que están la filosofía, la genética y la religión, pero lo importante son los dogmas. Yo antes renegaba de estos temas porque me recuerdan mi maldición, pero lo de Lara me dejó claro el alcance de los dogmas. Lo que pasó fue por el tercer dogma. Y, hace unas semanas, un amigo, mi amigo, me habló del segundo dogma. Tengo que aceptar mi suerte, las cartas que me han tocado.

Mientras decía esas frases, en su interior, Alexander se percató de que, aunque creyera en las palabras de Luka en torno al segundo dogma, todavía se resistía a creer en lo de su sueño. Tal vez, le debía más respeto a su único amigo y a la memoria de la difunta Betina.

Con un tacto que él agradeció, Francine solicitó más datos respecto al asesinato de su amada Lara. Luego, pasaron a la segunda parte de su entrevista: la identidad de Alexander.

7

El comisario Garmash fue cauto durante la conversación telefónica. En cambio, en cuanto colgó el auricular, retrepado en la sufrida butaca de su despacho, se quitó sus gastadas gafas, se frotó las manos en un tic nervioso y lo vio todo claro: aquel soplo era su gran oportunidad. Por fin, tras meses de agotadora frustración y años de comentarios malintencionados, iba a resarcirse. Iba a atrapar al maldito Alexander Berkel. El gafe caería.

No escatimaría en medios de ninguna clase. Haría ruido. La ciudad entera debía enterarse de que algo grave acaecía. Se merecía unos buenos titulares. Esa tarde podía labrarse el cómodo ascenso que le condujese a una oportuna jubilación. La ventura quiso que varios buenos agentes, como Baltz, no trabajasen esa tarde. Al comisario no le preocupó. Él mismo capitanearía la misión. Tenía experiencia sobrada para manejar la situación.

Encabezó una escandalosa caravana de coches patrulla. Decretó que pusieran rumbo al barrio de Hornos; en concreto, a *La herradura de plata*, en Tragaluces. Por el radiotransmisor, instruyó a sus hombres acerca de cómo abordar la taberna. Conocía el lugar. Le fastidiaba pensar que Berkel hubiese estado todo ese tiempo allí. Se sentía burlado. Ya se encargaría de que el tipejo se las pagara.

Irrumpieron en la taberna sin miramientos. Nada más entrar, el comisario escrutó las asombradas caras de la veintena de clientes que se hallaban en el local. No vio a nadie conocido. Vociferó sus órdenes:

—¡Registrad la parte de atrás y el piso de arriba! ¡Aseguraros de que se custodian todas las salidas! ¡No permitid entrar ni salir a nadie!

Se dirigió hacia la barra. Tras ella, el tabernero asistía a la escena silente y estupefacto. Sostenía un vaso limpio a medio secar y un paño raído. Garmash se preguntó si su gesto de pasmo se debía al miedo. Conocía a Herbert Finch de pasada. Este no tenía antecedentes.

—Señor Finch, ¿sabe por qué estamos aquí? —interrogó Garmash.

—¿Para poner todo patas arriba, por lo que oigo? —contestó Herbert, en alusión al bullicio que los agentes montaban en la parte trasera del establecimiento.

—No —negó el comisario—. Buscamos a Alexander Berkel. Hemos recibido una llamada anónima alertando de que se esconde aquí. ¿Es cierto? ¡Conteste!

—No, señor —aseguró el tabernero, con cierto rictus tenso.

—Pero usted le conoce y conoció a su padre, ¿verdad?

—Sí, señor. Conocí al padre y conocía al hijo, pero hace ocho meses que no le veo. Le prometo que no está aquí.

—Eso lo veremos.

Garmash fue a la zona de atrás del local, donde sus hombres lo inspeccionaban todo. Aparte del salón principal, en ese piso se encontraban la cocina, los aseos, un despacho, un minúsculo patio, atestado de cajas y vidrios, y la puerta al callejón.

Un agente le pidió que fuese a mirar la planta alta. Él subió a pesar de la fatiga que le asaltaba desde hacía semanas: la persecución de Berkel le tenía consumido. Arriba, su gente se centraba en la que parecía ser la única habitación ocupada, pero ¿ocupada por quién? Al comisario le sonaba que hacía años que allí no se hospedaba nadie.

La habitación era pequeña, sencilla. Contaba con una cama, una mesita de noche, una mesa redonda con sillas, un escritorio y un armario. Los agentes se pusieron a vaciar el contenido de los muebles. La mayoría de lo que guardaban era ropa. El resto de las cosas no se podían vincular ni con Berkel ni con nadie. Garmash creyó ver un gato en el alfeizar de la ventana. El minino se escabulló.

Herbert Finch pasó al cuarto. Se dirigió al comisario, y declaró:

–Aquí no vive nadie, señor. Yo me echo una cabezada de vez en cuando, nada más.

–Ya –dijo Garmash, lacónico. Se calló algo: aquella ropa no podía valerle al corpulento tabernero–. El gato ¿también es suyo? –inquirió.

–Sí, señor. Lo acogí de la calle.

Entonces, uno de los policías se acercó al comisario. Le mostró un objeto: una tarjeta magnética, de tonalidad rubí, con el anagrama de *La rueda de la fortuna*.

–Estaba en la mesita de noche –anotó el joven.

–Es una tarjeta muy selecta –observó Garmash–. ¿Es suya, señor Finch?

En esa ocasión, el tabernero, con gesto grave, no supo qué responder.

Antes de que el comisario volviera a hablar, otro agente le entregó un papel. Era un folio donde había un plano dibujado. Por las anotaciones realizadas a mano, dedujo que era el Parque de los Frutales. Una cruz marcaba un punto concreto. Asimismo, se había apuntado una fecha y una hora. La fecha era la de hoy; la hora, las cinco de la tarde.

Garmash consultó su reloj de pulsera. Eran las seis de la tarde. Razonó a toda prisa y, a continuación, se dirigió al agente que acababa de darle ese papel, y ordenó:

–Cuatro parejas seguirán aquí con el registro. Dos agentes irán al Edificio Zita e interrogarán a Manuel Sócrates por la tarjeta rubí. El resto nos vamos ¡ya mismo!

<u>8</u>

A medida que la tarde avanzaba, el Parque de los Frutales se llenaba de visitantes. De vez en cuando, algún deportista, que aprovechaba los senderos en sombra para correr, pasaba al lado del discreto rincón donde, sentados en el mismo banco, Alexander y Francine proseguían su conversación. Se escuchaban ecos de algarabía cercana.

Superada la emoción de contar la muerte de su amada, el relato de Alexander se había vuelto más inconexo y difícil de seguir. Rememorar su primera infancia era una tarea ardua. De hecho, en ocasiones, temía mezclar recuerdos verdaderos con invenciones de su trastocada memoria. Cerraba los ojos para visualizar aquellas escenas fugaces que le asaltaban. La mayoría de las sensaciones y visiones eran complicadas de transmitir.

Trató de centrarse en los detalles del lugar donde transcurrieron sus primeros años de vida. Insistía en la inmensidad de la finca, con unos campos de cereales interminables a ojos de un niño. Era capaz de mentar ciertos detalles del caserío. Incluso se atrevió a realizar un esbozo de la mujer que identificaba como su madre, pero, con solo esos retazos, localizar el enigmático enclave donde se había criado resultaba muy difícil.

—Hemos hecho un trato y yo cumpliré mi parte —aseguró Francine—, pero si la primera parte era peliaguda, la segunda es peor. Alexander, ¿no hay ningún registro donde pueda buscar más información? Necesito datos más sólidos, contrastables.

—Creo que el único lugar posible sería el orfanato al que fui.

—Por cómo lo dice, no parece confiar mucho en esa opción.

—El problema es que, de existir todavía alguna documentación sobre mi adopción, estaría en poder de mi padre adoptivo y ya ni siquiera sé qué hicimos con sus cosas.

—Ya. Ese orfanato donde estuvo de los seis a los doce años, ¿todavía existe?

—No tengo ni idea. —Alexander carraspeó y, dubitativo, indicó—: Hay otra cosa.

—¿Sí? Cuénteme.

—Es complicado.

—Más que todo lo anterior, lo dudo —comentó Francine, con su bonita sonrisa.

—¡Créame! Verá… —Alexander titubeó. Era la primera vez que narraba aquello en voz alta. Le costaba—. Un día, el último que recuerdo en esa finca, en ese caserío, yo jugaba. Un grupo de hombres, vestidos de blanco, llegó de pronto. Recuerdo el pavor en el grito de mi madre. ¡Me dijo que corriera! Yo eché a correr aterrorizado. Vi cómo la sujetaban para que no pudiera ayudarme. Esos hombres me cogieron. Me cogieron y me sacaron de allí.

Francine permaneció impávida un instante. Después, asombrada, le cuestionó:

—¿Intenta decirme que le secuestraron?

—Sí. Siempre pensé que mi familia me abandonó por mi tara, pero recordé ese detalle hace unos meses y ahora lo veo de otro modo.

–Un momento, Alexander. ¿No puede tratarse de una fantasía, una confusión?

–No, créame. Sé que aquello ocurrió de verdad.

–¡Eso es increíble! ¿Secuestrar a un niño gafe?

En ese momento, Alexander se quedó mudo. Acababa de reconocer a alguien que se dirigía hacia ellos. El inesperado individuo era un tipo de mediana edad y rasgos corrientes, de piel negra, cuerpo atlético pero cansado, cabello bruno y mate y viejas gafas de montura redondeada. Su vestimenta era oscura, casi de camuflaje. No era época para llevar la gabardina que acostumbraba a utilizar durante los meses más fríos.

Francine reparó en la mirada desviada y boquiabierta de su entrevistado. Nerviosa, se giró y miró al hombre que reclamaba la atención de Alexander.

–¿Quién es ese hombre? –inquirió.

Era Martin Krane, el misterioso bienhechor anónimo que vigiló y auxilió a Alexander en varias ocasiones a lo largo del otoño. La última vez que se vieron, la única que hablaron cara a cara, el hombre le desveló que le protegía por encargo de Ismael Wagner.

Ahora, esa tarde veraniega, Martin Krane, aparecido de la nada, llegó junto a Alexander y Francine. Andaba aprisa y su rostro reflejaba un evidente nerviosismo.

–La Policía viene hacia aquí –anunció–. No hay tiempo que perder.

Alexander se incorporó anonadado. No asimilaba ni la aparición de Martin ni lo que este acababa de decir. Francine les contemplaba aturdida.

–¿Qué? –balbució Alexander, casi tartamudo.

–Que la Policía viene hacia aquí –repitió Krane, con gran impaciencia–. Han ido a *La herradura de plata*. Están al llegar. Garmash te ha encontrado, no sé cómo.

Alexander se acordó del folio con el esquema del parque que Luka le había enseñado. Cayó en la cuenta de que lo habían dejado en la habitación de la taberna. Se lamentó por lo espinosa que la ventura podía ser con las personas malditas.

–¿Cómo se ha enterado? –interrogó Alexander, todavía incrédulo.

–Eso no importa ahora –contestó Krane–. Tenemos que irnos. Le pondré a salvo.

–Alexander, ¿qué está sucediendo? –intervino Francine, nerviosa.

Él no supo qué responder. Observó a Martin. La cara del hombre denotaba su agitación. De improviso, un soplo de aire sacudió las hojas de los árboles. Alexander experimentó un súbito escalofrío. Miró a su alrededor. Le pareció escuchar voces que se acercaban a ese rincón. ¿Eran paranoias? Sus temores se acrecentaron.

–No –dijo. Tendió el cuaderno azul de sus recuerdos a Francine. Ella lo cogió, mientras él detallaba–: Aquí he escrito todo lo que puedo recordar de mi infancia. Sé que no me he explicado bien. No soy buen orador. Por favor, léalo, indague y cumpla nuestro acuerdo. –Luego, habló a Krane–: Martin, por favor, necesito que Francine escape de aquí sin que la Policía la reconozca. Tiene que ayudarla.

–No, no –replicó Krane, tenaz–. No debemos separarnos. Ella saldrá sola.

–Ni hablar. Es mi última palabra –zanjó Alexander–. Ayúdela. He de irme.

Así, sin tiempo para despedidas, Alexander echó a andar hacia el noroeste, donde había un acceso al parque, y pasó bajo el melocotonero que había cobijado aquella reunión.

Llegó a un área más despejada del parque, cerca de uno de los puentes de madera que salvaban el cauce del Tyche. Se detuvo y se percató de que respiraba agitado. ¿De verdad el comisario le había descubierto? ¿Iba a por él? Por un instante, pensó, no sabía por qué, que el aviso de Martin Krane pudiese ser falso, un anzuelo hacia la auténtica trampa.

No obstante, entonces, a lo lejos, vio cómo dos policías entraban en el parque por la puerta que él iba a usar. Asustado, se acuclilló detrás de un arbusto. Oteó en otras direcciones. Vio más agentes, que hablaban por sus *walkie-talkies*. No era ninguna ilusión.

Fijó la vista en una zona más tupida y boscosa, a pocos metros frente a él. Sabía que no debía correr, pero el pánico le hizo lanzarse hacia allí a la carrera.

9

Ricardo Varone se ajustó el nudo de la corbata y comprobó el cierre de sus gemelos. El traje le agobiaba, pero estaba decidido a que el evento

138

saliera bien. La fiesta había empezado. Ahora, atardecía. Las decenas de invitados, que incluían la flor y nata de la alta sociedad de la ciudad, departían en corros por el renovado jardín de la casa. Los del *catering* danzaban a su alrededor con bebidas y canapés. La decoración generaba un entorno acogedor. Desde la ventana de su despacho, Ricardo vigilaba que nadie se acercara a la caseta de herramientas, cuya puerta había bloqueado con un grueso candado.

La fiesta, celebrada con motivo del cumpleaños de Casandra, parecía haber suavizado la situación entre ella y él. En los días previos, su mujer, por fin, se había interesado por los preparativos del evento. Esa mañana, mientras desayunaba, Ricardo le había dado sus regalos: una deslumbrante gargantilla y los zapatos más finos que su secretaria había encontrado en el barrio de Confiterías.

–Muchas gracias –había respondido Casandra, después de desenvolver los paquetes–. Gracias también por la fiesta.

Eran siete palabras pronunciadas con comedimiento, pero lo más largo y amable que ella le había dedicado en meses.

Su joven asesora, la que solía hablar con la prensa, fue al despacho para informarle de que Martina Leone y su comitiva habían entrado en el porche. Ricardo se dirigió a la puerta principal de la vivienda. Por el camino, se cruzó con Travis Dixon, con quien intercambió una fugaz mirada que solo ellos comprendían.

En efecto, acompañada de un reducido séquito de gente y escoltada por varios agentes trajeados, Martina Leone bajó del coche oficial, frente a la casa del alcalde Varone. Este esgrimió su más impostora sonrisa y descendió la corta escalinata para recibirla. Leone tenía la misma edad que él. Poseía un cutis terso y bello. Sus ojos, un poco rasgados, imponían. Su gesto tendía a una franca sonrisa. El corte a media melena de su cabello moreno la favorecía. Era esbelta. Vestía un traje de dos piezas.

–Querida presidenta –saludó Varone, hipócrita–, te agradezco mucho que estés aquí.

–¿Cómo no, Ricardo? –replicó Martina. El timbre de su voz, como el resto de su ser, era elegante a la par que confiado–. Como bien sabes, estos actos familiares son ineludibles.

Aquella comedia tan mal disimulada era habitual entre ellos. Martina Leone había sido una ministra de excelente valoración ciudadana entre

139

1996 y 2003. Pertenecía a la Alianza Social, el partido de centro-izquierda, principal rival de la Unión Nacional, formación de Ricardo. Lideró la oposición desde 2008, hasta que, en los comicios presidenciales de 2010, consiguió romper un aparente ciclo de victorias en el que el centro-derecha pensaba que iba a estar cómodo durante varios años. Era una política apreciada por la población.

Entonces, Casandra salió al porche. Cuando vio a Martina, su asombro fue palmario. Por un instante, clavó una afilada mirada en su marido y, enseguida, saludó a la invitada con sincera alegría. Ambas se estrecharon en un efusivo abrazo. Al verlas juntas, su parecido era innegable. Ricardo era consciente de que, de no ser la prima de su mujer, Martina Leone, la presidenta de la república, jamás habría ido a una fiesta suya.

Ricardo aprovechó para regresar al interior. Antes de salir al patio y conversar con los que mejor le cayeran de los presentes, pasó a la cocina, invadida por los del *catering*. Se permitió la licencia de probar los aperitivos de *foie*. Notó cómo, a su espalda, la puerta se abría y daba paso al sonido de unos tacones.

—Todos fuera, por favor —escuchó decir a su esposa.

Quieto donde estaba, sin girarse, Ricardo terminó de saborear el *foie*: estaba exquisito. Luego, respiró hondo y se dio la vuelta. Los camareros, por su lado, se marcharon. Casandra le miraba reflexiva. Se la veía fabulosa en su traje largo.

—La guardia presidencial ha tomado la calle —comentó la mujer, en un tono difícil de interpretar. Había cruzado los brazos.

—Es lo normal —dijo él.

—Ricardo, ¿por qué no me habías dicho que venía Martina?

—Era una sorpresa. No veías a tu prima desde el…

—Sé muy bien cuándo la vi por última vez —le cortó, rauda, ella. Habló de una manera que dejó claro que no estaba contenta. Ricardo se riñó para sus adentros. El funeral era una fecha que no debía ni mentarse—. ¿Por qué está aquí? —repitió ella.

—Era una sorpresa —insistió él. Procuraba mostrarse inocente.

De súbito, Casandra le cruzó la cara con una soberana bofetada. Antes de que él, patidifuso, fuera capaz de reponerse, ella le señaló con el dedo, y le dijo:

–No me engañas. Te conozco. Sé lo que eres y cómo eres. Puede que sí encandiles a los pobres que te votan y a los oligofrénicos que te rodean en el trabajo, pero a mí no puedes engañarme. Estaba a punto de creer que habías hecho algo por mí. Me equivoqué. No pienses que no me doy cuenta de lo que andas tramando. No sé qué pretenderás con traer a mi prima aquí esta noche, pero sé perfectamente a qué aspiras.

Con esas palabras, sin más, Casandra abandonó la cocina.

Ricardo se palpó la cara. Le ardía. No salía de su estupor.

La puerta volvió a abrirse. Él se dio la vuelta. Su asesor, el que gestionaba su agenda, se hallaba en el umbral. Ricardo temió que hubiese escuchado la regañina.

–¡Ahora no! –gruñó.

Sin embargo, el joven le acercó un teléfono, y añadió:

–Discúlpeme, señor. Es el comisario. Debería cogerlo.

<u>10</u>

Travis Dixon coordinaba el dispositivo de seguridad de la fiesta de su jefe. El traje de color azul marino, comprado para la ocasión, le quedaba de maravilla. Favorecía su cuerpo, poco corpulento a la par que resultón. Se sentía guapo. Había repasado el corte de su cabello moreno y perfilado sus finas patillas. Atrás quedaron los pantalones horteras y las camisetas ajustadas. Se había acostumbrado a la sofisticación que conllevaba su nuevo empleo.

Con discreción y educación, tal como el alcalde le había enseñado que debía hacer, se presentó al jefe de los guardaespaldas de la presidenta Leone. Sintió que este le hablaba con afán de superioridad. Se preguntó cómo le habría tratado de saber que, además de un novato en aquellos menesteres, hasta hacía poco era un camello buscavidas. Le dejó que ocupara su posición. Prefería tenerle lejos.

Tenía una misión. No se trataba de una sencilla. Varone le había dado un minúsculo micrófono para que lo colocara en un punto estratégico. Después de hablarlo, habían convenido que lo mejor era ponerlo en el habitáculo del coche oficial de la notable invitada. En invierno, podrían habérselo puesto en el abrigo, pero, con el calor estival, esa posibilidad era irrealizable.

Desde el salón, Travis vigiló cómo, después de que la presidenta se apeara del coche blindado, su conductor lo sacaba del porche delantero. Con disimulo, salió fuera. El chófer había estacionado el vehículo delante de la vivienda, cerca de la ornamentada verja que, con los tupidos arbustos, circundaba el perímetro de la parcela. A continuación, se había bajado para relajarse con un cigarro. Travis aprovechó la coyuntura para acercarse y pedirle otro.

Mientras fumaban, Travis trató de charlar con el conductor. No obstante, este solo le respondía con monosílabos. Él se paseó alrededor del vehículo para analizarlo. Las puertas y ventanillas de la parte posterior estaban cerradas. La del copiloto no lo estaba. Travis contuvo la respiración, metió la mano en el bolsillo, cogió el diminuto micrófono y se dispuso a meter la mano por la ventanilla para adherirlo a algún lado, quizá al reposacabezas.

De pronto, una voz le sobresaltó; tanto que el micrófono se le resbaló y cayó al asfalto, justo delante del neumático del vehículo. La voz era de uno de los guardaespaldas, quien ordenó al conductor que despejara la calle. El tipo se montó en el coche, lo arrancó, se fue de allí…, y aplastó el micrófono a su paso. Travis lo miró abatido.

Regresó a la casa. Buscó al alcalde en el jardín, pero no le vio. Uno de los asesores, el chico, le dijo que atendía una llamada de urgencia desde su despacho. Intrigado, se acercó a ver qué sucedía. Antes de entrar, volvió a respirar hondo, consciente de que la noticia de su fracaso no iba a agradar nada a su jefe.

Llamó con los nudillos y abrió la puerta despacio. Varone andaba de un lado a otro. Hablaba por teléfono exacerbado:

—Moviliza a todos los agentes. Llama a quien esté en su casa. Me da igual qué día sea. ¡Hoy no libra nadie! —decía el alcalde, que ni siquiera se percató de su llegada. Travis cerró tras de sí y esperó en un rincón—. Y ten mucho cuidado con armar jaleo. Más te vale que la prensa no se entere de lo que pasa hasta que hayáis atrapado a ese malnacido. ¡Le quiero en el calabozo esta misma noche! ¡Que no se escape! Y como esto salga mal, buscaré a alguien más joven y más ágil que sepa valorar el cargo de comisario.

Ricardo colgó con rabia y tiró el teléfono encima de su escritorio. Airado, se giró y se dio cuenta de que Travis estaba allí.

—Y tú ¿qué quieres? —rugió.

Travis tragó saliva.

11

Irene pasó por las fases de su habitual ciclo del enfado. Al volver a casa, después del imprevisto encuentro en la sede de la Organización Heptágono, se acomodó en el sofá del salón, frente al televisor apagado. Mientras escuchaba cómo Sam recorría el piso en su esfera, ella rumiaba su enojo. No tenía hambre. En cambio, más tarde, según transformaba su disgusto en furia, le entró apetito. Cada vez estaba más malhumorada.

Lena le mandó un mensaje por la tarde. La chica le preguntaba si quería que se pasara por su casa. Irene lanzó una amarga carcajada. ¿Desde cuándo le pedía permiso para ir allí? Lena sabía que Irene iba a ver a su hermano, y supondría que su chivatazo había salido a la luz. ¿Qué pretendía que ocurriera entre ellas? Decidió responderle que sí, que fuera a verla. Estaba decidida a finiquitar aquello.

Cuando Lena llegó, Irene no esperó para soltar la bomba. Lo hizo adrede, con ansias de dañar. No tenía ganas de que lo inevitable se demorase.

—He firmado lo de Heptágono —anunció, campante e insurrecta.

—¿Cómo? —dijo Lena, aturdida.

—Que he firmado el precontrato.

—¿Por qué? —interrogó Lena, desorientada.

—Porque es lo mejor para mí —respondió Irene.

Lena se tomó varios segundos para digerir la noticia. Luego, respiró hondo y, con un tono de voz sereno pero grave, añadió:

—No, no es lo mejor para ti.

—Sí lo es.

—¿Qué pensará Alexander?

Eso era lo que Irene esperaba oír. De inmediato, contestó:

—No sé. Cuéntaselo tú, a ver qué te dice.

Entonces, Lena resopló y miró al suelo. Se quedó así unos instantes. Irene pensó que su inminente ex comprendía el notable error que había cometido.

—Lo hice por ti —agregó. Su voz sonaba apagada, tal vez derrotada.

143

—No, no sé por qué lo hiciste. Si pensabas que me hacías algún bien, te equivocaste, y te equivocaste mucho –replicó Irene. Su talante parecía más calmado. Era cierto que lo que estaba a punto de suceder le daba pena, pero estaba harta. Su pareja la había traicionado.

—Tenemos mucho en común –arguyó Lena. ¿Esperaba poder solucionar las cosas?

—Teníamos mucho en común –corrigió Irene–. Es posible que más de lo que yo necesitaba. Ahora solo quedan algunas cosas y la mayoría me dan lástima.

Lena respiró hondo de nuevo. Intentaba no llorar. Irene se obligó a no acercarse para abrazarla. Eso ya no lo haría más.

—¿Qué hago? –interrogó Lena, sollozante–. ¿Me voy?

—No, déjalo. Ya me voy yo.

Irene cogió el casco de la moto y se marchó para evitar la mirada de la chica.

La ventura quiso que, azorada por la emoción, se olvidara el teléfono en casa.

Conducir fue su refugio de nuevo. Circuló bajo la luz del anochecer. Cuando aceleraba, su tensión se suavizaba. Mas, si paraba en un semáforo, los pensamientos la abrumaban. ¿De verdad acababa de cortar con Lena? ¿Había puesto un brusco punto final a su relación más duradera? Irene apreciaba a pocas personas. Crecer sin madre y cambiar de ciudad con frecuencia durante su infancia y su juventud le habían hecho huir de los afectos. Detestaba añorar. Sin embargo, quería mucho a la poca gente que tenía. Aun así, al terminar con Lena, se sintió aliviada. Anhelaba su autonomía. Necesitaba olvidar los problemas y los desasosiegos que notaba sobre sus hombros. Tenía que ser ella misma y vivir su vida. No podía ser solo la hija de un gafe y la hermana de otro, por mucho que quisiese a ambos.

Se bajó de la moto en la cuesta del Serrín, una estrecha calleja en pendiente situada en la zona septentrional del barrio de Hornos. En la parte más alta de esa vía, se encontraba el sitio al que Irene hacía tiempo que deseaba acudir. Se trataba del lugar donde, años antes, se había perdido muchas noches, hasta extraviarse en las tinieblas. Ahora, volvía allí. No tenía ninguna intención de fastidiarla de nuevo, pero le apetecía esconderse de la realidad.

144

El séptimo cielo era la discoteca más frecuentada de los barrios pobres de la ciudad. Sus clientes asiduos disfrutaban del ambiente irreal, sensual y psicodélico de sus espacios. Aparte de la amplia sala central, existían otras adjuntas, rincones umbríos y estancias enigmáticas y reservadas. Irene conocía algunas de estas de sus años malos, tras la muerte de Héctor.

Parada delante de la discreta puerta del local, la cual disimulaba todo lo que se podía conseguir traspasado ese umbral, Irene se preguntó si debía entrar. De hecho, a esas horas y un día de diario, era posible que el local estuviese cerrado o vacío. No obstante, enseguida recordó que Ciudad Fortuna poseía una vida alternativa y perniciosa que algunos gozaban y muchos desconocían. Asió la puerta y comprobó que estaba abierta. Pasó al interior.

La pista central estaba rodeada de una larga barra en ángulo recto. Por allí abundaban espejos, botellas, claroscuros, reflejos y destellos en colores blancos, negros y plateados. La música electrónica se oía baja. La iluminación era tenue. Irene atisbó dos personas sentadas en sendos taburetes, al fondo del local. Ella se dirigió al otro extremo de la barra.

De refilón, divisó a un hombre que subía por la escalera que llevaba al sótano. Le reconoció. Era Dragan Tucker, el dueño de aquello: un hombre de gesto agrio, bigote poblado y aspecto desgarbado que rozaría los cuarenta y llevaba una cadena plateada al cuello. El tipo fue hacia la escalera que llevaba a la planta alta y subió.

De repente, como salida de la nada, Irene halló frente a ella, al otro lado de la barra, a una atractiva treintañera de delgada figura, ropa ligera y provocativa, pelo corto engominado, sombra de ojos añil y labios pintados de morado. Tenía una mirada segura y penetrante.

—¿Un buen día? —preguntó la camarera.

—De los mejores —ironizó Irene.

Pidió una copa. Mientras la camarera se la servía, Irene la observó de reojo. No era la primera vez que la veía allí. De hecho, creía recordar que le pasó alguna de las muchas pastillas de H7 que consumió en esa discoteca.

Mientras admiraba el fondo de su copa, Irene meditó sobre las cosas que echaba de menos y sobre todo lo que en aquel sitio podía obtener sin que nadie lo descubriera jamás.

145

12

Anochecía despacio. Alexander se percató de ello mientras caminaba con sumo sigilo por los soportales de aquel patio interior. Cayó en la cuenta de que hacía más de dos horas que huía sin rumbo. Se había adentrado en un bajo y viejo edificio del Arco Clásico. En su interior, había hallado un patio cuadrado, circundado por una galería a modo de pórtico. No veía ni oía nada. Se preguntó si allí vivía alguien. Recorrió el perímetro del lugar con la esperanza de encontrar otra puerta en el otro extremo. En el fondo, no sabía adónde iba.

Había salido del Parque de los Frutales por un túnel que, en una esquina del recinto, pasaba debajo de un edificio y conectaba con una parada del tranvía de la media luna. Ese paso, al contrario que las puertas del parque, no estaba rodeado de policías. Llegó a la parada a la vez que un convoy y se subió sin pensar. No obstante, tal vez paranoico, enseguida le dio la impresión de que los viajeros le miraban. Era posible que llamara la atención por lo alterado que se le notaba. Intranquilo, se apeó del tranvía en cuanto pudo y siguió a pie.

Después, aturdido, se había dedicado a deambular por las calles de la zona acaudalada de la ciudad. Miraba en todas direcciones con evidente inquietud. No sabía qué era mejor: mezclarse con los viandantes o enfilar tramos menos concurridos. Estaba convencido de lo mucho que desentonaba en esos barrios. Varias veces, le pareció distinguir a lo lejos a agentes de policía, por lo que cambió de calle para eludirlos.

Requería una escapatoria, una estrategia. No podía vagar por las calles. Sin embargo, ¿adónde acudir? Tarde o temprano, alguien iba a reconocerle. Si intentaba regresar a Tragaluces, era muy probable que la Policía le aguardase allí. Había apagado su *smartphone*. No se atrevía a llamar a nadie. Estaba solo.

Así, había acabado en ese edificio antiguo. Recorrió su patio interior, circundado por deslucidos soportales. Anduvo hasta el otro extremo. A su pesar, allí no había puerta alguna que permitiera atravesar la construcción. No le quedaba más remedio que desandar el camino y volver a la calle.

Se sentía atrapado en un callejón sin salida. Se le pasó por la mente la idea de alcanzar los cerros y abandonar la ciudad. ¿Sería capaz de ello? ¿Qué vida habría más allá? Aunque la auténtica cuestión era: ¿qué alter-

146

nativa existía? Tuvo miedo. El porvenir se avecinaba tenebroso. ¿Tendrían problemas Irene, Luka y los demás?

Desesperado, Alexander se aferró a la impetuosa posibilidad de dejar Ciudad Fortuna y lanzarse al remoto vacío. En cambio, la ventura quiso que tuviera que cambiar de planes.

Llegó al portal del edificio. Se asomó a la calle y, casi de un salto, retrocedió. Un policía transitaba por la acera hacia allí. Él se ocultó unos metros más atrás, donde empezaba la galería de soportales. Agazapado, deseó que el agente pasara de largo. Pero este no lo hizo. Se detuvo en el portal. El hombre le hizo pensar en Eddie, pues era atlético y de edad similar. Iba solo. Hablaba por el *walkie-talkie*. Desde su posición, Alexander no distinguía lo que decía. Rogó que se marchara. Mas, para su desgracia, como no podía ser de otro modo, el policía decidió inspeccionar aquel viejo edificio.

Alexander miró a su alrededor. No podía esconderse. El agente le vería hiciera lo que hiciese. Acorralado, tomó una amarga decisión.

Sucedió en unos pocos segundos. Sabía que carecía del tiempo necesario para hacerlo bien. Aun así, lo hizo. A medida que las pisadas del agente se acercaban al pórtico donde él se guarecía, Alexander comenzó a concentrar su energía. Abría y cerraba la mano izquierda, como si moldease el aire entre sus dedos. Intentó respirar con un ritmo marcado y trató de dejar su mente en blanco. Le asaltó un súbito escalofrío. Temió fallar a causa de la precipitación de sus actos. Se frotó los dedos de la mano izquierda, en los que percibió efímeras y etéreas chispas. Entonces, contuvo el aliento.

El joven policía pasó en ese momento al interior del patio. A la vez, Alexander, veloz y callado, anduvo y chocó adrede contra él, que todavía no se había fijado en su presencia. Al hacerlo, abrió la mano izquierda y la adhirió a la espalda del hombre. Apreció cómo esa energía, esa volátil densidad que había moldeado entre sus dedos, se introducía de un modo inexplicable en el joven. Estaba hecho.

—Perdón —musitó.

Alexander caminó célere hasta la salida. El policía ni habló ni fue tras él ni le identificó. Debió acusar un repentino malestar. Quizás, se mareara unos instantes. Más tarde, olvidaría por completo aquel tropiezo.

147

En la calle, con el estómago revuelto, Alexander se acordó de Héctor. Le suplicó a la memoria de su padre que le perdonara por lo que acababa de hacer: le había echado mal de ojo a alguien que no merecía su mal fario.

Erró de nuevo por la ciudad. Rumió su traición a las enseñanzas de Héctor. Además, se dijo que debió haber creído en el sueño de Luka, por fe en su amigo y respeto a Betina. ¿Qué mensajes encriptados subyacían en aquella visión? ¿Podían haberle prevenido acerca de lo acontecido esa tarde?

De pronto, el ruido del tráfico y la bulla de los paseantes le sacaron de su abstracción. Se hallaba en la avenida Sageco. Volvía al barrio de Serenidad. Meditó al respecto. Su subconsciente le decía adónde ir, pues, años antes, había sido portero de un refinado bloque de viviendas de esa zona. Sabía cómo entrar en los inmuebles por los accesos para empleados. Y alguien que vivía en la avenida Persisto le había ofrecido su ayuda. Por mucho que la idea le escamase, aquella era su única salvación.

Así que continuó su huida con gesto cabizbajo. Por algún motivo, brotó en su cabeza la imagen de un niño asolado y asustado, que huía igual que él, en pos del amparo perdido.

13

Colarse fue sencillo. Localizó la entrada secundaria de aquel bloque de viviendas. Era un acceso lateral compartido con el edificio de al lado. La puerta no tenía el cerrojo echado, por lo que pasó sin problemas. Una vez dentro, utilizó la escalera de emergencias para subir a la quinta planta. No se cruzó con nadie. Llamó al timbre de una de las viviendas.

Percibió pisadas al otro lado. Se acercaban al recibidor. Advirtió cómo alguien ojeaba por la mirilla. Hubo varios segundos de espera y quietud. Luego, Selena abrió la puerta y le miró con expresión pensativa. Cuando reaccionó, le apremió con un gesto para que entrara.

Fueron al salón. El televisor estaba encendido con el volumen bajo. Sobre la mesa de café, había un ordenador portátil, también conectado, junto a una copa de vino tinto.

De pie en medio de la estancia, Selena le examinó en silencio, lo cual puso nervioso a Alexander, quien temió haberse equivocado al ir allí. Tras la inspección, Selena habló:

148

–¿Te han seguido? –inquirió, tensa.

–No –negó él.

Selena cabeceó meditabunda. Alexander deseó poder leerle la mente. Le intrigaba.

–¿Qué ha sucedido? –interrogó ella.

–La Policía me ha encontrado. Hui.

–¿Cómo te han encontrado?

–No tengo ni idea.

–¿Qué hacías en el Parque de los Frutales?

–Fui a reunirme con alguien –respondió Alexander. Después, preguntó–: ¿Cómo sabes que estaba allí? ¿Lo han dicho en la televisión?

–No, no. Nada de televisión. No creo que den ninguna noticia hasta pasadas algunas horas. Al alcalde no le conviene. Lo he sabido por los centinelas. Repasan las transmisiones por radio de la Comisaría. Se ha liado una buena. Me han llamado para saber qué hacer.

–¿Qué les has dicho?

–Que dejen a la Policía. Garmash es un inepto. Supuse que te librarías. Eres bastante más listo. –Entonces, pese a lo próximos que ya estaban, Selena se acercó más a Alexander, como había hecho otras veces antes. Le tentaba. Disminuía el espacio físico entre ellos–. Te dije que esto pasaría –anotó, y le miró con fijeza.

–Lo sé –reconoció él.

Alexander observó los labios de Selena. Brillaban de tal manera que le invitaban a poseerlos y saborearlos. Esa mujer le excitaba. Estaba excitado, no podía negarlo, pero le molestaba imaginar que ella sabía que le excitaba y se servía de ello para manejarle.

La gata blanca y negra de Selena, de cuyo nombre no se acordaba, se paseó por el salón. No le quitó ojo de encima, como si desconfiara.

Selena respiró hondo, y comentó:

–Hueles fatal. Date una ducha.

Alexander inspiró. Era verdad: apestaba a sudor. Avergonzado, asintió con la cabeza. Selena le condujo al cuarto de baño. Sacó una toalla de un armario, se la dio, y dijo:

–Te buscaré algo de ropa. Dúchate tranquilo. Ya pensaremos cómo sacarte de esta.

Así, a solas, Alexander se desnudó. El cuarto de baño de Selena era limpio y bonito, y se veía muy ordenado. El gurruño de su ropa sucia se le antojaba una mácula en aquel sitio. La dobló como pudo y la dejó encima de lo que le pareció un cesto de ropa para lavar.

La ducha resultó tan vivificante que, al fin, por primera vez en toda la tarde, logró dejar de pensar. Alejó todos los temores de su cerebro. Se deleitó sin prisa alguna.

Salió seco, aseado y aromatizado por los geles de Selena. Se puso el trébol de madera, que había dejado en la repisa del espejo. Reparó en que su anfitriona no le había dado ropa. No tenía qué ponerse. Timorato, desnudo, con su amuleto al cuello como único accesorio, abrió la puerta y se asomó al pasillo. Pronto, cierto estímulo captó su atención.

La puerta del dormitorio de Selena quedaba frente a la del baño. Silueteado en la penumbra, descubrió el magnífico cuerpo desnudo de la mujer. Tumbada en la cama, le esperaba. Le ofrecía todos sus manjares, los cuales él ya había disfrutado en el pasado. Escuchó una canción. Procedía del salón. La identificó. Era *Dream on*, de Depeche Mode.

Alexander entró en el dormitorio. La desnudez de Selena fue suficiente para arrobarle. Se olvidó de la Policía, de Irene, de Luka, de Herbert, de Martin Krane, de los centinelas; incluso del tercer dogma. Lo único que ansiaba era conquistar lo que veía ante él. Se tumbó sobre ella, quien se abrió a él. Se acoplaron a la perfección. Se desbocaron. Él quiso hacerla suya, pero ella tomó el control, como él recordaba que hacía. Fue ella quien dominó. Él se hundió en sus senos. Profundizó en su ser. Ella le atrapó con su vaivén. Y, juntos, se extasiaron en una melodía de gemidos y jadeos que se extendió durante horas.

14

Frank Axel estaba contento, a pesar de los múltiples incidentes. En sus primeros días como maquinista, le había ocurrido de todo. Aparte de demoras e imprevistos de todo tipo, lo peor sucedió durante su segunda noche de trabajo. Debía darle el relevo a un compañero en un maltrecho apeadero. Cuando este llegó con el tren, él subió a la locomotora, tomó el mando y, de improviso, el ferrocarril, que hasta entonces había marchado sin inconvenientes, se averió. El retraso que ello provocó supuso

150

todo un fiasco por el cual, al día siguiente, le riñeron. Él no lograba comprenderlo: ¡si no tenía la culpa de nada!

De todos modos, no se desanimaba. Le apasionaba la sensación que le inspiraban los viajes. El tren y él se volvían uno. Recorrían sus caminos. ¿Quién manejaba a quién? A veces, al arribar a la estación, tenía la impresión de que lo pasado fuera de la ciudad se olvidaba pronto, como si fuera un sueño. ¿O acaso el sueño era Ciudad Fortuna?

Ese jueves, último día del mes de julio, el tren de Frank entró en la estación a la hora convenida. Había trasportado la larga ristra de vagones de mercancías sin incidencia alguna. Satisfecho, orgulloso de sí mismo, lo dejó todo apagado y cerrado. Se apeó de la locomotora. Le sorprendió ver policías por allí. Había caído la noche. El calor se apaciguaba.

Le entregó la documentación de la mercancía al operario de la estación que le recibió. Decidió ayudarle a chequear que todo estaba en orden. Cada uno fue a un extremo del tren y comenzó a revisar los vagones. Frank empezó por la cola. Si hubiera ido al inicio, hubiera optado por marcharse a casa o hubiera realizado otro turno, seguro que se habría librado de que, más tarde, volvieran a regañarle.

En uno de los vagones, uno que contenía material agrícola, se topó con una indeseada mercancía: una polizona. Si esta no hubiera farfullado un quejido, no se habría percatado de ello. Atónito, Frank tardó en reaccionar. Cuando lo hizo, llamó a voces al operario de la estación. Este acudió alarmado. Al descubrir a la polizona, al tipo se le puso el rostro níveo y salió apresurado hacia la oficina.

Frank se encaramó al vagón. El hedor de unos sacos de abono le dio arcadas. Sintió una enorme lástima por la polizona. Se arrodilló a su lado. Era una mendiga. ¿Cómo había conseguido introducirse en el vagón? Tenía un aspecto lastimero. Frank esperó que el operario solicitase una ambulancia. La mujer parecía anciana. Aunque la temperatura del vagón cerrado resultaba insufrible, ella vestía gruesos harapos y, con todo, tiritaba. Él se fijó en su cabello largo, greñudo y encanecido. Tenía la piel rugosa y, por lo que se adivinaba en aquel claroscuro, algunas manchitas pardas.

La mendiga movía las manos con zozobra, como si no viese. ¿Era ciega? Enajenada, balbucía una retahíla de palabras inconexas:

—Deprisa… Cojo… Alexander… Gafe… Berkel…

151

15

Joseph Klausmann se lavó el rostro y las manos repetidas veces. Entrada ya la noche, todavía le preocupaba la poco probable posibilidad de haber inhalado la sustancia hipnótica. Era aprensivo por naturaleza, otro rasgo de su obsesiva psique.

Después de secarse, salió del exiguo cuarto de baño y regresó al laboratorio principal. Si el edificio que albergaba las instalaciones de *Kmann* era silencioso por sí, llegada la noche parecía encontrarse en mitad de la nada.

La belladona era la materia prima del narcótico que, en forma de espray, Joseph había utilizado para embelesar a su conejillo de indias. Lo había cocinado él mismo, actividad que le divirtió. Adoraba la labor de boticario.

Pete estaba en el laboratorio. Vestía bata blanca, como Joseph, prenda que acentuaba su larguirucha complexión. Garabateaba en un cuaderno con evidente desgana, sentado en una banqueta. Procuraba no mirar al espacio aislado y acristalado construido en mitad de la sala. Se notaba que los experimentos de esa tarde le habían incomodado. Desconocía lo de la belladona, pero sospecharía algo. Lo mejor era que se marchara.

—Es tarde, Pete —le dijo Joseph—. Ha sido una jornada provechosa. Te agradezco que te hayas quedado. Ya puedes irte a casa. No hace falta que madrugues mañana. Descansa.

Callado, Pete esbozó una cansada sonrisa, asintió con la cabeza y cerró su cuaderno.

Joseph, por su parte, fue hacia el centro de la sala. Prefería quedarse solo. Se sentó en una silla, dispuesta frente al cristal del espacio aislado. Vanessa, la chica de la limpieza, estaba sentada en otra, colocada tras la mesa que había dentro de ese espacio. Él había mezclado el fruto de la belladona con el limpiacristales que ella empleaba. La chica, aletargada tras inhalarlo toda la tarde, no había puesto reparo en participar en sus extraños experimentos.

—Vanessa, no estás cansada, ¿verdad? —habló Joseph, afable.

—No —respondió ella. Su voz era plana. Lo más seguro era que sí estuviera agotada.

—Dime, ¿qué piensas que hemos hecho durante las últimas horas? —interrogó él.

—No lo sé —admitió Vanessa, con el mismo habla monocorde y encantado.

152

La prueba de que el narcótico de la belladona había hecho efecto era que la limpiadora, cual autómata, había acatado todas sus órdenes sin protestar. Ni siquiera se había quejado del frío que, ataviada con el uniforme de limpiar, debía sufrir en esa refrigerada estancia. No había mostrado inquietud al recorrer el umbrío pasillo con los restos de maquinaria y el ruido del sistema de enfriamiento, ni al traspasar la puerta con el falso cartel de peligro que Joseph había inventado. Una vez en ese laboratorio, al que ella nunca accedía, había pasado al espacio aislado, se había sentado delante de la mesa y se había prestado a varias pruebas, que incluían un rápido análisis de sangre y un largo y aburrido cuestionario vital.

—¿Qué es la suerte, Vanessa? —preguntó el hombre.

—La suerte es el azar —respondió ella, tras meditar.

—Oh, no, ¡qué va! —replicó él—. No hay nada casual o aleatorio. La suerte es una fuerza con voluntad propia. Te lo aseguro. Somos sus esclavos. Es una tirana que nos somete a su capricho. Pero a todo tirano se le puede derrocar. Solo hay que saber cómo. —Observó a la joven, que le miraba con ojos vidriosos. Prosiguió—: Tú no entiendes la verdadera suerte. A mí no me ha quedado otro remedio que asumirla. Ha sido cruel conmigo, pero, con algo de tu ayuda, voy a demostrar que su tiranía puede corregirse. Todos nacemos con un grado de suerte. Se mide, a partir de diversos factores, del uno al siete. El mío es muy bueno, ¿sabes? Es cinco. El tuyo, por lo que he calculado hoy, a pesar de lo aproximado de la estimación, es tres. Es bajo, Vanessa. La suerte no te ha sonreído. Es una desgracia. Muchos, durante siglos, han repetido que la suerte de una persona no cambia jamás: el segundo dogma. Yo voy a demostrar que ese jodido dogma puede enmendarse, que la suerte se puede subsanar, que no existen los malditos. ¡A la mierda la ventura, Vanessa!

La expresión, por algún motivo quizá absurdo, hizo gracia a la chica de la limpieza, la cual prorrumpió en una embobada carcajada.

—Eso es —añadió Joseph—. Nos vamos a reír en la cara de la ventura. Las personas no debemos ser siervos de nadie. Yo me he sentido así, un siervo, en el pasado. Tenía dinero y una buena posición, pero la suerte me amargó. Y mi sobrina, mi pobre y triste sobrina, que ya no está entre nosotros, se empeñó en derrocar esa férrea tiranía, pero ella no valía. Nunca lo hubiera conseguido. Debo reconocer que su sustancia ha supuesto un punto de partida aceptable, aunque mediocre. Yo lo he mejorado. Yo sí lo conseguiré. El cambio de estado, el paso a gas, lo ha elevado a un nuevo nivel. Voy a demostrarlo. Voy a demostrar que mi tesis es posible. Por ello, querida, ahora relájate e inspira profundamente.

Joseph llevaba un pequeño control remoto en su bolsillo. Pulsó uno de los dos botones del aparato. Entonces, a través de una estrecha tubería ubicada en el techo, el gas escarlata que Pete y él sublimaron la semana anterior empezó a diseminarse por el espacio aislado. Vanessa miró hacia arriba. Fascinada, contempló esas vaharadas encarnadas. La forma del gas era tan hipnótica como el producto de belladona que la había drogado. Lo respiró bajo la atenta mirada del científico. La chica no mostró ningún efecto inmediato.

—Vanessa, ¿te apetece jugar más? —propuso Joseph.

Encima de la mesa, Vanessa tenía ante sí diversos elementos con los que había jugado toda la tarde: dados, naipes, un bombo de lotería… A partir de las instrucciones de Joseph, la joven puso a prueba su suerte. En principio, no ocurrió nada inusual. En cambio, transcurridos unos minutos, su puntuación con los dados y los naipes aumentó de manera considerable. Un poco más tarde, la chica, muy estimulada, llegó a predecir, con muy corto margen de error, el número que saldría de un bombo.

Mientras tanto, el gas escarlata se había disipado en el ambiente. Vanessa manifestaba un evidente subidón de energía y júbilo. En silencio, Joseph tomaba notas entusiasmado.

De repente, el delirio de Vanessa se convirtió en temblores; estos, en fuertes sacudidas; y todo ello, en una violenta reacción sin control. La chica cayó al suelo, víctima de destempladas convulsiones. Parecía mirar a Joseph con semblante implorante. Tal vez, quisiera hablar, incapaz de decir nada. Escupió espuma. Los ojos se le inyectaron en sangre. Profirió un ahogado alarido. Y, sin más, se quedó petrificada.

Joseph se levantó. Estudió a la joven inerte. Notó algo a su espalda. Se dio la vuelta y descubrió que Pete continuaba en la puerta. Atónito, el chico miraba a Vanessa.

—Pete, creía que te habías ido —comentó Joseph, con absoluta normalidad—. Vete. Ya me encargo yo de todo —aseguró, antes de volver a sus apuntes como si nada.

154

CAPÍTULO V

Círculo o espiral

1984

Conocía a muy pocas personas. De esas pocas, solo unas pocas eran buenas con él.

El día era muy luminoso. Todas las mañanas, Alexander pensaba que ojalá ese verano no terminase nunca. Todas las noches, deseaba que la siguiente mañana llegase pronto. Le encantaba observar el cielo de esos días. Le recordaba a una pintura que había en un pasillo de la casa. Era azul e inmenso. Casi nunca tenía nubes. Los rayos de sol eran perfectos.

Ahora, se divertía junto a la niña. Habían puesto un barreño lleno de agua en el patio, cerca de donde empezaban los campos de cereales. El agua estaba bien fresquita. Se fijó en una libélula que danzaba por allí. Imaginó que era ella y que volaba más allá de la finca.

La niña y él jugaban a salpicarse entre ellos con el agua del barreño. Correteaban en torno a él. Se lanzaban agua el uno al otro. Él recordaba instantes de otros tiempos, previos a ese buen verano, cuando a ambos les bañaban juntos en ese mismo barreño.

La niña tenía tantos años como él: todos los dedos de una mano. O eso decía, pues a veces era listilla y mandona. Era su única amiga y jamás se portaba mal con él, que adoraba que fuera tan menuda, graciosa y ocurrente. Su melena pelirroja, mojada, brillaba a la luz de la mañana. Se reía mucho. A Alexander le gustaban sus camisetas de colores.

Él se detuvo un momento para recobrar el aliento, perdido entre tanta carrera y tanta guasa. Ella aprovechó para, de improviso, agarrar la manguera con la que habían llenado el barreño y empaparle de la cabeza a los pies.

—¡Te has bañado! —gritó la niña, que se desternilló sin mesura.

—¡Te vas a enterar! —profirió él, entre la ira y la risa, con los puños apretados. Tiritaba.

155

Echaron a correr, él a la caza de ella. Se adentraron en los espesos maizales. Trazaron círculos que, de manera fortuita, se tornaron en espirales. Se confundían voces y carcajadas.

De repente, él la alcanzó. La niña había frenado en seco al atisbar un bulto en el suelo. ¿Qué era? Ni él ni ella lo distinguían. La pareja se acercó despacio. El objeto indeterminado tenía el tamaño de un balón, con la superficie negra, rugosa y sucia, y poseía un par de relieves doblados. Un montón de asquerosas moscas zumbaba a su alrededor.

Tal vez, los dos a la vez adivinaron de qué podía tratarse, pero necesitaron verlo para creerlo. Él usó un palo para voltear la cosa. Confirmaron lo que era: la cabeza de una vaca degollada. La niña chilló espeluznada. Sin dudarlo, él agarró su mano y tiró de ella para que corriera a su lado. Se alejaron de allí, sin cavilar adónde iban. Ya no reían.

Sin saber cómo, pasaron una hilera de maíz y se vieron frente al enorme granero. Los dos apretaron todavía más la mano del otro. Se arrodillaron y, muy juntos y callados, vieron a unos hombres que entraban y salían del cobertizo, de altos tablones de madera pintada en rojo y techo a dos aguas. Transportaban maquinaria.

—¿Qué hacen? —susurró la niña, temblorosa.

—No hables —advirtió él, con un dedo en los labios. La miró. Ella tenía miedo.

Alexander se prometió que jamás soltaría su mano. ¿Qué mal podía provocarle?

156

30 AÑOS DESPUÉS

1

Ciudad Fortuna, con sus contrastes y enigmas, se expandía hasta adentrarse en lindes umbríos, si bien, después, siempre atraía de vuelta a su interior. Cautivaba en virtud de una calma hipnótica, que, en realidad, no era sino una quimera, una mera ilusión óptica.

El barrio de Serenidad era el más apacible de la urbe. Se consideraba un lugar perfecto para disfrutar de la tranquilidad y el bienestar. Adentrarse en sus calles evadía de las verdades menos gratas que se veían en otras zonas. Su corazón era el extenso y frondoso Parque de los Frutales, el hermoso pulmón de la ciudad. Sus edificios, la mayoría residenciales, todos acomodados, poseían una distinción señorial. Árboles y plantas, armonizadas con las construcciones modernas, abundaban en sus vías. Gozaba de noches tranquilas.

La avenida Persisto servía de frontera con el barrio de Saberes. Contaba con edificios de fachadas detallistas y balcones vistosos, anchas aceras abiertas al esparcimiento, cuidada luminosidad por las noches y distinguidos restaurantes, entre otros privilegios.

Alexander Berkel observaba la actividad del apacible e hipnótico barrio de Serenidad, una tarde de domingo del mes de agosto, desde cierto ventanal de la avenida Persisto. Contempló cómo un padre compraba un cucurucho de helado para su hijo, un trío de chavales se desplazaba sobre patines y una mujer aparcaba su coche en un hueco exiguo.

Lo veía todo, pero nadie le veía a él. Desde el jueves, el personaje más buscado se escondía en un barrio acomodado de la ciudad. La Policía no reconocía haber estado a punto de atraparle. En la radio, se habló de cierta confusión sucedida en el Parque de los Frutales cuando, al parecer, alguien vio a un tipo que, según decían, podía ser Alexander. Con todo, el ambiente seguía tenso. El fugitivo sospechaba que aún le buscaban, más allá de la normalidad que se procuraba transmitir en los periódicos y las televisiones.

Mientras tanto, Alexander se sentía abrumado por las dudas y los miedos. Pensaba en Irene y Luka. Herbert Finch, Manuel Sócrates y Eddie Baltz también motivaban sus desvelos. Todos ellos se habían unido para ayudarle a él, a un gafe. En los tres días que llevaba en casa de Selena Myers, ni siquiera había encendido su *smartphone*. Temía que le pudieran localizar de alguna manera. No sabía nada de nadie, ya que los medios no habían mencionado a ninguno de sus allegados. Asimismo, añoraba a Trece.

Ese domingo, había vuelto a protagonizar las noticias. Su conversación con Francine Moreau se había publicado. Alexander estaba seguro de que la entrevista supondría un nuevo éxito de ventas para la intrépida periodista. El día anterior, un avance del texto, filtrado en Internet, había causado bastante revuelo. Se preguntaba si la mujer había irrumpido en algún local lleno de ruido al grito de "¡Paren la rotativa!". Por ahora, confiaba en que Francine cumpliese su parte del trato e investigase por él.

El cielo empezaba a teñirse con los tonos del ocaso. Alexander escuchó el rumor del agua que, en el cuarto de baño, golpeaba el plato de ducha. Selena y él acababan de acostarse otra vez. Las placenteras relaciones sexuales le distraían de sus temores e incertidumbres. Alexander quería cavilar un plan a largo plazo. Selena, al contrario, prefería no precipitarse. La mujer lo había dispuesto todo para que su reclusión allí fuese cómoda, de manera que él evitase pensar. Incluso le había comprado la ropa que vestía.

En cualquier caso, él sabía que su permanencia allí no se podía prolongar de manera indefinida. Esa casa era una estación de paso más en su tortuoso camino. ¿Adónde acudiría después?, ¿más allá de Ciudad Fortuna? ¿Qué descubriría allí? No quería vagar para regresar al punto de origen. ¿Qué camino trazaba su porvenir?

2

Más tarde, con la claridad del prolongado atardecer, Alexander y Selena se sentaron a cenar, cada uno en un extremo de la mesa larga del salón. Ella había preparado unas verduras al vapor y "rollitos de primavera", aderezados con una salsa agridulce que parecía casera. Por lo que él había visto en la cocina, el postre estaba basado en una prometedora combinación de piña y champán. La gata Sibylle tenía su cuenco en el despacho.

Disfrutaron de todo en silencio. Aquello violentaba a Alexander. No sabía si entablar conversación. Tenía la impresión de que Selena valoraba el silencio, en especial durante las comidas. Él se limitaba a estudiar el salón. Ya se conocía la estancia de memoria. Se notaba que su anfitriona era práctica y no se apegaba a las pertenencias materiales. A la vez, intuía que las pocas cosas que poseía eran importantes para ella. La mujer compartía algo con él: apenas conservaba fotografías, como si siempre hubiese sido adulta. Su infancia y su juventud debían estar guardadas en el fondo de algún cajón.

De todos modos, lo que asombraba de Selena era su inquebrantable tranquilidad. El día que Alexander la conoció, en una reunión, en la Organización Heptágono, enseguida se percató de cómo siempre mantenía la compostura. Él, a diferencia de ella, sí se enfadaba y ofuscaba. La mujer sabía dominar sus ánimos. Ese domingo, al degustar las sabrosas y crujientes láminas de berenjena y calabacín que ella había horneado, la observó con disimulo. Le intrigaba la normalidad con la que aceptaba aquella situación. A veces, pensaba que la mujer estaba encantada con tenerle allí. A Selena le agradaba controlar.

Así que no charlaron. Comieron y bebieron en silencio. El único sonido que se oía en el salón era el murmullo de la televisión. Alexander la había visto un rato, antes de la cena, y la había dejado encendida con el volumen al mínimo. No obstante, reaccionó de inmediato cuando, de repente, reconoció cierto nombre en las noticias.

Se puso en pie aprisa. Se acercó al televisor, donde vio imágenes de Francine Moreau. Buscó el mando a distancia para subir el volumen.

—¿Qué ocurre? —preguntó Selena, desde la mesa. Esa clase de interrupciones le debían resultar del todo inaceptables.

Alexander no respondió y subió el volumen.

Francine había sido interrogada en relación a la entrevista que le había hecho. Las autoridades exigían que revelase dónde se escondía. El abogado de Moreau comentaba que la periodista se había negado a revelar ningún dato sobre él y, como consecuencia, se enfrentaba a una posible pena de tres meses de cárcel por obstrucción a la justicia.

Al escuchar ese relato, Alexander se sentó en el sofá con semblante abatido. ¡Aquello era el colmo! La periodista que deseaba ayudarle, a quien él había revelado cuestiones esenciales, podía pasarse tres meses en prisión por contactar con él. Si eso sucedía, Moreau no tendría oportunidad de ayudarle con sus averiguaciones, al menos en el corto plazo.

—¿Qué ocurre? –repitió Selena, que se levantó de la mesa y se dirigió a él.

—Han acusado a Francine Moreau de obstrucción a la justicia –explicó él.

—¿La periodista con la que hablaste el año pasado?

—Sí. Volví a hablar con ella el jueves pasado. Era con quien me encontraba en el Parque de los Frutales cuando la Policía apareció.

—Ya. Me lo imaginé ayer, cuando leí un poco de la entrevista que ha publicado. No te pregunté porque no habías querido decirme nada. Ven –dijo Selena, que ofreció su mano–. Volvamos a la mesa. Beberemos y hablaremos.

Alexander se dejó llevar. Regresaron a la mesa, esta vez sentados uno al lado del otro. Ella escanció un fresco y dulzón vino blanco. Él lo probó. Le gustó mucho. Su temperatura y suavidad le sosegaron. Respiró hondo.

—¿Por qué quedaste con esa periodista? –interrogó Selena.

—Le propuse un intercambio. Ella obtenía otra exclusiva a cambio de investigar sobre los asesinatos que me imputan y mi infancia. ¡Oh, vaya…! –lamentó Alexander, al percatarse de un detalle relevante.

—¿Qué pasa ahora?

—Me he acordado de algo. Le di un cuaderno muy valioso del que no tengo copia.

—¿Qué era?

—El cuaderno de mis recuerdos –declaró Alexander.

Selena cabeceó pensativa. Bebió vino. Luego, añadió:

—Háblame de tus recuerdos. A lo mejor, puedo ayudarte.

Así, Alexander rememoró la conversación mantenida con Francine Moreau y volvió a describir los esquivos recuerdos que guardaba de sus primeros años de vida. Cada vez que los abordaba, focalizaba su atención en aspectos distintos. Carecía de narración congruente. Temía fantasear. Aun así, habló de la finca, la verja, el camino, el caserío, los altos cultivos, el granero de tablones colorados, la niña que reía, esa mujer que podía ser su madre…

—Recuerdas instantes –concluyó Selena, tras escucharle–. Describes personas y sitios, sobre todo con detalles, pero ¿y los hechos? ¿No recuerdas nada concreto que sucediese?

—Eso me cuesta más. Recuerdo correr por los maizales y que alguien me asustara; risas y juegos con una manguera; más carreras; el Sol del

160

verano mientras una mujer pelirroja prepara mi merienda; una habitación vacía, como si alguien se hubiese ido. Recuerdo…

Alexander se calló, abstraído. Recordaba que le raptaron.

—¿Qué más? —inquirió Selena.

Él reflexionó unos segundos. No le apetecía contarlo.

—Nada —contestó—. Mis recuerdos se pierden. Se vuelven más y más oscuros.

—Tenemos que hablar más de esto —opinó ella—. Mi punto de vista es externo, objetivo. Tal vez, encuentre algo en los archivos de Heptágono. Lo veo complicado, son detalles difusos, pero lo intentaré.

—Te lo agradezco.

Alexander reparó en la facilidad con la que Selena le brindaba su ayuda. Ella nunca le había pedido explicaciones relativas a las dos muertes de las que estaba acusado. Sintió una súbita necesidad de aclarar tales extremos, por lo que manifestó:

—Selena, yo no maté a nadie. Soy absolutamente inocente.

—Lo sé —afirmó ella, que le sostuvo la mirada con gravedad. Se hizo el silencio entre los dos. Como otras veces, Alexander anheló poder saber qué ideas bullían en ese cerebro—. Veré qué puedo hacer en Heptágono. De momento, lo mejor es esperar. Todo esto se calmará esta semana. Estoy segura. Ya pensaremos cómo continuar.

Alexander asintió callado. De nuevo, él, impaciente, quería actuar, ansioso de progresar de cualquier modo. Mientras, ella le calmaba y le inducía a seguir bajo su cobijo.

Volvió a asaltarle un desagradable presentimiento: los acontecimientos, despacio pero sin marcha atrás, degeneraban y se convertían en un terrible remolino de complicaciones.

<u>3</u>

Ricardo Varone realizaba ímprobos esfuerzos por sonreír y ocultar su mal humor. Le habían puenteado, algo a lo que no estaba para nada habituado. Había perdido el control de los tiempos frente a poderosas instancias superiores. Y le molestaba no ser el protagonista.

Ese lunes al mediodía, Ricardo, secundado por su vicealcalde, demás miembros de su gobierno y concejales de la oposición, soportaba la sola-

161

nera delante de la histórica fachada del Ayuntamiento. Iban a recibir a un personaje señalado que rara vez les visitaba.

De todas las construcciones que daban a la grandiosa plaza de la Cornucopia, el frontispicio del Ayuntamiento se había establecido entre los ciudadanos como el punto de referencia de su trazado. La edificación constaba de tres alturas. Abundaban los balcones. En el central, ondeaban las banderas oficiales. Destacaban sus elementos clásicos: arcos, frisos y, en especial, el frontón. En ese momento, junto a la entrada frontal, en torno a Varone y sus acompañantes, se amontonaban periodistas, fotógrafos e incansables curiosos.

El alcalde atendió, con rapidez y discreción, una llamada del comisario. Masculló una blasfemia. No se le escapaba que esa improvisada visita, organizada en fin de semana sin su conocimiento, se debía a la desastrosa persecución del condenado gafe.

El coche se detuvo frente a la comitiva. De su interior, entre *flashes* y grandes medidas de seguridad, salió Sebastian Brenner, primer ministro del país y superior político de Ricardo, ya que era el líder de la Unión Nacional, a la que ambos pertenecían. A sus cincuenta y algún años, el hombre desprendía una jovialidad infatigable. Llenaba cualquier escenario. Su físico resultaba imponente, más alto que la media y de potencia remarcada por su frondosa perilla y su robusta voz. Poseía fotogenia, gracias a sus facciones atractivas, su pelo castaño y sus ojos verdosos. Su traje era más veraniego y menos formal que el del alcalde.

Sebastian Brenner había ejercido como un carismático y combativo viceprimer ministro entre 2004 y 2011. Este año, comandó la victoria de la Unión Nacional en las elecciones legislativas. El triunfo terminó de asentar su poderío político. Había logrado contrarrestar la reconquista iniciada por la Alianza Social cuando Martina Leone obtuvo la presidencia de la república. Sebastian y Ricardo representaban los dos valores actuales de su partido. Aunque ducho en el espinoso asunto de las cohabitaciones, la actual disonancia entre la presidencia y la jefatura del gobierno era la más larga que se había vivido en lustros.

El primer ministro acudió a saludar a Ricardo. A este le asombró la fuerza de su apretón de manos. Incluso se trabó al dar los buenos días. Se sentía intimidado por ese hombre, sin duda otra emoción inusitada para él.

Mientras Brenner saludaba al vicealcalde y al resto de los concejales, Ricardo no pudo evitar compararse con él. Lo que pensó no le gustó. Aunque era poco mayor que el primer ministro, el paso del tiempo resultaba más palmario en él; algo que se empeñaba en ocultar con implantes capilares para el cuidado de su peinado, tintes para mantener el moreno de su cabello, sesiones de bronceado, blanqueamiento dental y más trucos estéticos. Sus trajes se tejían a medida para disimular la anchura y flojedad de su cuerpo. Detestaba cuando se le arrugaba la frente. Y quería ser más alto. Sus ojos, de iris marrón, no brillaban.

Brenner sorprendió a Varone al lanzarse a estrechar las manos de los ciudadanos que le vitoreaban detrás de sus guardaespaldas. A él le costaba ser así de espontáneo. Su forzada simpatía se había marchitado. Cansado de aquel baño de masas, Ricardo se aseguró el nudo de la corbata, carraspeó y se acercó al hombre para proponerle que pasaran al Ayuntamiento. Este accedió. Los periodistas les siguieron hasta el despacho de la alcaldía. Allí, les retrataron mientras ellos intercambiaban frases en una teatralizada cháchara casual.

En cuanto la prensa les dejó en paz, Ricardo se dirigió a su mueble bar.

—¿Una copa de algo? —le ofreció a Brenner.

—Mejor un zumo —respondió este.

Por algún motivo irracional, ese detalle molestó a Ricardo, quien, tras servir un vino y un zumo, se acomodó en un sillón, delante del que su invitado ocupaba, y decidió ir directo al grano.

—No supe de tu visita hasta anoche —dijo.

—Ha sido un poco imprevisto, sí —reconoció Sebastian, con tranquilidad.

—No necesito cortafuegos.

Manso y silente, el primer ministro bebió de su zumo. Varone se dijo que le convenía moderar sus palabras. No debía estropear la buena relación que tenía con Brenner. Ambos coincidían en muchos aspectos y habían hecho campaña por el otro en numerosas ocasiones. Ricardo imaginaba que Sebastian estaba allí para afianzar cierto clima de normalidad en Ciudad Fortuna, después de la confusión ocurrida el jueves.

—¿Realmente vieron a Berkel? —interrogó Brenner.

—No lo sé —admitió Varone—. No hay datos concluyentes, pero sí bastantes indicios.

—¿En qué punto exacto está la operación?

—La vigilancia se mantiene al máximo.

—¿Crees que le atraparán?

—Ahora mismo, lo dudo. Lo que creo es que la historia se diluirá en muy pocos días.

Pensativo, Sebastian asintió con la cabeza. Ricardo aprovechó para añadir:

—Este tema no tiene por qué enturbiar propósitos más importantes.

—¿Cómo cuáles? –inquirió el primer ministro, aunque los intuiría.

—La "doble elección".

Ese era el tema que Ricardo quería tratar. Al año siguiente, se daría una circunstancia que solo ocurría cada veinte años: la concurrencia de las elecciones presidenciales, celebradas cada cinco años, y las legislativas, organizadas cada cuatro. La expectación era mayúscula, dada la larga cohabitación de Martina Leone, del centro-izquierda, como presidenta, y Sebastian Brenner, del centro-derecha, como primer ministro.

—Estoy determinado a presentarme al parlamento –manifestó Ricardo–. Fui el alcalde más votado en otoño y voy a ser el próximo primer ministro.

Sebastian profirió una indisimulada carcajada. Luego, agregó:

—¿Y yo, Ricardo?

—No finjas. Lo sabes muy bien. Tú tienes los ojos puestos en el salto a la presidencia. ¿Acaso vas a negarlo?

—No, Ricardo, por supuesto que no. Ya nos conocemos. Mis ambiciones no son ningún secreto. Lo que no veo nada claro es que el año que viene sea mi momento. Leone aún tiene fuerza. Yo puedo esperar cuatro años más de primer ministro y, luego, ir a por ella.

—Disiento –intervino Ricardo–. Cuatro años más, en el caso de que ganaras, cosa que no discuto, es un riesgo. Podrías desgastarte. Los ciclos son peligrosos si se manejan mal.

—No, no, no. No estoy de acuerdo –señaló Sebastian– y no intentes enredarme. Eres mayor que yo, pero yo llevo más en política y estoy por encima de ti. A ti sí que no te conviene esperar. Llevas mucho de alcalde y, para mí, Martina es un hueso duro de roer.

Ricardo apuró su vino. Observó el fondo del vaso. Reflexionó, y dejó caer:

—¿Y si se pudiera derrotarla?

164

—¿Cómo? —replicó Sebastian.

—De alguna manera, una que no tendrías que conocer. Yo la obtendría. Te allanaría el camino. Irías en la papeleta para la presidencia y me apoyarías para ser primer ministro.

Sebastian meditó esas frases durante un minuto. A continuación, habló:

—Si así fuera, estaría de acuerdo, pero no creo que puedas conseguirlo.

Ricardo optó por dejar el tema. Prefirió no confesar que había buscado máculas en la vida de Martina Leone durante semanas sin ningún éxito.

Sebastian se levantó. Fue hasta el ventanal del despacho. El alcalde se unió a él. Contemplaron la plaza de la Cornucopia, el corazón de la ciudad. Enlazaba las siete avenidas en una inmensa glorieta, con rotondas secundarias a su vez, cuyo tráfico fluía asombrosamente bien. La explanada interior era extensa y peatonal, siempre concurrida y amena. Poseía siete monumentos, basados en los conceptos que inspiraban las avenidas, fabricados a partir de los siete metales clave para el mundo antiguo. Sobre todo, destacaba la fuente con la estatua de la diosa Tique, una hermosura esculpida en bronce acompañada por adornos dorados, la cual se alzaba imponente en medio del lugar.

Uno de los asesores de Ricardo, el chico, les comunicó que la rueda de prensa sobre aquel encuentro tendría lugar en media hora.

—Me intrigó que el chivatazo del gafe fuese de la Organización —comentó Brenner.

Ricardo asintió. El primer ministro conocía la verdadera suerte y pertenecía a Heptágono. No se implicaba en ella de un modo visible, pero había conseguido que alguien de su absoluta confianza fuese miembro electo del Consejo de la Organización.

—Lo estoy investigando —anotó Ricardo. Todavía no se explicaba que, según le contara Garmash, el origen del lío del jueves fuesen los centinelas. Se preguntaba si había dejado demasiada libertad a Selena Myers en la gestión diaria.

La bilis ascendió por su garganta. Todo lo referente a Alexander le amargaba. A todo lo que jamás le perdonaría, todo el daño que su maldición había causado, todo aquello por lo que no cejaría hasta vengarse; a todo ello, se unía ahora la posibilidad de que lo acontecido el jueves anterior pudiese torpedear su posición en Heptágono y su ambición política.

4

Luka Miller disfrutaba de una refrescante pinta de cerveza bajo una amplia sombrilla, en una tranquila terraza de la plaza del Tilo. Intentaba hacer una cuenta. Trazaba palotes en un ajado pedazo de papel que había sacado de su billetera. El bolígrafo se lo había prestado su esposa. Concentrado, procuraba contar el número de iteraciones. Le asombraba lo mucho que el sueño se había adherido a su memoria. Tres más tres más cuatro más…

La plaza del Tilo era uno de los lugares de reunión típicos del barrio de Hornos. Cerca del centro, era un reducido recinto circular en el que confluían diversas calles. No era tan esplendorosa como las plazas de otras zonas, pero siempre mostraba un ambiente animado. Contaba con bares y cafeterías que, en verano, sacaban sus mesas a la calle. Su adoquinado estaba gastado. Poseía un bonito templete en mitad de la explanada del medio.

Luka resolvió la cuenta justo cuando avistó a Irene, quien acababa de bajar de su moto a unos metros de allí y se dirigía a su mesa. Con cautela, la joven saludó a Clarisa. Esta paseaba el cochecito de Marko por la plaza. Debían ser discretos. Era mejor que nadie vinculase a Luka con Alexander. Hasta entonces, el hecho de que no se conociese la amistad entre ellos había facilitado la clandestinidad de sus planes.

Irene se sentó frente a Luka, que limpiaba sus gafas con un pañito. La sombrilla bajo la que se guarecían no solo les protegía del calor, sino de miradas indeseadas. La chica pidió media pinta de cerveza bien fría al camarero.

—¿Alguna novedad? —preguntó ella.

—Nada —respondió él—. ¿Y tú?

—No. Nada de nada.

Era el mediodía del lunes. Habían pasado casi cuatro días desde que ambos perdieran contacto con Alexander. La última que le había visto era Francine Moreau, pero, debido al revuelo que la entrevista de la periodista había provocado, intentar comunicarse con ella no parecía conveniente.

—Su teléfono continúa apagado. Tampoco parece que haya utilizado las redes sociales —explicó Irene.

—Si lo piensas —agregó Luka—, en el fondo, así es mejor. Esté donde esté, evita que se le pueda localizar fácilmente.

166

—Ya lo sé, pero alguna vez tendrá que contactar con nosotros. Me da miedo que nos haya enviado algún mensaje, de la forma que sea, y no nos hayamos dado cuenta.

—No creo. No te agobies. Cuando lo de Ismael Wagner, desapareció unos días y, luego, regresó. Esté donde esté, seguro que espera el momento idóneo para actuar.

El camarero llevó la media pinta a Irene y le preguntó a Luka si él deseaba otra. Este le dijo que no. La hermana de Alexander bebió de su jarra mientras meditaba.

La ventura se había puesto en contra de todos ellos el jueves. Mientras Alexander escapaba de la Policía en el Parque de los Frutales, Luka asistía a un cirujano en el quirófano y no vio las llamadas que le alertaban de lo sucedido hasta la noche. Irene, según ella misma decía, estaba con un cliente y había olvidado su móvil en casa.

—Bueno, ¿qué hacemos? –interrogó Irene.

—Lo único que se puede hacer: esperar. Vigilaremos su teléfono y el tema de las redes sociales. Prepararemos el nuevo escondite porque, cuando se ponga en contacto con nosotros, como seguro que tarde o temprano va a hacer, deberemos ser muy rápidos y volver a esconderle. Todo va a ser más difícil a partir de ahora.

—Sí –suspiró Irene–. Y siempre puede ir a peor.

No convenía que la reunión se prolongase más de lo requerido. Irene dejó unas monedas en la mesa, se levantó y caminó hasta su moto.

Minutos después, Clarisa, que empujaba el carrito de un risueño Marko, se sentó junto a su marido. Ella también pidió media pinta de cerveza.

—¿Alguna novedad? –preguntó, como Irene.

—Ninguna –corroboró él.

Luka miró el silente rostro de su mujer. Sospechaba que estaba preocupada. Lo comprendía. Ayudar a Alexander resultaba cada vez más peligroso. A pesar de que la Policía no había podido acusar de nada ni a Herbert Finch ni a Manuel Sócrates, los indicios hallados en la habitación de *La herradura de plata*, que también implicaban a *La rueda de la fortuna*, suscitaban algunas conjeturas desagradables y suponían la tenaz desconfianza de Garmash.

Él, también asustado, regresó al cómputo que le ocupaba minutos antes. El sueño se había repetido. Lo había tenido, por cuarta vez, la noche

167

del jueves, cuando se fue a la cama preocupado por el paradero de Alexander. Analizar esa ensoñación le obsesionaba. Había identificado un nuevo y curioso elemento: los rítmicos e inquietantes tictacs que escuchaba. Los había contado y estaba convencido de cuál era el número de iteraciones: diecisiete.

<u>5</u>

El tiempo transcurría con una densidad extraña. Unas veces, creía que los minutos se transformaban en horas; otras, le sorprendía que la noche llegara tan pronto. Así, plantado de nuevo en el ventanal del salón de Selena, Alexander reflexionó sobre que ya era jueves y llevaba una semana allí. Necesitaba actuar. Selena opinaba que, aunque la búsqueda policial se podía haber relajado, ellos debían esperar un poco más. A él no dejaba de asombrarle la infinita templanza con la que ella se tomaba todo.

Para él, acostumbrado después de ocho meses al tamaño de su cuarto en *La herradura de plata*, el piso de Selena era una notable mejoría. No obstante, tras siete días encerrado allí, privado de sus gratas evasiones nocturnas, incluso esa vivienda se consideraba insuficiente. Además, Sibylle le inquietaba. La gata nunca se acercaba a él, pero tampoco le quitaba ojo de encima. Hoy, al despertarse, Alexander se había topado con la felina pegada a su rostro. Del susto, había dado un repentino bote en la cama.

Entonces, sonó el timbre de la casa. Alexander se quedó helado. ¿Quién era?, ¿quizá el portero del edificio? Preocupado, caminó de puntillas hasta el recibidor. Quienquiera que fuera, llamó una segunda vez. Él se aproximó con cuidado a la mirilla. Reconoció a quien le aguardaba en el descansillo. Dudó. ¿Qué debía hacer? El hombre de fuera volvió a llamar. Alexander le abrió.

Raudo, Martin Krane pasó hasta el salón, seguido por un atónito Alexander. El misterioso bienhechor estaba igual que la semana anterior.

–Estás solo, ¿verdad? –dijo Martin. Examinó la estancia. Hablaba con la misma tensión que Alexander advirtiera bajo el melocotonero del Parque de los Frutales.

–¿Qué hace aquí? –inquirió él.

–Creo que podemos tutearnos. ¿Estás solo o no?

168

—Sí, sí. Estoy solo –respondió él, agobiado por su tono.

—Hay que irse –le urgió Martin.

—Un momento, un momento –exigió Alexander. Comenzaba a asimilar el insólito escenario–. ¿Cómo me has encontrado?

—Hace varios días, vi que Selena Myers te abordaba en la calle. No sé qué hablasteis, pero se me ocurrió que podías haber recurrido a ella, aunque no entienda por qué. Cuando te seguí el año pasado, asumí que tenías algo con ella. He tardado en averiguar su domicilio. He vigilado este edificio desde el de en frente. Te he visto mirando por el ventanal. La próxima vez que te ocultes, aléjate de las ventanas. ¡Menos mal que nuestra Policía es tonta!

—Pero –intervino Alexander, abrumado por la celeridad con la que ese hombre se expresaba– ¿cómo pudiste encontrarme también el otro día?

—Descubrí dónde te escondías hace ya unas semanas. Me llevó meses, pero, al final, la clave fue simple. Solo tuve que seguir a tu hermana. No habremos hablado casi nunca pero, cuando te seguí, llegué a saber algo de cómo eras. Estaba convencido de que no te habías ido lejos de ella. Así di contigo, con *La herradura de plata*.

Aquello afectó a Alexander. Selena le había encontrado a través de Luka; y Martin, de Irene. ¿Era aconsejable trabar esos lazos, aun con la familia? ¿Debía alejarse de ellos? Les había embarrado con sus abundantes y peliagudos problemas.

—Por cierto –preguntó, al recordar cierto detalle–, ¿ayudaste a Francine Moreau?

—Sí –afirmó Martin–. Me aseguré de que se escabullera del parque, sana y salva.

—Te lo agradezco, de verdad. Bastante la he perjudicado ya por verse conmigo.

—Alexander –añadió Martin–, lo cierto es que no nos conocemos, pero créeme: debes confiar en mí. Te explicaré lo que quieras. Ahora, hazme caso. Tenemos que irnos.

—¿Por qué quiere ayudarme? Usted, perdón, tú –se corrigió Alexander– trabajabas para Ismael Wagner. ¿No quieres vengarte de mí como todos los demás?

—No. Te repito que llegué a conocer algo de ti. No creo que asesinaras a Ismael. Ni él mismo te hubiese culpado. Aún me duele su muerte.

Wagner fue quien más me ayudó. No creo que tú le mataras. Creo que fue Ricardo Varone.

Ahí estaba, por fin. Martin acababa de verbalizar la sospecha que Alexander rumiaba desde hacía meses, sin atreverse a pronunciarla en voz alta.

Aunque quedaban bastantes dudas por resolver, Krane le había contagiado sus prisas. Ya profundizarían en esos temas. La cuestión era qué hacer ahora.

–No eres un asesino –insistió Martin–. Solo eres alguien maldito, un desgraciado. Yo sé qué es eso. Podrás quitar la suerte, pero no te veo quitando una vida.

Alexander recordó que, el otoño previo, Martin le había dicho que su madre era gafe. Aquello le interesó mucho. Aparte de aquel joven al que echó del casino, Héctor era el único gafe al que había conocido.

–¿Por qué debo irme de aquí? –interrogó–. Selena Myers puede ayudarme.

–No, Alexander. Estás muy equivocado. Nunca debiste confiar en Selena Myers. Ella fue quien alertó de tu escondite a la Policía y provocó el lío en el que estás metido.

Alexander enmudeció. Por un instante, la idea de la traición de Selena se le antojó un sinsentido. En cambio, en pocos segundos, su desconcierto se tornó en cólera. Sintió furia, no solo por Selena, quien le había encandilado con toda clase de armas, en especial las carnales, sino consigo mismo, por haber sido tan ingenuo y haber confiado en ella.

–¿Cómo lo sabes? –quiso saber.

–Ese es otro tema largo de contar, que prometo explicar más tarde. Se resume en que he espiado algunas comunicaciones.

Agobiado por la cantidad de revelaciones, Alexander caviló, y preguntó:

–¿Adónde vamos?

–De momento, a cualquier sitio que no sea este. Luego, contactaré con tu hermana o con tus amigos. Nos organizaremos entre todos.

–No se fiarán de ti.

–Tranquilo. Sabrán que estoy de tu parte.

–Muy bien –determinó Alexander, alentado por la ira que experimentaba al pensar en las mentiras de Selena–, entonces vámonos.

Cogió las pocas cosas que tenía allí, ya que había llegado con lo puesto. Antes de salir al descansillo, acompañado de Krane, Alexander miró

170

atrás. Sibylle observaba desde el salón. La gata maulló. Él se dio la vuelta y se marchó.

6

Joseph Klausmann intentaba disimular sus remilgos sin éxito. Escrutaba el descuidado despacho, ubicado en el sótano de *El séptimo cielo*, como si, de pronto, una horda de microbios pudiese devorarle. Aunque receloso, había decidido recurrir a un contacto de Vera. Después de su prueba con Vanessa, había ajustado la composición y las propiedades del gas escarlata. Pendiente todavía de más test adicionales, previsor como él era, deseaba empezar a preparar un experimento ambicioso y definitivo.

Ese despacho agobiaba. El espacio era justo para una mesa, tres sillas y dos oxidados archivadores. Carecía de ventanas. Las paredes se veían revestidas de una avejentada madera clara. Las lámparas proporcionaban una desquiciante luz anaranjada.

Observó a Dragan Tucker, retrepado en su silla, al otro lado del escritorio. Joseph no pudo evitar sentirse superior. Su atuendo, pese a que hoy vestía un traje viejo y para nada a la moda, no hallaba comparación con los gastados vaqueros y la ajustada camisa de colores deslustrados que el empresario lucía. Dragan, de treinta y muchos años, mostraba una cara larguirucha, con ojeras y gesto recto. Su musculatura se intuía desinflada. Tenía callos en las manos. Portaba una cadena plateada alrededor del cuello.

—Muy bien. ¿De qué va esa propuesta que comentó por teléfono? —interrogó Tucker, mientras trataba de prender un mechero para encenderse un cigarro. Incapaz de lograrlo, lo arrojó con desaire en un cajón. Se le notaba cabreado.

—Necesito su negocio, incluida la clientela, para desarrollar cierta operación de la que todos podemos beneficiarnos —respondió Joseph—. Estoy dispuesto a pagar una buena contrapartida a cambio de silencio, libertad y diligencia. ¿Me entiende?

Por cómo Dragan cabeceaba, con la mirada perdida en un punto impreciso del ajado escritorio, Joseph supuso que entendía su pretensión. Era posible que no le agradase la idea de tratar con él, el tío de Vera, máxime después del desastre que ella ocasionó. También era posible que el aliciente económico pesara más que los demás factores.

171

—No me importa prestar mi discoteca, siempre y cuando el balance entre los riesgos y los beneficios se incline a mi favor. Yo apenas me implico ya en el día a día del local, por lo que voy a delegar todo esto en mi socia. —Mientras hablaba, Dragan había tecleado algo en su móvil, alguna clase de aviso, puesto que, enseguida, la puerta del despacho se abrió. Una treintañera hizo su aparición. Mostraba una imagen juvenil y descarada: figura sensual, pelo corto y engominado de tonalidad oscura, sombra de ojos añil, pintalabios morado y descocado escote. Mascaba chicle sin pudor—. Joseph, esta es Dania Venci. Dania, este es Joseph Klausmann —presentó Dragan. Los aludidos se saludaron con sendas inclinaciones de cabeza—. Joseph quiere proponernos un proyecto lucrativo relativo a la discoteca.

—¿Sí? ¿Qué es? —preguntó Dania, mientras tomaba asiento en la única silla libre, junto a Joseph. A este le sorprendió lo ligera y ceñida que era la ropa de la joven.

—Es difícil de explicar —contestó el científico—. Prefiero no desvelar los detalles complejos. En realidad, tampoco son importantes. —Hizo una pausa, meditó, y añadió—: Señorita Venci, Dania, ¿conoce la verdadera suerte?

—Conozco algo —reveló Dania, que cruzó una fugaz mirada con Dragan. Tal vez, esos temas no fueran de su interés—. Seguro que usted podrá enseñarme mucho.

—Sí, lo haré —asintió Joseph— porque la suerte va a cambiar, la nuestra y la de muchos. Mi producto, lo que ofreceremos a sus clientes, proporciona algo primordial, algo a lo que muchos desdichados se engancharán y por lo que empeñarán hasta sus almas.

7

Todo se organizó con pasmosa celeridad. Alexander y Martin se trasladaron a un angosto restaurante oriental, casi en el área industrial y empresarial. Comieron en una mesa al fondo del local. Después, mientras Krane iba en busca de Irene, Alexander permaneció allí. La traición de Selena volvía de vez en cuando a su memoria. Su enfado era tremendo.

En una hora, Martin regresó al restaurante con una increíble noticia: Irene y sus amigos ya tenían un nuevo escondite para él. Al parecer, lle-

172

vaban toda esa semana ansiosos por que él se comunicase con ellos, preparados en la retaguardia para volver a ocultarle. Como siempre, la generosidad que todos ellos demostraban abrumó a Alexander.

Su sorpresa fue en aumento cuando se percató de que Martin, al volante de su coche, se dirigía hacia el barrio de Hornos. De hecho, su destino se situaba en una perpendicular a Tragaluces, la calle de la Ceniza, a pocos metros de *La herradura de plata* y su anterior domicilio. Aparcaron y salieron del vehículo, cabizbajos y apresurados.

Se trataba de un pequeño bloque de pisos de cuatro alturas. La puerta del portal era de hierro lacado en negro, cuya superficie mostraba picaduras y restos de antiguas pintadas. El penumbroso rellano olía a humedad. No había ascensor. Martin le indicó que descendieran una corta escalera hasta el semisótano. Allí, aparte de los contadores, hallaron una única puerta. La golpearon con los nudillos. Enseguida les abrieron.

Además de un exiguo recibidor y una cocina y un cuarto de baño también ajustados, había una sola habitación. Esta tenía espacio suficiente para una mesa, sillas, estanterías, un armario y una cama. La luz natural escaseaba. Existía un ventanuco rectangular, en la zona más alta de la pared del fondo, el cual debía estar a ras de la calle, pues se veían los pies de los viandantes. El mobiliario se notaba anticuado. Las paredes requerían una mano de pintura urgente. Pero, en el fondo, a Alexander todo aquello le daba igual.

Quienes de verdad importaban eran las personas que le aguardaban allí: Irene, Luka, Herbert Finch, Manuel Sócrates y Eddie Baltz. Su hermana fue la primera que se aproximó a él. Henchidos de alivio, ambos se abrazaron sin mediar palabra. Ya tendrían ocasión de hablar. Luka y los otros le saludaron a continuación. Alexander se percató de que las pocas posesiones que guardaba en su otra habitación ya estaban allí.

—El dueño del edificio acumuló excesivas deudas con el casino —detalló Manuel, que se anticipó a sus preguntas—. Resolvimos parte de ellas mediante la cesión de este lugar, que antes servía de lugar para el portero, hasta que la comunidad prescindió de ese servicio. Es un sitio tranquilo, sin movimiento. Hay varios pisos vacíos. Todos opinamos que la Policía no volverá a buscarte tan cerca. Aun así, sé muy cuidadoso.

—Muchas gracias a todos —manifestó Alexander, sobrecogido por la gratitud—. Espero que me perdonéis todos los problemas que os he causado.

—Nada —dijo Herbert, sonriente—. Sabes que estamos aquí para lo que sea.

—Eso es —anotó Eddie.

—Ya hablaremos todos —añadió Luka—. De momento, lo mejor es que descanses y no salgas bajo ningún concepto.

—Lo prometo —aseguró Alexander—. Muchas gracias, de verdad. Por cierto —agregó, al darse cuenta de que, discreto como siempre, Martin presenciaba la escena a su espalda—, he de presentaros a Martin Krane. Gracias a él, estoy aquí. Es largo de contar. Ya hablaremos.

—Exacto —asintió Luka—. Nos reuniremos dentro de muy poco.

De esa manera, uno a uno, sus amigos se despidieron de él y salieron de ese semisótano que iba a convertirse en su nuevo escondite. Irene se quedó rezagada. Alexander agradeció quedarse a solas con ella.

—Nos vemos pronto —anunció Martin, antes de irse.

Asimismo, Alexander se acercó a Luka, y le susurró:

—Quiero hablar de tu sueño. Espero que vengas pronto. Lo descifraremos.

Luka sonrió y se marchó con el resto.

Antes, Manuel apuntó algo:

—No cierres ese ventanuco —alertó, señalándolo. En efecto, estaba abierto.

Un rato después, Alexander entendería a qué se refería el dueño del casino.

8

Alexander e Irene no se veían desde que discutieran en *La herradura de plata* por culpa de la Organización Heptágono. Ahora, reencontrados en aquel semisótano de la calle de la Ceniza, cuando Luka y los otros se fueron, ambos titubearon sin saber qué decir. Alexander todavía sentía el mal sabor de boca que aquel disgusto le había provocado.

—No está mal el sitio —comentó, en referencia a la habitación, en un intento por romper el hielo. Su hermana y él estaban de pie, uno a cada lado de la mesa.

—Es viejo, cutre y casi sin luz —opinó Irene—, pero bastará. Yo también pienso que no van a buscarte tan cerca de la taberna y el apartamento. Es más, por eso tardaron en pillarte antes. Nadie podía imaginar que te escondieras en este barrio. Eso sí, ya no puedes salir.

Alexander no contestó. No podía evitar pensar que enloquecería si no salía de vez en cuando. Irene debió leerle el pensamiento, pues apostilló:

—No te agobies. De momento, quédate aquí. Pasa el tiempo lo mejor que puedas. Ya pensaremos cómo manejar esta cuestión a largo plazo.

Alexander sonrió. Por enésima vez, su hermana le protegía, como si ella fuese la mayor. Él no pudo reprimirse más y rodeó la mesa para abrazarla.

—Perdóname —dijo, confortado por el abrazo. La miró a los ojos, y declaró—: Siento lo que pasó. Tenía miedo por ti. No quiero que nadie te haga daño.

Irene calló unos instantes, durante los cuales él se preguntó qué significaba su gesto.

—Tranquilo —añadió ella—. Aquello está olvidado. Ya no tienes que pensar más en ello. Todo irá bien. Todo está bien. Saldremos de esta.

—¿Alguna novedad esta semana?

—No. Ninguna.

Alexander e Irene charlaron un rato más. Más tarde, cuando ella se marchó, él descubrió por qué Manuel Sócrates le había advertido que no cerrara el ventanuco. Trece lo utilizó para colarse en el cuarto. Con su soltura habitual, el minino se las ingenió para, de estantería en estantería, como si de una escalera se tratase, posarse en el suelo.

Al verle, el colega felino maulló. Alexander se alegró mucho de tenerle allí.

2

Selena Myers no percibía el período de quebranto, aunque llevara una semana con un gafe. Había sorteado el tercer dogma sin problema. Sin embargo, no era estúpida. Sabía que aquel bienestar se debía a que, mientras gozase de Alexander, podía retardar las consecuencias negativas de sus desenfrenados actos.

Por ese motivo, necesitaba mantener a Alexander cerca de ella. Además, debía lograr la manera de extender aquel enganche sin perjudicarse, ni en términos legales ni en cuanto a su suerte. Su posición era muy espinosa: escondía al acusado de dos asesinatos. Con todo, ella, envalentonada, se creía capaz de cualquier cosa.

Tenía algunas ideas. Alexander se mostraba impaciente por mudarse a otro sitio. Ella comprendía que ocultarle en su domicilio era demasiado peligroso. Hoy, había sopesado la posibilidad de utilizar alguna propiedad franca de la Organización. Otra opción consistía en hallar un enclave cercano a Ciudad Fortuna, donde poder visitar al gafe con frecuencia. No obstante, la perspectiva de traspasar los lindes de la ciudad, por alguna razón, no le gustaba. Y debía tener cuidado porque a Ricardo Varone no le cuadraba que el chivatazo acerca del escondite de Alexander procediese de Heptágono. Ella se había inventado una mentira para intentar justificarse, pero sospechaba que no le había convencido. A Selena le convenía que Ricardo continuase centrado en su faceta política y la dejase controlar asuntos como el censo, cuyos objetivos y primeros diseños ya se discutían.

Entretanto, había buscado datos sobre la intrigante infancia de Alexander en los profusos archivos de la Organización, sin poder arrojar luz a esa cerrazón. Asimismo, en cuanto a la inocencia de Berkel, había leído fotocopias de algunos atestados policiales. Le llamó la atención una anotación manuscrita, que rezaba "orden 17".

Al acabar su jornada en Heptágono, Selena cogió su maletín, salió del edificio y echó a caminar. Hoy, regresaría a casa a pie. La veraniega tarde era de lo más agradable.

Desde que Alexander estaba en su casa, le era inevitable evocar a Djoser. Se decía a sí misma que lo que ahora vivía era, en cierto modo, un triunfo sobre el pasado.

Durante meses, disfrutó a su lado. Rememoraba esa temporada como el más extático de los sueños. Cierto que ella actuó con temeridad al abordarle de nuevo, pero el riesgo no solo mereció la pena, sino que fue excitante. Djoser la condujo por senderos desconocidos. Ella erró al creer que controlaba el devenir. Le deleitó la adicción.

Con Alexander, Selena presentía que todo iría bien. Nada se truncaría. Ella dominaría el porvenir. Impondría su satisfacción. Manejaba bien las ataduras. A veces, hasta se le pasaba por la cabeza que, en caso de que el gafe se enterara de lo de Lara, podría entenderla y perdonarla. De todos modos, no pensaba tolerar que eso ocurriera. Nada saldría a la luz. Su grado de suerte era cinco. Su destino prevalecería sobre el resto.

Al llegar a casa, en el mismo instante en que entró en el salón, advirtió que él se había ido. Alexander no era ruidoso, pero el silencio que sintió en el piso connotaba un vacío tan terrible como incontestable. Recorrió las habitaciones. Le llamó por su nombre en voz alta. Confirmó que allí no había nadie. Miró con una ira irracional a Sibylle, como si le reprochase que no le hubiese retenido. La gata huyó de ella, rumbo al pasillo.

Selena hiperventiló. Se mareó por un momento. Notó cómo se le revolvía el estómago. Comenzó a dolerle la cabeza. Lo que más le dolieron fueron los recuerdos y el corazón. Detestaba la derrota. Odiaba el vacío del abandono. Tiempo atrás, se prometió que ella no volvería a experimentarlo. Pero allí estaba, menospreciada.

Así, esa tarde de agosto, le sobrevino el quebranto.

<u>10</u>

Pete Callow no tenía ni hambre ni sueño. No se desenvolvía bien en el mundo de los riesgos y los secretos. Cuando Vera fue a la cárcel, él pensó que las cosas mejorarían, pero, con Joseph, habían empeorado. Se sentía superado y atrapado. Necesitaba escapar.

Estaba en su piso, un pequeño apartamento de un dormitorio en el barrio de Saberes. Acomodado en el *chaise longue* del salón, intentaba evadirse de la realidad frente al televisor, pero la programación veraniega era una basura. Había comido unos frutos secos que, luego, le habían dado mucha sed. Ahora notaba ganas de vomitar. A pesar del calor, le parecía que tenía los pies fríos, por lo que se había puesto unos calcetines de invierno. Temblaba.

No lograba olvidar la muerte de Vanessa Danzi. Aquel día, al descubrir que su jefe le había propuesto a la joven que participase en sus pruebas sobre el grado de suerte, le asaltó un horripilante presentimiento. Sospechaba que Joseph la había drogado de alguna manera. Cuando el hombre le dio permiso para marcharse a casa, Pete se temió lo peor. Por ello, se quedó con disimulo cerca de la entrada. Así, presenció la muerte de la pobre chica.

Lo peor de todo era la frialdad con la que Joseph había actuado al respecto. Pete no conocía los detalles, pero el hombre se había deshecho del cadáver. Este había sido hallado en el río, cerca de las minas. El con-

177

trato de Vanessa no se había registrado, por consiguiente, nadie podía vincularla con la empresa. Él había repasado los periódicos, donde solo dos noticias mencionaban el suceso. No había ninguna investigación en marcha. Mientras tanto, su jefe se mostraba tan tranquilo, centrado ya en otro asunto, con nuevas listas.

Travis llegó a casa después del anochecer. Desde que trabajaba para el alcalde, vestía traje todos los días. El chico se quitó la chaqueta, se aflojó el nudo de la corbata y se inclinó para besarle. Cuando reparó en los recortes de prensa, suspiró.

—Tienes que quitarte eso de la cabeza —dijo, mientras se sentaba a su lado y acariciaba su antebrazo—. Si sigues así, solo te vas a volver loco.

Pete guardó silencio. Evitó mirarle a la cara. Había pensado durante horas. Sabía que Travis se enfadaría, pero tenía tomada su decisión.

—Mañana voy a ir a la Policía —sentenció.

Travis resopló, se frotó el rostro y le giró la cabeza para forzarle a mirarle a los ojos.

—¿Por qué piensas que Joseph Klausmann te contrató cuando metieron en la cárcel a Vera? —le increpó—. Porque tú eres el cómplice perfecto. Te tiene atado. Estás en deuda con él. Lo sabe. Consiguió que la Policía no te acusara de nada de aquello. Si le das problemas, te implicará en lo que su sobrina hizo y lo que él hace ahora. No te precipites, te lo suplico. Me asustas. ¿Quieres librarte de él? Dile que quieres dejar el trabajo.

—¿Y si me amenaza con algo? —replicó Pete.

—Bueno, pues sabrás a qué atenerte y ya pensaremos qué hacer. Mira —insistió Travis, con sincero temor—, mañana habla con él y dile que prefieres desligarte de todo. Puede que hasta él lo prefiera así. Ese no necesita ayudante.

Pete calló de nuevo. Negaba con la cabeza. El planteamiento de Travis no le convencía. Se quitó las gafas y las limpió con su propia camiseta.

—No —contestó—. No me dejará ir. Además, no es justo. Esa chica merece justicia por su muerte. Vera también mató a gente, sí, pero al menos tenía escrúpulos: ella jamás hubiera presenciado una agonía tan fríamente como ese hombre.

—¡Esa chica está muerta! ¡Nada podrá resucitarla! ¡No puedes ir a la Policía! —exclamó Travis, desesperado.

—Hay otra vía.

—¿Cuál?

—La Organización Heptágono.

Así era. Ambos conocían el influjo de la verdadera suerte y la existencia de la Organización Heptágono: Pete, por los Klausmann; Travis, por Alonso Yazpik y el alcalde.

Travis volvió a resoplar. Agarró a Pete por los hombros.

—No, Pete. No lo hagas —rogó—. Esa gente es peligrosa. Aquellos que tienen suerte se protegen entre sí. Son una élite. Pueden aplastarnos como gusanos si quieren. Lo harán si es preciso. Están corruptos. Se tapan entre ellos. Nunca te fíes.

Pete seguía callado. Travis le abrazó y le besó en la frente. Cansado, añadió:

—Tengo mucho sueño. ¿No quieres cenar nada? Yo ya he picado algo.

—No tengo apetito.

—Pues vamos a la cama. Vamos a dormir. Mañana lo pensaremos todo reposadamente. Confía en mí. Prométemelo. Podrás alejarte de Joseph sin ponerte en peligro.

Pete fue cobarde. No prometió nada a su novio. Se limitó a persistir en su mutismo y dejar que Travis creyera que se conformaba con sus palabras. Se fueron a la cama.

Travis debía estar agotado, ya que se durmió enseguida. En cuanto advirtió su rítmica respiración, Pete se levantó, regresó al salón y conectó su portátil. La Organización Heptágono existía en un singular limbo de clandestinidad, pero había maneras de localizarla.

11

Yuri Anton acumulaba bastante cansancio. Ese verano, no iba a disfrutar vacaciones, debido a su reciente nombramiento. Ese viernes, se había levantado a las seis y media de la mañana. La ciudad estaba aletargada. De hecho, era el único que viajaba en aquel madrugador convoy de la línea circular del tranvía. En diferentes circunstancias, tal vez habría desfallecido ya, pero su ascenso merecía el sacrificio. El enojo era el más eficaz ímpetu.

Su situación en la Organización le frustraba. Desde que descubriera la influencia de la verdadera suerte, había orientado su formación al estudio de sus atrayentes vertientes. Creía en la filosofía de los dogmas por encima de todo. Le apasionaba el conocimiento vinculado a la genética y la religión, sin caer en fanatismos. Temía las posibles derivas negativas de un proyecto ambiguo como el censo. Sin embargo, nadie le hacía caso. Era uno de los directores de investigación más jóvenes de la historia de Heptágono, pero se sentía capado por su jefa, Selena Myers. Ahora entendía lo que esta buscaba en él: alguien ingenuo a quien manejar y contener. La mujer había disminuido la capacidad de su departamento. Yuri necesitaba hacerse valer y se le había presentado una manera perfecta de conseguirlo.

Había trasnochado. Aunque le gustaba su independencia, a veces, añoraba cierta clase de compañía. Así, había salido a conocer algunos bares donde aún no había estado. Ningún flirteo cuajó. Volvió a su casa y, desvelado, perdió el tiempo en Internet.

Se acostó tarde. Se encontraba en el duermevela cuando su móvil vibró. Se trataba de un correo electrónico recibido en un servidor de la Organización. Heptágono tenía un sitio web, oculto en la Red, que solo hallaban quienes sabían lo que buscaban.

Él era uno de los que leía los mensajes. Y, en cuanto leyó el que se acababa de recibir, se sentó en la cama y caviló a toda prisa. Su problema consistía en que se dejaba manipular y dependía mucho de la aprobación ajena. Le faltaban arrojo e iniciativa. Mas, sentado en la penumbra de su dormitorio, se dijo que, si era el número tres de la Organización, debía ser capaz de decidir sin aguardar la aprobación de los superiores. De manera que, a toda prisa, respondió al remitente de aquel mensaje, cuyo contenido le intrigó muchísimo. Le citó a las ocho de la mañana en una plazoleta del norte del barrio de Saberes. Acto seguido, borró el rastro de las comunicaciones para que nadie en Heptágono las descubriera. No confiaba en sus colegas, por mucho que le apenase admitirlo. Selena Myers le había defraudado y Ricardo Varone siempre le pareció un personaje difícil de calar.

Se bajó del tranvía. Caminó hasta la plazoleta en cuestión. Pasó a una cafetería. Era el típico local franquiciado con café y bollería industrial. El remitente del mensaje esperaba en una mesa. Yuri y él eran los únicos allí.

Se llamaba Pete Callow. Era evidente que estaba atemorizado. Yuri procuró calmarle. Le prometió que le ayudaría y le ampararía. El joven le enseñó unos recortes de prensa y le relató unos hechos espeluznantes.

12

No era habitual que Luka realizase un turno de mañana en el Hospital Santo Damián. Desde el nacimiento de su hijo, había pedido que le integrasen en la plantilla vespertina. De esa manera, si trabajaba por las tardes, pero a veces también de noche, Clarisa y él lograban organizarse para cuidar del niño. Ese viernes, en cambio, Luka modificó su rutina. Se había comprometido a suplir a un compañero al que debía un favor. Puesto que Clarisa estaba de vacaciones y podía cuidar a Marko, el cambio no supuso ningún problema.

Su supervisor le asignó un puesto en la planta de pacientes de cuidados intermedios, una de las diversas secciones del conjunto de pabellones que formaban el saturado hospital público de Ciudad Fortuna. Hacía tiempo que Luka no trabajaba en esa planta. El encargo, no obstante, le sirvió para reencontrarse con una antigua compañera, con quien llevaba más de un año sin coincidir. Ambos tenían la misma edad y llevaban vidas similares. Dedicaron un buen rato a presumir de fotografías de sus respectivos retoños.

Su amiga le recordó las costumbres y tareas del puesto que le había tocado esa mañana. Él comenzó la primera ronda de visitas a sus pacientes. Debía revisar su estado general, sus signos vitales básicos, administrarles medicación, etc.

Un caso llamó su atención. Por lo que leyó en la historia clínica, se trataba de una sexagenaria demenciada, a la que las autoridades habían trasladado a urgencias la semana anterior. Se desconocía su identidad. Algún médico había hecho una glosa al margen. Hablaba de las manchitas pardas que salpicaban su piel. Solicitaba una consulta dermatológica.

Luka pasó a la habitación de la mujer no identificada, donde esta era la única paciente ingresada, algo raro en un hospital siempre colmado de enfermos. Observó su ajada piel, su cabello revuelto carente de brillo y la triste bata con la que la habían vestido. Sintió lástima por ella. Se acordó de su abuela.

La mujer, inmóvil, mantenía los ojos cerrados, sumergida en un delirante duermevela. Murmuraba palabras sin razón:

—Campo… Deprisa… Cojo… Alexander…

Luka no le dio importancia al discurso inconexo de la paciente. Le acarició el hombro en un intento de sosegarla. Ella pareció calmarse. Así, él se centró en sus labores.

181

–Perdóname… –volvió a musitar la mujer–. Sótano… Gafe… Berkel…

Al oír eso, Luka la miró anonadado. Se inclinó sobre ella, asió su mano, y le susurró:

–Estoy aquí. Tranquila. Te escucho.

13

Las primeras horas de Alexander en el semisótano de la calle de la Ceniza transcurrieron como si fuesen días. Los sonidos de la calle llegaban por el ventanuco. El más mínimo ruido le sobresaltaba, como los ocasionales retumbos procedentes del inmueble colindante. Temía que la Policía apareciese en cualquier momento para detenerle. Se sentía aislado del mundo. Mientras tanto, Trece sí podía entrar y salir de aquella habitación a su antojo.

El viernes al mediodía, tumbado en la cama, volvió a cavilar sobre el segundo dogma. Lo recitó para sus adentros: "La suerte persevera toda una vida". Según esa sentencia, toda su existencia, marcada por su maldición, era un círculo. Daba igual cuánto tratase de correr, ya que siempre volvería al punto de partida. Así pensaba respecto al enigma de su identidad y el asunto de su inocencia. Se encontraba en un perpetuo punto muerto. No avanzaba.

Agobiado, añoró el curioso sosiego de sus salidas nocturnas cuando se escondía en la taberna. Ahora, su empleo en el casino se había suspendido y sus visitas a Vanessa habían llegado a un triste pero inevitable fin.

Recordar a Vanessa agravó el malestar de su conciencia y despertó su curiosidad. Esperaba que la joven se hubiese repuesto de la desventura de cruzarse con él. Estaba seguro de que había sido malo para ella.

Incapaz de ocupar su cerebro en otros temas, se conectó a Internet con su *smartphone*. Quería saber qué tal le iba a Vanessa, por lo que visitó el perfil de la joven en *Facebook* para leer sus últimas publicaciones.

Tardó en asimilar lo que descubrió. La pantalla del móvil mostró el perfil de Vanessa. Sin embargo, pronto advirtió algo raro en la página. Se le erizó el vello de todo el cuerpo al reparar en las iniciales "R.I.P." y el texto *"In memoriam"*. ¿Qué…? Aquello era alguna clase de homenaje póstumo por parte de la red social. Varios amigos habían escrito mensajes de condolencia. ¡No lo entendía! ¿Cómo…?, ¿qué…? ¡No era posible! ¡No podía creerlo!

Alexander se incorporó de un salto. Respiró con frenética agitación. La primera posibilidad que le vino a la cabeza le enojó: ¡menuda broma más macabra! ¿Quién era capaz de hacer algo así? No imaginaba una burla más pesada y repugnante. Lo que había leído debía tener una sórdida e inexcusable explicación. Se dispuso a descubrirla de inmediato. Se sentó otra vez. Actuaría sin sobresaltos. Efectuó varias búsquedas en *Google*.

En cuestión de minutos, un nudo cada vez más duro se tensaba en su garganta. No le permitía respirar. La habitación comenzó a darle vueltas.

Una escueta noticia de prensa informaba del hallazgo de un cadáver en la zona de las minas, a orillas del río Tyche. El texto se refería a una prostituta de la ciudad y relacionaba el suceso con posibles problemas de drogas. Otro recorte, más breve, mencionaba la tragedia sin aportar más datos. Por lo visto, Vanessa murió una semana antes.

Alexander se puso una mano sobre el pecho desnudo. El nudo era insoportable. Tuvo que correr hasta el cuarto de baño para vomitar lo que había desayunado.

Cuando salió del baño, estremecido, se tambaleaba. Luchó por no romper a llorar. El esfuerzo fue ímprobo, un denuedo físico. Un impulso interno pugnaba por resquebrajar su pecho y dejar salir todo su aire y su vida. Estuvo a punto de caer al suelo. Se arrodilló junto a la cama. La emoción le sometió. Sollozó. Vanessa Danzi había fallecido.

Había ocurrido. Había ocurrido otra vez. Había ocurrido otra vez y era culpa suya, sí, todo era culpa suya. ¡Era un indeseable!, ¡un malnacido!

¿Qué había sucedido? ¿Cómo era posible?

Entonces, Trece hizo su campante entrada a través del ventanuco abierto. Alexander observó a su colega felino. El segundo dogma era certero. Su mal fario, igual que ese gato negro, de una u otra manera, tarde o temprano, siempre volvía a él. Su vida no trazaba un círculo, sino una terrible espiral de aflicción.

CAPÍTULO VI

Eslabones perdidos

1984

A veces, a pesar de toda la luz, descubría una oscuridad que solo él era capaz de ver.

El día era muy luminoso. La tarde traía una brisa que hacía bailar los visillos y oreaba el ambiente. La casa poseía un montón de lugares y rincones. Algunos estaban prohibidos para él, aunque esa tarde no le importaba porque casi todos habían salido. No se oían voces ni ruidos. Podía olvidarse de las regañinas y los disgustos. Esa tarde, no haría nada mal. Ella le había dicho que entrara y se sentase en la cocina. Era la hora de la merienda. A Alexander se le hacía la boca agua. Se mordía el labio con impaciencia.

La cocina era grande. Había muchos muebles: la mesa, las sillas, las alacenas, las repisas, los fogones y el fregadero... Su madera era igual que la de las paredes: dura, marrón, oscura y veteada. Era como si los muebles hubieran crecido de las propias paredes, como si la casa hubiera decidido por sí misma que allí irían todas aquellas cosas. A él le llamaban la atención los botes con conservas. El refrigerador emitía un zumbido a todas horas. Por las noches, cuando se iba a dormir, lo podía escuchar desde la cama.

En una pared, la que quedaba al lado de la mesa, había un cuadro enmarcado que reproducía el relieve del esqueleto completo de un pez. A Alexander le encantaba. De hecho, una vez se subió a la mesa para palpar esas espinas. Le castigaron por ello.

Ahora, se encontraba sentado en una silla. Las piernas le colgaban y balanceaban. Miraba a la mujer pelirroja. Esta se hallaba de espaldas a él, delante de la encimera. El fulgor del atardecer se reflejaba en su cabello. Llevaba un vestido largo, suelto y florido. Le untaba una rojísima mermelada de fresa sobre una esponjosa rebanada de pan blanco. Aquello era un gran manjar para él. La mujer lo sabía y se lo preparaba porque era buena. Le sonreía y le cuidaba. Para él, mientras ella continuara allí, todo iría bien. Por eso, la quería.

Por un momento, Alexander se preguntó por qué no podían ser todos como esa mujer. No era justo. Él no era malo. ¿Por qué le reñían? Pensar esas cosas le enfurecía.

De repente, la mujer pelirroja chilló y soltó el cuchillo: acababa de cortarse en la yema del dedo pulgar. La sangre, tan roja como la mermelada, comenzó a manar.

Él, asustado, empezó a gimotear. No sabía por qué, no podía explicarlo, mas, por un instante, temió que le mandaran al campo por eso. En cambio, la mujer se envolvió el dedo en un paño de la cocina, se acercó a él, se arrodilló, le miró a los ojos, sonrió, y dijo:

—No llores, cariñín. ¡No pasa nada! Tú no tienes la culpa.

Ella le besó en la frente. Él se tranquilizó enseguida y sonrió con alivio.

—Mira —indicó la mujer. Hizo presión sobre el dedo. Después, retiró un poco el paño para que él comprobara que la hemorragia se cortaba—. Es normal que nos asustemos, pero las cosas nunca son tan malas como nos parecen al principio.

La mujer pelirroja se limpió el corte. Terminó de preparar su rebanada de pan blanco con mermelada de fresa. Él saboreó el primer bocado con el mayor de los deleites.

Aquella mujer tan buena le quería tanto como quería a la niña, pero no era su madre.

30 AÑOS DESPUÉS

1

Ciudad Fortuna atraía hacia un sosiego de poder hipnótico, para lo cual se servía, entre otras armas, de su prolífica relación con la cultura y el arte; profusión que contrarrestaba la frivolidad propia de la vida empresarial, comercial e industrial, tan relevante allí.

El barrio de Saberes, uno de los más modernos, se ideó para cobijar esos vínculos de la urbe con la cultura y el arte. Albergaba ambientes de atmósfera bohemia y vanguardista. Incluía lugares curiosos y pintorescos. Sus residentes pertenecían a clases medias. Poseía un interesante abanico de actividades. De todos modos, en la actualidad, esa clase de iniciativas sufría recortes presupuestarios por parte del gobierno municipal, mientras, de manera velada y progresiva, se beneficiaba a sectores privados.

Se consideraba que la avenida Majstro pertenecía a este barrio. Además, en sus calles, se ubicaban el campus universitario, la academia de enseñanzas artísticas, la escuela de música, asociaciones y museos, así como el Hospital Santo Damián.

Alexander Berkel llevaba cinco días torturado por un pensamiento espeluznante, una imagen que le asaltaba ya fuera en sueño o vigilia: la del frío, claro, inerte y desnudo cuerpo de Vanessa Danzi, tendido en una dura y gélida camilla del depósito de cadáveres del hospital público de la ciudad, el Santo Damián. No tenía certeza de que semejante escena hubiera sucedido en la realidad, pero, a la vista de los datos leídos en los periódicos, imaginar esa estampa tan demoledora era, de hecho, sencillo.

Se castigaba. Se fustigaba con esas imágenes y especulaciones de patibulario carácter. Se consideraba culpable, maligno, instigador de la terrible desgracia de Vanessa e indudable merecedor del tormento que su mente le propiciaba. No se podía perdonar. Cierta parte de él, la fracción más enferma y castigada de su interior, incluso prefería esta cruenta condena. Actuaba igual que ante la pérdida de Lara, como si el padecimiento le expiara. Se obligaba a mantener el sufrimiento. Temía superarlo.

Sin embargo, pensar en Vanessa, cuya muerte se asociaba sin duda a lo ocurrido con Lara, también despertaba otra parte de él. Espoleaba una rabia que le motivaba a indagar y buscar venganza. El dolor sin más tenía un límite. Era preciso actuar.

Había repasado a conciencia las escasas noticias en las que la prensa informaba sobre el hallazgo del cuerpo sin vida de Vanessa. Alexander no conseguía comprender qué había pasado. Tampoco se tragaba la simplista explicación que los periodistas escribían al respecto. Él no podía aceptar la idea de que Vanessa hubiese regresado o permanecido en la prostitución y se hubiese visto superada por un tema de drogas. Aquello carecía de sentido. Ella había empezado a rehacer su vida. Hasta tenía un trabajo nuevo que la ilusionaba.

La empresa en la que Vanessa había logrado un empleo como limpiadora se llamaba *Kmann*. Alexander lo recordaba. Ella se lo había contado. En cambio, no podía acordarse de dónde se situaban esas instalaciones. ¿En el área industrial y empresarial, tal vez?

Los interrogantes apabullaban. Si Alexander no averiguaba algo, perdería la cordura. No le había confesado a nadie el nuevo disgusto que le afligía. Le avergonzaba hablar de la relación que había vivido con Vanessa. Temía que su hermana o sus amigos le reprocharan algo, como él mismo hacía. Sí le había enviado un mensaje privado por *Twitter* a Eddie para rogarle que le dijera todo lo que supiera sobre el tema. Era muy consciente de que no debía incordiar al agente, pero no pudo evitarlo. Eddie aún no le había respondido.

Aquello le había despistado de otras cuestiones, de empeños estancados en un irritante punto muerto, como su inocencia. No obstante, lo ocurrido no era baladí. Presentía que vengar la muerte de Vanessa sería, en última instancia, vengar la de Lara.

2

Una semana después de instalarse en el semisótano de la calle de la Ceniza, Alexander se sentía ahogado por las tribulaciones. Cumplía las advertencias de su hermana y sus amigos, de modo que no salía a la calle bajo ningún concepto. Las contadas visitas que recibía resultaban vitales para él. Hasta no hacía mucho, rehuía cualquier contacto social. En cambio, en la actualidad, su actitud era la contraria: requería el contacto para seguir adelante.

Esa mañana, Luka fue al semisótano. Aparte de su ansiada compañía, el enfermero le llevó varios víveres y enseres para que él pudiera subsistir unas cuantas jornadas. En principio, el objetivo de esa reunión consistía en hablar acerca del sueño de Marko. Aunque Alexander había reconocido que deseaba ahondar en ello, lo cierto era que, con lo de Vanessa, una disertación esotérica no le interesaba, pero el entretenimiento sí le venía bien.

Se sentaron en torno a la mesa redonda. Abrieron unos refrescos.

—Sé que he sido un poco pesado, sí —dijo Luka—, pero no podía dejar de pensar en esto. No es una ensoñación cualquiera. Existe algo más, algo que subyace, que va más allá de mi cerebro o el de mi hijo, de su don o capacidad. Existe algo especial. Presenta un patrón. Tiene unos elementos. Se repiten. Encierra un significado.

—¿Qué elementos son? —preguntó Alexander, si bien los recordaba de pasada.

Luka bebió un trago. Contestó encantado de poder explayarse con el tema:

—Todo es espeso, denso —describió—. No se ve nada claro. Hay un avance lento hacia delante, poco a poco. Es lento, pero no se puede detener. Está la vía de tren. Se encamina a una puerta con un resplandor, una luz purpúrea que la envuelve. Hace frío. Se oye el ruido, un tictac muy marcado. Y, en la puerta, hay un trébol de madera.

Alexander también bebió y cabeceó pensativo. No sabía cómo analizar aquello.

—¿Qué crees que pueda significar? —interrogó, incapaz de teorizar por sí mismo.

—Muchas cosas, claro —respondió Luka—. El trébol de cuatro hojas, desde luego, alude a ti. En el sueño, hay un mensaje en clave referido a ti. La espesura es el porvenir. El avance es el del tiempo, pausado pero inevitable. Hay cosas que no consigo interpretar. Y luego está el tren… —suspiró el joven, que dejó la frase en el aire.

Alexander observó a su amigo, que parecía dudar algo y esquivaba su mirada.

—¿Qué pasa? —inquirió, curioso. Luka guardó silencio. Algo le inquietaba—. Vamos, en serio. No te preocupes. Sea lo que sea, seguro que no es la idea más rara que me has contado —añadió. Trataba de relajar la inesperada seriedad del chico.

188

En ese momento, Luka sí le miró, y contestó:

–No es una idea. Es algo que ha pasado. No te lo he explicado antes porque prefería averiguar algo más, aunque luego no había mucho que saber, la verdad. –Ante el semblante de confusión de Alexander, Luka prosiguió–: Hay una mujer que podría conocerte.

Entonces, Luka le relató una historia acontecida el viernes anterior, durante el transcurso de un inusual turno matinal. Mientras llevaba a cabo un control rutinario, el joven se había topado con una mujer de unos sesenta años o más, de aspecto desmejorado, apariencia indigente y situación enajenada, que había ingresado en el hospital. La mujer no identificada había pronunciado, dentro de su febril soliloquio, no solo el nombre, sino el apellido de Alexander. También murmuraba otras cosas sin sentido.

El relato dejó estupefacto a Alexander. Tras unos minutos de asimilación, preguntó:

–¿Quién es?

–Bueno, por lo que he sabido, la Policía no se ha interesado en ello –detalló Luka–. Que sepamos, nadie la busca.

–¿De dónde sale? ¿Dónde la encontraron?

–Ingresó hace hoy dos semanas, el mismo día que tú tuviste que escapar de la Policía. No presenta instantes de lucidez. Me da pena. La hallaron dentro de un tren de mercancías –apuntó–. Los de la estación se dieron cuenta de milagro. Podrían no haberla visto. Cómo llegó al tren continúa siendo un misterio. En realidad, todo es un misterio.

Nervioso, Alexander resopló y se pasó la mano por la cabeza. Guardó un tenso silencio. A continuación, manifestó:

–Necesito saber quién es. Necesito verla. Tenéis que ayudarme a ir a verla, por favor.

–Lo sé –afirmó Luka–. Sabía que me pedirías eso. Lo he pensado. Es muy arriesgado. Sé que no te convenceré de que no lo hagas, así que dame algún tiempo para organizarlo.

–Gracias. Muchas gracias.

Alexander calló una vez más. El diálogo sobre el sueño le había relajado unos instantes, pero, de pronto, un nuevo imprevisto le ponía en alerta.

–Te pido perdón por no haber confiado en ti –declaró, taciturno.

–¿Cómo? –replicó Luka.

–Sí, por lo del sueño. Al principio, no te presté atención.

–¿Qué piensas ahora?

–Que no es una ensoñación cualquiera, como tú dices. Esa mujer ha llegado aquí en un tren, no sabemos de dónde, pero conoce mi nombre y mi apellido. Estoy seguro de que tú ya te habrás fijado en que el tren es un vínculo con tu sueño.

–Sí, por supuesto. Por eso quería contártelo. Ya me imaginaba que te inquietaría y me pedirías que te llevara al hospital, pero es verdad que no solo mereces saberlo, sino que hay una nueva señal que apunta al sueño y a ti.

–Gracias por haberlo hecho.

–Por supuesto. Es lo justo.

Alexander resopló de nuevo. Apuró su bebida. Se puso en pie. Se acercó al muro en el que, en la parte más alta, se encontraba el ventanuco que daba a la calle de la Ceniza. Ahí fuera estaba el mundo que él ya no podía transitar en libertad. Oía los ruidos de su cotidianeidad. Era una amalgama cacofónica, una adición tan caótica como la propia vida.

En el particular caos de Alexander, dos repentinas tribulaciones habían brotado en la última semana. Ahora no solo le obsesionaba investigar la muerte de Vanessa, también a la mujer no identificada, la cual, quizá, pudiese convertirse en la llave que abriese el camino a comprender sus recuerdos.

3

Ricardo Varone había perdido la noción del tiempo, embelesado entre la lectura y sus meditaciones. Se encontraba en su despacho, en la séptima planta del edificio de la Organización Heptágono. Cuando percibió que la luz vespertina variaba, consultó su reloj y se dio cuenta de que la tarde estaba más avanzada de lo que él creía. En pleno agosto, el ambiente reinante en la sede se intuía solitario y sigiloso. Debía quedar muy poca gente en su puesto de trabajo, además de los agentes del departamento de centinelas que estuviesen de guardia. En otras circunstancias, Ricardo ya se habría marchado a casa, pero, con Casandra otra vez de viaje, quedarse allí solo le aburría y llegaba a desquiciarle.

Si lo valoraba con aplomo, la Organización no era un mal objetivo al cual aspirar. En el fondo, para Ricardo, Heptágono siempre había supuesto un instrumento y no un fin. Le interesaba ostentar un rango elevado en ella para acceder a información privilegiada y operaciones de supervisión encubiertas y, sobre todo, evitar ser objeto de sus eventuales investigaciones. Siempre imaginó que, en algún punto de su carrera, dejaría la primera línea allí para centrarse en la política. Creyó que esto ocurriría con su candidatura a primer ministro. Sin embargo, esa posibilidad parecía malograrse. No había convencido a Sebastian Brenner de que se enfrentara a Martina Leone y le cediera su puesto. Por tanto, establecerse como director general de Heptágono, un cargo en el cual, si se desenvolvía bien, podía prolongarse una década o más, no tenía por qué saber a premio de consolación. Allí, podía intervenir en muchísimas cuestiones de hondo calado. Tenía más capacidad que como el líder de una ciudad o todo un país. A Ricardo le encantaban el poder y las influencias, posibilidades que la Organización le ofrecía. El proyecto del censo, si se llevaba a cabo con pericia y eficacia, presentaba unos potenciales tremendos. Entonces, ¿cuál era el problema?, ¿por qué aquel puesto no le emocionaba? En su fuero interno, lo sabía bien: lo que no le contentaba de la Organización Heptágono era que su existencia resultase clandestina, mientras que un alcalde gozaba de reconocimiento público. Él se alimentaba de la notoriedad y los adeptos. Ser director general no le daría ninguna proyección.

Esa tarde, se había acomodado en un rincón del despacho, donde contaba con varios sillones en torno a una fina mesa de café. Todo era suntuoso y espacioso, como correspondía al máximo dirigente de la Organización Heptágono. Ricardo se había preparado un vaso de agua con gas llena de hielos. También se acababa de tomar un sándwich.

Había dedicado parte de la tarde a terminar *La ecuación del siete*, una obra de la cual se habían editado escasísimos ejemplares y de la que no había oído hablar hasta que cayó en sus manos. Era casi un libro apócrifo, pues los estudiosos de la verdadera suerte desdeñaban la mayor parte de su contenido. A él tampoco le convencía, pero su lectura había aclarado algunas dudas que sí le interesaban. Versaba acerca de los aspectos más controvertidos de la filosofía y la religión. Añadía teorías polémicas. Aseguraba relatar sucesos veraces, si bien Ricardo se inclinaba a no creerlos. Él seguía la filosofía de los dogmas, le preocupaba la genética y, aunque en secreto, le apasionaba la religión. Los postulados de esa obra, de todos modos, daban la impresión de ser excesivos, poco meditados.

Ricardo se puso en pie. El despacho tenía un cuarto anejo, al cual se accedía con una llave exclusiva del director general, así como con la impresión de su huella dactilar sobre un lector que manejaba la cerradura. Entró al cuarto, de unos siete metros cuadrados. Solo era una habitación sin más puertas ni ventanas, con estantes, armarios y una caja fuerte. Parecía un mero almacén, pero era un privilegio, ya que guardaba objetos y documentos que contenían muy valiosos secretos.

La ecuación del siete le había ilustrado, pese a las fabulaciones. La edición se notaba bastante gastada, aunque se podía leer. En ella, había hallado cuidadas anotaciones manuscritas del anterior dueño del libro. Dichas glosas esclarecían las opiniones que ese hombre le expresó a Ricardo tiempo atrás. Ahora, en aquel cuarto, el director general contrastó algunos pasajes y notas con las informaciones restringidas que obraban en su poder. Los datos que leyó confirmaron sus ideas.

Volvió al despacho. Se sentó tras su escritorio y encendió su ordenador. Se dijo que, si la Organización iba a convertirse en la meta de su carrera, debía implicarse en ella de un modo más activo. En las semanas previas, había delegado demasiado en Selena Myers. Era preciso bajarle los humos, delimitar su territorio. Había definido las grandes líneas de Heptágono en filosofía, genética y religión para que sirvieran a sus intereses particulares. Podía satisfacer su necesidad de influencia y poder.

De pronto, el brillante reflejo de un objeto captó su atención. Había algo en el suelo, a pocos pasos de él. Se levantó y se acercó. Era una moneda. Tenía la cara hacia arriba. Se le habría caído, así que la recogió y la guardó.

Volvió al trabajo. Repasó los temas abiertos y localizó un expediente iniciado apenas una hora antes por Yuri Anton. En un principio, le pareció entender que informaba acerca de un tema irrelevante, pero, luego, reparó en ciertos nombres propios. Los datos que descubrió no le gustaron nada.

<u>4</u>

Contrariado por el caos de las tribulaciones y las nuevas revelaciones, el tiempo avanzaba con mayor lentitud para Alexander, si acaso eso era posible. A la desazón por la muerte de Vanessa se sumaba la aparición de la mujer no identificada, una indigente desconocida que, en aparente estado senil, deliraba y, en presencia de Luka, había pronunciado tanto su nombre como su apellido. Aquello no podía ser una coincidencia. La ventura era caprichosa, pero ¿qué pretendía?

¿Quién era esa mujer? Él barajaba toda clase de posibilidades. Algunas le asustaban. Acusaba más que nunca su forzada reclusión. Deseaba presentarse en el hospital para averiguar qué vínculo le relacionaba con la mujer no identificada. ¿Sería la vía para resolver los enigmas de su infancia? Por lo que Luka decía, su estado de salud empeoraba día a día. El tiempo se agotaba. Y Alexander, igual que con la tragedia de Vanessa, notaba crecer la rabia en su interior. Quería actuar.

Entretanto, la compañía que más echaba en falta era, sin duda, la de su hermana. Por ese motivo, esa tarde, le envió algunos mensajes de *WhatsApp* e insinuó que necesitaba verla. Decidieron arriesgarse a cenar juntos. Por mucho que la Policía pareciese haber relajado la búsqueda de Alexander, ellos no debían descuidar sus precauciones.

Así, al anochecer, Irene acudió, con la mayor de las cautelas, a ese portal tan desangelado de la calle de la Ceniza. La joven no solo llevó comida y bebida para la cena, sino, igual que Luka, provisiones adicionales para resistir más días.

—¿Has tenido cuidado al venir aquí? —interrogó él.

—Sí. He dado unas cuantas vueltas —detalló ella—. Hasta me he colado un segundo por una calle en dirección prohibida. Nadie me ha seguido.

Prepararon la mesa. Los platos apenas cabían. Irene parecía haber saqueado el restaurante chino de su calle. También le pusieron comida a Trece. Sin embargo, el colega felino, al caer la noche, no tardó en salir en uno de sus paseos nocturnos. El ventanuco del semisótano siempre estaba abierto. El gato sí que era libre.

Al principio, mientras cenaban, el silencio no resultó extraño. En cambio, más tarde, Irene debió percatarse de la seriedad de su hermano.

—¿Qué te ocurre? —preguntó—. Es decir —anotó—, aparte de los problemas de siempre. Te noto raro, más raro de lo normal. ¿En qué piensas?

En ese momento, Alexander podía haber hablado de su dolor por Vanessa, pero eso requería muchas explicaciones. En cambio, sí habló de la mujer no identificada del hospital. Hacerlo le alivió. Irene, por su parte, le escuchó en un silencio atento y respetuoso.

193

—Bueno, ¿qué opinas? ¿Es una locura?, ¿una alucinación? —añadió Alexander, una vez que finalizó.

—Estoy atónita —reconoció Irene—. No sé qué decirte, la verdad, pero no, no creo que sea una locura ni que alucines. Hay que investigarlo. ¿Cómo puedo ayudarte?

—Luka está pensando cómo puedo visitar a la mujer.

—¿Ir al hospital? —replicó Irene, tensa—. Alexander, me da miedo que salgas.

—Lo sé, pero no hay alternativa. Si me quedo aquí, las dudas me consumirán.

—¿Cuándo tenéis pensado hacer esa excursión?

—No lo sé. Pronto. Quizás, este fin de semana. Luka intenta cambiar un turno.

—En fin, ¡qué remedio! No podremos detenerte. ¿Quién piensas que es esa mujer?

Alexander calló. Tenía varias opciones en mente, unas más creíbles que otras. Una de ellas relucía cual letrero de luces de neón. Pronunciarla en voz alta, no obstante, le turbaba.

—No lo sé —contestó—. Prefiero cambiar de tema.

—Claro, como prefieras —concedió Irene.

—Cuéntame algo.

—¿Como qué?

—No lo sé, lo que sea. No sé nada de ti, en realidad. ¿Qué tal Lena?

—¿Lena?

El repentino rictus de Irene fue imposible de disimular. Alexander la cuestionó con la mirada. Ella suspiró, y confesó:

—Alexander, Lena y yo ya no estamos juntas. Lo siento. No me apetecía contártelo.

—¡Vaya! —exclamó él, sorprendido—. Lo lamento. ¿Desde cuándo?

—Desde hace dos semanas. No voy a ocultártelo: fue por el mensaje que te envió.

—Ya veo. Lo lamento aún más, en ese caso. Me siento culpable.

—No, para nada. Olvídalo. Cada cual es responsable de sus actos.

—¿No has vuelto a saber nada de ella? ¿No podéis solucionarlo?

—No. Es imposible —determinó Irene, tajante.

—¿Y eso? —indagó Alexander.

194

Irene tragó despacio, bebió agua de nuevo, se limpió los labios con la servilleta, respiró hondo, miró a su hermano, y desveló:

–Porque trabajo para la Organización Heptágono.

Un incómodo mutismo inundó la estancia. Alexander terminó de saborear su postre. Aprovechó esos segundos para asimilar la noticia que Irene acababa de soltar. Caviló cómo afrontar la situación sin desembocar en otra discusión. Para cuando tragó, la suma de agobios que acumulaba pudo con él. Asumió que aquello no iba a acabar bien.

–¿Por qué? –dijo.

–Porque quiero este trabajo, porque me lo merezco y porque lo necesito.

Por un instante, Alexander creyó que iba a marearse. La mención a la Organización le hizo pensar en Selena y sus mentiras. Fue incapaz de reprimir su siguiente pregunta:

–¿Saben ellos que estás aquí? ¿Saben que siempre hemos estado en contacto?

–¡No, no y no! –exclamó Irene, que soltó la servilleta con desaire y se levantó–. No, Alexander. Por increíble que te parezca, no todo gira en torno a ti. Esto no va de ti.

–¡Sí va! –contradijo él–. ¡No puedes confiar en ellos! ¡Te están mintiendo! ¡Te usan!

–¡Basta! –gritó ella. Soliviantada, se masajeó las sienes. Respiraba agitada–. Alexander, trabajo para Heptágono. He firmado un contrato mercantil. Realizo un encargo sin necesidad de integrarme en sus actividades. Por ahora, esto es solo una fase de análisis que puede quedar ahí. Ellos me envían datos y yo trabajo casi todo el tiempo en casa. Apenas voy por allí. A ti solo se te mencionó una vez. Me aseguro bien de que no se enteran ni de que nunca he dejado de verte ni de que soy una de las cómplices de que te ocultes de las autoridades. ¿Vas a aceptarlo?

–No –declaró Alexander, sin dudarlo–. No lo acepto porque temo por ti.

–¡Pues no lo hagas! ¡Estoy harta!

Airada, Irene cogió el casco de su moto y se encaminó hacia la puerta.

Alexander, que intentaba evitar otro abrupto desencuentro, le suplicó:

–¡Irene, espera!

Pero ella no esperó. Se marchó. Se marchó sin mirarle. Se marchó de un portazo.

5

Irene Berkel salió del portal de la calle de la Ceniza fuera de sí. Se montó en su moto, la arrancó con un gesto de rabia y se alejó de allí a toda velocidad. Estuvo a punto de atropellar a una pobre peatona que no tenía la culpa de nada.

En un principio, se limitó a conducir por el barrio de Hornos. Accionaba el acelerador todo lo que podía. Notó cómo las lágrimas resbalaban por sus mejillas, lo cual acentuó su furia. No quería llorar. Estaba cansada de penas y miramientos. Necesitaba olvidarse por un instante de que era la hermana de un gafe proscrito. Los efectos de ese parentesco sobre su vida resultaban cada vez más insufribles. Anhelaba ser otra persona, alejarse de todos.

Y sabía dónde conseguirlo. Así que, sin vacilar, se dirigió hacia la cuesta del Serrín. *El séptimo cielo* sería su refugio. Ya lo había sido otras veces en los últimos días. De hecho, a su llegada a la empinada calleja, comprobó que la zona estaba concurrida.

Traspasó la puerta del local sin mirar siquiera al corpulento vigilante. No iba a permitir que nadie se interpusiese en sus ansias de evasión. Fue a la pista principal. Vio muchísima gente. La música le pareció demasiado monótona, sin melodía.

Entonces, se percató de que alguien le había tocado en el hombro y, pese al volumen de la música, le pareció escuchar su nombre. Se giró y, para su sorpresa, se encontró a Isaac Wagner. Este, ataviado con un refinado traje planchado con pulcritud, peinado a la perfección y sonriente como siempre, ensanchó aún más su sonrisa y se acercó a su oído:

—No sabía que vinieras por aquí —logró decir, forzando la voz.

—Suelo venir —comentó Irene, aproximándose y elevando la voz como él—. A ti sí que no te imaginaba yo en un lugar como este.

—¿No? Pues ¡qué casualidad!

—¡Un momento! —objetó Irene, que esbozó una burlona sonrisa—, ¿acaso la casualidad no es el disfraz de la ventura?

—¡Bien dicho! —concedió Isaac, riendo—. ¡Oye! He venido a una fiesta arriba con unos conocidos. —El hombre se acercó más a ella, y añadió—: Si te soy sincero, ¡no conozco a casi nadie! ¡Vente! ¡Yo invito!

Irene se dijo que esa era una de esas situaciones en las que debía dejarse llevar y disfrutar de lo que el porvenir le reservara, de manera que

196

afirmó con la cabeza, para alegría de Isaac. Le siguió hasta la escalera que llevaba a la planta alta. Mientras subía, se fijó en que su informal atuendo, consistente en una camiseta holgada y unos vaqueros ajustados, no encajaba nada con la pija vestimenta de Isaac, pero le dio igual.

No era la primera vez que subía a la planta alta de *El séptimo cielo*. Años atrás, ya la invitaron a sus reuniones selectas. Sin embargo, no reconoció la sala a la que Isaac y ella pasaron. Tal vez, nunca hubiese estado en ella. Tal vez, hubiesen cambiado la decoración. O, tal vez, Irene no lograse recordar su ebrio paso por allí.

La sala tenía planta cuadrada. Sus dimensiones eran reducidas pero, con todas las paredes cubiertas de espejos, la impresión era engañosa. En mitad del techo, una bola de discoteca giraba relumbrante. Había algunas butacas y mesas bajas. En una esquina, se hallaba un repleto mueble bar, del cual, por lo que ella vio, los invitados podían servirse a su gusto.

No había más de quince personas. Isaac saludó a algunos. Después, le indicó que se sentara con él en un rincón separado del resto. Allí, la música no sonaba tan monótona.

—¿Qué tal el trabajo? —preguntó él.

—¿En serio? —rio Irene—. ¿Vamos a hablar de trabajo?

—Vale, vale, perdona —se excusó Isaac, riendo también.

—Tranquilo. No pasa nada. La fase de análisis marcha bien. Hablemos de otra cosa.

—De acuerdo. ¿Sueles venir sola?

—Sí. Suelo estar sola —admitió Irene, sin poder evitar un matiz de disgusto al decirlo.

—Bueno, a veces, nosotros mismos somos nuestra mejor compañía.

—¡Brindo por eso!

—Por cierto, voy a por algo de beber. ¿Qué te apetece?

En un par de minutos, Isaac volvía del mueble bar con dos burbujeantes bebidas. Le dio una a ella. Se sentó, arrimó su butaca a la de Irene y se inclinó para hablarle.

—He traído esto —susurró, y desveló una pequeña pastilla azul, con una H grabada en un lado, que tenía en la palma de su mano. El hombre le guiñó un ojo.

—H7 —observó ella. Conocía de sobra esa pastilla. Sintió cómo le palpitaba el corazón.

–No. No es H7. Es H17 –informó él–. Es más suave y más intensa a la vez. El éxtasis dura más, pero podrás controlarte mejor. Confía en mí. Te la recomiendo. ¿Quieres?

Irene no pensó. Solo asintió con la cabeza. No podía negarlo: se moría de ganas.

Isaac le dedicó otra de esas sonrisas que a ella la atraían. Puso la pastilla en su lengua, se acercó a ella, aproximó su cabeza a la suya y se la pasó con un beso.

Irene se dejó hacer. Le excitó el contacto entre sus lenguas. Se tragó la pastilla. Antes de que él intentara besarla de nuevo, ella se levantó y fue a la mitad de la sala.

Le encantaba la canción que sonaba. Era *Comfortably Numb*, de Pink Floyd, versionada por Scissor Sisters. Bailó. Se desinhibió con esa melodía. Se olvidó de todo y de todos. Por fin, había obtenido su evasión. La realidad se tornó más sinuosa y moldeable.

Cuando regresó junto a Isaac, notaba la piel de gallina. No se había fijado en el modo en que lucían las lámparas de colores de la sala, pues ¿había colores antes? Estaba casi segura de llevar varios minutos bailando, pero oía la misma canción.

Isaac volvió a sonreír. Volvió a besarla. Después, la miró a los ojos, y dijo:

–¿Vamos a mi casa?

Embriagada, Irene meditó un instante, y resolvió:

–Mejor a la mía.

<u>6</u>

Alexander no concilió el sueño en toda la noche. Según avanzaba la madrugada, estar recluido en aquel semisótano le resultaba tan costoso que se planteó si iba a desarrollar una auténtica claustrofobia. Cambiaba de postura todo el rato. Creía que lograría dormirse, pero el más nimio sonido, alguno incluso imaginario, le desperezaba una vez más. Le asaltaba un latoso cosquilleo nervioso por las piernas.

Cuando percibió la primera claridad de la mañana, que entraba en la habitación por el ventanuco, optó por rendirse y levantarse. Sentía el cuerpo entero agarrotado. No lograba aliviar el malestar que la discusión con su hermana le había provocado. Había sido peor que la anterior. Sospechaba que, en esa ocasión, la situación sería más difícil de suavizar. ¿Cómo podía Irene trabajar para la Organización Heptágono?

Se preparó el desayuno. Tenía zumo de naranja envasado, cereales y leche. Rellenó el cuenco de Trece. El colega felino todavía dormitaba y ronroneaba en una esquina del cuarto. Él, por su parte, mientras desayunaba, sentado en la mesa redonda, conectó su portátil y comprobó si había recibido mensajes privados en su perfil de *Twitter*. Tal como se temía, no encontró ninguno de Irene. En cambio, sí tenía uno de Luka. Su amigo le informaba de que su visita a la mujer no identificada sería la noche del domingo al lunes. Mientras, Eddie aún no había respondido a sus peticiones.

Prolongó el desayuno todo lo que pudo. Ese era su principal recurso para sobrellevar el lento paso del tiempo desde que vivía allí. Cada acción, por simple que fuera, debía durar el máximo posible, sin importar los límites de la lógica.

A media mañana, recibió una visita que podía ayudarle a aliviar su agobio y malestar. Se trataba de Martin Krane, con quien Alexander había trabado una camaradería que jamás hubiese sospechado. La extraña pareja se sentó en la mesa redonda.

Martin era un hombre discreto e introvertido. Cuando charlaba con él, Alexander intuía que ocultaba un montón de aristas y heridas. Inspiraba una impresión de aflicción que, a su vez, se disimulaba bajo una rígida coraza. Con toda seguridad, Martin tendría una opinión muy parecida de Alexander. Tal vez por ello, al cabo de pocas conversaciones, los dos habían conectado de manera insólita. Sus charlas parecían reconfortar a ambos por igual.

A la luz de esa conexión inesperada, días antes, Alexander se había atrevido a confiar la historia de Vanessa a Martin. Este no solo se mostró respetuoso y comprensivo con su aflicción, sino que se ofreció a ayudarle a ahondar en el misterioso fallecimiento de la joven.

Decidido a ello, Alexander había consultado la página web de la cámara de comercio. El otoño anterior, vio cómo su hermana obtenía información con la ayuda de ese sitio. Él intentó hacer lo mismo. Ingresó el nombre de *Kmann* en el buscador. Según figuraba en el registro de la institución, la empresa se fundó en el año 1982. Se trataba de una sociedad de capital limitado, dedicada a la investigación científica mediante fondos privados. Su domicilio social y fiscal se ubicaba en Ciudad Fortuna, cerca de la avenida Komerci. Su propietario mayoritario era otra empresa, denominada con unas simples siglas: *J.K.S.L.* Sin embargo, la base de datos no parecía contener ningún registro sobre esta, que databa del año 1981. La información, en general, resultaba insuficiente.

—¿Has podido ir a la oficina de la empresa? –preguntó Alexander. Existía algo impreciso en torno a *Kmann* que le escamaba, pero no lograba determinar qué.

—Sí –respondió Martin–. Está en una calle perpendicular a Komerci, en un bloque de muchas oficinas. Pero allí no hay nada, Alexander. Lo único que he visto ha sido un letrero viejo, con el anagrama de la empresa, en un piso que tiene pinta de no usarse.

—Ya. Supongo que solo será el domicilio oficial. Vanessa habló de unas instalaciones nuevas, pero no recuerdo dónde. En fin –suspiró, con frustración. Una extraña familiaridad en torno a aquel asunto continuaba latente en su interior. Algo se le escapaba.

—Sin más datos oficiales en la web, veo difícil continuar por ese camino –dijo Martin.

—Yo también. No te preocupes. En realidad, todavía no entiendo por qué me ayudas.

—Ya te lo dije la semana pasada: no creo que tú hicieras nada de lo que se te acusa. Te conté, por cierto, que había espiado comunicaciones. Así supe que la Policía iba a por ti.

—Sí, es verdad –asintió Alexander–, pero no me dijiste qué comunicaciones eran.

—Bien. Ese día, preferí no darte más detalles. Tenía que pensar, pero ya puedo decirte lo que estoy haciendo. Me he infiltrado en la Comisaría –desveló.

Alexander meditó sobre esa revelación. Luego, añadió:

—Eso es peligroso.

—No, no mucho.

—¿No?

—No, porque me he infiltrado por una vía casi, casi legal. Allí, nadie sabe quién soy de verdad. En realidad, ni siquiera me miran.

—Conozco esa sensación —apuntó Alexander. En el fondo, le costaba seguir a Martin, quien nunca exponía todos los detalles de lo que hacía—. ¿Qué pretendes?

—Estoy vigilando al comisario. Ya sabrás que Garmash solo es un fantoche manejado por el alcalde, a quien ayuda en varias cosas turbias. Intento averiguar su método para ocultar los asuntos incómodos de Varone.

—¿Así es como piensas limpiar mi nombre? —conjeturó Alexander.

—Exacto. Así es como pienso hacer justicia con la muerte de Ismael.

Consciente de lo importante que eso era para Krane, Alexander preguntó:

—¿Cómo te ayudó Ismael? Me dijiste que era la persona que más te había ayudado.

—Me ayudó cuando perdí a mi madre. No te he contado nada sobre ella, ¿verdad?

—No. Y, si soy sincero, te agradecería muchísimo que lo hicieras. El otoño pasado, en *La herradura de plata*, mencionaste que era gafe. Para mí, mi padre adoptivo es prácticamente el único gafe que he conocido, así que siento mucha curiosidad.

—Claro. Es normal. Verás… —suspiró Martin. Bebió un trago de refresco. Titubeó un par de veces. Se notaba que abordar ese asunto era costoso para él—. Mi madre me crio sola —comenzó a narrar—. Mi padre falleció cuando yo aún era muy pequeño —relató. Alexander se fijó en el paralelismo entre la vida de la madre de Krane y la de Héctor, quien perdió a la madre de Irene—. Siempre tuvo trabajos penosos. No tenía suerte, eso es evidente. Una vez, creyó que había hallado un lugar bueno, la casa de una familia rica, en la cual entró a servir. Nos dieron alojamiento, pero aquellas no eran buenas personas. No, no lo eran. Al final, se aprovecharon de ella. Hubo una desgracia; una que mi madre, con su maldición, no consiguió evitar. —Martin respiró hondo y bebió un largo trago—. En fin, me he saltado muchas cosas. Es complicado rememorar aquello. Yo apenas era un adolescente.

—Por supuesto —agregó Alexander—. No pretendo incomodarte. Supongo que fue por ese entonces cuando conociste a Ismael y él te ayudó a seguir adelante.

—Así es. Ismael, que también era de una familia rica, conocía a aquella gente. Cuando lo que te he contado sucedió, él se enteró y me prestó su ayuda.

—¿Por qué quiso que me protegieras el año pasado?

—No sé qué llegó a decirte él. Ismael presentía que tu contratación en la Organización Heptágono no era casual. Ricardo Varone te eligió expresamente. Ismael temía que no fueses más que un instrumento para algo mayor; algo que iba más allá de ti mismo; puede que para una venganza. Además…, hay otra cosa.

—¿Qué?

—Dime, ¿conoces la religión de la suerte?

—Sí —respondió Alexander, con bastante seriedad. Sospechaba que la conversación se iba a adentrar en un plano que no le agradaba.

—Bien. Pues Ismael Wagner no solo la conocía, como es lógico en un director general de Heptágono, sino que, en privado, respetaba todos sus postulados. Coleccionaba textos y reliquias vinculadas a esas creencias. Yo mismo le ayudé con indagaciones y transacciones. En sus últimos años, encontró algo muy preciado: un objeto valiosísimo, un pergamino. Lo llaman la Palabra de la Sibila. Sus escritos versan sobre el séptimo dogma. ¿Sabes cuál es?

—Sí —ratificó Alexander, cada vez más serio.

—El séptimo dogma es más religión que filosofía. Habla sobre poder quebrar la unión entre la suerte y el destino. Y, no sé por qué, pues Ismael no me confiaba todo lo que pensaba, él opinaba que tú estabas, de alguna manera, relacionado con esas creencias.

—Pero ¿qué dice ese pergamino? —inquirió, sofocado por el cariz de la charla.

—Lo desconozco, si te soy sincero. Yo ayudé a Ismael a encontrarlo, pero los últimos pasos del proceso los dio él solo. Fue muy escrupuloso al respecto. Temía que la oportunidad se le escapara. Por lo que sé, la Palabra de la Sibila es una reliquia tan legendaria que los hay que opinan que su existencia es más mítica que real. Sucede algo similar con el *Libro de los Días*. ¿Lo conoces?, ¿has oído hablar de él?

—Solo me lo mencionaron una vez.

—*El Libro de los Días* viene a ser un compendio histórico de todo cuanto ha existido y se conoce acerca de la suerte. Una vez más, se la conside-

202

ra una obra legendaria, de la que se ha hablado y escrito muchísimo, pero no hay certeza de que sí exista físicamente. De todos modos, eso mismo se consideraba de la Palabra de la Sibila e Ismael fue capaz, después de mucho dinero y esfuerzo, de encontrarla.

—¿Dónde está ahora el pergamino?

—Ismael confiaba mucho en mí, pero nunca llegó a contarme dónde lo conservaba. El tema despertaba todos sus recelos. Imagino que, con su muerte, su hijo lo heredó de alguna manera y lo conservará a buen recaudo. Yo nunca tuve relación con él. Ni siquiera nos conocemos. A mí, sea como sea, no me apasionan estas intrigas de la religión. Sospecho que a ti tampoco te apasionan, ¿no es así?

El silencio reinó en la habitación durante más de un largo minuto. Alexander cavilaba pensamientos que le turbaban. Al final, tomó aire y, muy reflexivo, volvió a hablar:

—El otoño pasado, conocí a una anciana excepcional. Más tarde, me enteré de que era una clarividente de la suerte. ¿Sabes a qué me refiero? – Ya que Krane afirmaba con la cabeza, él prosiguió–: El día, cuando la mujer ya había muerto, que lo supe, me dijeron que había pronosticado una relación entre mí y el séptimo dogma. Poco tiempo después de aquello, sucedieron las cosas malas que me han traído aquí. Nunca he querido tratar el tema. Me confunde. Me parece inverosímil. Me siento indigno de algo así. No puedo creerlo.

—Ya veo –apostilló Martin, caviloso–, pero eso era lo mismo que Ismael pensaba.

—Sí. Reconozco –continuó Alexander– que esa anciana vaticinó muchos hechos y, a pesar de que la mayoría ni la entiendo ni sé si lo haré alguna vez, otros sí se han cumplido. Ella me llamaba "el tirador de dados" –evocó, con cierta sonrisa melancólica.

El silencio volvió a envolverles, hasta que Martin se incorporó, y comentó:

—Creo que será mejor que me marche. Esta conversación ha sido intensa.

—Muchas gracias por todo, Martin. Siento que estos temas me bloqueen.

—Tranquilo, yo tampoco soy un hombre de cuestiones esotéricas.

—¿Seguiremos en contacto?

–Sí. Resolveremos los problemas, uno a uno. Lo prometo.

Una vez que Krane se marchó, Alexander terminó de convencerse de que el sueño de Luka, tan poderoso como para conectar con la aparición de la mujer no identificada, debía descifrarse, por mucho que las cuestiones de la religión le superasen.

7

Yuri Anton tenía claro qué le había ocurrido a Vanessa Danzi, qué demencial propósito había provocado la muerte o, mejor dicho, el asesinato de la joven ex prostituta. Estaba decidido a utilizar todos los medios a su alcance para demandar justicia.

Había trabajado una semana sin pausa, sin ayuda y en secreto. No iba a permitir que nada ni nadie interfiriese en aquel asunto. Esa iba a ser su forma de hacerse valer en la jerarquía de la Organización. Había recopilado y contrastado la información que su fuente, Pete Callow, le había proporcionado siete días antes, en una cafetería del barrio de Saberes. Mantendría la identidad de ese joven en el anonimato. Su nombre no constaría en ninguna parte. Asimismo, había ampliado aquellos datos con atestados policiales y con el informe de la autopsia de la víctima. Heptágono podía indagar en muchos temas más que la Policía o la prensa, quienes, por otra parte, no se mostraban interesados en la muerte de una puta por cuestión de drogas; una teoría barata que, de hecho, carecía de sentido.

Hasta solo unas pocas horas antes, Yuri no había registrado nada relacionado con ese caso en los archivos y servidores de la Organización. Recelaba de Heptágono, de modo que se había saltado un poco los protocolos para no oficializar sus pesquisas hasta recolectar un sólido conjunto de datos. Ahora, con un grueso dosier bajo el brazo, aguardaba en la antesala del despacho de Selena Myers. Era la mañana del viernes. Le había enviado un mensaje a Selena, quien aún no había aparecido. La secretaria de Myers, una despistada sustituta de verano, le había pedido que esperase allí.

Oyó el taconeo de Selena antes de verla venir por el pasillo. La mujer ni saludó a su secretaria. Bastante irritada, habló a Yuri:

–¿Qué es tan grave? No tenía pensado venir hoy.

204

—Prefiero que lo hablemos dentro —respondió él.

Sin ni siquiera mirarle, Selena chasqueó la lengua, abrió la puerta del despacho y pasó. Yuri procuró disimular su flaqueza de ánimo y la siguió. Se sentaron en torno al escritorio: ella, detrás, con las magníficas vistas de la avenida Sageco a sus espaldas; él, al otro lado.

Yuri se percató de que Myers tenía mal aspecto. ¿Qué le ocurría? ¿Había enfermado? Daba la impresión de tener los ojos mates, aparte de las ojeras, y el rostro macilento. Incluso temblaba. Él se convenció de que aquello podía convertirse en una inesperada ventaja a su favor, así que fue a por todas.

—Hay una nueva investigación —anunció, según le entregaba la carpeta. Habló con celeridad. Intentaba no trabarse. Pretendía abrumar a su jefa para que los hechos cayesen por su propio peso—. Ahí tienes todo. Se ha producido un asesinato. Una mujer de la ciudad ha fallecido a causa de algún tipo de intoxicación que suscitó un colapso fatal en su organismo. La Policía no ha detectado la realidad del caso. Su muerte posee numerosas similitudes con el llamado "caso azafrán". De hecho, no solo retoma aquellas locuras, sino que las empeora, si cabe. La eugenesia de la suerte se halla en la base de todo. Debemos actuar.

En efecto, Yuri abrumó a Selena. Esta, embobada, como si no captase el significado de sus palabras, abrió el dosier y se puso a leerlo.

—He olvidado la similitud más grave —añadió él, entretanto—. La mujer, Vanessa Danzi, trabajaba para *Kmann*, la empresa de Joseph Klausmann, el tío de Vera Klausmann.

Selena hojeaba los documentos sin manifestar impresión alguna. Mientras tanto, Yuri pensaba que su estrategia había triunfado. Se había hecho valer.

En aquel momento, la puerta se abrió con estrépito. Ambos se sobresaltaron. Ricardo Varone irrumpió en la sala. Con gesto severo, caminó hasta el escritorio.

—Lamento interrumpir —dijo Varone—. Podría haberos evitado esta temprana reunión si el señor Anton hubiese registrado sus pesquisas en la intranet cuando debía —señaló, con un tono que cohibió a Yuri—. No supe del tema hasta ayer a última hora. Excelente trabajo, señor Anton. A partir de ahora, yo lo gestionaré.

Con esas palabras, Ricardo le quitó la carpeta a una desconcertada Selena.

–Pero… ¿Cómo…? –titubeó Yuri, sin valor para protestar.

–¿Que cómo me he enterado? –preguntó Varone, que le clavó su mirada–. Me he enterado porque aquí no pasa nada sin que yo me entere. Soy el director general, por si alguno lo había olvidado –anotó, en dirección a Selena–. Yo determiné que la Organización ya no se centraba ni en la genética ni en la religión. Este caso, si verdaderamente está vinculado al "caso azafrán", debe trasladarse a la Policía, a la que ya trasladamos el caso anterior. Yo me encargaré de hacerlo. No hay nada más que decir –zanjó.

Sin más, Ricardo abandonó el despacho, con el dosier bajo el brazo. Frustrado y estupefacto, Yuri no supo cómo responder a la intervención del director general.

Selena, al parecer más despierta y enfadada que cuando llegó, se limitó a decirle:

–Puedes irte ya.

8

Selena Myers despachó a Yuri Anton de mala gana. Cuando este se marchó, ella abrió su bolso. Buscó un complejo vitamínico. Se tragó dos pastillas con un sorbo de agua. En el fondo, sabía que esas vitaminas no serían de mucha ayuda. Sufría un período de quebranto prolongado y agudo, algo normal si se consideraba que había tentado al tercer dogma más de una semana. Ahora, no tenía ni idea del paradero de Alexander Berkel. Sospechaba que tardaría bastante en volver a saber de él.

Sentada en su butaca, cerró los ojos y practicó algunos ejercicios de relajación. La escena que acababa de vivir había acrecentado su malestar. Aunque hubiese disimulado mejor que Yuri, a Selena también la había contrariado la intervención de Ricardo. Se había sentido defenestrada. Antes de que el director irrumpiera allí, ella iba a admitir que aquel asunto de *Kmann* merecía el interés de la Organización. Le chocaba que un científico moderado como Joseph Klausmann, quien otrora incluso colaborara con Heptágono, continuase la indebida labor de su sobrina. ¿Qué le había motivado a ello?

206

A pesar del ejercicio de relajación, Selena continuaba entumecida y absorta. Llamó a la secretaria para pedirle un zumo y algo suave para comer, pues no había desayunado. Esperaba no notar náuseas luego. Mientras tanto, valoró los recientes acontecimientos. En su opinión, la iniciativa de Yuri connotaba que el joven no era tan fácil de manejar como ella pensó en un principio. Y la aparición de Ricardo, así como la indirecta que le había lanzado, demostraban que Selena no controlaba Heptágono tanto como quería. Sospechaba que Varone había cortado ese asunto de raíz para evitar escándalos en la ciudad que gobernaba.

De nuevo malhumorada, caviló, consultó su ordenador, corroboró que Colin Sawyer estaba en el edificio y le mandó un mensaje para que fuera a su despacho.

El subdirector de operaciones y jefe de los centinelas se personó en pocos minutos. Se presentó con un zumo embotellado y un sándwich de pan blanco.

—Me lo ha dado tu nueva secretaria –explicó, y le dio el refrigerio.

—Es una sustituta de vacaciones. Gracias –dijo ella–. Siéntate.

—¿Qué ocurre? –preguntó Sawyer, mientras se acomodaba delante de ella.

—Necesito saber cómo van las indagaciones discretas que te pedí –respondió Selena.

—Sin apenas novedades –reconoció él–. De lo contrario, te habría reportado. Todavía no hay nada sólido sobre Alonso Yazpik. Todos los indicios apuntan, como ya te comenté, a que no se ha ido lejos. Apuesto a que está en la ciudad, pero muy, muy calladito y sin salir de su escondrijo. En cuanto a Carlo Ferrara, ese sí es posible que aparezca en breve. Fuera cual fuese el motivo de su retiro parcial o jubilación definitiva, parece que ya ha concluido. Y en lo que respecta a Alexander Berkel…

—Vale –interrumpió Selena, más brusca de lo que pretendía–. En realidad, pensaba en los movimientos del chico de Varone. ¿Cómo se llamaba?, ¿Dixon?

—Travis Dixon –ratificó Sawyer–. Hace unas semanas, me fijé en que había solicitado información sobre Martina Leone a unos periodistas. Me da que no buscaba datos oficiales. Puede que el alcalde prepare alguna operación futura. En cualquier caso, no encontró nada.

—Ya —añadió Selena, pensativa. Intuía las aspiraciones en política nacional de su jefe—. ¿No será que ese chico no supo buscar bien?

—Puede ser —convino Sawyer—. ¿En qué estás pensando?

—En que vamos a ayudar a Ricardo sin que lo sepa. —Animada, Selena se inclinó hacia delante, sonrió a su mano derecha, y concluyó—: Investiga a Leone. Hazlo bien. Debe haber algo turbio en una mujer tan poderosa; algo bueno para las aspiraciones del alcalde. Cuanto mejor le vaya a él en política, más se alejará de nosotros.

<u>2</u>

Joseph Klausmann quería hacer algo distinto ese fin de semana. Le apetecía evadirse. Había leído que la filmoteca iba a proyectar *Siete ocasiones*, una película muda de Buster Keaton que vio con su padre cuando era un niño. Necesitaba librarse de cierta turbación que le inquietaba desde hacía días. Los últimos experimentos habían sido intensos, incluso extremos. Él tenía escrúpulos, por supuesto. Lo acontecido no le agradaba, pero el fin justificaba todos los medios. Su triunfo sobre la persistencia y el conformismo se aproximaba.

Ese viernes, por la mañana, Joseph dedicó media hora a plasmar algunos pensamientos en su diario, un cuaderno de tamaño cuartilla, con las tapas marrones gastadas, abultado por el profundo surco de su estilográfica. Cuando terminó, repasó lo escrito, cerró el librito con cuidado y lo guardó en su despacho. Más tarde, salió de casa, sin olvidar coger su dado de cristal añil. Allí dejó a Sigfrido, el cual trinaba con gran vitalidad. El jilguero se mostraba muy animado. Quizás, intuía que el trabajo de su amo pronto iba a alcanzar el éxito.

Frente a su portal, en la calle de los Comendadores, a Joseph le sorprendió encontrar al comisario Garmash. Este caminó hacia él. Le esperaba, detalle que le inquietó. Ambos se conocieron el otoño anterior, a raíz de la detención de Vera por el "caso azafrán".

—Comisario —saludó Joseph, que procuró mantener la calma—, ¿me buscaba?

—Así es —afirmó Garmash—. Vengo a charlar con usted de parte del alcalde.

—¿Del alcalde? ¿Qué asunto puede querer tratar conmigo el alcalde?

—Uno grave y extraoficial.

Joseph jamás pensó que un tipo como el comisario pudiera infundirle miedo, mas era la situación la que le asustaba. Intentó actuar con naturalidad. ¿Estaban fundados sus temores? Entonces, reparó en el objeto que Garmash cargaba debajo del brazo: un dosier lleno de papeles. Así, el comisario le habló con sorpresiva sutileza y corroboró sus sospechas:

—Esta carpeta contiene acusaciones muy peligrosas, señor Klausmann. Le relacionan con los crímenes de su sobrina. Han llegado a oídos del alcalde, quien me ha pedido que le advierta. Confiamos en su inocencia —añadió Garmash, con arrogante cinismo—. Por eso, vamos a guardar esta carpeta a buen recaudo, en el archivo particular del alcalde Varone, en la Comisaría, y confiaremos en que usted no se vea inmiscuido en más asuntos indeseables. El alcalde no está dispuesto a soportar más escándalos en su ciudad. ¿Le queda claro?

Joseph, que tan reacio al contacto físico se había vuelto con el transcurso de los años, de buena gana le hubiera pegado un puñetazo al fofo comisario. El tono de velada amenaza y engreída superioridad con el que este había hablado le enervaba. Por desgracia, no podía replicar nada. Humillado, enfurecido en su interior, agachó la cabeza y asintió.

—El alcalde puede estar tranquilo —dijo—. No habrá problemas en su ciudad.

—Claro que no —recalcó Garmash—, porque, de haberlos, nos ocuparemos de ellos sin miramientos. Buenos días, señor Klausmann.

—Buenos días, comisario.

Garmash fue a su coche, que había estacionado en doble fila, y se marchó.

Joseph permaneció bastantes minutos allí. Reflexionó. Solo una persona podía haberle traicionado. Tenía claro cómo proceder. Afrontaría el contratiempo con las complicaciones que conllevara, por mucho que los cambios de planes le desagradaran.

<u>10</u>

Pete Callow se apeó en la última parada del tranvía de Komerci. Estuvo en un tris de ser atropellado. Del brinco que pegó, sus gafas salieron por los aires. Las recogió al vuelo.

Se reprendió a sí mismo por andar tan despistado. Hacía días que dormía mal. Echó a caminar hacia el trabajo y, por el camino, se arrepintió por enésima vez de haber contactado con el investigador de la Organización. Conocía la camuflada página web de Heptágono por medio de Vera. La localizó y envío un mensaje. En ese momento, actuó movido por un arrebato. Ahora, temía las consecuencias de tan arriesgada decisión. Le daba miedo todo lo que Joseph podría hacerle si destapaba su traición. Temeroso de la bronca que Travis le iba a echar, no había sido capaz de contarle nada. Debió haber seguido el consejo de su novio y hablar con Klausmann para apartarse de sus escabrosos experimentos.

Llegó a *Kmann* pasado ya el mediodía. Al pasar a las instalaciones, se topó con su jefe, quien venía de la "zona experimental". En toda la semana, apenas habían coincidido, por lo que Pete procuró disimular lo nervioso que se puso al verle. Pronto le sorprendió la inusual afabilidad con la que el hombre se expresó al dirigirse a él:

–¡Pete! Me alegra verte. Quería hablar contigo.

–¿Sí? –preguntó Pete, intrigado.

–Sí. Verás, he pensado que es momento de tomarnos un descanso. Además, llevamos trabajando todo el verano sin vacaciones. Desconectar nos irá bien. Quizás, sea mejor dejar los últimos experimentos para más adelante. Debemos retomarlos de una manera más controlada. La perspectiva nos ayudará.

Al escuchar a Joseph, Pete se percató de que lo que él había interpretado como afabilidad era, en verdad, un modo de enmascarar cierto derrotismo o conformismo. Había ocurrido algo. No sabía qué, pero Joseph se echaba atrás en sus experimentos. Tal vez, temiese que sus crímenes saliesen a la luz.

–He repasado el laboratorio y el inventario –continuó el hombre–. Todo está perfecto, así que hoy podremos marcharnos pronto a casa.

Joseph se encaminó a la zona de despachos.

Asombrado y aliviado, Pete se convenció de que, pese a sus muchos temores, los hechos habían dado un giro positivo. Por algún motivo, los experimentos se interrumpían *sine die* y él podía respirar tranquilo.

210

11

Dania Venci prefería no madrugar los viernes para aguantar mejor la noche. Hoy se había levantado antes para ir a *El séptimo cielo*. Era la hora de comer y el técnico que revisaba el sistema de ventilación del local todavía no había acabado. ¡Aquel tío era un lento!

Justo cuando estaba a punto de reñir al operario por su tardanza, su móvil vibró. Lo sacó de su bolsillo, comprobó quién le llamaba, y respondió:

—Hola —saludó, mientras vigilaba de reojo al técnico.

—Hola, Dania —oyó decir a Joseph Klausmann al otro lado—. ¿Qué tal va todo?

—Bien. Me estoy encargando de las cosas que pidió.

—Me alegro. Verás, hay algo que quiero consultarte.

—¿Qué es?

—Es algo peliagudo y discreto.

—Claro, ¡como todo! Dígame.

—Bueno, Dania, ¿sabes algo de un archivo particular del alcalde en la Comisaría?

Aquello asombró a Dania. ¡Sí que eran peliagudos los temas de Joseph Klausmann!

—Sí… —admitió, mucho más seria que antes, consciente de que se adentraba en un terreno resbaladizo—. Alguien a quien conozco me habló de ese archivo. Sé a qué se refiere.

—¿Sería posible robarlo o destruirlo?

—Eso es muy difícil y peligroso —replicó Dania.

—Pero ¿es posible?

—Sí, es posible, pero muy arriesgado —insistió.

—Ya sabes, Dania, que pago bien. ¿Podría ser?

Aquello no le gustaba nada, pero no podía permitirse ser escrupulosa. Necesitaba dinero. Sospechaba que Dragan estaba cansado de la discoteca y pensaba venderla, y a ella le encantaría comprársela. Por ello, contestó:

—Si la cifra merece el riesgo, sí, podría hacerse.

—Te mandaré una cifra que merecerá el riesgo. —Cuando Dania creía que la charla había finalizado, Joseph añadió—: Oye, ¿tú conoces a algún gafe? Sabes de qué hablo, ¿no?

211

–Sí, pero no conozco ninguno. El único que me suena es ese que sale en las noticias. Dragan me contó que era gafe. Alexander Berkel.

–Ya –suspiró Joseph–, pero ese no me vale.

La llamada telefónica concluyó entonces.

Dania reflexionó. Lo mejor era que Dragan no supiese de esa conversación. El dueño de la discoteca también conocía la existencia del archivo particular del alcalde y no aprobaría la peligrosa propuesta de Joseph Klausmann. Para llevarla a cabo, Dania tenía que recurrir a quien les había hablado de esa caja fuerte, a un hombre oculto tras una puerta con un trébol pintado.

12

Martin Krane escurrió la fregona y volvió a repasar la misma parcela del suelo. Trataba de disimular que tanta parsimonia con la limpieza era fingida. Casi se sabía de memoria los desperfectos del embaldosado.

La Comisaría Central de Policía estaba situada en la avenida Abundo, en pleno centro de la ciudad. Era un viejo edificio de tres alturas, cuyo interior llegaba a resultar laberíntico.

Para conseguir que le contrataran como limpiador de aquel edificio a comienzos del verano, Martin había asumido una identidad ficticia, empleado todo tipo de documentación falsa, y hasta realizado tramposas y furtivas incursiones en el proceso de selección. De ese modo, hacía semanas que controlaba al comisario y vigilaba sus llamadas.

Ataviado con su mono de faena, siempre cabizbajo y silencioso, Martin había logrado desenvolverse en aquel lugar sin que nadie descubriese su tarea de espionaje. Nadie le veía, así de sencillo. Muchas veces, era como si ni siquiera se percatasen de su presencia. Solo era un hombre negro de mediana edad que pasaba la fregona. Así fue como, ese viernes, por la mañana, espió una llamada telefónica entre el comisario y el alcalde. En ella, aparte de otras cosas, el mandatario ordenaba que Garmash guardase un dosier "en su archivo".

Y, al atardecer, con el edificio bastante tranquilo, mientras fregaba sin prisas en el departamento de archivología, al fin, Martin logró fisgar cómo, antes de irse, Garmash depositaba una gruesa carpeta en el archivo particular del alcalde. Él era tan invisible a todos allí que, a pesar de lo restringido de la zona, el comisario se marchó sin ni siquiera mirarle. Una vez solo, con suma cautela, Krane se acercó a la hilera de cajas fuertes donde el jefe de la Policía había trasteado. Comprobó que la perteneciente al alcalde era la número diecisiete.

13

Si pasarse las veinticuatro horas del día encerrado en el semisótano ya resultaba difícil de sobrellevar, la espera hasta la noche del domingo se le hizo insoportable. La pesadumbre le dominaba. La desgracia de Vanessa y la disputa con Irene le habían arrebatado el ansia de actuar. La desolación había aquietado el conato de rabia. El pesimismo mandaba.

Con todo, por fin, el día y la hora acordados para la visita de Alexander a la mujer no identificada del hospital llegaron. El plan estuvo a punto de abortarse. La noche del sábado, según Luka, el estado de la anciana desconocida había empeorado. El domingo por la tarde, el enfermero hizo algunas llamadas y comprobó que la paciente se mantenía estable, dentro de su deteriorada gravedad.

Así, el domingo por la noche, tras recibir una llamada perdida de Luka, Alexander salió de su nuevo escondite, por primera vez desde que lo ocupara. Respiró hondo al hallarse en la calle de la Ceniza, que, en ese momento, estaba desierta. Se estiró, como si despertara de un largo letargo.

El viejo coche de Luka, que este, usuario del transporte público, casi no utilizaba, estaba aparcado frente al portal. Alexander ocupó el asiento del copiloto. Su amigo, quien iba ya con su uniforme de enfermero, arrancó. El plan original incluía la ayuda de Irene, pero la joven ignoraba los mensajes de su hermano desde hacía tres días.

Apenas hablaron durante el trayecto. Cuando llegaron a la zona del hospital, Luka estacionó el vehículo cerca de la entrada del edificio principal, en la plaza del Sanatorio, aneja a la calle del Doctor Carrel. El centro se componía de tres pabellones de alturas, dimensiones y estructuras disonantes. La tranquilidad que, esa estival noche de domingo, se advertía por allí no era habitual. Por lo general, siempre había mucho movimiento.

El plan se puso en marcha. Luka le dio un uniforme de celador que había cogido para que se lo pusiera. Mientras Alexander se cambiaba allí mismo, Luka, bastante tenso, repasó los detalles que habían estudiado durante todo el fin de semana:

—Recuerda el camino que te dije. Ten cuidado: aquí es fácil perderse. Espera mi señal. Yo vigilaré que nadie más pase por la habitación. Si alguien se fijara en ti o te hablara, mantén la calma, finges que eres un novato y simplemente te vas.

Alexander extendió el pulgar en gesto afirmativo. Intentó sonreír a su amigo, pero los nervios se lo impidieron.

Luka bajó del coche y entró en el hospital, donde hoy hacía el turno de noche. Media hora más tarde, Alexander recibió otra llamada perdida.

Gracias a las instrucciones de su amigo, que se había aprendido a conciencia, esquivó los accesos más concurridos al edificio, anduvo por interminables y laberínticos corredores y subió unos cuantos tramos de escaleras. Llegó a la planta donde estaba ingresada la mujer cuya existencia le había obsesionado en la última semana. Aguardar a la noche del domingo había sido un acierto: el hospital se hallaba tranquilo y silencioso.

Alexander traspasó la ancha puerta doble, con sendos ojos de buey, que precedía a la sección donde estaba la paciente misteriosa. Se encontró en el inicio de un largo pasillo con puertas a ambos lados. Algunos metros más allá, se ubicaba el control de enfermería. Desde ahí, Luka le dedicó un discreto movimiento afirmativo de la cabeza. Así, él se encaminó a la habitación donde, al fin, esclarecería sus dudas: la Q119.

Empujó la puerta, que chirrió un poco. La habitación podía albergar a un máximo de tres personas, aunque, esa noche, estaba ocupada por una única paciente. Llamaban la atención el vetusto y rallado suelo, así como el triste tono aséptico de las paredes. El mobiliario y el instrumental, que copaban el escaso espacio, se presumían muy gastados. Al fondo, un largo ventanal recorría el muro y daba a la calle de atrás.

La desconocida debía estar en la cama situada más próxima al ventanal, detrás de una cortina. Desde la puerta, se oía el rumor del estertor de unos agotados pulmones. Se percibía un murmullo difícil de entender. Inquieto, hasta tembloroso, Alexander se dirigió hacia la cortina. Al pasarla, encontró a la mujer no identificada.

Debía ser una sexagenaria. Sin embargo, se la notaba tan desmejorada que calcular su edad era complicado. Llevaba un desteñido camisón de hospital. Su piel, marchita y demacrada, mostraba muchas pecas. Su ca-

214

bellera, larga y áspera, que otrora pudiera ser morena o cobriza, había encanecido. Su figura y su faz se intuían escuálidas. Había cerrado los ojos, si bien, en realidad, no dormía, pues musitaba un soliloquio. Parecía tiritar. Parecía sufrir.

Más allá de miedos o sospechas, Alexander experimentó una honda lástima por aquel ser humano al que la vida y la suerte habían dado de lado hacía mucho tiempo. Apiadado, consciente de que era imposible dañarla más, arrimó una butaca a la cabecera de la cama y, con sumo cariño, acarició las frías manos de la mujer.

—Hola. ¿Puedes oírme? Estoy aquí —le susurró.

—Tarde... Esencia... Vendrán... Cojo... —balbucía ella, extraviada en sí misma.

—Tranquila —añadió él, sin cesar de acariciarla—. Estamos solos. ¿Quién vendrá?

—El cojo... Por el niño... Y las máquinas...

—¿Qué niño? —preguntó él. Dudaba de la coherencia de semejante parlamento.

—Alexander —mentó ella, adormecida.

Al escuchar su nombre, a Alexander le dio un vuelco el corazón. Asió el antebrazo de la desvalida desconocida, la zarandeó con la intención de desperezarla, y le dijo:

—Soy yo. Yo soy Alexander. ¡Mírame!

Para su sorpresa, en ese momento, la mujer no identificada, aun con visible esfuerzo, abrió los ojos y los clavó en él. De repente, su letargo se tornó en asombro. Se incorporó henchida de una insospechada energía. A Alexander le asaltó la certeza absoluta de que le había reconocido.

—¡Perdóname! ¡Perdóname! —repetía la mujer, por completo enajenada.

—Tranquila, tranquila —trató de apaciguarla Alexander, temeroso no solo de la alteración de la desconocida, sino de que sus alaridos pudiesen avisar a alguien.

—¡Deprisa! ¡Sótano! ¡Gafe! —continuaba ella.

—Sí, sí, soy yo. ¿Quién eres? —interrogó él, ansioso por saberlo.

Entonces, la mujer cerró los ojos, relajó su rigidez y regresó a su delirio. Mientras recitaba sus palabras inconexas, alargó una mano, que fue a tocar el amuleto de Alexander, el cual pendía de su cuello y asomaba por el pico del uniforme hospitalario. Así, él reparó en unas manchas, diferentes al resto, que marcaban la piel de ella: parecían antiguas quemaduras y su singular forma las asemejaba a pequeños tréboles de cuatro hojas.

Un incierto malestar empezó a forjarse en el interior de Alexander. Esas manchas se asemejaban a la forma de su amuleto. Este era la seña de su identidad. Esa mujer, presagiada de algún modo por el sueño de Luka y Marko, podía convertirse en la llave hacia la verdad sobre su identidad. Él mismo lo había pensado, pero temía a la verdad.

—Alexander… Perdóname… Sótano… Gafe… Berkel… —hablaba ella, muy alterada.

En presencia de aquella mujer, ante la imagen de aquellas manchas, al descubrir aquel discurso inconexo y desconsolado, Alexander revivió una deslavazada cadena de fugaces y alarmantes recuerdos: una huida aterrada a través de un pasadizo penumbroso; un descenso por una estrecha escalera de peldaños quebrados; un sótano en el que veía camillas, correas, máquinas y afiladas agujas; una piel con manchas; y chillidos espeluznantes que no cesaban.

En ese justo instante, rememoró el segundo de los siete vaticinios que Betina Sikorski le efectuara: "La mujer tiene manchas. Y te llama porque se arrepiente mucho".

Su malestar empeoró. ¿Qué significaban esos recuerdos, esos eslabones perdidos que acababa de revivir? ¿Por qué esa mujer imploraba su perdón? ¿Cuál era su culpa?

Rememoró el soleado día que unos hombres llegaron a su bucólico hogar para llevárselo en presencia de su suplicante madre. La mujer no pudo defenderle. Le perdió.

Contempló la piel plagada de extrañas manchas, con la misma forma de trébol que su amuleto, de esa mujer, la cual le llamaba por su nombre. ¿De qué se arrepentía tanto?

De improviso, el estridente pitido de un monitor cardíaco le ensordeció. La mujer era presa de terribles convulsiones. Desmayada, ya ni hablaba ni le llamaba. Alexander escuchó unas pisadas que corrían hacia la habitación. Hasta su propio corazón se había desbocado.

Acongojado, pronunció la sospecha que hasta ahora no se había atrevido a expresar:

—¿Madre? —gimió.

Capítulo VII

Diecisiete

1984

Después de aquello, jamás dudaría de la oscuridad que le perseguía allá donde fuera.

El día era muy luminoso. La mañana resplandecía llena de alegría. Les habían regalado caramelos: dulcísimos, redondos, con envoltorios coloridos y rellenos de miel. Mientras se los comían, contentos y dichosos, la niña y él se divertían con un juego que ellos mismos habían ideado. Se trataba de una absurda y caótica combinación de otros tantos, con la cual solían desternillarse, regocijo suficiente para que Alexander se sintiese feliz.

Estaban detrás del caserío, cerca del huertecillo. A él le tocaba buscar, dado que había perdido la tarde anterior. En realidad, todos los días era igual, pues él siempre perdía, pero ¿qué más daba? Alexander se conformaba con el deleite de jugar. La niña, quien se sabía las cifras mejor que él, establecía hasta qué número había que contar. Ese día, decidió que sería hasta diccisiete, de manera que, mientras ella se escondía, él contaba con torpeza de cara a la pared. A continuación, su misión era hallar a la niña y lanzarle una pelotita de goma, antes de que ella le sorprendiese e hiciese lo mismo. Después, el que hubiese logrado dar con la pelota al otro tenía que correr hasta tocar la pared para salvarse, aunque si el alcanzado llegaba antes ganaba la partida. Por eso, ahora, el niño miraba a su alrededor con suspicacia. No se dejaría vencer nunca más. Una mariquita revoloteó a su lado.

Se dirigió a los maizales. Creía que la niña se ocultaría allí. Sin embargo, para su fastidio, esta le engañó por enésima vez, apareció de la nada, le tiró su pelota y le dio en mitad de la frente. La escena debió resultarle de lo más graciosa pues, en lugar de apresurarse para tocar la pared, se tronchó de risa allí mismo y se olvidó por completo del juego.

Rabioso por la derrota y humillado por la sonora carcajada, él perdió los nervios. Tal era su ira que tensó todo el cuerpo y gruñó. Apretó la pelota, que tenía en la mano izquierda, con tanta energía que llegó a percibir supuestas chispas entre su piel y el objeto. Contuvo el aliento, miró con fijeza a la niña, apuntó y disparó. El pelotazo la atizó en el pecho.

Por algún motivo, tal vez que no se esperase el golpe, la niña trastabilló tontamente y cayó de espaldas. Él estuvo a punto de burlarse de ella por despecho, pero enseguida se dio cuenta de que algo malo, muy malo, había ocurrido. Tendida en la hierba, la niña se llevaba las manos al cuello. Las piernas le trepidaban. Hacía un ruido muy similar al hipo.

Atemorizado, Alexander caminó hacia ella. Cuando estuvo a su lado, vio que a la niña le lloraban los ojos. Esta clavó una implorante mirada en él. Le pedía auxilio. Así, él entendió lo que su estúpido arrebato había provocado: la cría se había tragado el caramelo que tenía en la boca y no podía respirar.

No supo cómo actuar. El miedo le paralizó. En ese momento, de la obstruida garganta de la niña emergió un ruidito breve y agudo. La criatura se quedó quieta. Sus ojos, vacíos, miraban el cielo azul. Ya no hipaba.

Aterrado, él reaccionó por fin y echó a correr hacia la casa en busca de ayuda.

Mas, por mucho que corrió, nunca consiguió escapar de lo que había sucedido.

30 AÑOS DESPUÉS

1

Ciudad Fortuna aplicaba un sosiego hipnótico para evitar pensamientos inconvenientes. Utilizaba su indudable encanto y su hechizante majestuosidad para distraer a sus gentes y alejarles de las verdades menos gratas, incluso las inevitables.

El Arco Clásico, el barrio más antiguo, representaba el bello y sereno magnetismo de la urbe, mientras, en las zonas humildes, no existían privilegios. Se encontraba al noroeste. Ocupaba el terreno de los primeros asentamientos de los fundadores de la ciudad, en torno al cauce del Tyche. En tiempos pretéritos, fue el centro del trazado urbano. Hoy día, era un entorno residencial aventajado. Su expansión se dirigió al este y al sur. Abarcó el territorio de lo que, unos siglos más tarde, se instituiría como los barrios de Confiterías y Serenidad.

Sus rincones eran señoriales y ajardinados. Escenarios como la Plaza Antigua, el Foro de los Relojes o el puente del Concejo pervivían a modo de recuerdo histórico de cierta belleza abierta a todos que, en la actualidad, solo disfrutaban las personas más pudientes.

Alexander Berkel, solitario e inadvertido, accedió al Cementerio del Arcángel Miguel poco antes de que el recinto clausurase sus puertas. El camposanto estaba ubicado próximo a la avenida Persisto, en una de las esquinas más lejanas de la urbe. Hoy, se enmarcaba en el barrio de Serenidad aunque, en sus orígenes, formaba parte del Arco Clásico. Dada su vasta superficie, se organizaba en distintos sectores y contaba con varias entradas. En su interior, el silencio era perpetuo y el paso del tiempo parecía detenerse.

Hacía cuatro días de la muerte de la mujer no identificada. El domingo previo, por la noche, durante la visita de Alexander, la misteriosa desconocida sufrió una grave crisis cardiorrespiratoria. Luka, que vigilaba ese sector de la planta, irrumpió en la habitación alertado por la ruidosa alarma del monitor de la paciente. El joven le obligó a salir de allí, puesto que, en breve, llegarían el médico de guardia y otros enfermeros. Cualquiera podía reconocerle. Él tardó en comprender el peligro de la situación. Se sentía superado por la cadena de revelaciones que había experimentado. Al final, no le quedó otro remedio que irse. Regresó al coche de su amigo, donde se cambió de ropa, y lo utilizó para volver al semisótano. Una vez allí, trató de descansar en vano. Al amanecer, todavía no se había dormido. Recibió una llamada de Luka. En cuanto escuchó el tono de su voz, supo que la mujer había fallecido.

Las desacostumbradas circunstancias de la mujer, cuya identidad jamás se esclareció, crearon un problema burocrático que tardó en resolverse. Tres días después del deceso, se le dio sepultura anónima en un nicho del cementerio. Ahora, Alexander estaba frente a ese nicho, en una de las calles más remotas del camposanto. El muro era tan alto y ancho que trazaba un pasillo deprimente e interminable.

Aunque no hubiese inscripción alguna en el nicho de la difunta desconocida, tan solo la fecha de su defunción, Alexander se prometió que nunca olvidaría que descansaba en ese desamparado lugar. Su dolor era patente; tanto que nadie se había opuesto a aquella discreta visita al cementerio. Luka tampoco le había preguntado por lo acontecido en el hospital.

Mientras cavilaba que la mujer no identificada había muerto el día diecisiete del mes, Alexander reconoció al hombre que iba hacia él por aquel pasillo de nichos.

—Buenas noches —saludó un sigiloso Martin Krane, al detenerse a su lado.

—Buenas noches —correspondió Alexander. Miró a su alrededor. Estaban solos.

—Recibí tu mensaje —comentó Martin—. Me sorprendió que nos reuniéramos aquí.

—Tenía que venir. He venido por ella —dijo, y señaló la fecha del nicho de la mujer.

—Murió el domingo —observó Martin—. ¿Quién era?

—No lo sé.

—¿Entonces? —replicó Krane, confundido.

—Era mi madre.

Martin le miró con gesto contrariado. No se enteraba de nada. Consciente de ello, sin dejar de mirar la inscripción, Alexander explicó:

—Esta mujer murió en el hospital. La han enterrado aquí y las autoridades ni siquiera se han preocupado de aclarar quién era. En apariencia,

220

era una mendiga, nada más. Pero yo la visité poco antes de que muriera y presentí que era alguien más. Creo que era mi madre. Me dijo cosas que solo así se podrían explicar.

—¿Qué cosas dijo? —interrogó Krane.

—Dijo mi nombre y que yo era gafe. Dijo otras palabras, otras cosas… —Alexander se extravió en la angustia de los extraños recuerdos que surgieron en su mente esa noche: una huida, una escalera, un sótano y una piel con las mismas manchas que las de la mujer. Aún no se atrevía a hablar de ello en voz alta—. Sobre todo, me pidió perdón.

—¿Perdón? ¿Por qué?

Alexander rememoró la mañana que le raptaron. Dejó de contemplar el nicho, se giró hacia Martin, y respondió:

—Yo pienso que se sentía culpable por haberse alejado de mí. Pienso que se sintió así durante toda su vida. Ella sintió que me falló.

Krane cabeceó meditabundo. No sabría qué añadir a una conversación tan dura.

—¿Recuerdas la clarividente de la que te hablé? —preguntó Alexander, reflexivo.

—Sí. Te vaticinó cosas.

—Eso es. Uno de sus vaticinios habló sobre una mujer con manchas que suplicaría mi perdón por arrepentimiento. —Suspiró, y agregó —: Tú no crees en esas cosas, ¿verdad?

—No. Ya te dije que no son lo mío, pero respeto a quien sí crea. Soy un agnóstico.

—Ya. Así era yo. O no, no lo era. Yo era un ateo. Renegaba de la verdadera suerte.

—Pero, ahora, por lo que me cuentas, estás cambiando de opinión, ¿cierto?

—Supongo que debería cambiar de opinión. Debería creer, pero, aun así, me cuesta.

Era casi la hora de cerrar el cementerio. No convenía arriesgarse a que los guardeses les tuviesen que llamar la atención. Era mejor salir sin causar problemas, de modo que Alexander se encaminó hacia una de las puertas. Martin fue con él. Anduvieron en silencio.

—Acabo de darme cuenta —mencionó Alexander, en cierto momento de la caminata— de que la tumba de mi padre adoptivo también está aquí.

Le enterramos aquí porque nunca tuvo un hogar concreto. Fue un nómada y, si te soy sincero, jamás supe qué le movía a ir de un sitio a otro. No suelo visitar su tumba. Yo no soy de tumbas –suspiró.

Alexander se detuvo y miró en lontananza, a la zona de las sepulturas y los mausoleos más vistosos, los de personas adineradas. Allí se hallaba la tumba de Lara. Todavía no había sido capaz de visitarla. Era la penitencia que aún no había encarado. Compungido, confesó:

–No puedo volver a mi escondite. Necesito seguir al aire libre.

–En esta ciudad hay muchos sitios donde nadie mira.

–Muy bien. Vayamos donde sea. Me da igual.

–De acuerdo. Además, hay algo que debemos hablar.

Sin que nadie se fijara en ellos, Alexander y Martin salieron del cementerio.

2

Deambularon por ese barrio sin rumbo definido. Preferían las calles estrechas y poco concurridas. La noche había caído. Las estrellas se veían maravillosas. No se oían ruidos. La calma reinaba por doquier. Apenas hallaron viandantes. Si divisaban gente a lo lejos, cambiaban de dirección sin mediar palabra. Sus cerebros parecían conectados. Alexander reflexionó sobre que, hasta pocas semanas antes, nunca se hubiera imaginado que Martin Krane fuera tan semejante a él. En efecto, el hombre también se había acostumbrado a la necesidad de pasar desapercibido.

Adquirieron dos buenas porciones de *pizza*, colmadas de un montón de ingredientes, en un exiguo local de comida para llevar, en una vía próxima al cauce del río. Martin realizó la compra. Mientras, Alexander se quedaba en la entrada para eludir la mirada de la dependienta. Disfrutaron de la cena sentados en el bordillo de un umbrío callejón. La temperatura era agradable. Krane comenzó a hablarle de cierto tema. Más tarde, se compraron un par de helados en un pequeño quiosco. Continuaron con el paseo y la conversación.

Departieron durante horas. El asunto planteado por Martin le resultó de gran interés. Cuando, pasada la medianoche, ambos decidieron cómo proceder al respecto, Alexander se sentía determinado a actuar. Se había hartado de la impotencia de su situación, de la claustrofobia de ser un

222

proscrito escondido y de asustarse de cualquier sonido o silencio. Krane le ofrecía una manera de mejorar su posición. No le arredraban los riesgos. No podía seguir igual. Se lanzaría a esa piscina sin mirar siquiera si tenía agua.

Llegó a casa de madrugada. Martin insistió en acompañarle a la calle de la Ceniza para cuidar que no se topara con la Policía. Alexander se lo permitió a regañadientes. Aquello le hacía sentirse inane e indefenso. En el semisótano, el ronroneo de Trece le hizo sonreír. Se percató de que la caminata nocturna había ayudado a subirle el ánimo. Antes de irse a dormir, le escribió un mensaje de *WhatsApp* a Luka, con la esperanza de que el enfermero pudiera leerlo nada más despertarse.

En el duermevela previo al descanso, los recuerdos y las reflexiones compusieron una amalgama en su agotado cerebro. Antes de quedarse traspuesto, se preguntó si podría soñar el sueño de Luka, el cual no era sino el sueño de Marko, y pensó en Irene, con la que aún no había retomado el contacto.

A la mañana siguiente, el alboroto habitual de la calle, que se oía por el ventanuco, le desperezó. Se levantó, consultó su teléfono y le alegró descubrir que Luka sí había respondido a su mensaje. Vivificado, usó *WhatsApp* para improvisar una reunión con Martin y él, allí mismo, al mediodía.

Los dos invitados se presentaron a la hora acordada. Martin y Luka estrecharon sus manos con cordialidad. Alexander ya les había explicado a ambos cuáles eran los vínculos y las historias que le unían con cada uno.

Se sentaron en la mesa redonda. Alexander tomó la palabra:

—Luka —empezó a decir—, anoche, después de mi visita en el cementerio, Martin y yo charlamos un buen rato. Me contó algo muy interesante y, tras darle muchas vueltas, hemos tomado una decisión. Es algo importante y arriesgado, por lo que me gustaría que supieras de qué va. Mejor que sea él quien te explique lo que ha descubierto.

Krane carraspeó, se irguió en su asiento y, ante la atenta mirada de Luka, relató:

—Llevo meses convencido de que el asesinato de mi protector, Ismael Wagner, no fue en ningún caso obra de Alexander, por supuesto, sino que el responsable, directa o indirectamente, fue Ricardo Varone. Este verano, usando una identidad ficticia y mediante alguna que otra trampa, conseguí que me contrataran como peón de limpieza en la Comisaría Central de Policía. Allí, infiltrado, me las he ingeniado para observar y espiar sin que nadie se dé cuenta de ello. He descubierto la existencia de una caja de seguridad, la caja diecisiete, que el alcalde parece emplear para enterrar todo aquello que le interesa guardar u ocultar.

Luka, quien hasta ese momento había escuchado, intervino:

–¿Qué hay en esa caja? –interrogó, con bastante intriga.

–No sé qué habrá o qué no –reconoció Martin–. Por algunos diálogos entre Varone y el comisario, estoy seguro de que lo que ahí se archiva tiene un tremendo valor. Apuesto a que hay cosas que podrían hundir al alcalde.

–¿Incluso pruebas que le impliquen en la muerte de Wagner? –añadió Luka.

–No, no creo –contestó, entonces, Alexander–. Varone es muy inteligente. De existir algo así, no dudes que lo destruyó hace tiempo. Pero tengo la corazonada, igual que Martin, de que la caja puede contener algún tipo de evidencia que se haya silenciado para centrar la búsqueda policial en mí. Por cierto –anotó–, te habrás fijado en cierta coincidencia, ¿no?

–Sí –asintió Luka, pues sabía a qué se refería–. Se trata de la caja número diecisiete, el número que localicé al analizar mi sueño.

–Exacto. Además, el otoño pasado, Ismael me dio a entender que la información sobre mi familia biológica venía de Ricardo. El sueño, tu sueño, en definitiva, habla sobre mí. Tú mismo me has animado a pensar en el segundo dogma, aceptar mi suerte y avanzar.

Luka caviló unos segundos, se dirigió a Alexander, y dijo:

–¿Qué vais a hacer para obtener lo que haya en esa caja?

–En realidad –respondió Alexander–, la única opción posible es entrar en la Comisaría y abrirla.

–Evidentemente, no hay modo de sacar ninguna caja del archivo –detalló Martin–. Al principio, mi intención era actuar solo, pero, cuando se lo conté a Alexander, él se ofreció a ayudarme. Reconozco que su compañía me vendrá bien.

Luka clavó la mirada en la superficie de la mesa durante un minuto. Luego, con gesto serio, opinó:

–Es una idea muy peligrosa. Tú eres gafe.

224

—Lo sé –admitió Alexander.

—¿Cuándo vais a hacerlo?

—Este domingo, por la noche. Martin dice que suele ser la noche más tranquila, como en el hospital. Está todo pensado.

Hubo un nuevo silencio, en el que Luka volvió a perder la mirada en la mesa. Parecía debatirse en algún dilema interior. Al final, tomó aire y, sin alzar la vista, les comentó:

—Yo trabajo el domingo por la noche. No sé si podré cambiar el turno para…

—No –le interrumpió Alexander, enseguida–. No te preocupes por eso, Luka. No te impliques. Lo único que quería era contarte mis planes para que estuvieras al tanto.

—De acuerdo, aunque soy escéptico con relacionar este lío con mi sueño.

En realidad, la maniobra ideada por Alexander y Martin sí requería un tercer compinche: alguien que permaneciera en la retaguardia, preparado por si había que emprender una huida precipitada. Sin embargo, Alexander intuía que había puesto a Luka en un apuro. En último extremo, siempre podía pedir la colaboración de Irene, pero temía la respuesta de su hermana a tan espinosa proposición.

—Si estáis seguros de lo que vais a hacer, no diré nada más –declaró Luka.

—Sí, estamos seguros –ratificó Alexander.

—No sucederá nada malo –aseveró Martin–. Estoy acostumbrado al halo gafe.

—Muy bien –suspiró Luka, preocupado–. Espero que me mantengáis informado.

La reunión se dio por finalizada pronto. Alexander sospechaba que Luka no se sentía cómodo con aquel asunto. Él entendía el peligro al que le exponía el asalto al archivo de la Comisaría, pero estaba decidido a continuar.

—Luego hablaré con Eddie –comentó, antes de que Luka y Martin se marcharan.

—¿Vas a contarle vuestras intenciones? –inquirió Luka–. Podría ayudaros.

—No estoy seguro –vaciló él–. Lo decidiré sobre la marcha.

3

Esa mañana parecía presentarse más calurosa que las anteriores. De todas formas, era bastante posible que la sensación de sofoco estuviese suscitada por la tensión que, desde la noche previa, le provocaba la perspectiva de adentrarse en la Comisaría.

Alexander consultó su reloj. Quedaban treinta minutos para que Eddie Baltz llegase. Mientras esperaba, procuró olvidar por un rato todo lo referente a la caja diecisiete. Aún no tenía claro si hacer partícipe de ese asunto a su contacto en la Policía. En cualquier caso, el motivo de ese encuentro era ahondar en dos asuntos pendientes.

Eddie se retrasó un cuarto de hora. No llamó al timbre. Solo golpeó la puerta con los nudillos, de modo rítmico y discreto. Iba vestido de paisano, como era habitual en él, aunque con un estilo formal, pues tal vez viniese directo del trabajo.

Alexander le recibió y, dada la hora que era, le preguntó si quería comer algo. Pronto, advirtió cierto agobio poco disimulado por parte del agente.

—No, no, gracias —contestó Eddie, mientras tomaba asiento en la mesa redonda—. He comido al final del turno. Me basta con algo fresco de beber. Siento venir siempre con estas apreturas de tiempo, pero será mejor que vayamos al grano.

—Por supuesto, sin problema —convino Alexander, aunque le rugían las tripas. Tomó asiento, e interrogó—: ¿Cómo van las cosas por la Comisaría?

—Las cosas parecen tranquilas. En lo que a ti respecta, la situación ha vuelto a calmarse. Ahora, lo fundamental es que no salgas ni dejes que te vean. Esto es temporal. En unos meses, tendrás que idear una manera más definitiva de que no te atrapen.

—Lo sé —anotó Alexander, en un suspiro—. Gracias por tu colaboración.

Apresurado, Eddie prosiguió:

—He mirado lo de la prostituta del río —dijo. Alexander se refrenó para no corregirle y señalar que hacía meses que Vanessa ya no llevaba esa vida, pero presintió que la interrupción hubiese molestado al joven—. Descubrieron su cuerpo hace tres semanas, en una zona próxima a las minas, a la orilla del río. Se confirmó su identidad. Se habló con la gente

226

de su vecindario, quienes contaron que ejercía la prostitución. La autopsia indicó que había muerto a causa de algún tipo indeterminado de sobredosis. La verdad es que todo quedó ahí.

—¿Y lo que te dije? —inquirió Alexander.

—Lo he mirado —insistió Eddie—, pero no hallé nada. Si trabajaba limpiando, o bien la empresa no le hizo contrato, o bien nunca lo registró públicamente. No existe ningún indicio más. Tampoco se va a investigar.

Afectado por el relato, Alexander se frotó la cara. La versión oficial no le cuadraba en absoluto. Baltz solo le confirmaba lo que él ya sabía. Así que ¿qué más podía hacer?

—Lo siento —anotó Eddie.

—Gracias. Gracias por todo, de verdad.

De nuevo acelerado, el agente retomó la palabra:

—Sobre el otro favor que me pediste, lo de la indigente que se encontraron en un tren de mercancías, también he repasado lo que figura en los archivos policiales y tampoco hay mucho que contar. Efectivamente, hace tres semanas, nos avisaron de que habían hallado a una mujer no identificada en un vagón. No se sabe cómo llegó al tren. Sus huellas dactilares no estaban fichadas. No concuerda con ninguna descripción de persona desaparecida de las que se han cotejado. Así que me temo que este asunto también acaba aquí. Las únicas cosas de las que me he podido enterar, aparte de eso, son que vino en un tren de la ruta oriental y que el maquinista se llamaba Frank, no recuerdo el apellido. He llamado a la estación, pero el maquinista estaba en su ruta. Regresará la próxima semana.

Alexander pensó que ir a la Estación Oriental de Ferrocarril no era mala idea. Se percató de cómo Eddie consultaba su reloj y resoplaba, por lo que comentó:

—¿Te he complicado mucho la vida al pedirte que investigaras esto?

—No, no, para nada —aseguró Eddie, a pesar de que no sonó convincente—. Lo curioso, ¿sabes?, es que volví a leer un apunte manuscrito sobre una "orden 17". Fue en alguno de los papeles relacionados con la chica muerta, Vanessa Danzi.

Esa coincidencia, que él dudaba que fuera tal, erizó el vello de Alexander. De pronto, el número diecisiete se alzaba como el vínculo que anudaba la mayoría de las incógnitas que le azoraba: su inocencia, su identidad, la muerte de Vanessa, el sueño de Luka… ¿Sería posible también una relación con la mujer no identificada? Luka se mostraba escéptico, mientras que él se sentía cada vez más creyente. ¿O acaso desvariaba?

Justo cuando estaba a punto de admitir sus intenciones sobre la caja diecisiete, Eddie carraspeó, se irguió, y dijo:

—Alexander, me cuesta admitir esto. Te aprecio y confío de corazón en tu inocencia, pero, por mucho que lo sienta, no puedo visitarte más. Supone demasiado riesgo. Te lo dije hace unas semanas. De verdad, no puedes volver a recurrir a mí.

Eddie respiró hondo. Se notaba que acababa de quitarse un buen peso de encima. Un tanto sonrojado, añadió:

—Perdóname, Alexander.

—No hay nada que perdonar, hombre —manifestó él—. Has sido muy generoso conmigo desde que nos conocimos. Lamento muchísimo haberte puesto en este aprieto. He sido un egoísta. Perdóname tú.

Eddie esbozó media sonrisa, y resolvió:

—Consideremos que quedamos en tablas.

—Así sea —asintió Alexander, igual de sonriente.

Por descontado, no le dijo nada de la caja diecisiete. En lugar de ello, dio esa reunión por finiquitada. Al despedirse, Eddie tendió su mano, algo de importante simbolismo. Alexander titubeó, pero se la estrechó con efusividad, consciente de que iba a echar de menos al agente de policía más noble de aquella ciudad.

4

Yuri Anton podía irse a casa, olvidar lo que le exacerbaba y disfrutar el fin de semana. Era viernes por la tarde. No necesitaba complicarse la vida. El planteamiento era fácil, pero lo fácil le aburría y no le motivaba. Lo correcto no era sencillo. El bien siempre costaba un precio. Él estaba dispuesto a pagarlo. Por ello, se decidió a no doblegarse, no ser un pelele.

Se encontraba en su despacho, en la quinta planta del edificio de la Organización. No le había dedicado demasiado tiempo a la decoración del lugar. Había colocado sus diplomas enmarcados, así como algunas fotografías y pinturas que le agradaban. Lo que más tenía en las estanterías eran libros. Había tratado de disimular los huecos en las baldas. No sabía qué hacer con tanto espacio.

Ocupó su butaca, accedió a la intranet y consultó la información correspondiente a la muerte de Vanessa Danzi, investigación que él mismo inició la semana anterior. Según rezaba la última anotación, una del director Varone, los hechos se habían vinculado al llamado "caso azafrán" y toda la documentación se había trasladado a la Policía.

Yuri buscó un número de teléfono en el directorio de su ordenador. Se preguntaba si conseguiría localizar a su interlocutor a esas horas de un viernes de agosto. Hizo la llamada. Para su sorpresa, el comisario Garmash todavía estaba en su puesto.

—Comisario, soy Yuri Anton, director de investigación de la Organización Heptágono —se presentó, cuando el jefe de la Policía contestó la llamada con su consabida voz raspada.

—¿En qué puedo servirle, señor Anton? —interrogó Garmash, quizá un poco suspicaz.

—Es una petición rutinaria. No le robaré mucho de su valioso tiempo —respondió Yuri, en un intento de ganarse la simpatía del hombre, de quien había oído que era hosco pero susceptible a las lisonjas—. Me gustaría saber en qué situación está un asunto que se puso en manos de la Comisaría la semana pasada.

—¿A qué asunto se refiere?

—A la muerte de una ex prostituta hallada en la ribera del río. Una tal Vanessa Danzi.

—Ah, sí, por supuesto.

Garmash guardó silencio. Su mutismo escamó a Yuri.

—El tema presenta numerosas similitudes con el "caso azafrán" —anotó para animar al comisario a continuar.

—Sí, sí, lo recuerdo —comentó Garmash. Yuri advirtió cierto toque evasivo en su tono de voz. Temió que el hombre pretendiese despistarle con rodeos—. Aquella historia se zanjó. Me parece recordar que, con el caso cerrado, se remitió a una instancia superior.

—¿Y el caso actual? —inquirió Yuri, que empezaba a desesperarse.

—Está zanjado, como le digo. No tiene de qué preocuparse. Se comprobó y se aclaró.

Yuri estaba confuso. ¿De qué caso le hablaba el comisario?, ¿del pasado o del actual? Aquello no le gustaba.

—¿No ha habido detenciones?, ¿interrogatorios? —quiso saber.

—Está zanjado, señor Anton —repitió Garmash. Esa vez, habló con mayor rigidez, sin duda cansado del diálogo—. Se comprobaron todos los datos. Se valoraron las acusaciones. Se habló con el señor Klausmann y todo quedó aclarado. Está todo zanjado —recalcó.

Al escuchar esa frase, un desagradable escalofrío estremeció a Yuri.

—Gracias por atenderme, comisario. Feliz fin de semana.

Sin más, colgó. De repente, notó un temblor inusitado. ¿La Policía había hablado con Joseph Klausmann y no había hecho nada más? ¿Qué significaba aquello? Un pensamiento lamentable le abatió: ya no quedaba ninguna duda de que Ricardo Varone era un corrupto.

Se temió lo peor. Alarmado, sacó su móvil del bolsillo de su pantalón. Había grabado el número de Pete Callow con un nombre inventado para proteger la identidad de su fuente. Llamó, dejó pasar todos los tonos y no obtuvo respuesta.

Pronto, se le ocurrió otra posible manera de contactar con el chico. Dado que Callow había estado implicado en el "caso azafrán", era muy probable que los centinelas rastreasen sus datos, así que regresó a la intranet. En efecto, localizó una ficha con información sobre el joven, incluido el teléfono fijo de su domicilio. Lo marcó con celeridad. Al cuarto tono, le contestó una voz varonil y juvenil.

—Buenas tardes —saludó Yuri, nervioso—. ¿Puedo hablar con Pete Callow?

—No está ahora mismo. Está trabajando —dijo el del otro lado de la línea.

Aquello apretó aún más el nudo que se formaba en el estómago de Yuri.

—¿Quién le llama? —indagó el que había cogido la llamada.

—Es urgente que contacte con él. ¿Con quién hablo?

Tras unos instantes de dubitación, el otro dijo:

—Vivo con él. ¿Por qué es urgente?

Yuri sudaba. Meditó y estimó que, ante la gravedad de lo que temía que pudiera ocurrir, podía obviar las cautelas sobre la privacidad. Lo acuciante era avisar del posible peligro.

—Escúcheme —instó al chico con el que hablaba—. No sé si comprenderá lo que voy a contarle. Llamo desde la Organización Heptágono. No hay tiempo para explicaciones. Pete Callow acudió a mí hace unas sema-

230

nas, me dio una información y, ahora, es posible que su identidad se haya destapado. Es muy…

No pudo proseguir. La conversación se interrumpió. El otro joven había cortado.

Contrariado, Yuri marcó de nuevo, mas nadie contestó. Intranquilo, finalizó la sesión en la intranet, apagó todo, cerró el despacho y abandonó el edificio a toda prisa.

En la calle, sopesó la posibilidad de trasladarse en el tranvía, pero optó por un medio más directo. Con la mano alzada, se plantó en la calzada para silbar a un taxi libre. Uno se detuvo a su lado. Él montó en el asiento trasero. Exhortó al conductor a llegar cuanto antes a la dirección del domicilio de Pete, que había apuntado. El taxi, uno típico de la ciudad, un vehículo de clásicas formas rectas y carrocería negra con una gruesa raya en verde oscuro, cruzó la urbe con soltura. La tarde se mostraba luminosa y sin actividad.

Minutos después, llegó al portal del bloque de pisos donde vivía Callow. Presionó el botón del telefonillo. Justo en ese momento, un chico joven y guapo salió de estampida del inmueble, coincidencia que Yuri aprovechó para colarse. Por algún motivo, el inquilino que acababa de salir le intrigó: corría calle abajo hasta torcer una esquina. Él subió hasta el piso de Pete. Llamó al timbre del apartamento con insistencia, pero no había nadie. Entonces, se preguntó quién era la persona con la que se había cruzado.

5

Joseph Klausmann no lo admitiría jamás, pero había sentido un placer tan grato como turbador ante el éxito de su ardid. La venganza era atrayente. Le asombraba la facilidad con la que la treta había funcionado. Con la limpiadora también fue sencillo. No había perpetrado actos tan extremos por sí mismo hasta ahora. Cuando algo de ese cariz era necesario, delegaba en otros, diluía su responsabilidad. Ese era su particular sentido de la moral.

Ahora, la situación era diferente. Estaba dispuesto a implicarse al máximo por el bien de su proyecto, por la íntima implicación que sentía al respecto. Mientras pensaba en ello, al observar los vidriosos ojos del joven, Joseph se percató de que, en el fondo, si era pragmático, el imperdonable error de Pete le había ido bien. La osadía de su ayudante parecía una excusa válida para convertirle en el segundo sujeto de sus pruebas.

Había fraguado una tediosa lista de tareas para entretener al chico y mantenerle en su puesto de trabajo toda esa semana. Pete se mostraba tranquilo. Sin duda, estaba convencido de que la labor relacionada con el gas se había suspendido de verdad. Joseph le había hecho creer que, tan pronto como finalizase sus aburridos quehaceres, podría disfrutar de un mes entero de vacaciones. El crédulo ayudante se había confiado.

El sosiego de Pete era tal que, ese viernes, después de la pausa para almorzar, Joseph no tuvo problemas para abordarle por la espalda y forzarle a inhalar la esencia de belladona, con la que había empapado un paño. El joven trató de resistirse unos segundos, durante los cuales el sexagenario le retuvo a la fuerza. Enseguida, la rebeldía dio paso a la misma sumisión embobada que Vanessa exhibiera.

Joseph le condujo a la "zona experimental". Traspasaron la robusta puerta con el falso símbolo de peligro. Le encerró en el espacio acristalado. Le dijo que se sentara en el pupitre. Él ocupó la silla que, desde fuera, quedaba frente al mismo. Abrió una libreta y repasó sus listas. Aunque hacía frío, como era habitual allí, Pete lucía una tonta sonrisa perenne en su aletargado rostro, con las gafas caídas. Antes de empezar, Joseph analizó esa mirada. Por un instante, creyó advertir algo en esas pupilas carentes de brillo: el incauto ayudante era consciente de todo lo que sucedía, desde algún lugar aislado de su fuero interno, donde su voluntad había quedado invalidada. Intuyó su pavor, mas prosiguió.

–Pete –habló, con voz clara y serena–, ahora deseo que hagas todo lo que te pida.

Emplearon parte de la tarde en determinar, con suficiente fiabilidad pero sin absoluta certeza, el grado de suerte de Pete. Joseph le sometió a un extenso cuestionario con varios ejercicios. Incluso le hizo extraerse una pequeña muestra de su sangre. Requería una buena estimación para comprobar los frutos de sus modificaciones en el gas escarlata. El resultado, después de tantas operaciones, le contrarió:

–¡Vaya! –suspiró–. No veo nada claro que llegues al grado cuatro. Un tres es muy decepcionante, ¿no te parece? No me lo esperaba.

Dentro del espacio acristalado, un drogado Pete asintió con la cabeza.

232

–Por suerte para ti y los pobres como tú –añadió Joseph–, no pienso cejar en mi empeño por romper el segundo dogma. No me detendrán pusilánimes chivatos como tú.

Tras tomar unas breves notas en su bloc, el hombre sacó de su bolsillo el control remoto con el que manejaba el sistema de ventilación de la cabina aislada. Pulsó un botón del aparato. Acto seguido, la espita que había en el techo del espacio se abrió y el gas escarlata fue expulsado. Igual que hiciera la limpiadora, Pete admiró las sinuosas vaharadas del fluido y, como si sus ondulaciones le hubieran hechizado, lo respiró plácida y profundamente.

Cuando el colorido gas se disipó en el ambiente, Pete tuvo que repetir algunos de los ejercicios y test que ya había realizado antes. A continuación, Joseph le invitó a probar con diversos juegos de azar. La suerte del joven se incrementó de modo exponencial. Fue capaz de adivinar el número que salía al girar una ruleta de juguete tres veces seguidas. Asimismo, se comportaba con evidente excitación, estimulado con cada nueva victoria.

Tras varias pruebas, la suerte de Pete no solo alcanzó un nivel casi imposible para alguien de su clase, sino que luego se estabilizó y, lo que era más importante, no mostró indicio alguno de poder sufrir un colapso como el que malograra a Vanessa. El entusiasmo de Joseph aumentó al mismo ritmo. Y, dado que la diferencia entre los grados de suerte de sus dos conejillos de indias era muy escasa, dedujo que sus recientes modificaciones con el gas habían sido un verdadero éxito.

Si todo era correcto, y así lo creía él, los ajustes en el gas posibilitaban que no provocara efecto alguno, ni sobre la salud ni sobre la suerte, en las personas afortunadas, más allá del habitual subidón jubiloso de una droga. En cambio, en individuos menos afortunados, como Vanessa o Pete, producía, esta vez sin secuelas perniciosas, un aumento del grado de suerte. Este incremento era temporal, no permanente, pero en ello residía la clave del negocio del gas: los desafortunados se engancharían a la sensación de disfrutar de más suerte y pagarían por revivirlo.

No obstante, si quería certificar sus logros, debía ejecutar una comprobación categórica, sin miramientos.

–Pete –dijo–, abre el cajón del pupitre y saca lo que hay dentro.

El joven, a pesar de actuar con mayor dinamismo ahora, todavía obedecía todo cuanto él decía, así que abrió el cajón, de donde extrajo un revólver.

—Si abres el tambor —comentó Joseph—, verás que posee siete recámaras, pero solo en uno de ellos hay una bala. —Pete abrió el tambor del revólver. Comprobó que era correcto—. Ahora, gira el tambor y ciérralo con cuidado. No intentes ver en qué lado se ha quedado la bala, que eso es trampa. —El chico siguió sus órdenes cual autómata—. Por último —ordenó él, despacio—, ponte la pistola en la sien y dispara.

Con tardísimos movimientos, Pete empuñó el revólver y lo elevó a la altura de su cabeza. Por cómo lo hacía, daba la sensación de ser el arma más pesada del mundo. Al poner el extremo del cañón en contacto con su cráneo, el joven se puso a temblar. Colocó el dedo en el gatillo. Tragó saliva y una solitaria lágrima cayó por su mejilla. Joseph reparó en ello: su ayudante intentaba rebelarse contra los efectos de la belladona.

—Hazlo —le apremió, sorprendido por su propia impaciencia.

Tanto Joseph como Pete respiraban con zozobra. Al fin, el chico apretó el gatillo.

No pasó nada. Ambos oyeron un clic sordo.

—Otra vez —insistió Joseph, tenso.

Pete volvió a disparar y volvió a ocurrir lo mismo. El temblor del joven empeoraba.

—Otra vez —repitió Joseph.

Por tercera vez, Pete disparó y no pasó nada.

El ayudante bajó la pistola y sonrió a Joseph. Sudaba y tiritaba, pero sonreía. Sonreía con satisfacción. El influjo de la belladona había prescrito.

—Venga, ¡juguemos! —espetó Pete, desafiante.

Aquello irritó a Joseph, quien contestó:

—Veo tu apuesta y la subo.

Apretó el botón del control remoto. Más gas escarlata inundó el espacio hermético.

6

Travis Dixon corría tanto como era capaz. El devenir podía cambiar con una rapidez pasmosa. Él ya lo había sentido antes. Ahora, temía añorar algo precioso durante el resto de su vida: la felicidad de los sencillos instantes, aquella que él no había sabido apreciar.

234

Mientras intentaba localizar las instalaciones de *Kmann*, recordó lo contento que había llegado a casa ese viernes. Pensó que era tonto. Jamás debió confiarse. Su jefe tenía razón: la suerte daba y la suerte quitaba; la humanidad al completo subsistía a su merced.

Él tenía poca suerte. Lo sabía. Una vez, hasta la perdió durante un tiempo. En los últimos meses, había llegado a olvidar cuán valiosa y efímera podía llegar a ser. Por la mañana, el alcalde Varone le había concedido los días de vacaciones que había solicitado. Así, al llegar a casa, mientras esperaba a que su novio volviese de su trabajo, alegre e incauto, Travis había imaginado las vacaciones que Pete y él podían disfrutar.

En el mismo instante en el que el teléfono timbró, intuyó que algo iba mal. No solían recibir llamadas en el fijo del piso. Escuchó al joven que decía pertenecer a la Organización Heptágono. Pronto, adivinó lo que había sucedido. Comprendió que Pete le había mentido y, a sus espaldas, sí había denunciado las actividades de Joseph Klausmann. Atemorizado y consciente de lo que podía ocurrir, colgó.

Trató de contactar con su chico en vano, pues este no respondía al móvil. Pete le había dicho dónde se ubicaban las instalaciones de *Kmann*, por lo que Travis decidió acudir en su búsqueda o, quizá, en su rescate. Justo antes de salir, recordó ciertos detalles que su novio había mentado, de manera que cogió su dado de cristal verde, aquel que, el otoño anterior, Vera Klausmann le entregara.

Salió presa del pánico. Al pasar por el portal, estuvo a punto de arrollar a alguien. Carecía de medio de transporte propio y debía cruzar la ciudad. Torció una esquina. Llamó a un taxi libre que, en ese momento, se alejaba calle arriba. El conductor no le vio. Frustrado y angustiado, se resignó a coger el tranvía. El trayecto se le hizo interminable y la combinación no resultó adecuada. Al fin, al norte de la urbe, se apeó y salió a la carrera por aquella zona, que hacía tiempo que no visitaba.

Nada más ver el edificio, Travis se dio cuenta de que era el que buscaba. Daba la impresión de haber sido abandonado, tal como Pete lo describía a menudo. Pasado el umbral, se accedía a un patio interior repleto de galerías y escaleras. El correspondiente a *Kmann* era el único inmueble ocupado del bloque. El ambiente era decrépito.

Aunque indeciso, llamó al timbre. Luego, aporreó la puerta. Nadie le abrió. Decidido a no perder más tiempo, se dispuso a forzar la cerradura.

Sabía cómo hacerlo sin dejar marca de ello. Su pasado como maleante podía ser muy útil en esos casos.

Una vez dentro, no halló a nadie en la penumbrosa recepción. Con sigilo y prudencia, inspeccionó las instalaciones. No había nadie. Sopesó la ilusa posibilidad de haber exagerado. Volvió a telefonear a Pete, pero no dio con él, así que reanudó el registro.

Enfiló el pasillo, surcado por rieles de antigua maquinaria, que terminaba en la puerta de lo que su novio denominaba la "zona experimental". Lo único que iluminaba el corredor era una fantasmagórica lámpara de emergencia, instalada encima de la puerta. Notó frío. El sistema de ventilación producía un rítmico ruido.

Accedió al laboratorio, que encontró igual de desierto que el resto del lugar. Travis lo estudió. Llamaba la atención la cabina aislada, de la que Pete también le había hablado. Percibió un repentino olor desagradable.

Entonces, lo vio. A pocos pasos delante de él, hacia su derecha, la dirección en la que se erigía el inquietante espacio acristalado, había una gota de sangre en el suelo. El rojo tan brillante del fluido le horripiló. Luego, se percató de que no era solo una gota. Eran varias. Trazaban un camino hacia la puerta sellada de la cabina. Recorrió ese horrible sendero con pasos renuentes. Tenía un nudo en la garganta que cada vez dificultaba más su respiración. Cuando alcanzó la entrada, asió el rígido tirador y la abrió.

La imagen le espantó. Travis miró aquel objeto con el corazón encogido. En el suelo, se hallaba el dado de cristal violeta de Pete. Sus caras resplandecían en medio de un charco de rojísima sangre.

7

Al contrario de lo que él temía que sucedería, la noche del domingo llegó con relativa celeridad. Las dudas en torno al plan de Martin mantuvieron la mente de Alexander ocupada. De hecho, le venía bien centrarse en algo, aunque fuese en propósitos criminales.

Cenó temprano. Prefería tener la digestión hecha cuando Krane fuera a recogerle. Se preparó algo ligero, ya que la impaciencia le quitaba el apetito. Escuchó la radio, cuyo sonido le sosegaba y acompañaba. Trece, mientras tanto, jugaba con el dado de cristal azul. El colega felino podía

236

tirarse horas enteras así. Alexander aprovechó un descuido del gato para arrebatárselo y guardarlo. No quería que lo arañara.

Recogió los platos y los limpió en la estrecha cocina. Después, con la melodía de una emisora de música clásica de fondo, se sentó a esperar. Observó la estancia. De una manera inconsciente, en los últimos días, se había dedicado a decorar el lugar. Se había afanado en limpiarlo y ordenarlo. Incluso había apañado algún que otro desperfecto, aun con sus escasos recursos. En definitiva, intentaba crear un hogar.

Apagó el transistor. Reflexionó un momento y comprendió qué significaba ese involuntario entusiasmo por acondicionar el semisótano: que una parte de sí aceptaba que, quizás, tuviese que pasar una buena temporada allí escondido. Aquella revelación le espeluznó. No podía tolerarlo. Debía reaccionar. Un sitio como ese jamás podría ser un hogar. De ese modo, se convenció de la necesidad de lo que iba a hacer.

Para recuperar su vida normal, tenía que apostar fuerte y aceptar riesgos, más allá del cruel mal fario que siempre pesaba sobre su porvenir. Si confiaba en Martin Krane, aquello que se ocultaba en la Comisaría podía ayudarle a esclarecer su inocencia. Desde el principio, el alcalde, ávido de venganza, se empeñaba en que las autoridades solo le acusaran a él de las dos muertes acaecidas. ¿Qué podía contener su archivo personal?

Otro asunto que le motivaba a arriesgarse era el misterio relacionado con su infancia. Durante la mayor parte de su vida, Alexander se había dicho que no le interesaba descubrir sus orígenes. A lo largo de décadas, había bloqueado sus ansias de desvelar la verdad. Hacía casi un año, cuando la Organización Heptágono le tentó con recompensarle con esa información, el deseo de conocer quiénes eran sus padres biológicos se reveló imparable. Aquella posibilidad se truncó en mitad del desastre. Asimismo, su acercamiento a Francine Moreau tampoco había sido provechoso. Para colmo, la aparición y el fallecimiento de la mujer no identificada habían complicado más el opaco enigma. A todo ello se sumaba la posibilidad de que la caja diecisiete guardase datos relativos a la muerte de Vanessa Danzi.

No le quedaba, por tanto, otro remedio que aventurarse a lo que pudiera ocurrir esa noche. En cierto sentido, estaba obligado a ello. Luka se lo había hecho ver en el transcurso de aquella partida de cartas, cuando le recitó el segundo dogma. La suerte no variaba. Era la misma desde que se nacía hasta que se moría. Si Alexander había venido al mundo con la tara de ser un gafe, tan indeseada maldición perduraría pasara lo que pasase. Su amigo se lo explicó y le habló de un sueño vívido y persistente, en el que figuraba el número diecisiete; el número de la caja cuyos supuestos secretos, tal vez, fueran desvelados en breve.

Poco antes de irse, se dio cuenta de que había olvidado un cuchillo sin fregar encima de la mesa redonda. Al cogerlo, el objeto se le resbaló y cayó al suelo. Alexander lo observó ensimismado. Dudó unos instantes. Después, ante la mirada de Trece, que asistió a la escena desde su rincón, pisó el cuchillo tres veces. A continuación, lo recogió y lo lavó.

A través del ventanuco, que mantenía abierto para aliviar su creciente claustrofobia y facilitar las escapadas de Trece, Alexander escuchó el rumor de un motor que se detenía en la calle de la Ceniza. Consultó su reloj. Era la hora. Supuso que se trataría de Martin Krane. Se puso en pie, respiró hondo y repitió para sus adentros que el plan saldría bien.

<u>8</u>

El viejo coche, cuyo motor hacia un bronco sonido, circulaba por la mitad oriental de la ciudad. Esta se mostraba silente, solitaria e inmensa. Apenas había paseantes. Casi todos los bares y restaurantes ya estaban cerrados. El tráfico era escaso. Alexander se preguntó si semejante panorama les beneficiaba o perjudicaba. Cuando alcanzaron la ancha calzada de Fabriko, pasaron junto al tranvía. El convoy iba bastante desocupado. Él rememoró la época en la que era un anónimo pasajero más. Añoraba lo sencillo y lo cotidiano.

Al llegar al inicio de Fabriko, se adentraron en la rotonda auxiliar que, a su vez, se enlazaba con la glorieta principal por la que marchaba todo el tráfico rodado de la plaza de la Cornucopia. Las dimensiones y complejidad de esta eran tales que la circulación era regulada por diversos semáforos. No obstante, todo fluía con una pasmosa facilidad, si bien había que estar muy pendiente de situarse en el carril idóneo para poder salir sin generar incidentes. Otra rotonda auxiliar les permitió acceder a la vistosa avenida Abundo.

Lograron aparcar a la altura de la Comisaría, en la acera opuesta, en una posición perfecta para otear sin ser vistos. Alexander se fijó en que ni Martin ni él habían abierto la boca en todo el trayecto. Supuso que ambos procuraban dominar su inquietud.

Desde el asiento del copiloto, en aquella noche serena que a él, en cambio, se le antojaba bochornosa, Alexander estudió la Comisaría Central de Policía. Esta ocupaba un largo edificio de tres alturas, rodeado de construcciones más elevadas. Existían sendos callejones a ambos lados del mismo. Su fachada principal poseía cierto estilo renacentista, con muros de ajados ladrillos, entrada de sólidas columnas, frontón desvencijado, largas hileras de ventanales y un tejado dotado de cornisa. Las banderas oficiales colgaban de un balcón central, ubicado en la primera planta. Casi todas las contraventanas permanecían cerradas. La puerta principal estaba abierta y permitía ver la luz del interior. No se percibía movimiento ni de vehículos ni de agentes.

–Varios agentes del cuerpo están de vacaciones y casi no han contratado personal de refuerzo –informó Martin–. Las noches de domingo suelen ser relajadas. No habrá mucha gente dentro. Los que trabajen hoy estarán de patrulla o en los pocos avisos que reciban.

En ese momento, un coche patrulla abandonó el edificio por el callejón más próximo a la plaza de la Cornucopia. Krane le había explicado a Alexander que ellos se colarían en el edificio por una entrada secundaria ubicada en el otro lado, donde nadie les descubriría.

Poco después, justo a la hora que habían acordado, Irene llegó al lugar montada en su moto, que estacionó sobre la acera, a corta distancia de donde ellos aguardaban. La joven localizó el coche y, con suma discreción, subió al asiento trasero.

–Hola –saludó, lacónica y seria.

–Hola –dijeron Martin y Alexander al unísono.

Alexander se sintió incómodo. Era la primera vez que veía a su hermana a raíz de su discusión. La conversación por *WhatsApp* en la que le había rogado que colaborara con el plan había sido bastante escueta. Él hubiera preferido abordar el tema por teléfono. Así, al menos, habría sabido qué tono de voz empleaba ella.

–Todo parece despejado –observó Martin–. Mejor que aprovechemos la ocasión. –El hombre se volvió hacia Irene, y añadió–: Cuando nosotros salgamos, ponte al volante. Vigila el callejón por el que vamos a entrar. Avísanos si notas algo fuera de lo común. En cuanto nos veas regresar, arrancas. Ya vendremos más tarde a recoger tu moto. ¿Vale?

—Vale —asintió Irene—. Idos ya. Cuanto antes empecemos, antes nos vamos.

Alexander advirtió un matiz adusto, tal vez de disconformidad con la situación, en las palabras de Irene. Apenado, se giró y la miró por primera vez desde que ella montara en el coche. El recuerdo de su disputa todavía le disgustaba.

—Muchas gracias —declaró.

Ella le sostuvo la mirada, y contestó:

—Tened mucho cuidado.

Martin cogió una ajada mochila, que se presumía repleta de cosas, y chasqueó los dedos. El plan se puso en marcha. Alexander y él bajaron del coche. Caminaron hacia un paso de peatones. A sus espaldas, escucharon cómo Irene se trasladaba al asiento del conductor.

Mientras esperaban a que el semáforo se pusiera en verde, Krane comentó:

—¿Estáis enfadados?

—Sí. Creo que sí —respondió Alexander.

—Es normal. Ella carga una parte del peso que ha caído sobre tus hombros.

—Lo sé.

—Piensa que también haces esto por ella, para que pueda dejar de temer por ti.

Alexander cabeceó meditabundo. Su compañero de andanzas tenía razón.

El semáforo se puso en verde. Cruzaron la amplia calzada. La avenida parecía vacía.

Cabizbajos, con las manos en los bolsillos, caminaron hasta el callejón. Se detuvieron un instante para comprobar con disimulo que nadie les viera. Martin sacó la llave de la entrada de personal.

Antes de penetrar en las tinieblas del callejón, Alexander miró atrás. Irene velaba por ellos desde el coche de Krane. Vio un curioso detalle: habían aparcado junto a un alto edificio de oficinas, el número diecisiete de la avenida.

240

9

Dania Venci conocía a un hombre oculto tras una puerta ignota, una sobre la que se había dibujado la forma de un trébol. Este amigo incómodo, un contacto de quien Dragan Tucker renegaba, le había proporcionado la información y los materiales que precisaba para el encargo de Joseph Klausmann. Ella no se sentía conforme con la misión, pero requería la generosa cifra que el científico le había ofrecido. Este la inquietaba cada vez más, pues, tras su anodina apariencia, estaba claro que poseía un reverso muy sombrío. Si no, ¿qué interés iba a tener en sustraer y destruir el archivo personal del alcalde?

El amigo de la puerta ignota, aquel del que ahora Dragan prefería no acordarse, había visitado la Comisaría en más de una ocasión. Dado que tenía un pacto secreto con el comisario, alguna vez accedió al edificio de manera que nadie pudiera verle. Le había explicado a Dania cuál era el mejor modo de infiltrarse allí. También le había contado dónde se ubicaba el departamento de archivología y cómo eran las cajas de seguridad. Él había presenciado cómo se guardaban documentos molestos en la número diecisiete. A cambio de tan jugosos datos, el amigo solo había pedido una parte de la recompensa de Dania.

La noche del domingo, en especial durante el verano, parecía la más apropiada para una incursión criminal en la Comisaría Central de Policía. Dania vestía ropa negra y ligera, y llevaba una pequeña mochila, en la que guardaba el instrumental requerido para su cometido. Inadvertida, se había adentrado en el callejón lateral por donde los vehículos entraban y salían del garaje subterráneo. El sitio era bastante oscuro. Pegada al muro, mimetizada con la penumbra entre la puerta de vehículos y el final del callejón, aguardó su oportunidad para colarse. Cuando la puerta se abrió para dejar salir a un coche patrulla, Dania se arrodilló y, con gran habilidad, logró introducirse en el garaje sin ser descubierta.

El corazón le latía con premura. Aunque estaba acostumbrada a lo ilícito, jamás había perpetrado una operación tan delictiva, y mucho menos ella sola. Entre otros instrumentos, en su mochila portaba un completo inhibidor de frecuencias. Este aparato le permitía dificultar las comunicaciones radiofónicas y telefónicas a su alrededor. Afectaba a las cámaras de seguridad que pudiese hallar en su camino. De todos modos, se movió con suma cautela por los recovecos de la Comisaría. Esperaba a que el piloto rojo de cada cámara se apagase para aprovechar unos segundos de intervalo y avanzar tramo a tramo. Llegó con asombrosa facilidad hasta la primera planta. ¡Casi no había policías en todo el edificio!

El departamento de archivología no era más que una única sala alargada, en la cual se habían instalado diversas hileras de altas estanterías metálicas, cuyas baldas estaban repletas de carpetas y embalajes. La estancia era interior, sin ventanas. Constaba de tres puertas: dos de ellas, una en cada extremo de la habitación, daban al pasillo principal de esa planta, igual que otros cuartos, despachos, escaleras y ascensores; mientras que la tercera estaba orientada a la otra parte del edificio. En uno de los pasillos que las estanterías definían, en la zona central, se hallaban las cajas fuertes. Había treinta y cinco, atornilladas a un esqueleto metálico, adyacentes entre sí. Contaban con una rueda para la combinación numérica.

La luz estaba apagada. Guiada por el corto haz de una linterna, Dania se acercó a la caja diecisiete. Se percató de que le sudaban las manos. Intentó serenarse y concentrarse en el delito que la ocupaba. Giró la rueda de la caja repetidas veces para restablecer su cerradura. Extrajo un estetoscopio de su mochila. Se lo puso en los oídos y pegó la campana junto a la rueda. Empezó a girarla para testar cuál era la mejor posición para oír los clics internos del mecanismo. Había practicado toda una semana con una vieja caja fuerte de la discoteca, pero, en esos momentos, le temblaban las piernas a causa de la tensión. Sabía qué tenía que hacer, pero no lograba tranquilizarse. Agobiada, se libró del estetoscopio y resopló.

Klausmann le había dicho que destruir los papeles de esa caja era más importante que robarlos. Así que, superada por la dificultad de aquel empeño, Dania optó por la vía fácil: la violenta. Se dirigió a la parte trasera de las cajas. Retiró las carpetas de los estantes que tenía delante. Así, tuvo acceso a la parte posterior de la diecisiete. Cargársela era bastante difícil, pero ella portaba un arma infalible en su mochila: un compacto cartucho rectangular, dotado de un temporizador electrónico que iba conectado a los explosivos de su interior. Dania lo adhirió detrás de la caja e inició la cuenta atrás: diecisiete minutos.

De pronto, escuchó el chasquido de una puerta al abrirse. Ahogó un grito y se tapó la boca con la mano. Miró el temporizador: la cuenta atrás corría. Aguzó el oído. Comprendió que alguien acababa de entrar en esa

242

sala. No dieron las luces, un detalle que la escamó. Se quedó petrificada. No sabía qué hacer. Maldijo a Klausmann. Oyó unos tenues cuchicheos.

Con pies de plomo, anduvo hasta el final de la sala, hacia el extremo opuesto a donde le parecía situar los cuchicheos. Amparada por la lobreguez de la sala, se encaminó hacia la puerta sin ser vista. Antes de huir, agazapada detrás de una estantería, entrevió dos siluetas. La misteriosa pareja, que no consiguió reconocer y cuyos murmullos no diferenció, tenía su propia linterna y parecía interesada en las cajas de seguridad. ¡No podía creerlo!

Desconcertada y amilanada, decidió que ya cavilaría sobre tan intrigante coincidencia más tarde. Tenía que salir de allí. Pese al temblor que la sacudía, fue capaz de abrir la puerta sin hacer ruido y escabullirse con premura. Se dispuso a salir de la Comisaría por el garaje. Sin embargo, cuando iba a llamar al ascensor, se dio cuenta de que este subía hacia la planta donde estaba. Nerviosa, sin saber dónde meterse y sin tiempo para meditar, lo único que se le ocurrió fue descender a la planta baja por las escaleras.

Salir por la entrada principal era, *a priori*, una cuestión muy arriesgada. Con todo, tras un largo rodeo por los corredores del edificio, Dania llegó a la puerta sin tener que atravesar la recepción.

El problema surgió cuando se tropezó con la chica del *piercing* en la ceja.

10

Irene Berkel miraba de hito en hito la bocacalle por la que Alexander y Martin Krane habían desaparecido. Cuando ojeó el reloj del polvoriento salpicadero, se dio cuenta de que no habían transcurrido tantos minutos como ella pensaba. Esa situación no le gustaba nada. Intranquila, estudió el coche. Colocó el asiento y los espejos a su altura. Al fin y al cabo, si tenía que estar lista para salir a toda prisa en cualquier momento, debía conducir el vehículo con comodidad. Se percató de que la caja de cambios era manual. Temió que, en una salida precipitada, el motor se le calara. Ojalá no llegaran a ese extremo.

Retomó la vigilancia del oscuro callejón. Tan solo divisaba la entrada al mismo. Notó que le lloraban los ojos. Pestañeó. Respiró hondo. De pronto, profirió un chillido de dolor: se acababa de hacer sangre en una uña. De manera inconsciente, se la había mordido a causa del nerviosismo. Se reprendió por ello. Aquella era una manía asquerosa que había aflorado en las últimas semanas. Se chupó la herida e hizo presión con la otra mano para frenar la hemorragia. La heridita era minúscula, pero le escocía un montón. Se moría de ganas por un cigarrillo. Tenía mucha sed. Allí dentro se iba a asar.

Decidió salir del coche. Iba a estallar si no le daba un poco el aire. No sabía si la asfixia era fruto del estío. La achacó al miedo que le provocaba lo que pudiera suceder, aunque, en el fondo, sabía muy bien que la causa no era ni una ni otra. Lo que sufría era mono de H17. Llevaba días así. Estaba curtida en esos temas y era consciente de que su desazón era la expresión corporal de una dependencia que solo la mente podía doblegar. Se amonestó por aquel desliz en *El séptimo cielo*. Se reiteró que no volvería a consumir.

Desde la acera, mientras oteaba la Comisaría y el callejón, consultó su teléfono móvil. Tenía un mensaje de Isaac Wagner que aún no había respondido. El hombre quería quedar otra vez, posibilidad que la atraía. No se explicaba la insólita sugestión que él ejercía en ella. Le hacía sentirse bien y mal al mismo tiempo. Por eso, prefería concluir lo antes posible el trabajo que realizaba para la Organización Heptágono, el cual se encontraba bastante avanzado, y cobrar la importante minuta pactada. Así, podría finiquitar toda relación con Wagner y vencer la poderosa tentación.

En un arranque de sensatez, resolvió que lo mejor era no quedar más con él. Cuando se disponía a contestar a ese mensaje, vio que acababa de recibir otro vía *LinkedIn*. La remitente era Lena Cascio. Intrigada y temerosa, Irene lo leyó. En el texto, redactado sin alusiones a su ruptura amorosa y con una frialdad tan correcta como dolorosa, su ex le informaba de que, tras semanas de empeño, por fin había conseguido una fecha para la firma definitiva de su patente. Lena la conminaba a acudir el martes por la mañana a la oficina del Ayuntamiento encargada del trámite. La joven se despedía sin más.

El tono del mensaje, enviado por una red de contacto profesional y no personal, afligió a Irene. Había obrado mal. Había despreciado el esfuerzo que Lena y ella habían llevado a cabo durante más de un año. ¡Qué estúpida era!

244

El cúmulo de malestares que la turbaba pasó a un segundo plano cuando, desde su posición, atisbó cómo el mismísimo comisario Garmash entraba en la Comisaría Central de Policía. ¿Qué hacía ese hombre allí?

Se le cortó la respiración. ¡La situación no podía ser más catastrófica! ¡Tenía que alertar a Alexander! Histérica, maldijo la temeridad de su hermano, las imprudentes ideas de su compinche y su propia necedad por colaborar. Maldijo la caja diecisiete.

Con torpeza, ya que le temblaban hasta los dedos, intentó contactar con su hermano. No obstante, estuviera donde estuviese, Alexander no tenía cobertura. Telefoneó un par de veces más, con el mismo resultado. Frustrada, gritó una rabiosa palabrota.

Irene miró a ambos lados. No había tráfico. Echó a correr. Cruzó la ancha calzada al galope. Fijó la vista en la puerta principal de la Comisaría. Pensó que, si no podía avisar a su hermano, podía entretener al comisario y al resto de los agentes. Lo único que se le ocurría era irrumpir allí con alguna historia inventada, que tendría que improvisar sobre la marcha. Idearía lo que fuera para hacerles perder el tiempo con una denuncia falsa.

Cruzó la entrada a toda prisa, preocupada por qué embuste podía narrar. El topetazo con la otra persona fue aparatoso. Chocó de frente con alguien que, en ese mismo instante, corría en dirección contraria. Irene no llegó a ver quién era. Le pareció, sin embargo, que se trataba de una mujer y, por un segundo, advirtió una indefinida familiaridad. Cayó al suelo. Se hizo daño. Oyó el estrépito de varios objetos que salían despedidos a su alrededor. Confundida, intentó incorporarse. Se puso de rodillas. ¿Con quién había tropezado?

Lo último que captó fue la patada que, con tremenda energía, se dirigía hacia su cara.

<u>11</u>

Cuando Martin y él penetraron en el callejón lateral de la Comisaría, de improviso, se hallaron en mitad de una negrura insospechada. La sensación se asemejaba a zambullirse en las profundidades del mar, allá donde, por mucho que se abriesen los ojos, no se veía nada. Poco a poco, su vista se adaptó a la curiosa cerrazón del lugar. Avistó un tenue foco de luz, ubicado a unos cuantos metros. Cuando, más tarde, rememorase aquel trance, Alexander lo reviviría como el salto a una nueva dimensión; una en la que la prudencia y las dudas daban paso a la obstinación por conseguir los secretos de la caja diecisiete.

El foco al que se aproximaban se encontraba encima de la puerta para el personal de servicio. Cuando estaban a corta distancia, Martin le hizo una seña para que se detuviera y, mediante gestos, le indicó que se pegara a la pared. Señaló una cámara colocada al lado del foco, junto a la entrada. El aparato poseía una luz roja parpadeante. Krane le había explicado que, cuando eso ocurría, significaba que las imágenes de la cámara se reproducían en el cuarto de vigilancia del interior del edificio. El sistema alternaba las imágenes de todas las cámaras del recinto. Debían aguardar a que dicho piloto se apagase. Desde ese momento, tenían un lapso aproximado de diez segundos para moverse sin ser descubiertos.

Así, esperaron a que la luz roja se desvaneciese. Cuando esto sucedió, se escondieron bajo la propia cámara, en el ángulo muerto que su lente no podía grabar. Aprovecharon el siguiente lapso para abrir la puerta con la llave que Martin tenía como empleado. Entraron en la Comisaría. Se hallaron en el inicio de un largo corredor, donde Alexander vio diversas puertas, de distintos tamaños y distribución irregular. No vieron ni oyeron nada. Aquella no era una zona frecuentada de la instalación. Según le había dicho su cómplice, correspondía a vestuarios, trasteros y demás. De hecho, muchos espacios estaban en desuso.

Martín guio a Alexander. Sabía de antemano la situación de las cámaras, de modo que le prevenía cuándo ocultarse detrás de una esquina. Avanzaban en función de los intervalos de grabación. De esa manera, sincronizados con la red de videovigilancia de la Comisaría, y gracias a que el edificio parecía estar desocupado, ejecutaron su incursión ilegal. Franquearon la primera puerta a su derecha. Llegaron al rellano de unas escaleras. Subieron a la primera planta. Salieron a otro pasillo, doblaron un par de esquinas y enfilaron una galería con varias puertas, también vacío. Con sumo sigilo, abrieron una de ellas.

La sala del archivo estaba a oscuras. Martin extrajo una pequeña linterna de su repleta mochila y se la pasó a Alexander. Se dirigieron al área central de uno de los pasillos demarcados por las estanterías. Las cajas de seguridad tenían forma de prisma rectangular: bajas, alargadas y profundas;

246

idóneas para contener documentos y objetos no voluminosos. Martin se puso unos guantes de látex, sacó un estetoscopio y, a la escasa claridad de la linterna que Alexander manejaba, empezó a trabajar en la diecisiete.

Para su asombro, Krane tardó mucho menos de lo que él esperaba en obtener el glorioso clic que denotaba la apertura de la caja. El rostro del hombre, iluminado por la linterna, dibujó una sonrisa de indudable satisfacción.

—No es mi primera vez —susurró.

Martin empuñó el tirador de la caja y, sin hacer ruido, sacó el cajón que albergaba su contenido. La linterna alumbró varias carpetas.

Entonces, escucharon el chirrido de una puerta al abrirse. Alexander miró con pavor a Krane, quien, con un gesto raudo, le quitó la linterna, la apagó, y tiró de su brazo para que le siguiera. Fueron de puntillas a la parte posterior de la sala. Las lámparas se encendieron. Habían dejado la caja fuerte abierta.

Tras una estantería, oyeron un tintineo, una respiración y un carraspeo. Con mímica, Martin le dijo a Alexander que se marchara por la puerta del extremo opuesto del pasillo, la que debía conducir a la parte trasera del inmueble. Él asintió, pero le hizo un gesto para que le acompañara. Martin meneó la cabeza en sentido negativo y le dio a entender que intentaría obtener el botín de la diecisiete.

Azorado, Alexander decidió que no era momento para discusiones. Oía cómo alguien trasteaba en algún punto de la habitación. Se acercó a la puerta muy despacio. Asió el picaporte y lo giró con lentitud, pero el mecanismo emitió un chasquido.

—¡Eh! ¿Quién anda ahí? —gritó una voz ronca. Era el comisario Garmash.

Alexander salió a la carrera. La puerta le llevó a otro largo pasillo. No tardó en reconocer las pisadas y los alaridos del comisario a su espalda. Prefirió no mirar atrás.

Espantado, huyó por la Comisaría, que resultó ser un laberinto de galerías y puertas. De sopetón, se vio al final de un pasillo, donde halló una ventana que conducía a la escalera de incendios del exterior. Sin pensar, por temor a ser atrapado, saltó a la plataforma. Mas su vista le traicionó, pues creyó atisbar una barandilla que, en realidad, no existía. Cuando fue a agarrarla, no encontró más que aire. Y se precipitó al vacío.

12

El comisario Garmash estaba cansado física y mentalmente. En el fondo, su hosquedad, su consabida intratabilidad, solo enmascaraba la frustración de un hombre harto de no conquistar sus anhelos. Hacía meses que las cosas no iban bien: la infructuosa persecución del gafe le desesperaba, el alcalde ya no confiaba en él y su tan prometido ascenso nunca se materializaba. Tal vez, ese cúmulo de sinsabores fue la razón por la que, ese domingo por la mañana, le costó tanto levantarse. Un raro agotamiento le turbaba. Deseaba mandarlo todo al garete. Se preguntó cómo sería no tener que madrugar al día siguiente.

Sopesó en serio la posibilidad de solicitar la jubilación anticipada. Contaba con cotización de sobra para que se la concediesen. La idea le rondó la cabeza toda la jornada. Su hartazgo se acentuó cuando, al anochecer, Varone le telefoneó para exigirle que se acercase a la Comisaría: necesitaba unos documentos y no podía esperar a la mañana. Harto de caprichos y demandas tornadizas por parte del mandatario, Garmash se resignó a cumplir con su deber. No obstante, aquello le convenció de que merecía retirarse.

A su llegada a la Comisaría, encontró un panorama despejado e incluso somnoliento. Saludó con parquedad a algunos de sus hombres.

Subió a la primera planta, donde se hallaba el departamento de archivología. Pasó a la sala. Dio la luz. Se acercó a una de las estanterías próximas. El abultado llavero que colgaba de su cinturón tintineaba con cada paso que daba. Se percató de que le costaba respirar. Lo achacó a haber empleado las escaleras y al enojo que le había causado el alcalde. Malhumorado, deseoso de irse a casa, carraspeó.

Entonces, el ruido de una puerta, quizá la que daba a la parte posterior del edificio, le sobresaltó. Mosqueado, vociferó:

—¡Eh! ¿Quién anda ahí?

El sonido de la puerta de atrás al abrirse del todo y el retumbar de unas pisadas aceleradas le alarmaron. Su corazón empezó a latir aprisa. Movido por el instinto, corrió hacia la puerta. Divisó la espalda de un tipo que torcía la esquina al final del pasillo.

—¡Alto! —gritó, a la vez que trotaba a la zaga del intruso—. ¡Detente!

Incapaz de alcanzar al vándalo, mas resuelto a no rendirse, Garmash sacó su teléfono del bolsillo. Intentó contactar con los agentes de la planta baja. Por algún motivo, no había cobertura y no logró comunicar. Pese al esfuerzo, prosiguió la carrera.

—¡Detente! —repitió.

Llegó a presenciar cómo el forajido se escabullía por la ventana que, al final de un corredor, daba a la escalera de incendios del exterior. Para su sorpresa, a continuación, el tipo se precipitó al vacío. Él se asomó, pero la negrura del callejón era total.

Superado por tan repentina persecución, jadeante y sudoroso, Garmash se acuclilló y trató de recuperar el aliento. Notó cómo le chorreaba la frente. Tenía la camisa empapada. Comprendió que estaba mayor y fofo. Ya no tenía ni edad ni físico para imprevistos como ese. Rendido, volvió a intentar telefonear a los de la recepción.

—Escucha, maldita sea. Soy el comisario —acertó a decir, entre resuellos, al policía que contestó a su llamada. El sonido era pésimo. Había numerosas interferencias—. He pillado a alguien. Alguien se ha colado en los archivos. Subid ya mismo.

Cuando el del otro lado de la línea habló, Garmash solo recibió frases entrecortadas. Pronto dedujo que su interlocutor tampoco entendía lo que él había relatado.

—Hay una chica en la entrada… Un inhibidor… —creyó captar entre cacofonías.

La comunicación era inservible, así que colgó. Fatigado, regresó a la sala del archivo. Repasó las alargadas estanterías. ¿Qué habían sustraído?

De súbito, otro hecho le alteró: de refilón, vio a un segundo desconocido, que, detrás de él, emprendía la misma huida hacia la puerta posterior. Su corazón volvió a dispararse.

—¡Quieto ahora mismo, joder! —berreó, presa de la furia.

Sin tregua para asimilar la inaudita secuencia, enojado por una sensación de burla que no podía soportar, Garmash echó a correr por segunda vez en escasos minutos. El nuevo intruso huía más despacio que su antecesor. Daba la impresión de llevar algo en las manos. El comisario sintió que se ahogaba. Necesitaba detenerse.

—A la mierda… —masculló. Aminoró el ritmo. Desenfundó su pistola de la cartuchera que llevaba bajo la chaqueta. A pesar de que la vista se le enturbiaba por momentos, no se arredró, envalentonado, apuntó con dificultad al nuevo villano, y exclamó—: ¡Alto ahí o te juro que disparo! ¡Quieto!

El segundo vándalo no se detuvo. De hecho, estaba a punto de torcer una esquina y, dada la debilidad del comisario, escapar. Por ello, harto de frustraciones, Garmash abandonó la cordura y apretó el gatillo.

Escuchó el quejido del tipo, al que dio en la espalda. Parte del botín que este portaba, en su mayoría papeles, volaron por los aires. Aun así, el desconocido continuó su huida. Garmash le habría rematado con mucho gusto, de no ser por el dolor agudo que le recorrió el brazo izquierdo. Su malestar fue tal que su arma cayó al suelo. Se arrodilló.

El tipo logró llegar al final del corredor y desaparecer. Extenuado, Garmash avanzó hacia los papeles, junto a los cuales distinguió el reguero de sangre que el intruso dejaba en su huida. Reconoció varios de los papeles: ¡documentos clasificados procedentes de la caja número diecisiete! El dolor del brazo era insufrible. Procedía de su pecho.

Acongojado y consumido, el comisario retornó con pasos renqueantes a la habitación del archivo. Allí, confirmó sus temores: la diecisiete estaba abierta y desvalijada. El hallazgo le mareó. El dolor restalló en su pecho, donde le estrujó el corazón.

Percibió algo: un sutil tictac. ¿De dónde provenía? Era como si estuviera dentro de la caja, pero eso era imposible.

Tambaleante, fue al pasillo contiguo. Pegado a la diecisiete, descubrió lo que identificó como un explosivo; uno que, según indicaba su temporizador, iba a estallar.

—Me cago en la puta… —blasfemó el comisario Garmash.

13

Hubo un intervalo, no supo si segundos o minutos, en el que olvidó todo lo que había pasado, cómo había llegado allí, por qué se había caído y adónde debía ir. El dolor y la anarquía ocuparon el lugar que debían gobernar la premura y la razón. Alexander estaba tendido boca arriba. El más mínimo movimiento le martirizaba. Desde el suelo, contempló el estrellado firmamento de esa infame noche.

Su aturdido cerebro recapituló cuanto había acontecido. Comprendió que, en el furor de la impensada persecución, acechado por el comisario Garmash, extraviado en un edificio cuyos caminos desconocía, había saltado a la plataforma de la escalera de incendios. Allí, le había parecido entrever una barandilla que, en verdad, no existía. Y, desde el primer piso de la Comisaría, había caído al callejón. Ahora, le dolía el cuerpo entero. ¿Tenía algo roto?

Batalló contra el impulso de dejarse conquistar por la dulce inconsciencia. Con terrible sufrimiento, se giró sobre sí mismo, apoyó las manos contra el suelo, hizo acopio de sus mermadas fuerzas e intentó incorporarse. Por un momento, pensó que era inútil empeñarse, que no podía lograrlo. Se rindió durante un instante. Después, recapacitó, reparó en sus dificultosas circunstancias y, paso a paso, fue capaz de ponerse en pie.

Aun en la lobreguez del callejón, echó un vistazo a su lamentable aspecto. Además de llena de manchas, tenía la ropa rasgada. La quemazón que advertía en varios puntos bajo la camiseta y los pantalones revelaba dónde había sufrido contusiones. En especial, le costaba mover la rodilla izquierda. Temía haberse fracturado algo en el mismo lado del torso porque le molestaba al respirar. Se palpó la cabeza. No encontró señales de nada preocupante.

Decidió que ya se encargaría de sus lesiones más tarde. Procuró actuar con sensatez y presteza. Había dejado a Martin Krane en el interior del edificio, a merced del comisario y, con toda seguridad, más agentes. Asimismo, Irene aguardaba en el automóvil, cerca de allí. Lo mejor era regresar al coche, avisar a su hermana y arrancar a la espera de Martin.

Cada paso que daba era un auténtico tormento. Cuando llegó a la esquina, agazapado tras ella, divisó el vehículo. Le inquietó descubrir que Irene no estaba dentro. Oteó la zona, incapaz de localizarla. ¿Adónde había ido? Miró con cautela hacia la entrada principal de la Comisaría. Vio a tres agentes de espaldas a él. Hablaban entre sí. Uno usaba un *walkie-talkie*. No discernió qué ocurría. Por si acaso, se ocultó de nuevo en el callejón.

Entonces, acaeció el acontecimiento más inesperado de todos. El grave estruendo de una explosión retumbó en todo el edificio. La potencia del estallido fue tal que la construcción y su área adyacente temblaron, como si de un terremoto se tratase. El pavimento vibró bajo sus pies. Desconcertado, Alexander cayó al suelo otra vez.

Un espanto irracional se apoderó de él. Lo que acababa de estallar era, sin duda alguna, una bomba. ¡Y el fragor procedía de la mismísima Comisaría! Se levantó muy atontado. Temió por Martin. No podía dejarle. Debía auxiliarle.

Dominado por el sobresalto, y cojo por culpa de la probable fisura que se temía en la rodilla izquierda, se adentró una vez más en el callejón. Se aproximó a la puerta por la que Krane y él habían accedido poco antes. Esta se abrió con lentitud. Lo primero que él pensó fue que una horda de policías aparecería para apresarle. En cambio, el rostro que reconoció, a la dura luz del foco que alumbraba la entrada, fue el de Martin.

Alexander experimentó un alivio efímero, que finalizó cuando se fijó en el tono macilento de la faz de su amigo, así como en la abundante sangre que tintaba su camisa.

En efecto, un agónico Martin, quien llevaba unos cuantos papeles en sus temblorosas manos, se desplomó abatido. Alexander le aferró, le sostuvo entre sus brazos y se arrodilló despacio. Observó espeluznado la moribunda presencia de Krane.

—¡Martin! ¿Qué ha pasado? —interrogó.

—El jodido Garmash —dijo Martin, entre sanguinolentas expectoraciones.

—Respira. No dejes de respirar. Voy a llevarte al coche. Vamos al hospital.

Impresionado, Alexander se dispuso a erguirse y arrastrar a Krane. Percibía la flaqueza del hombre. Este gimió, y suplicó:

—¡No! Para. —Con una mano que tiritaba sin cesar, Martin señaló los papeles que aún yacían en su regazo—. Cógelos —añadió—. Conmigo ya no hay nada que hacer.

—¡Ni hablar! —se negó Alexander. Repitió el intento de enderezarse, pero, por cómo el hombre se retorcía, entendió que solo le lastimaba más. Rendido a la cruda verdad, se posó, y sollozó—: Lo siento.

—¿Por qué? —replicó Martin, entumecido—. Tú no me has disparado.

—No, pero te he traído aquí. He estrechado tu mano. He ido a tu lado. ¡Perdóname!

—No. Yo decidí ayudarte. Se lo debía a Ismael. Hice lo correcto.

—No hay nada correcto en esto.

Alexander se fijó en los papeles. Varios se habían coloreado con el rojo de la sangre. Sus letras ya no se podían distinguir. Salvó algunos y los apartó.

—Y esto —musitó Martin.

El hombre introdujo una mano en un bolsillo de su pantalón. Cuando sacó lo que allí guardaba, Alexander abrió los ojos estupefacto.

—Estaba en la caja —explicó Martin—. Garmash y el alcalde saben que no fuiste tú.

Lo que había entre los lánguidos dedos de Krane era un reluciente dado de cristal, en concreto, de cristal naranja. Alexander lo conocía de sobra: pertenecía a Alonso Yazpik. Él lo halló junto al cadáver de Lara Varone. El objeto demostraba que el contrabandista era el culpable de la muerte de su amada. Había permanecido oculto todos esos meses.

—Cógelo —acució Martin—. Cógelo todo. Vete de aquí.

—No puedo dejarte —protestó Alexander.

—Vete o me habrán metido un balazo para nada. Vete ya, te digo.

Compungido, Alexander se guardó el dado y enrolló los papeles menos tintados por la sangre. Con tiento, puso a Krane en el suelo.

—Adiós, Martin —se despidió, antes de irse.

—Vete, insensato —sentenció el otrora misterioso bienhechor, quien admiró el cielo.

Alexander examinó su posición. La posibilidad de huir hacia la avenida Abundo no se le antojaba recomendable. No le quedaba otro remedio que profundizar todavía más en ese tenebroso callejón. Echó a andar y dejó atrás a Martin Krane.

En torno a la mitad de la manzana, donde quizás terminase el territorio de la Comisaría, el callejón era interrumpido por un muro de no más de tres metros de altura. Junto a él, Alexander encontró un contenedor de basuras. Lo empujó hasta el muro. Le costó, ya que, sobrecogido por la fatalidad de su amigo, había olvidado las consecuencias de su caída. Con todo, se encaramó al contenedor y saltó al otro lado. La rodilla le crujió.

Recorrió un laberinto de callejas y callejones similares al del lateral de la Comisaría. Se vio obligado a recular cuando una tapia le impidió continuar. De alguna manera, volvió a la avenida Abundo. Agachó la cabeza. Oía sirenas. Una ambulancia y los bomberos surcaban la calzada a gran velocidad. Le adelantaron en dirección al escenario de la explosión.

Según se acercaba a la Comisaría, temeroso de llamar la atención de cualquiera, avistó el coche de Martin. Corroboró que este estaba vacío. Irene no se encontraba allí. ¿Adónde había ido? Desde la penumbra, repasó la zona. Miró hacia la entrada principal de la Comisaría. De pronto, un escalofrío erizó el vello de su espalda. Reconoció a Irene, a la que un par de agentes sujetaba en volandas, como si hubiera perdido el conocimiento.

Creyó que iba a desmayarse. ¡Tenían a Irene! ¿Qué podía hacer?

No podía hacer nada. Su hermana, como Martin, era víctima de su mal fario. Lo único que le quedaba era darse media vuelta y alejarse de aquel desastre.

Rememoró a Héctor. Sin duda, había desdeñado las valiosas enseñanzas que su padre adoptivo le legó. ¿Qué diría este de lo ocurrido, lo que le había supuesto a su propia hermana? ¿Cómo podría disculpar sus actos ante él?

Sumido en la culpabilidad, Alexander se distanció del centro de la ciudad. En su huida, volvieron a atosigarle los angustiosos recuerdos que le transportaban a otra huida: aquella que conducía a una escalera, un sótano, unas manchas y unas súplicas.

14

Selena Myers meditó acerca de la elasticidad del tiempo. Tenía que esperar cinco minutos, solo cinco minutos. Era muy poco. Sin embargo, después de lo que le había parecido una soporífera media hora, tras mirar su reloj, resultó que solo había transcurrido un minuto. Por un momento, caviló que, tal vez, lo mejor fuese que ese lapso no finalizase nunca. Lo que pudiera venir después la atemorizaba.

Había pasado la medianoche. El teléfono había sonado repetidas veces durante la última hora, hecho impropio para una noche de domingo. Algo importante había ocurrido en alguna parte. Ella había preferido no contestar. No deseaba hablar con nadie. No quería que la desconcentrasen. Estaba de pie, en la penumbra de su salón. Contemplaba la ciudad, iluminada por el brillo de la Luna y las bonitas farolas.

No podía dejar de evocar a Djoser. Llevaba así toda la noche. Le sentía más presente que nunca. Hacía años que no le veía. Había llegado a pensar que se había liberado de todas las huellas que ese hombre dejó en su existencia, pero era mentira: jamás lo había superado. Alexander Berkel había invocado su espíritu sin saberlo. Las heridas se abrían en la piel de Selena. Recorrían su cuerpo, su vientre y su corazón.

Sabía que las cosas nunca fueron bien con Djoser, ni siquiera al principio. La historia que protagonizaron presentaba un ingrediente insano que ella no quiso ver. Fue una temeraria excitación por el riesgo lo que la

254

tentó y enganchó. Selena no estaba preparada para la vorágine que después se desató. En su interior, ocultaba anhelos cohibidos que él espoleó e incendió. No supo protegerse de la deriva del descontrol.

Poco a poco, se percató de las aristadas asimetrías de aquella relación tan carnal. Djoser no la necesitaba con la misma intensidad con la que ella, pasados los meses, sí dependía de él. Esto no se debía a que ella se hubiese enamorado. Sus sentimientos eran de otra clase. Lo que ocurrió fue que, dentro de Selena, siempre habitaron unas pulsiones que él despertó. Su carácter adictivo, obsesivo y controlador cobró vida, henchido de una energía que se había desbocado. Comenzó a escudriñar cualquier comentario por parte de ese hombre. Examinaba todos sus actos y palabras. Él empezó a demorar y posponer sus citas. Ella enloqueció por los celos. Su mente desvarió en una turbulencia de hipótesis en la que enfermó. El anhelo tornó en odio. Y, de un modo demencial, dicha transformación se combinó con un deseo que no se sofocaba nunca.

Al final, la situación estalló. La relación acabó con brusquedad. Abrió una brecha que ella no solo no supo cerrar, sino que se esforzó demasiado tiempo por mantener abierta, a modo de culto terrible y pernicioso que se empeñaba en prolongar. Entonces, sobrevino la oscuridad. Se vio sola, más sola que en toda su vida. Sufrió con enorme amargura. Conoció una verdad tenebrosa con la que conviviría siempre.

Todo aquello la definió. Fue el germen de la máscara y la coraza con las que encararía el mundo en adelante. Se negó toda debilidad. Bloqueó cualquier posibilidad de volver a añorar. Se satisfizo con otras cosas. Ahora, ante la quietud de Persisto, pensó que su planteamiento podría haber surtido un buen efecto si no se hubiera enganchado a un gafe. Había errado de nuevo y, otra vez, se había dado cuenta tarde.

Alexander la abandonó diecisiete días atrás. El tercer dogma obraba sin piedad. No obstante, el período de quebranto que padecía no se parecía al que ya sufriera el otoño previo. Duraba más. Notaba la pérdida de sensibilidad y la ausencia de vitalidad. También tenía náuseas y mareos. ¿Qué mal la atacaba? Sibylle lo sospechó primero. Llevaba toda la semana sin acercarse a ella. La rehuía. Lo sabía.

Los cinco minutos terminaron. Selena suspiró, se alisó el fino camisón corto que vestía y fue al cuarto de baño. Allí, miró el test que había adquirido en la farmacia. Confirmó lo que la gata ya presentía: estaba embarazada.

15

Luka Miller no podía pegar ojo. Marko tampoco dormía. El niño se había despertado un rato antes. En realidad, los dos, padre e hijo, lo habían hecho a la vez. El bebé de nueve meses sollozaba sin consuelo en los brazos de su progenitor. Era casi la una de la madrugada. En un primer momento, una amodorrada Clarisa había hecho amago de levantarse para atender al nene. Luka le había dicho que se quedara en la cama y descansara. Él sabía qué causaba la desazón de Marko. La culpa era del sueño, el mismo sueño de siempre. Ambos lo habían revivido una vez más. Ya iban cinco.

De pronto, pese a la brisa nocturna que se colaba por las ventanas entreabiertas, en la casa hacía calor. Un singular desasosiego inquietaba a Luka y Marko. El padre, con su hijo en brazos, a quien arrullaba y besaba con cariño, paseó por la apacible penumbra del hogar. La vivienda de los Miller suscitaba una curiosa atracción. Daba la impresión de ser un lugar cargado de historias, cuyas paredes habían presenciado infinitud de instantes dignos de ser narrados. Inspiraba longevidad. Todo estaba repleto de muebles y detalles. El humilde adosado incluso podía resultar recargado, angosto y caótico, mas su llaneza era auténtica.

Luka y Marko bajaron al salón. No dieron la luz. La lámpara del acuario alumbraba la estancia y la dotaba de un resplandor mágico. El padre se acercó al rincón para que el bebé contemplara los peces de colores. Eso siempre le calmaba.

Luka estaba preocupado. Se preguntaba cómo habían salido los planes de Alexander en la Comisaría. Esperaba que su teléfono sonara en cualquier momento con noticias de su amigo. Se sentía culpable, ya que le había mentido: no tenía turno de noche; le podía haber acompañado. Sin embargo, presentía que enrolarse en semejante misión hubiera angustiado mucho a Clarisa. Era difícil ser leal al gafe y a su familia a la vez.

A pesar del empeño de su padre, Marko no se dormía. Se mostraba inquieto, como si una mala sensación le atosigase. Desvelado, Luka optó por ir arriba, ponerse una camiseta y unos bermudas, coger sus gafas, meter al crío en el cochecito y salir a dar un paseo.

La mitad norte del barrio de Hornos se hallaba desierta y silente. Anduvieron sin prisa por calles diversas: algunas, anchas con edificaciones altas; otras, estrechas con construcciones bajas. Las vías bien iluminadas

256

contrastaban con ciertas esquinas umbrías. A lo largo de su recorrido, dejaron atrás tiendas añejas, talleres artesanales, parques de columpios oxidados, plazoletas de monumentos ennegrecidos y casas de socorro deshabitadas.

No había manera de que Marko se serenase. Jugaba tan pancho con una pelota de peluche, coloreada con multitud de llamativas tonalidades, que contenía unos cascabeles en su interior. De improviso, el crío la arrojó a la calle y chilló para que se la diera.

—Para ya —le reprendió su padre, después de dársela—. No la tires más.

Casi ajeno al insomne jolgorio de su hijo, Luka pensaba en su difunta abuela. Siempre que el vívido sueño se repetía, se acordaba de ella. La mujer habría interpretado enseguida los componentes de esa ensoñación: la vía, el frío, la luz, la puerta, el trébol…

Por ahora, Luka opinaba que la vía de tren aludía a la del tren de mercancías en la que había venido la indigente no identificada del hospital. Alexander defendía que el diecisiete, los tictacs que escuchaba, señalaba a la caja diecisiete de la Comisaría. A él eso no le quedaba claro. Faltaban más piezas. Carecía de un sentido, un significado en conjunto. ¿O tal vez sus elucubraciones se equivocaban de plano?

Pocos días antes, mientras releía los diarios de su abuela, reparó en una frase que captó su interés: "Los augurios de mi mente rara vez transitan senderos rectilíneos. Adoran las parábolas. Viven en lo latente", había escrito Betina.

Cuando quiso darse cuenta, su abstraído paseo le había conducido a una zona que no le gustó. Se encontraban bastante lejos de casa. Las apacibles viviendas habían dado paso a vastas naves industriales, edificios en desuso y cristales rotos.

Luka se dio la vuelta. Era hora de regresar. De repente, Marko volvió a tirar la pelota, la cual rodó de manera increíble y se internó en una oscura bocacalle.

—Muy bonito —regañó al crío—. Pues te vas a quedar sin ella —recalcó.

Enfadado, continuó la marcha, pero Marko se puso a llorar: quería su pelota.

Fastidiado, consciente de que su hijo no se rendiría, Luka se adentró con paso remiso en la bocacalle. La calleja estaba iluminada por unos pocos farolillos muy distantes entre sí. La situación le escamó. Recogió la pelota y se dispuso a retornar, hasta que vio algo.

Se planteó si era una alucinación. Mas no lo era. Lo que veía, a pocos pasos de él, era real. Sobrecogido, Luka caminó hacia delante. Marko guardaba silencio. Y, allí, en esa calleja perdida, padre e hijo localizaron una puerta con un trébol de cuatro hojas pintado.

Capítulo VIII

Quebranto

1984

El clima en el caserío era cada vez más agobiante. Ella presentía que debía escapar.

No podía retrasar su decisión. Sabía que, en su interior, pese a reticencias y congojas, ya la había tomado. Iba a marcharse. Tenía que hacerlo. No lo podía soportar más. Lo ocurrido sobrepasaba con creces los límites que se sentía capaz de tolerar. Se alejaría de la finca, la casa y la familia. Lo haría sin importar lo que perdía, pues allí moraban la bondad y la maldad en una convivencia imposible que, en breve, estallaría.

Tendría que buscarse otro trabajo; quizás, también otro sitio donde vivir, ya que no le parecía acertado quedarse cerca. Trataría de superar lo sufrido, si era posible. Le disgustaba, no lo negaba. Llevaba años como cocinera de esa familia. En realidad, nunca la habían tratado mal. Hubo un tiempo, una época prolongada que pasó demasiado aprisa, durante la cual fue feliz.

Hasta lo que sucedió. Hasta lo de la niña. Hasta lo que insinuaban que el niño provocó. Ante lo que temía que podía acontecer.

Ahora, estaba en la cocina. Desde el fatídico incidente, prefería estar sola, inmersa en sus quehaceres, aislada del mundo y sus habitantes. Ese verano, las criadas habituales tenían vacaciones. Los señores habían contratado a una única sustituta. Esta iba unas horas por las tardes y la ayudaba con las tareas.

Dejó la comida preparada. Limpió los platos, los puso a secar y pasó la bayeta por la encimera. Supervisó que todo estuviera en orden. El señor apreciaba esas cosas. La señora, en cambio, no era tan rigurosa.

Miró por la ventana. No veía al niño. A lo lejos, oía el chirrido del oxidado columpio. Imaginó que jugaba con desgana, falto de una alegría

259

inherente; una que ya nunca recuperaría. Días antes, le había encontrado en el dormitorio donde la niña solía echarse la siesta. Allí halló la muñeca de trapo, la que a la cría le encantaba, la del pelo rojo y el vestido azul. Cuando ella abrió la puerta, los goznes rechinaron, por lo que el crío se sobresaltó. Callada, demasiado afligida en su fuero interno, le observó y no dijo nada para animarle.

Se secó el sudor de la frente. La larga y espesa melena pelirroja la agobiaba. Se notaba hinchada, más lozana que de costumbre. Tal vez fuera sugestión suya. Ansiosa por evadirse del bochorno del caserío, se peinó, alisó su holgado vestido y cogió la nota de la compra, la bolsa de rafia y el monedero. El paseo le haría bien.

Salió de la vivienda. Por un instante, la claridad la cegó. En efecto, el niño jugaba con el columpio, apático. Tal como había supuesto, se balanceaba carente de toda dicha. Aunque le diera mucha lástima, se dirigió a él y, más seria que en el pasado, dijo:

–Alexander, voy a la compra. Tu madre está descansando. Sé bueno.

El niño, que notaba su desapego, se limitó a asentir con la cabeza.

Ella inició la marcha por el camino de delante. Traspasó la cancela de la cerca. Enfiló el sendero agreste que, con la loma a su izquierda y los maizales a la derecha, se apartaba de allí. Poco después, se cruzó con una furgoneta de carrocería negra, que iba en dirección a la finca. La miró. Se fijó en que, en una puerta trasera, el vehículo llevaba grabado una especie de distintivo: una estructura radial de siete brazos serpenteados, seis negros y uno carmesí.

El día era muy luminoso. El astro rey irradiaba su poder desde el cénit. El sofoco estival no daba tregua. Ella escapó de aquel caserío. Huyó del quebranto.

Y ese día era el día.

260

30 AÑOS DESPUÉS

1

Ciudad Fortuna era capaz de distraer a sus habitantes de las verdades menos gratas y los pensamientos inconvenientes. Transmitía una impresión de bienestar y prosperidad que narcotizaba. Lograba aletargar en el devenir de sus enigmas y contrastes.

El barrio de Confiterías suponía la más vistosa de las zonas ricas de la urbe. Mientras el Arco Clásico se asociaba a la tranquilidad residencial de las clases adineradas, Confiterías se vinculaba a lo profesional y mercantil. Las avenidas Abundo y Komerci parecían escaparates sin fin. Todo era fastuoso y luminoso. Destacaban las dulces exquisiteces de los establecimientos que daban nombre al barrio, los relucientes diamantes de sus tiendas de joyas, el glamur de sus *boutiques* de alta costura o sus prohibitivos restaurantes.

La calle de los Orfebres, los campos de Júpiter, los de Juno y el paseo de Jano representaban áreas donde el éxito y la riqueza eran sinónimo de seguridad; seguridad que, en los últimos días de agosto de 2014, se había quebrado.

Alexander Berkel, aun implicado en parte de lo acaecido, no lograba entender lo ocurrido, como el resto de la ciudad. Un hecho sin precedentes había agitado el apacible y soporífero verano. En unas circunstancias que todavía no estaban claras, la Comisaría Central de Policía había sido escenario de un ataque insólito y bárbaro: un artefacto explosivo había estallado en el edificio. Aparte del destrozo, la consecuencia más grave había sido el fallecimiento del comisario Garmash.

Tres días después de la fatídica madrugada, cuestiones como la intención o la autoría de los crímenes eran un misterio. Alexander no se lo explicaba. Solo sabía que, por enésima vez, había sido un necio. Por muchos golpes que la vida le diera, no comprendía que jamás podía confiar en su suerte. Ahora, recluido cual cobarde en su escondite, incapaz y miserable, lamentaba las pérdidas sufridas y los problemas ocasionados. El asalto a la caja diecisiete había sido un completo desastre.

La peor parte, sin duda, se la había llevado Martin Krane. Según narraban los medios de comunicación, Martin había muerto la misma ma-

261

drugada de su incursión en Comisaría. Para cuando los policías le encontraron en el callejón lateral, tal vez pocos minutos después de que Alexander se marchara, el corazón del hombre ya no latía. La bala que el comisario le había disparado había acabado con su vida. Las autoridades habían esclarecido la identidad del intruso. Se le relacionaba con el difunto Ismael Wagner. Dados los caóticos datos que se contaban en torno a la investigación, se había apuntado la hipótesis de que lo sucedido ocultara algún lazo con el asesinato del conocido filántropo. ¡Pobre Krane!, ¡acusado de matar a su admirado protector! Tan ruin titular era de lo más injusto.

Alexander se sabía responsable del fallecimiento de Martin. Su mal fario era la única causa de la caída del hombre. Este, de manera inesperada pero certera, se había convertido en su amigo. Se preguntaba si podría saldar la tremenda deuda que ahora sentía hacia él. Le añoraría. Entre ellos habían quedado bastantes conversaciones pendientes. Una era la historia de la madre de Krane, una mujer gafe.

Además, a la mañana siguiente de los hechos, Luka se había presentado en el semisótano para reprenderle con dureza por lo ocurrido. Y Eddie Baltz también debía estar muy cabreado con él: había dejado de seguir su cuenta en *Twitter*. En apariencia, se trataba de un acto irrelevante, pero enmascaraba un profundo desacuerdo.

No obstante, el peor tormento de Alexander era el grave perjuicio que sus decisiones habían acarreado para Irene. Ese miércoles, su hermana continuaba arrestada en dependencias policiales. La prensa se había apresurado a desvelar su nombre y remarcar su parentesco con él. Así, Irene se había convertido en una supuesta delincuente y posible cómplice de todo cuanto se imputaba a su hermano.

La impotencia mortificaba a Alexander. Miró el reloj. Era mediodía. Aguardaba alguna noticia de Irene. Pensaba en Héctor. El recuerdo de su padre adoptivo le afligía, ya fuera en sueño o vigilia. Había olvidado sus lecciones y traicionado las promesas que le hizo. En el lecho de muerte del hombre, le aseguró que jamás abandonaría a Irene. Y lo había hecho.

Y todo ello, tanta calamidad, ¿para qué? Para obtener unos documentos salpicados de gotas de sangre, junto a un brillante dado de cristal naranja.

Ese dado naranja se había reencontrado con su compañero azul en una estantería del semisótano. En esos momentos, Trece se esforzaba

262

por escalar hasta la balda para alcanzarlos. Alexander le riñó por su empecinamiento. Lo que para su colega felino era un llamativo objeto de deseo, para él constituía una prueba firme de que el mafioso Alonso Yazpik mató a Lara Varone. En cambio, el alcalde Varone y el finado Garmash habían optado por dejar tal evidencia en el fondo de la caja diecisiete.

Alexander escuchaba el sonido habitual de la calle de la Ceniza por el ventanuco. Estaba atrapado. Acusaba la claustrofobia. Le dolía la rodilla.

Había dedicado esos días al minucioso estudio de los papeles de la caja diecisiete. Entre ellos, había datos interesantes, pero ¿cómo utilizarlos?

<u>2</u>

La información de los documentos sustraídos de la caja diecisiete nunca compensaría el quebranto sufrido. En síntesis, Alexander contaba unos treinta documentos. La mayoría consistía en fotocopias. Otros, al contrario, poseían la firma fidedigna del alcalde y de otras personas. Se trataba, en general, de transcripciones de interrogatorios, confesiones, tratos y otras diligencias policiales que, por el motivo que fuese, Varone o Garmash habían preferido mantener bajo llave. Entre todo lo que había leído, Alexander no había encontrado nada relacionado con la información sobre su infancia.

La conclusión más importante era que, como ya sospechaba, tanto el alcalde como el comisario fueron conscientes desde el primer momento de que él no asesinó a Lara. Aparte del dado de Alonso Yazpik, la caja diecisiete ocultaba cierto informe pericial que sí aludía a su hallazgo en la escena del crimen. Además, había leído parte de lo que podía ser el acuerdo secreto que, casi dos años antes, Yazpik hizo con Garmash, con la connivencia de Varone; un acuerdo mediante el cual el criminal obtenía beneficios penales a cambio de ser informante para desmantelar una red de contrabando.

Alexander comprendía que lo que ahora obraba en su poder, el dado junto al informe pericial y el fragmento del acuerdo, eran armas suficientes para forzar a las autoridades a un cambio de perspectiva en la investigación de la muerte de Lara. Imaginaba que al alcalde y a su obediente comisario no les agradaría la perspectiva de que un pacto secreto con un contrabandista saliera a la luz; razón que, sumada al odio que Ricardo le profesaba, suscitó que él, un gafe ya señalado por el crimen de Ismael Wagner, fuese acusado de otra muerte más. Lo peliagudo era decidir cómo utilizar esas armas, logradas de un modo bastante turbio.

Entretanto, también había encontrado documentación vinculada a la defunción de Vanessa Danzi, como los recortes de prensa sobre la aparición de su cadáver. Lo más relevante era que había averiguado la ubicación concreta del centro de actividades de la empresa *Kmann*, un lugar donde pronto investigaría. Un detalle que le intrigaba mucho era la presencia del símbolo de la Organización Heptágono en uno de los papeles almacenados en la caja. Se preguntaba qué interés podía tener esa gente en la desgracia de Vanessa.

Trece, que hasta entonces dormitaba en un rincón de la habitación, se desperezó y se paseó entre las piernas de su colega humano. Aquello hizo que Alexander saliera de su abstracción. Cuando se puso en pie para prepararse el almuerzo, volvió a quejarse por el estado de su rodilla. La caída había sido importante y no podía ir a ningún médico.

3

Sí podía haber acudido a un enfermero, al único que conocía, Luka. No obstante, este se había mostrado tan enojado con él que Alexander se sentía avergonzado. Lo peor era saber que merecía todos los reproches de su amigo.

Esos reproches serían incluso mayores si Luka se enterase de que, ese mismo miércoles, al atardecer, solo tres días después del desastre de la Comisaría, pendiente aún del porvenir de su hermana, Alexander volvió a salir de su escondite.

Como de costumbre, procuró vestirse con discreción. Se ocultó tras sus gafas oscuras y se atavió con una gorra. Después de la explosión en la Comisaría, los medios comentaban que la ciudad respiraba un ambiente de incertidumbre. Aparte de la irascibilidad de la gente, que no podía concebir que un ataque como el del domingo golpease a la mismísima Policía, era de esperar que hubiese más agentes de patrulla por las calles.

El trayecto entre el semisótano y la localización de *Kmann* conllevaba un largo paseo. Alexander intentó resistirse a coger el tranvía. Le agobia-

264

ba la idea de verse en problemas en el interior de un convoy y no saber cómo escapar o disimular. Empezó a caminar, pero, a la altura de Fabriko, tuvo que darse por vencido. El dolor de la rodilla le machacaba. Corría el riesgo de que su cojera llamase la atención.

Enlazó la línea circular con la de Komerci. Al menos, en ambos casos, los tranvías no iban abarrotados y pudo ocupar asientos de la parte trasera, donde fijó la mirada en el exterior. Algunos vecinos del barrio de Hornos parecían regresar a sus casas después de realizar sus compras. Un grupo de chavales regresaba de una jornada en la piscina. Un anciano con bastón ayudó a una mujer, que acarreaba un cochecito, a apearse.

Llegó al final de la línea. Con la cabeza siempre gacha y algo paranoico ante cualquier ruido normal de la calle, se sirvió del GPS de su *smartphone* para encontrar el edificio donde, según lo que había leído, estaba el centro de actividades de *Kmann*.

Cuando avistó el edificio, le costó creer que fuera el lugar que buscaba. La construcción, revestida de granito blanco, mostraba un diseño de formas rectas y monotonía dominante. Vio pintadas en los ajados muros. Las ventanas se notaban polvorientas.

Accedió, por un pasaje abovedado, al centro de un patio interior, donde confluían las escaleras y galerías de los tres pisos. La suciedad campaba a sus anchas. La luz escaseaba. El silencio intimidaba. Mientras subía las escaleras, se escuchaba el eco de las pisadas. Alexander supuso que el edificio se hallaba desierto. Imaginó que, décadas antes, esas instalaciones fueron bastante frecuentadas, hasta que el declive de las fábricas arrastró la zona consigo.

El espacio ocupado por *Kmann* estaba en la segunda planta, en mitad de un pasillo tan amplio como abandonado. La entrada era simple. Junto a ella, un letrero ilustraba el logo de la empresa: una k y una m reducidas a simples líneas rectas desunidas. La anodina puerta no daba ninguna pista sobre qué aguardaba al otro lado. Al fijarse con más detalle, le asaltó la sospecha de que la cerradura sería fácil de forzar. La tentación de intentar allanar ese sitio le enredó unos instantes, pero se refrenó.

De pronto, un sonido le asustó. Luego, volvió a sentir el silencio. Se dijo que se había convertido en un miedica que se inventaba tonterías. Sin embargo, enseguida, oyó otra vez el sonido, un eco que se aproximaba. Supo lo que era, ya que él mismo había provocado un eco similar muy poco antes: eran pisadas.

Por un instante, no supo cómo actuar. ¿Quién andaba por allí? ¿Le había visto entrar alguien y habían avisado a la Policía? De puntillas, se agazapó tras una esquina, en el pasillo. Se le ocurrió la posibilidad de que algún mendigo pudiese merodear por aquella edificación casi deshabitada.

Desde un rincón inadvertido, vio a un hombre joven enfilar el pasillo y detenerse, tal como él había hecho, delante de la entrada de *Kmann*. Desde luego, no se trataba de ningún mendigo, pues el personaje desconocido vestía un traje quizá demasiado serio. No llegaría a los treinta años. Su espigada anatomía se veía acentuada por su atuendo. Tenía el pelo claro y la piel lampiña y algo pecosa. Analizó el lugar con la misma curiosidad de Alexander, tecleó algo en su móvil y, luego, se marchó.

Una vez que dejó de escuchar las pisadas del personaje inesperado, Alexander suspiró con alivio. Lo que acababa de presenciar le intrigaba. ¿Era posible que hubiese alguien más interesado en aquella empresa, que había empleado a Vanessa semanas antes de que la pobre apareciera muerta junto al río?

Una inquietud indefinida le acompañó durante su trayecto de retorno al semisótano, con la estrellada noche sobre él.

4

Irene Berkel no recordaba haberse sentido peor en toda su vida. Cuando Héctor murió, al menos, pudo aferrarse a algo que, en este momento, no encontraba: apoyo y compañía. Desde la difícil noche del domingo, se sentía más desamparada que nunca. Incapaz de sosegarse, al borde de un llanto constante, se formulaba la misma pregunta una y otra vez: ¿cómo superar algo así?

Era miércoles por la tarde y ella seguía recluida. El límite legal de setenta y dos horas de detención se agotaría en breve. Lo malo era lo que pudiera venir después. El abogado se mostraba vehemente y entregado a su causa, pero, con todo, no descartaba la posibilidad de un traslado preventivo a la Penitenciaría. La acusaban de allanar las dependencias policiales, portar un artefacto electrónico ilegal y varias cosas más. La tildaban de terrorista. ¡Terrorista!, pensaba Irene, sobrecogida. ¿Cómo era posible? Su vida se había quebrado.

266

En un primer momento, cuando recuperó el conocimiento y se vio de repente en una sala de interrogatorios, acosada por decenas de agentes, ella, aterrada y desesperada, afirmó que era inocente. Aseguró que no había pasado de la entrada del edificio, donde había chocado con alguien que la había agredido, pero los policías no la creían. La amedrentaban con sus cuestiones. Decían haber hallado un inhibidor de frecuencias prohibido junto a ella. Y, puesto que el aparato había estropeado las imágenes de las cámaras de vigilancia, ponían en duda la existencia de ese agresor o agresora. Para colmo, cuando le preguntaron por el motivo de su presencia en la Comisaría, Irene titubeó, lo cual empeoró su posición.

Pasó la noche en esa sala de interrogatorios, agotada y dolorida. A primera hora de la mañana siguiente, un hombre maduro, de faz imponente, voz grave y traje bien planchado, hizo su aparición. Le explicó que era abogado. Isaac Wagner le había contratado para que la defendiera. Ella se quedó sin habla, mas, en tan espinosas circunstancias, agradeció la inesperada ayuda y decidió hacer todo lo que el letrado estimase pertinente.

El abogado, cuyos honorarios se presumían exorbitantes, consiguió que la llevaran al que, pese a las penurias, debía ser el mejor calabozo de la Comisaría. Acusó a los policías de retenerla sin pruebas, señaló las debilidades de sus planteamientos y la aleccionó sobre qué responder en los interrogatorios. Hasta hizo que un experto informático reconstruyese una secuencia de las cámaras, donde, en efecto, se intuía al atacante de Irene.

No obstante, conforme transcurrían las horas, y luego los días, ella ahondaba en su depresión. Le dolían las heridas de la cara. Sobre todo, le escocía la nariz, que le había sangrado bastante. Añoraba la caricia del Sol. Detestaba la luz de los tubos fluorescentes. El calabozo era un exiguo espacio de pocos metros cuadrados, dotado de un incómodo catre y un humillante retrete.

En su desgracia, Irene pensaba todo el rato en Alexander. Este la había abandonado. Esa idea la atormentaba. Según había oído, Martin Krane había muerto. Por el momento, nadie había mentado a su hermano, pero ella no dudaba de que él estaba a salvo. Sabía que la había dejado allí tirada. Sus razones le daban igual. No consideraba excusa posible para lo que había ocurrido.

Ese miércoles por la tarde, al fin, un oficial fue al calabozo para informarle de que iba a quedar en libertad sin cargos. Por lo visto, su abogado era imbatible. Le dieron una bolsa de plástico con sus pertenencias y le indicaron que esperara en la recepción a que el letrado la recogiera. Aguardó allí, sentada en una silla de madera. Se ruborizó por el mal olor que su cuerpo despedía. Esquivó las miradas de los agentes. Su vergüenza era tremenda.

Mientras esperaba, conectó el móvil. Recibió un aluvión de mensajes de las redes sociales. Los ignoró todos salvo uno de Lena en *LinkedIn*. El texto era escueto, pero el reproche que connotaba resultaba innegable. Debido a su ausencia el día de la firma oficial, no se había podido formalizar la patente de su invento en común. Irene fijó la mirada en el suelo. No podía sentirse más miserable. ¿Cuánto había perdido por ayudar a Alexander?

Entonces, un par de bonitos zapatos náuticos se detuvieron a su lado. Ella se irguió y observó al hombre que los calzaba: Isaac Wagner. Este, inescrutable tras unas gafas oscuras, la contempló, le tendió una mano, y dijo:

—Vamos.

—Gracias —musitó ella, para el cuello de su camiseta.

El coche de Isaac era grande, cómodo y sofisticado. Él, de humor insondable, condujo sin hablar. Ella, abatida, se recostó en el asiento trasero. Admiró la cuidad. Se dirigieron a las apacibles y hermosas calles del Arco Clásico. Circularon por la tranquila y elitista vía del Alcalde Sidor. Franquearon la puerta de la finca donde se erigía la mansión Wagner. Recorrieron el sendero arbolado que terminaba en la construcción principal de estilo decimonónico. La vegetación que la circundaba era tan verde y reluciente que deslumbraba. Dejaron el coche allí y subieron la escalinata hacia la puerta.

El recibidor poseía techos altos, mobiliario antiguo y pinturas barrocas. Un pacífico y bonachón *golden retriever* salió al encuentro de su amo, quien acarició su fino pelaje con cariño. Irene cayó en la cuenta de que Isaac, como todo el mundo, creía que Alexander asesinó a su padre entre aquellas paredes. ¡Qué surrealista era todo!

—Ven —añadió el hombre, que volvió a darle la mano.

Isaac la llevó a su dormitorio, situado en la planta alta. Era una habitación espaciosa e iluminada con generosidad. La decoración se veía refinada, con maderas nobles. No tenía el aspecto vetusto que Irene asociaría a tan insigne familia. Le costaba imaginar a Isaac como un muchacho normal y corriente al observar esa mansión.

Se sentaron a los pies de la cama. Isaac la miró a los ojos. Su gesto y la manera con la que habló demostraban que estaba decepcionado, pero a la vez preocupado.

—Date una ducha —indicó, y señaló la puerta del cuarto de baño anejo al dormitorio—. No tengo ropa de chica. Si hace falta, iré a comprarte algo o te traeré lo que necesites de tu piso. Lo mejor será que te quedes aquí unos días. —El hombre respiró hondo. A ella le costaba soportar la firmeza de sus ojos de iris grisáceo—. Irene, lo sucedido es muy, muy grave. Supongo que te haces una idea. —Ella asintió con la cabeza, callada, cual chiquilla pillada en una trastada que se pasaba de la raya—. Ha sido difícil, aunque mi abogado lo ha solucionado. En el fondo, no tenían nada contra ti, solo vacuos indicios, pero esto traerá consecuencias. Solo depende de ti que las podamos superar. Irene, no sé qué pasaría en la Comisaría el domingo, la verdad. Sí sé por qué estabas allí —manifestó, con severidad—. Y esto tiene que acabar. Confié en ti y me has defraudado. Sabes que, para que trabajaras con la Organización, analizamos tu grado de suerte. Es cuatro, el punto medio. Significa que puedes pertenecer a la mitad alta o baja de la escala. Tú decides, pero tu suerte caerá cada vez más en desgracia si sigues tolerando que el halo gafe de tu hermano te emponzoñe. Irene —suspiró, y el matiz con el que hablaba se relajó un poco—, te aprecio. Siento tu potencial. Seguro que lo hago más que tú misma. Si terminas la fase de análisis del precontrato, puede haber mucho futuro para ti en Heptágono. No solo podemos contratarte para desarrollar el proyecto en sí. Me has hablado sobre tu formación en *big data* y *data mining*. Piensa en la cantidad de información que la Organización almacena continuamente. Podrías tener un puesto fijo. Es un filón. No desperdicies lo que el porvenir te pueda deparar. Aunque me has fallado, estoy dispuesto a ayudarte y creer en ti; eso sí, si prometes que, bajo ningún concepto, volverás a tener contacto con tu hermano. No quiero ni pensar en los gravísimos problemas que tendrás; problemas con la justicia, con Heptágono y con tu suerte. No seas tonta.

Irene no fue capaz de responder nada a la dura perorata de Isaac. Una parte de su cerebro le decía que este tenía razón; otra la confundía. No sabía cuál era el camino correcto. Estaba derrotada. Anheló la evasión que el H17 le podría proporcionar.

–Anda, dúchate –concluyó él, y se puso en pie, dispuesto a salir del dormitorio.

Irene, extraviada en un páramo de desamparo y dubitaciones, necesitaba que la guiaran. No le importaba que, en varios sentidos, tuviese la impresión de traicionar a su verdadero yo. De modo que aferró la mano de Isaac, le retuvo, y dijo:

–Dúchate conmigo.

5

Isaac Wagner se quedó traspuesto durante unos minutos. Se despertó alterado, como si hubiera tenido una pesadilla, aunque no se acordaba de nada. Ya era de noche. La mágica claridad de la Luna entraba en el dormitorio. Miró el reloj. En realidad, era pronto. Irene se había quedado roque, algo comprensible tras tres noches en un catre de la Comisaría. A él, el sexo le había dado hambre, así que salió de la cama sin molestarla. Antes, la observó. Esa chica tenía algo que le turbaba: las dos veces que se habían acostado, ella se entregaba a él no con lujuria, sino con algo parecido a la desesperación.

Se puso una camiseta y un pantalón, pues en esa casa hacía fresco en cualquier época del año. Salió de la habitación con cuidado de no hacer ruido. Bajó a la planta baja. No dio las luces. Conocía de memoria las tinieblas de la mansión. De pequeño, no se habría atrevido a hacerlo: era un miedoso y esos pasillos le aterraban. En su adolescencia, al contrario, le gustó tener tantos rincones donde esconderse del mundo. Ahora, en cambio, se sentía solo. Ese lugar era enorme y suponía una extensa historia, un luengo linaje, el cual había recaído sobre sus hombros de manera traumática e inesperada.

Fue a la cocina, donde sí dio la luz. Buscó una bolsa de pan de molde y un surtido de patés. Se preparó un sándwich doble para él. También, untó otra rebanada y la cortó por la mitad para hacer una versión pequeña y triangular de su escueta cena. Cogió un refresco de la nevera y comprobó que había leche fría para más tarde. Se alegraba de que sus padres se hubiesen preocupado por que no fuera un señorito y se valiese como una persona normal y corriente, sin importarle futuras herencias. Por eso, había seguido el ejemplo de su padre y no quería que el servicio estuviese interno.

Apellidarse Wagner podía ser motivo de admiración para algunos. Siempre les habían respetado y apreciado mucho en la ciudad. Él era consciente de ello. A veces, imaginaba ser otra persona. Tenía la certeza de que nadie entendía el peso que representaba esa ascendencia. Le habían impuesto una deuda dolorosa que él pensaba acometer sin repulsa. El asesinato de su padre no quedaría impune.

Ismael Wagner fue un hombre bueno; tal vez, demasiado bueno. Eso era lo que más frustraba a su único hijo. La vida no había sido justa. ¿Tal era el precio de la bondad?, ¿morir víctima de un gafe? ¿Cómo asumir entonces el lema que su padre enarboló tantas veces? "La suerte gobierna el mundo", le gustaba decir. Mas, con su muerte, el mundo perdió parte de su sentido y el influjo de la suerte se desvió de su rumbo.

Aun así, Isaac no renunciaba al legado de su padre. Conocía la filosofía, le interesaba el aspecto empírico de la genética y obviaba la religión. Si creía en los dogmas y el primero era cierto, en ese caso, la suerte ni se creaba ni se destruía. Solo necesitaba reconducir por el buen camino la fracción de suerte que Alexander Berkel extravió al quitarle la vida a su padre. Nadie con menos suerte le impediría consumar su venganza.

Con los sándwiches en la mano, Isaac se dirigió a una vieja despensa que, en la parte trasera de la mansión, se había convertido en el cuarto de Nelson.

El *golden retriever* reposaba en su cojín favorito. Se incorporó y, con lentitud y torpeza, se aproximó a él, que encendió un flexo que había en una mesa y se acuclilló junto al perro. Este posó su hocico en la rodilla del humano y resopló.

—¿Tú tampoco puedes dormir? —preguntó Isaac, en voz baja. Le enternecía ver cómo el can, de doce años de edad, buscaba su contacto y sosiego. Era mayor y estaba enfermo—. ¿En qué pensabas? No tienes que preocuparte por nada. Todo va a salir bien. —Nelson olfateó los sándwiches y su amo le dio el pequeño—. Este es para ti, bribón. Ya sabía yo que se te iba a antojar. Es todo tuyo. ¡Al diablo con la dieta!

Isaac prorrumpió en una carcajada más afligida que alegre. Tenía miedo. Temía el día en que ese perro ya no le recibiese al llegar a casa. Todavía no podía encarar ese vacío. Nelson era lo único vivo que quedaba de su padre y, si desaparecía, significaría un final definitivo e irrevocable. Se arrepentía de los años que había pasado alejado de casa. Debió estar más tiempo junto a su padre, igual que con su añorada madre.

Se dio cuenta de que, si Ismael estuviese allí, Isaac le habría consultado sus inquietudes sobre Irene Berkel. Al principio, cuando contactó con ella y la cautivó, tanto en lo profesional como en lo personal, estaba convencido de sus intenciones y motivaciones. Tenía claro cuál era su propósito. En las últimas semanas, no obstante, le asaltaban varias dudas. ¿Cómo acabaría aquello? ¿Hasta dónde estaba dispuesto a llegar?

El perro se mostró más animado después de zamparse su sabroso tentempié. Isaac se arrodilló para acariciarle. Un curioso fetiche pendía del collar del can: una larga y vieja llave. Le sonaba que ese objeto era de su padre. No sabía por qué, pero el perro lo atesoraba desde la muerte de este. Lo hacía con tanto ahínco que él decidió colocársela ahí, para que no la perdiera jamás. La cuestión que, en ocasiones, le intrigaba era: ¿qué abría esa llave?

6

Ricardo Varone escogió uno de los mejores vinos de su bodega. Lo colocó en la mesa. Todo estaba listo. La asistenta había dejado la cena preparada. Él le había dado la noche libre a la mujer. Desde que Casandra se fue otra vez de vacaciones, le parecía ridículo compartir la casa con alguien con quien ni siquiera hablaba. Además, esa cena era una ocasión especial. Prefería evitarse las distracciones.

Esperaba evadirse ya que, por ahora, su mal humor amenazaba con estropear la velada. Lo sucedido en la Comisaría no podía resultar más desastroso. En todos los años que llevaba en la alcaldía, jamás había ocurrido nada semejante. No olvidaba el trauma posterior a la muerte de Lara, por supuesto, pero aquello fue distinto: más que una explosión, se trató de una implosión, tanto en la ciudad como en su familia y en sí mismo. El atentado atemorizaba a su población, a la cual él prefería contenta y aletargada, y empañaba esa imagen de urbe idílica que tanto le había costado crear. Para colmo, los hechos complicaban sus ya rebajadas posibilidades de saltar a la política nacional. ¡Solo un golpe de suerte podía rescatarle de tan desalentador panorama!

272

Mas la suerte no se mostraba de su parte. El fallecimiento del comisario era un acontecimiento de extrema gravedad. Su pernicioso efecto tardaría en superarse. Según el avance del forense, el jefe de la Policía había sufrido un infarto fulminante, además de los daños propios de la deflagración. La madrugada del lunes, Ricardo empezó a buscar un sustituto para el finado. Necesitaba a alguien igual de mediocre y manejable. Aunque hubiese amagado muchas veces con deponerle, jamás había considerado su relevo en realidad. Ahora, ya daba igual: el primer ministro Brenner le había impuesto a una nueva comisaria, una mujer de fuera. Este insospechado nombramiento demostraba que el primer ministro ya no confiaba en él.

De todos modos, Ricardo estaba convencido de que, por mucho que la recién llegada investigase, nunca esclarecería el verdadero quid de lo acaecido. En su opinión, se apreciaba un tufo que nadie olía, pero que a él le enervaba: el hedor a gafe. Presentía la mano de Alexander Berkel tras la catástrofe. La extraña detención de su hermana, así como la inexplicable defunción de Martin Krane al lado de la Comisaría, apuntaban al malnacido. Ante aquel panorama, aquietar su obsesión por vengarse era imposible: Berkel siempre estaba cerca. La rabia había ocupado el vacío que dejó la muerte de Lara. Y, pese a que le inquietaba la pérdida del contenido desvalijado de la caja diecisiete, el alcalde no estaba dispuesto a permitir que el maldito gafe volviera a damnificarle. Iba a atraparle.

Otra persona cuyo recuerdo le exacerbaba era Joseph Klausmann. En su archivo personal, Ricardo escondía la documentación relativa a las actividades criminales del científico. Garmash conminó a Joseph a detener sus demenciales experimentos. Por desgracia, ahora, el robo de la caja fuerte podía sacar a la luz cómo el comisario y el alcalde habían tramado para ocultar la verdad sobre la prostituta hallada en el río.

Inmerso en sus furiosas cavilaciones, Ricardo tuvo una revelación: la venganza contra Alexander Berkel y el desquite contra los Klausmann eran una sola cosa. Debían unificarse. No podía tolerar que esa familia le volviera a perjudicar.

Mientras tanto, planeaba comenzar las contrataciones y licitaciones de *eFortuna Global*. El proyecto estrella de la legislatura podía convertirse, una vez más, en su salvación política.

El timbre le rescató de sus sombríos pensamientos. Se propuso despejarse, apartar las muy diversas tribulaciones, y disfrutar de la cena. Debía celebrar el regreso de su amigo.

Caminó hacia la puerta. Se disponía a recibir a quien, con toda seguridad, era el único al que consideraba amigo. Este le había acompañado durante décadas. Hasta perdió lo más valioso por su lealtad hacia él. El alcalde había echado de menos su entrega, colaboración y presencia comedida: cincuenta y tantos años, estatura alta, cara alargada, semblante corriente, ropa sencilla, zapatos siempre limpios, voz grave y proceder callado y reflexivo.

Ricardo abrió la puerta e invitó a pasar a Carlo Ferrara. Tras saludarle con afabilidad, le tendió su mano, que Carlo estrechó. Varone no temía hacerlo. Gozaba de un envidiable grado de suerte seis y su amigo no solo poseía un mediocre cuatro, sino que le habían gafado, pero ya estaba recuperado, pues había seguido el quinto dogma.

—Bienvenido de nuevo a la ciudad —declaró Ricardo.

—Muchas gracias, señor alcalde —respondió Ferrara.

Se sentaron a la mesa, sacaron la cena cocinada por la asistenta y descorcharon la botella de vino. Comieron, bebieron y conversaron. Hablaron del retiro de Carlo, unos meses durante los cuales se distanció de su familia y se centró en reponerse del violento incidente con Alexander Berkel, quien mermó su suerte. Brindaron por su recuperación.

Desde el salón de los Varone se veía una parte del jardín que rodeaba la vivienda. En un momento dado de la velada, Carlo bebió de su copa de vino, escrutó la nueva caseta que su ex jefe se había construido, y preguntó:

—¿La obra fue bien?

—Sí, sin ningún problema —afirmó Ricardo—. Fueron rápidos y no hicieron preguntas.

—Me alegro. Era un contacto de absoluta confianza.

—¿Sabes?, ahora que mencionas aquello, he leído uno de los libros de Ismael Wagner. La lectura ha sido soporífera a ratos, pero interesante en general. A Ismael también le debió atraer porque lo llenó de notas por los márgenes. Creo que gracias a ese libro he entendido cierta obsesión suya.

—¿Qué libro es?

—Se titula *La ecuación del siete*. Versa sobre el séptimo dogma. Entrelaza la genética y la religión de un modo osado, aunque reconozco que estimulante. Incluye un relato polémico. El autor defiende que es verídico, pero yo creo que es pura inventiva. Interpreta a su manera la Palabra de la Sibila y asegura que hubo un gafe que, en el fondo, era Hijo del Siete.

—No lo entiendo –admitió Carlo.

—Normal –convino Ricardo, y bebió un sorbo de vino antes de proseguir–. Según este autor, los Hijos del Siete son muy similares a los gafes; tanto que muchos de ellos pudieron pasar toda su vida creyendo que eran gafes, sin comprender que, realmente, tenían una capacidad casi divina para alterar la suerte del mundo a su antojo. No sé si me explico.

—Sí, aunque estos temas nunca han sido mi afición.

—La cuestión es que, gracias al libro y sus glosas, comprendo el erróneo planteamiento de Ismael. Él se creyó la palabrería de este autor. Le dio por pensar que Alexander Berkel podía ser, en realidad, el Hijo del Siete. De ahí su fijación con él. Lo curioso es que, este verano, he consultado varios archivos clasificados de Heptágono, a los cuales Wagner tuvo acceso en su día, y he comprobado que no existen pruebas solventes de la existencia de ese personaje que se relata en el libro, ese Hijo del Siete que fue tomado por un gafe.

—No lo piense más, alcalde –añadió Carlo–. A ese hombre le cegaron sus creencias.

—Correcto –asintió Ricardo–. Ese es un desliz que yo no cometeré. Te lo aseguro.

Era cierto. Había tomado medidas para ello. Él seguía la filosofía de los dogmas. Se interesaba por la genética, tal vez con más tesón que la mayoría. Y creía en la religión con la misma devoción que Ismael Wagner. La diferencia radicaba en que él no estaba dispuesto a dejarse arrastrar por leyendas infundadas o ilusiones descerebradas. No albergaba ninguna intención de implicar a la Organización en asuntos de esa índole. Con ese fin, fue tajante al decretar que Heptágono se centrara en la filosofía y el proyecto del censo, mientras dejaba a un lado las mitologías de la religión. Así, Ricardo podía ahondar en esta materia sin que la institución se interpusiera. De hecho, ya tenía en mente un encargo muy relevante, pero esa noche no le apetecía plantearlo.

Cuando pensaba en la ventaja que obtenía de su rango en la Organización, comprendía que sustituir sus aspiraciones en política nacional por las múltiples posibilidades de regir Heptágono no era tan mala idea.

Con todo, cierta espina clavada en su orgullo todavía le escocía. Consciente de la eficacia de su anterior jefe de seguridad, carraspeó, y comentó:

—Carlo, amigo, sé que tu jubilación es definitiva, pero hay un tema que me obceca.

—Alcalde, mi jubilación es en lo laboral. En lo personal, cuente conmigo. ¿Qué es?

—Hace unas semanas, le encargué un trabajo a tu sustituto. Le solicité que investigara a Martina Leone. Necesito, o necesitaba, algo contra esa mujer. Sabes que la detesto y sabes cuáles son, o eran, mis planes. Travis no encontró nada.

—¿No hay nada de nada?

—Eso parece, pero tiene que haber algo. Siempre lo hay. He pensado que tal vez Travis no inspiró confianza a los contactos que tanteó. Te agradecería que hablaras con algunos de tus conocidos en la prensa, por si contigo sí se abren.

—Eso está hecho. Por cierto, el chico nuevo, ¿qué tal? ¿Hace bien su trabajo?

—Sí. No llega a tu altura, pero vale. Lo que pasa es que lleva unos días muy, muy raro. Ha faltado. Está muy despistado. Me gustaría saber qué le ocurre. Me da mala espina.

7

Al día siguiente, en cuanto se despertó, Alexander volvió a consultar su teléfono. Esperaba recibir algún mensaje de Irene, pero no fue así. Su hermana había salido de la Comisaría la tarde anterior y todavía no había contactado con él.

Mientras tanto, quería retomar un asunto que había dejado aparcado: la procedencia de la mujer no identificada, la cual no pudo esclarecer los enigmas de su identidad. Por ello, esa mañana, decidió acudir adonde la desconocida fue hallada.

Ataviado una vez más con su vestuario de incógnito, abandonó la clandestinidad del semisótano. Su pierna seguía resentida, de modo que fue directo a la parada de tranvía más próxima. El calor de la mañana suscitó que tanto la calle como el convoy estuviesen desiertos. Él sudaba a chorros bajo su gorra, pero no se la quitó.

La actividad en la Estación Oriental de Ferrocarril, ubicada al noreste del Arco Clásico, también parecía ralentizada por el calor seco, que había repuntado. Una ardiente explanada de asfalto conducía al edificio central. El recinto estaba circundado por una verja metálica, la cual permitía observar las vías y los andenes. Apenas se avistaban ferroviarios.

Con suma cautela, Alexander cruzó el vestíbulo del edificio principal. Se dirigió a las vías. Buscaba al maquinista que conducía el tren en el que apareció la mujer no identificada. Según Eddie, el tipo se llamaba Frank. Tenía los datos de la locomotora. Minutos después, la localizó en una de las vías.

Caminó a la sombra de una larga y dispar formación de vagones de mercancías. Junto a la cabina, de espaldas a él en esos momentos, se encontraba un hombre joven, que vestía un uniforme lleno de manchas de grasa y se limpiaba las manos con un trapo mugriento.

Alexander confió en que la gorra y las gafas de sol consiguieran que el maquinista no le reconociera. A medida que se acercaba, alzó la voz:

–Disculpe –dijo.

–¿Sí? –replicó el hombre, que se dio la vuelta.

Ambos se quedaron parados y callados. Alexander ya conocía al maquinista. Se trataba del gafe que no era consciente de su condición, aquel a quien tuvo que echar del casino. Por el contrariado rictus del joven, sospechó que este también le recordaba, de manera que se quitó las gafas de sol y le observó.

–¿Te acuerdas de mí? –preguntó Alexander.

–Sí, estabas en el casino –respondió el chico.

–Correcto. Discúlpame, ¿cómo te llamabas?

–Soy Frank Axel. ¿Y tú?

Alexander obvió la cuestión de Frank. En su lugar, abordó el tema que le ocupaba:

–Perdona que te aborde así, pero intento descubrir la identidad de una mujer. Llegó a la ciudad como polizona en un tren de mercancías que tú conducías. ¿Es así?

–Sí. La recuerdo muy bien. Me dio el susto de mi vida. Supuso una buena bronca. No se me ocurre cómo se coló en el tren. Mi ruta no es para pasajeros.

–Entiendo. Es todo un enigma. Es muy importante para mí. No me vendría mal que me ayudaras.

–¿Cómo?

–No lo sé, estoy algo perdido. ¿Puedes pasarme una lista de las paradas de esa ruta?

–Sí, puedo, pero son unas cuantas y todas llevan a estaciones de mercancías como esta o meros apeaderos. Yo ya he preguntado por ahí. Nadie vio nada.

Alexander suspiró. No había mucha información que obtener. Aquel asunto se estancaba en uno de los muchos puntos muertos que le desmoralizaban.

Frank frunció el ceño y abrió la boca, listo para preguntar algo. Alexander intuyó que, fuera lo que fuese, cualquier cuestión le incomodaría. No contaba con conocer al maquinista. Permanecer allí se le antojó arriesgado, de repente. Se había quitado las gafas y cualquiera podía reconocerle. De hecho, se temía que aquel joven ya supiera quién era.

Lo mejor era huir, como de costumbre. No obstante, iba a despedirse del gafe incauto cuando, de pronto, le asaltó una honda culpabilidad. Pensó en Héctor. Rememoró todas las enseñanzas de su padre adoptivo, así como sus propias promesas incumplidas. A riesgo de que, en efecto, alguien le identificara, suspiró, e interrogó:

–¿Por qué trabajas de maquinista?

–¿Que por qué? –replicó Frank, sorprendido–. Pues porque es el sueño de mi vida.

–¿No te asusta que pase nada?

–No. ¿Qué iba a pasar? Oye –añadió Frank, un tanto áspero–, aquella noche también dijiste cosas un poco raras. No consigo entenderte. ¿Qué haces aquí? Sé quién eres.

Alexander esbozó media sonrisa. Le asombraba que ese joven hubiese podido llegar a los veintitantos sin descubrir la indeseada tara con la cual había venido al mundo.

–Sabes quién soy yo, pero no sabes quién eres tú –declaró, con seriedad.

278

La frase descolocó al maquinista, que se dispuso a contestarle, quizá con un improperio. En cambio, Alexander alzó una mano para pedir que le dejara continuar.

—Escúchame, confía en mí —solicitó—. ¿Conoces la verdadera suerte?, ¿sabes a qué me refiero? —Puesto que Frank negó con la cabeza, él, titubeante, prosiguió—: A ver… Digamos que la suerte es…, es una… Bueno, la suerte es todo. La suerte está en todas partes y todas las personas. La suerte es el mundo entero. Es el destino. Todos tenemos suerte, pero no la misma. La mayoría de la gente ni siquiera concibe su auténtico influjo, cómo determina las cosas que nos ocurren día a día, sea donde sea. Existen personas, como tú y como yo, que no podemos ignorar la suerte. Somos diferentes a los demás. —El gesto de Frank denotaba su extrañeza y escepticismo. Con todo, Alexander, aunque descontento con su propio parlamento, perseveró—. Tú y yo somos gafes —soltó, sin más. En cuanto articuló esa palabra, el temible vocablo que perseguiría al pobre Frank hasta su mismísima muerte, se arrepintió de su precipitación. ¿De verdad pretendía honrar a Héctor de aquella manera? Desvelada la bomba, no le quedaba otro remedio que seguir adelante—. Somos gafes —repitió—. Tenemos mala suerte y podemos transmitírsela al resto. Podemos mermar. Unas veces, será adrede, si sabes cómo; otras, sin notarlo, aunque sí lo notarás cuando sea demasiado tarde. Créeme, Frank, si eres gafe, y lo eres, no pasarás mucho tiempo sin dañarte o dañar a los demás. No sé cómo lo habrás logrado hasta ahora. Debes aprender a controlar tu condición. Yo puedo ayudarte. ¿Acaso nunca has presentido que algo no marchaba bien dentro de ti?

Frank se mostraba boquiabierto. Tras un mutismo indescifrable, espetó:

—¿A ti qué te pasa? ¿Eres de alguna secta?

—No —aseveró Alexander. Se había expresado fatal. No le extrañaba que el muchacho le tomara por un chiflado—. No soy de una secta. Créeme, lo único que… —Frustrado, calló. ¿Cómo podía arreglar el entuerto? Resopló, y agregó—: Mira, lo siento. Lo siento mucho. Lo parezco ahora mismo, pero no soy un loco. No soy nada de lo que dicen. Sí soy lo que no dicen. Soy gafe. Este ha sido el peor discurso de la historia, pero, si miras en tu interior, sentirás que una penumbra innata habita en ti.

En silencio, Frank mantuvo su mirada fija en Alexander. La incredulidad y la ofensa, que antes se leían en su faz, se disiparon durante un instante. Quizás, dudase de verdad. Sin embargo, al final, suspiró, se dio la vuelta y se dispuso a alejarse de allí.

–Para nada –concluyó.

–En tu interior, sabes que es cierto –insistió Alexander. Se sentía un fracasado, pero, si era necesario, hablaría a la espalda de ese terco joven a quien no había sabido encauzar–. Tienes la capacidad para quitar algo íntimo y valioso. Sé que presientes esa brizna dentro de la gente. Notas que puedes arrebatársela. Algún día, lo harás sin control, y eso te destrozará. "La suerte persevera toda una vida" –recitó–. Ya lo verás.

Sin aminorar el paso ni girarse para mirarle, Frank solo pronunció una palabra:

–¡Piérdete!

<u>8</u>

Alexander deshizo el trayecto de vuelta al semisótano. La misma tranquilidad que caracterizó el camino de ida le acompañó en el de regreso. En esta ocasión, además, rumiaba la desafortunada disertación que había dedicado a Frank Axel.

Iba tan abstraído que, cuando pasó al portal de la calle de la Ceniza y comenzó a descender la escalera hacia el semisótano, por un momento, se le detuvo el corazón al advertir una figura humana, que aguardaba en la penumbra del rellano.

–Soy yo –anunció Luka, que dio un paso al frente para que pudiera reconocerle.

Alexander, que se había quedado petrificado, recobró el aliento. La desacostumbrada seriedad de Luka le entristeció. Su amigo continuaba enfadado.

–Me has asustado –agregó, para romper el hielo.

–Es normal. Si no hubieras salido, no te habrías asustado –contestó Luka, con talante severo. El reproche hirió a Alexander.

–Ya. He ido a…

–No me lo cuentes. Déjalo para otro día –interrumpió Luka, con ánimo hastiado.

–¿Vas a pasar?

–Un minuto.

Entraron en el semisótano. Trece había salido. Alexander le ofreció una bebida a Luka, pero este la rechazó con gesto antipático. Dolido por el desapacible clima entre ellos, se limitó a preguntar:

—¿Qué querías?

—Tengo que contarte algo.

—Tú dirás.

—El domingo pasado, por la noche, Marko y yo nos despertamos después de tener el sueño por quinta vez. Me llevé al niño a dar un paseo de madrugada. Pasó algo. Vi algo.

—¿Qué?

De ese modo, Luka le relató cómo, en un infructuoso intento por lograr que su hijo se durmiera, había localizado una puerta similar a la imagen de su insistente sueño. Aquello puso el vello de punta a Alexander.

—¿Dónde está esa puerta? —inquirió. Jamás se había planteado que el sueño se pudiera corresponder con un sitio concreto.

—En una calle cualquiera, poco recomendable diría yo, al norte del barrio, cerca de las fábricas abandonadas. ¿Te suena de algo?

—No —reconoció Alexander, intrigado.

—Toma —añadió Luka, y le tendió un papel doblado que guardaba en un bolsillo de su pantalón corto. Se trataba de un plano dibujado a mano. Una equis señalaba la ubicación de la puerta—. Ahí está. Es la puerta de mi sueño.

—¡Increíble! ¿Qué puede haber tras ella?

—No lo sé. Es mejor que lo descubras solo.

—Por supuesto. ¿Este era el objetivo de tu sueño?

—Ojalá lo supiera. Puede que, al fin, se haya resuelto. Puede que no. No creo que este sueño fuera excusa para todo lo que sucedió el domingo en la Comisaría.

Alexander experimentó una tristísima sensación. ¡Todo se derrumbaba! Luka, su mejor amigo, su único amigo, estaba muy enojado con él. Se habían distanciado.

—En fin, muchas gracias por todo, Luka —anotó Alexander, afligido.

Después de un silencio, menos tenso, el joven contestó:

—De nada. Ten cuidado.

9

Selena Myers caminaba con absorta languidez por una avenida Sageco menos concurrida que de costumbre. La gente evitaba el duro calor de esa mañana. Ella, al contrario, lo agradecía. Ese Sol radiante era lo único que paliaba los escalofríos que la aterían. Suponía que se trataba de una nueva fase de su deterioro paulatino. Hasta entonces, el malestar se le pasaba al vomitar, pero, ahora, se convertía en un estado perenne.

Más tarde, en el ascensor, mientras subía a la sexta planta del edificio de la Organización, se secó el sudor frío con un pañuelo de papel. Intentaba aparentar normalidad, si bien era consciente de que su quebranto se percibía. No era el embarazo en sí lo que se intuía, ya que no estaba de más de cuatro semanas, sino una extraña impresión de que algo fallaba en ella: la tez macilenta, el cabello apagado, los gestos exangües, la voz tomada y la impresión carente de matices y sensibilidad que ella tenía del entorno.

Además, estaba quemada del trabajo. Llevaba todo el verano sin vacaciones. En principio, asumió esa perspectiva convencida de que merecía la pena sacrificarse para afianzarse tras su ascenso. Ahora, requería con urgencia un tiempo de reposo. Lo habría disfrutado de no ser por lo de la Comisaría. El atentado entrañaba demasiadas lagunas y contradicciones. Heptágono debía investigar.

De camino a su despacho, reconoció la figura de Colin Sawyer. El jefe de los centinelas aguardaba junto a la puerta y charlaba con la inútil sustituta de su secretaria. Desde hacía días, siempre que alguien la esperaba, ella se retrasaba por culpa de las náuseas matutinas, lo cual la exasperaba.

—Colin, pasa —dijo al hombre, según abría el despacho. Ignoró a la secretaria. Se dio cuenta de que había sonado débil. Tenía que esforzarse por disimular su desazón interna.

Se sentaron en torno al escritorio, cada uno en su posición habitual. Selena se fijó enseguida en que él portaba unos papeles enrollados en la mano. Se preguntó qué eran.

—He averiguado algo —desveló Sawyer, como si le hubiera leído el pensamiento.

—¿Algo sobre…? —inquirió ella.

—Sobre Martina Leone —apuntó él, con una sonrisa que reflejaba su satisfacción—. Me ha costado, pero, al final, la clave estaba en saltar de

282

una persona a otra. No es algo sobre la presidenta *sensu stricto*, sino sobre un familiar, pero la base de todo es su cargo.

Intrigada por las palabras de Sawyer, Selena extendió la mano para que le entregara el rollo de papeles. Los analizó. La mayoría contenía números. Algunas cifras y nombres estaban resaltados con rotulador. Le costó un poco comprender cuál era la trama que hilvanaba aquellos apuntes. En el fondo, no veía claro que Martina Leone pudiese estar al tanto de lo que esos documentos señalaban. No obstante, la esfera política era mezquina e hipócrita.

—Desde luego, es suficiente para prender una buena mecha —reconoció.

—¿Qué quieres hacer con ello? —interrogó Sawyer.

—Nosotros ya hemos hecho bastante. Haz que le llegue al alcalde por una vía indirecta, que no pueda rastrear, para que no se entere del origen de la información.

—A tus órdenes —aclaró el hombre. Antes de salir, dudoso, añadió—: ¿Necesitas algo?

La pregunta mosqueó a Selena. Su subalterno sospechaba que le sucedía algo. Si este lo hacía, cualquiera podía sospecharlo.

—No, gracias —respondió, adusta.

Aquel detalle demostraba que su estado pronto podía quedar al descubierto, algo que no podía permitir. Preocupada y todavía horripilada por escalofríos, bajó a la segunda planta. Accedió a la enorme sala dedicada al archivo de información. Le alivió comprobar que la estancia se hallaba desierta. Consultó un casillero repleto de ordenadas fichas. Buscó dónde se conservaban los libros que le interesaban.

Por lo que leyó, gestar al retoño de un gafe no implicaba que el bebé en camino fuese gafe. Sin embargo, los textos dejaban patente que un embarazo así conllevaba un detrimento muy severo de la suerte de la madre. En esencia, su estado era un período de quebranto extremo y prolongado que llevaba los efectos al límite.

Selena se fijó una idea: tenía que deshacerse de ese problema. Y, en un interesante informe de la Organización, descubrió alusiones a cierta sociedad, cuyo distintivo consistía en una estructura radial de siete brazos serpenteados, seis negros y uno carmesí.

10

Yuri Anton no sería un ingenuo nunca más. Se negaba a creer que Heptágono era un mito que le había fallado. La auténtica podredumbre residía en las personas, no en la Organización. Por culpa de su idealismo, Pete Callow había muerto. No dudaba de que el director general era un corrupto, un alcalde putrefacto que, para proteger sus propios intereses, había filtrado la información que ocasionó ese asesinato.

Había iniciado sus propias pesquisas, en privado. Había ido a fisgar a las instalaciones de la empresa *Kmann*, un lugar lóbrego que le pareció ideal para cometer un crimen. Estaba decidido a actuar. Antes, no obstante, quería probar a Selena Myers. Dudaba si la directora de operaciones estaba tan corrupta como su superior.

Por ello, a media mañana, se dirigió al despacho de la mujer. La secretaria de Selena, la sustituta de la habitual, le explicó que su jefa había salido más de una hora antes y no le había dicho adónde iba. Él prefirió esperar.

Cuando Selena volvió al despacho, esgrimió una mueca de irritación por encontrarle en su puerta. Malhumorada, reprendió a la secretaria:

—¡Si vienen cuando no estoy, les citas para otro momento! ¡Esto no es la sala de espera de un médico! —increpó—. ¿Por qué no te coges vacaciones tú también?

Selena abrió el despacho de mala gana, entró y dejó la puerta abierta, por lo que Yuri dedujo que podía pasar. A su espalda, le pareció escuchar los pucheros de la secretaria.

—¿Qué pasa? ¡Que sea rápido! —exigió su superiora, que se sentó tras su escritorio.

Yuri no discernía de qué se trataba, pero era innegable que su jefa tenía un problema. No era la misma persona segura de sí misma que se convirtió en la número dos de la Organización semanas antes. Estaba siempre enfadada, con aspecto enfermizo. Se sentó frente a ella y, con calma, extendió sobre la mesa los recortes de prensa referidos al fallecimiento de la prostituta Vanessa Danzi. No iba a arredrarse.

—Esta es parte de la información que recopilé hace poco —comentó.

—Sí —contestó Selena, hosca—. ¿Por qué me lo vuelves a contar?

—Porque estos —prosiguió Yuri, relajado— son de hace solo dos días. —Entonces, desplegó unas notas de prensa acerca del hallazgo de un cadáver en circunstancias muy similares a las de aquella chica—. La víctima se llamaba Pete Callow. Era mi informante en el caso de la prostituta asesinada por Joseph Klausmann.

Aquello captó la atención de Selena, quien estudió los textos.

—¿Sabes con seguridad que es él? —inquirió, mucho más suave.

—No —admitió Yuri—, pero la Policía no tardará en confirmarlo. Estoy convencido.

Lo cierto era que, después de deducir que se trataba del novio de Callow, había intentado hablar con aquel joven al que, el viernes anterior, vio salir a toda prisa de un portal del barrio de Saberes. Sin embargo, este había rechazado cualquier contacto con él.

—¿Qué opinas tú? —interrogó Selena, mientras miraba los papeles, abstraída.

—Opino que todas las acusaciones que esta persona hizo eran fundadas y que Joseph Klausmann, de algún modo, se enteró de que le había traicionado.

Midió con tiento esas frases. Había llegado a la conclusión de que lo más conveniente era no desvelar sus sospechas respecto a la corrupción del director Varone.

—Es imperativo intervenir —recalcó.

Yuri observó a Selena. Esta giraba en su butaca, despacio, reflexiva. Aquel vaivén sobre el eje del asiento se le antojó como una metáfora de una oscilación interior. La directora de operaciones dudaba.

—No —dijo ella, al fin.

—¿Cómo? —replicó Yuri, impávido.

—Que la Organización no va a intervenir —aclaró Selena, que cesó de menearse—. Creo que ya quedó claro cuál es la nueva política de Heptágono: centrarnos en la filosofía. Si este asunto es una extensión del antiguo "caso azafrán", la Policía indagará; nosotros no.

Los dos fijaron su mirada en el otro durante un segundo. Yuri intuyó que su jefa analizaba su reacción. Tal vez, esperara un arrebato impotente o una protesta por su lado. Él se limitó a asentir con la cabeza e incorporarse. Había tomado una decisión.

—De acuerdo. Así se hará. Gracias —respondió.

Sin más, se marchó. De regreso a la quinta planta, se reafirmó en su determinación: si Varone y Myers eran unos corruptos, él estaba solo, mas no pensaba darse por vencido.

11

Joseph Klausmann escrutaba, examinaba y anotaba. Acomodado en la terraza cubierta del *Café Greco*, agradeció el frescor que procuraba el vaporizador de agua instalado bajo el toldo. En aquel tranquilo enclave de la plaza de la Cornucopia, entre las avenidas Persisto y Sageco, sus observaciones le entretenían. Miraba a los viandantes e imaginaba sus grados de suerte. Se divertía con las posibilidades. Pensaba en su nuevo empeño. Había conseguido la versión idónea del gas para sus fines. Ahora necesitaba reunir determinados elementos.

Jon Hosen llegó a la cita con casi diez minutos de retraso. En opinión de Joseph, ese tipo de gestos eran los que demostraban quién tenía clase y quién no. El hombre acostumbraba a caminar con los hombros caídos. Esa tarde, su fuerte mechón de pelo cano estaba mojado por el sudor. Tras sentarse en una silla delante de él, reclamó la atención del camarero para solicitar un refresco bien frío. Sofocado, se abanicó con la carta del local.

—¡Vaya calor! —protestó, con esa voz suya que, por lo general, carecía de brío.

Joseph ignoró sus lamentos. Se temía cuál era el motivo de aquel encuentro y, puesto que charlar con Jon no era lo que más le apetecía, fue directo al grano:

—¿Qué mensaje tienes que darme? —interpeló.

—Hace poco —comentó Jon—, coincidí con tu socio inversor. Me pidió que te preguntara cómo iban tus asuntos. No quiere que pienses que desconfía de ti. Solo le gustaría asegurarse de que cumplirás la condición que te puso.

—Ya —asintió Joseph. Ese era justo el mensaje que imaginaba. Su socio nunca cambiaría: le miraría por encima del hombro hasta el día que uno de los dos muriera—. Transmítele que no descuido nuestro trato. Tendrá lo que pidió.

—Querrá saber cuándo —añadió Jon.

—En breve. Ya casi tengo la fórmula final. El experimento definitivo será pronto.

—¿Qué has planeado?

—Muchas cosas. Por cierto, tú no sabrás de algún gafe.

—Sé de uno.

–¿Quién? No me vale ese que aparece en las noticias.

–No, hombre. Hablo de un maquinista joven al que he empleado para las mercancías. No sé a ciencia cierta que sea gafe, pero apostaría a que sí.

Sin duda, aquello sorprendió a Joseph, que contestó:

–¿Un gafe conduce un tren?

–Sí. Admito que suena extravagante, pero, si consideras qué cargas portan esos trenes de vez en cuando, el empleo en sí ya es mala suerte de sobra. No me preocupa el mal fario.

–Tú mismo.

En el fondo, a Joseph, los hipotéticos problemas de Jon le importaban un bledo. Lo que sí le interesaba mucho era contactar con un gafe que completara sus experimentos.

–Si me haces el favor –agregó–, quiero que le entregues una invitación a ese gafe.

12

Dania Venci apilaba cajas y cajas, cuyas botellas vacías tintineaban sin cesar, mientras fantaseaba con la posibilidad de ser la propietaria de la discoteca. El potencial de *El séptimo cielo* bajo su mando sería inmenso, en especial si la fiesta programada para la primera semana de septiembre se convertía en el éxito que su promotor había prometido.

Esa tarde, había tratado de poner orden en el caótico almacén del local. De pronto, la puerta se abrió y Dragan entró en el cuarto. Dania percibió su talante agrio.

–¿Qué haces? –preguntó el hombre, en efecto, con malos modos.

–¿Tú qué crees? –contestó ella, harta de aguantar su mal humor.

Mientras ella, arrodillada, colocaba las botellas vacías en los huecos de la caja, Dragan se plantó a su lado, con los brazos en jarras y un exasperante taconeo maniático en un pie. Dania supuso que, una vez más, iba a expresar su desacuerdo con algo.

–¿De qué va esa fiesta que has organizado sin consultarme antes? –interrogó él.

–¿Que de qué va? –replicó ella, quien, cansada, se incorporó–. ¡Va de que esto es una discoteca y hay que atraer clientela! Es una manera de empezar bien el último fin de semana antes del nuevo curso. La gente querrá marcha. ¿Desde cuándo hay que consultarte?

—Desde que organizas fiestas con dinero de Joseph Klausmann —declaró Dragan, que se interpuso entre ella y las cajas para exigir su atención—. ¿Desde cuándo invierte ese hombre en nosotros? ¡A saber qué nueva mierda pretende vender aquí!

—¡Ninguna! No soy tonta. No voy a tolerar mierdas como las que tú le permitiste distribuir a su sobrina —reprochó Dania—. Joseph me asegura que no venderá nada. No sé qué busca. Solo me ha pedido que organice la fiesta. Va a pagarnos una pasta.

En apariencia, aquello sosegó a Dragan. Así era él: al final, el dinero siempre le cautivaba; en el fondo, como a ella misma.

Dania se dispuso a seguir con su tarea. Para su sorpresa, él la agarró de ambos brazos y, con una súbita frialdad, susurrante, inquirió:

—¿Qué hiciste en la Comisaría?

Dania no se esperaba ni la cuestión ni la dureza de su voz.

—Fuiste a verle, ¿verdad? —prosiguió él, dado que ella calló.

—¿A quién?

—Lo sabes muy bien —apuntó Dragan.

—Sí —admitió ella. No tenía sentido negarlo—. ¿Qué pasa?

—Pasa —dijo él, irritado— que ese tipo es tóxico, que habíamos decidido no acercarnos más a él, y que no creas ni por un momento que voy a dejar que me arrastres contigo.

Con esas palabras, Dragan la soltó, casi con un empujón, y se marchó. Dania trató de recomponerse. El hombre le había dado miedo.

Más tarde, desembaló un voluminoso paquete que Joseph le había enviado. Contenía un artilugio similar a un humidificador. El científico había insistido en que no lo tocara. Se trataba de una atracción que pretendía exhibir en la fiesta. Intrigada, Dania lo observó y se preguntó cuál era su función.

13

El sábado por la noche, Alexander se propuso descubrir qué aguardaba tras la puerta que Luka había hallado. Desde un punto de vista racional, pensar que existía algo importante al otro lado de la misma era absurdo, pero él atendía cada vez más a los signos que escapaban a la lógica. Hubiera lo que hubiese en ese sitio, necesitaba averiguarlo.

Durante todo el día, Trece se había comportado con una inquietud anormal. Alexander le abrió el ventanuco para que emprendiera una de sus escapadas. En cambio, el colega felino no mostró intención de salir. En una trastada, alcanzó el dado de cristal naranja y lo arrojó a la otra punta de la habitación. Alexander, quien ya se iba en ese momento, lo recogió, se lo guardó en un bolsillo y riñó al gato por su excitación.

Anduvo por el barrio de Hornos con las manos en los bolsillos y la vista fija en el pavimento. Todavía cojeaba. Llegó a la parada de la línea circular a tiempo de subir a un convoy. Este circulaba casi vacío.

Se apeó unas cuantas paradas más al norte. Caminó hacia las viejas fábricas. Transitó vías cuya penumbra aumentaba a cada paso. Notó la misma inquietud que dominaba a Trece. Se encontraba en una zona desatendida. A medida que avanzaban, envejecidas viviendas sociales daban paso a naves industriales de exagerado tamaño, la mayoría en desuso ya. Las desigualdades y la pobreza campaban a sus anchas por esos lares.

Ayudado del plano de Luka, poco después, se detuvo en mitad de una ancha calle por la que no pasaban coches, junto a un taller en quiebra y un almacén de muebles de segunda mano. En la acera opuesta, entre lo que otrora fuera un comedor social y una imprenta que sí continuaba en funcionamiento, se abría una bocacalle. Aquel lugar inspiraba peligrosidad y desconfianza. El alumbrado artificial escaseaba. Los recodos dignos de recelo abundaban.

Alexander escrutó el panorama a su alrededor: el asfalto agrietado, la irregularidad en la altura de las construcciones, los contenedores de basura llenos, los muros con pintadas… Por mucho que se esforzara, el sitio, a primera vista, no le sonaba en absoluto. No recordaba haber estado allí.

De pronto, no había nadie más en el mundo: solo él y esa lóbrega bocacalle, la cual le llamaba.

Se adentró en la calleja. Era un pasillo estrecho, resultante entre dos largas edificaciones de aspecto abandonado. Lo iluminaban unos insuficientes farolillos, pues algún vándalo se había dedicado a apedrear las luminarias. Vislumbró grafitis en los muros desconchados. Uno de ellos representaba un número: 221. El sigilo intimidaba. Se percibía un hedor a orín y basura acumulada. El extremo opuesto de la calleja, bastante lejano, carecía de alumbrado, de manera que, según avanzaba, Alexander creía ahondar en un sendero dirigido al abismo.

Avistó la puerta, pocos metros delante de él, a su derecha. Tal vez asustado, aminoró el paso. Tropezó con un hueco del gastado asfalto gris, aunque no se cayó. Llegó a la puerta y la estudió. Asimiló la relevancia del sueño de Luka y Marko. Sus vaticinios coincidían: la lobreguez, los claroscuros, los surcos en el suelo, los escalofríos, los confines inciertos…

De repente, le sobrevino la impresión de que sí había estado allí, pero ¿cuándo?

Se percató, no obstante, de que algo no encajaba. Se trataba de un detalle que, quizás, Luka no reconoció: el trébol dibujado sobre aquella ajada puerta de madera no tenía cuatro hojas. Las pintadas se juntaban y confundían a la vista, pues la supuesta cuarta hoja no era sino un elemento parecido de un grafiti subyacente. Además, los surcos en el suelo no eran lineales cual vía de tren, los escalofríos no eran más que la sensación fruto de su agobio, no oía un tictac…

Las discordancias turbaron a Alexander. ¿Era mejor escapar de allí antes de que fuera demasiado tarde? Una parte de su cerebro le rogaba que lo hiciera. Otra le impulsó a continuar con ese lance. Acarició su amuleto, el trébol de madera que pendía de su cuello. Tenía miedo.

Dudó. ¿Era sensato cruzar aquel umbral? Su cerebro se resistía, mas su corazón se vio atrapado por una fuerza etérea que le enganchó.

Tocó la madera. La empujó con suavidad. La puerta estaba abierta. Cedió al instante, con un leve chirrido. Alexander respiró hondo y la traspasó.

CAPÍTULO IX

Penumbra innata

1984

El día era muy luminoso. El cielo del estío era nítido e inmenso. Y ese día era el día.

Se despertó atontada. Acusó enseguida el bochorno de aquel verano que no les daba tregua. Por un instante, miró el reloj y, al ver que ya era mediodía, creyó que había dormido todo del tirón desde la noche anterior. No obstante, pronto recordó que, en realidad, había madrugado y, más tarde, se había echado a reposar. Había padecido una enfermedad indefinida. Todavía no se notaba recuperada. Le faltaban las fuerzas. Los días se le hacían pesados. Le costaba lidiar con las tareas propias de su monótona cotidianeidad.

En cualquier caso, se negaba a aceptar esa idea que, con cruel inquina, habían tratado de inducirle: que la causa de todo era el niño. ¿Cómo podía un hijo hacer daño? ¡Qué disparate! Temía que el crío hubiese escuchado alguna palabra malintencionada. Advertía el miedo y la infundada culpabilidad en sus ojitos. Ella le adoraba. Los demás le rehuían.

Una mañana de esa misma semana, el niño había subido al dormitorio para ver cómo se encontraba. Recordaba el momento. Él meneó el "atrapasueños" cuando abrió la puerta. Ella estaba recostada en la cama. Estaba disgustada, pero la presencia de su hijo iluminó su ánimo. El viejo tocadiscos reproducía su vinilo favorito; aquel que tanto la emocionaba con la hermosa añoranza de una guitarra, expresada sobre una orquesta de sinfonías contenidas; aquel en cuya carátula se reproducía la preciosa imagen de un jardín en flor.

A Alexander también le cautivaba la emotividad que inspiraba esa melodía. El niño se aproximó a la cabecera de la cama. A ella se le partió el corazón al percatarse de que el crío lo hacía con temor y cobardía. Por eso, se incorporó, le sonrió, y dijo:

–Mamá está enferma. Mamá te quiere mucho.

Esa era su verdad. Estaba convencida de ello, aunque fuese la única. Le daba igual la tara del crío. Ella iluminaría su penumbra innata. Toda madre amaba a sus hijos por encima de cualquier maldición. Era una cuestión instintiva.

Sin embargo, lo de la niña había marcado un antes y un después incontestables. Nada podía ser igual. De hecho, todo iba a peor. Se notaba cada vez más. Lo sabía. Por eso, tenía mucho, mucho miedo. Pocas excusas serían de utilidad en adelante.

Se levantó. Pasó al cuarto de baño anejo al dormitorio. Se refrescó la cara. Su límpido rostro brillaba por el sudor. Sus ojos negros aún denotaban debilidad. Se peinó su abundante cabellera morena. Se quitó el camisón y se puso un vestido claro y fresco. Bajó a la planta baja. Todo estaba en silencio, limpio y recogido, como su marido dictaminaba. La cocinera se había ido. Recordó que la mujer había mencionado que necesitaba ir al mercado.

Salió al porche de la casa. Desde allí, vio a Alexander. El niño jugaba en la parte frontal de la finca, cerca del columpio oxidado. Admiró el paisaje. Sonrió y saludó a su hijo con la mano. El niño reparó en su presencia y le devolvió el saludo con la misma alegría.

Entonces, comenzó. Oyó el ruido de un motor. Miró hacia el sendero que conducía a la finca. Una furgoneta de carrocería negra se aproximaba. El vehículo se detuvo frente a la entrada de la cerca. Con el motor aún en marcha, cuatro hombres salieron. Iban vestidos de blanco, con camisas de manga larga y pantalones largos. Aquello escamaba con aquel calor.

Un terror que no había experimentado jamás la sobrecogió. Tembló. Negó con la cabeza. Musitó una súplica: que su peor miedo no se hiciese realidad esa mañana. Uno de los hombres de blanco señaló a su hijo. Ella, horrorizada, miró a Alexander, y exclamó:

–¡Corre!

30 AÑOS DESPUÉS

1

Alexander Berkel traspasó la puerta con el trébol, el cual, en realidad, no tenía cuatro hojas y no concordaba con el del recurrente sueño de Luka. Se adentró en la oscuridad, por la que caminó a tientas. Carecía de algo con lo que iluminarse. Intuía que se encontraba en el inicio de un pasillo. Creía atisbar un resplandor varios pasos más allá, tal vez por la llegada a otro umbral. Anduvo con las manos alzadas, temeroso de golpearse con cualquier cosa. Cojeaba. Escuchó un sonido y tardó en comprender que se trataba de su propia respiración, cuyo agitado rumor le incomodaba.

Alcanzó el resplandor que vislumbraba en el extremo opuesto. Allí, su vista se adaptó a la escasa luminosidad. Descubrió que lo que parecía ser una puerta, en realidad, eran tres: la primera, a la izquierda; la segunda, delante; la tercera, a la derecha. Se palpó el pecho en un intento de sosegar su respiración. Volvió a acariciar su amuleto. Aguzó el oído. No oía nada. Miró las tres posibilidades que se desvelaban ante él. Sabía que el azar no existía, que su suerte no se podía sortear, por lo que cruzó la que más le atraía: la de la izquierda. Al otro lado, enseguida, comprendió que ya había estado allí antes.

La habitación era cuadrada. No tenía ventanas o claraboyas. Además de la puerta por la que Alexander acababa de aparecer, contó una más en la pared que quedaba a su derecha. El suelo estaba muy sucio. Los techos eran bastante altos. Los muros de hormigón mostraban humedades. Olía mal. El lugar podía ser un taller en desuso. Bidones y planchas metálicas reposaban apoyadas contra las paredes. En el lado donde se ubicaba la segunda puerta, vio una larga encimera con un panel de viejas herramientas y una pila. El grifo goteaba con un ritmo sempiterno. Una solitaria bombilla, pendiente del techo, alumbraba el cuarto.

Casi un año antes, en un otoño de días ocres y noches pasionales que tornó en pesadilla, Alexander estuvo cautivo en ese supuesto taller en desuso durante unas pocas horas. Ocurrió en los inicios de su tarea como detective para la Organización Heptágono. En una calleja del barrio de Hornos, sorprendió a Travis Dixon cuando se disponía a venderle una papelina de "azafrán" a un yonqui adolescente. Quiso dar caza al camello, pero las calles le confundieron y, al final, este le pilló, le noqueó y le retuvo allí.

Esa noche, en el transcurso de ese primer traspié en su empeño por esclarecer lo que se llamaba el "caso azafrán", Alexander se zafó de las ataduras de Travis y le aplicó el peor correctivo que podía perpetrar: le gafó. Después, molido por la tunda de golpes que Dixon y él habían intercambiado, temeroso del inminente período de castigo, escapó de allí. Antes, encontró ese dado de cristal azul que, más tarde, ayudó a resolver el caso. Luego, no supo localizar de nuevo el extraño enclave.

El goteo de la pila conectó su cerebro a los hechos de aquella noche. Al encontrarse de nuevo allí, caviló que, en cierto sentido, fue donde algo importante empezó. Se preguntó si lo que dio comienzo entre aquellos muros enmohecidos finalizaría ahora.

Fue hacia la otra puerta, asió su pomo y lo giró. Ese era el tercer umbral que cruzaba. Tras él, se iniciaba un nuevo corredor. Este, a diferencia del anterior, era más ancho y estaba iluminado por unos tubos fluorescentes que zumbaban. El desorden y la suciedad eran, no obstante, los mismos. Vio cinco nuevas puertas: una doble al fondo, un par a la derecha y otro a la izquierda. De pronto, escuchó un ruido que reconoció: un televisor. Se acercó a la segunda puerta que tenía a su derecha. Confirmó que el sonido procedía del otro lado.

Respiró hondo. Era consciente de que, si se detenía a recapacitar, asumiría que aquello era una sinrazón. A la vez, no dudaba de que lo que se ocultara tras esa puerta definía su destino. Así, muy despacio, accionó el picaporte y entró.

Lo primero que pensó fue que, en el fondo, la habitación que contemplaba era un reverso tenebroso del semisótano donde él se escondía. Era un poco mayor, pero no contaba con ventanucos ni similares. Había muebles y utensilios viejos: un camastro, un tresillo, una estantería, una nevera y un hornillo. Las paredes estaban desnudas. Un ventilador giraba sin descanso sobre una mesita. Se notaba un hedor a sudor.

El tipo que veía la televisión, sentado en el tresillo de espaldas a él, se incorporó con torpeza. Se giró y observó a Alexander, quien, impasible, le miró. El hombre tendría treinta y tantos años. Resaltaba su tez bronceada, con facciones angulosas, cabello moreno y graso, bigote y perilla desaliñados, y una letra A tatuada en la parte derecha del cuello. Vestía unos raídos vaqueros y una camiseta de tirantes. Había perdido corpulencia. ¿Estaba enfermo?

Alexander Berkel y Alonso Yazpik guardaron silencio, hasta que el primero habló:

—¿Qué haces aquí? —preguntó, con un tono contenido que connotaba su rencor.

—¿Cómo has llegado aquí? —replicó Yazpik, con voz apagada y raspada.

—Cuestión de suerte —contestó Alexander—. ¿Has estado aquí todo el tiempo?

—Sí. Hay personas que me debían favores. A decir verdad, les amenacé. Me ayudaron a ocultarme. No he salido de aquí en meses. No sé ni cuánto tiempo ha pasado.

A pesar del temple que transmitía, Alexander percibía cómo una tormenta de encono se fraguaba en lo más siniestro de su fuero interno. Su penumbra innata tomaba forma. Se dio cuenta de un detalle. De un bolsillo, extrajo un objeto que guardó ahí antes de abandonar su guarida: el dado de cristal naranja, que Trece había arrojado al suelo. Se lo enseñó a Yazpik, quien, por su rictus, sin duda lo identificó.

—¿Sabes dónde estaba? —interrogó Alexander a aquel contrabandista y asesino. Yazpik negó con la cabeza. Quizás, no supiera dónde lo había perdido. Él, que intentaba mantener el control un poco más, se lo explicó—: Estaba entre la hierba, mojado por la lluvia, cerca de la cacera que va por la ronda del Forastero. Lo vi junto al cuerpo sin vida de la única chica a la que he amado. Tú la mataste.

Yazpik le sostuvo la mirada. No lo hizo con intención amenazante. Lo más probable era que, dada la situación, estimase inservible negar lo que había quedado bien claro. Alexander, cada vez más poseído por el odio, bordeó el tresillo y se aproximó al criminal. Este, de repente, hizo ademán de echar a correr hacia el otro lado, pero trastabilló, ocasión que el gafe aprovechó para agarrarle, retenerle y sentarle a la fuerza.

—Si te soy sincero —dijo—, no hay esperanza para ti. —Entonces, allí de pie, extendió su mano izquierda frente al torso del hombre. Abrió y cerró los dedos con lentitud, como si amasase el aire. Buscaba una energía que, entre la porquería y la ponzoña, debía morar dentro de aquel hombre.

Yazpik advirtió lo que hacía. Su sudor se incrementó–. Quiero saber qué pasó –exigió Alexander, calmado y concentrado.

Yazpik, con la vista fija en su hipnotizante mano, suspiró de un modo que Alexander interpretó como una rendición. A continuación, tomó aire y, rígido, inició su narración:

–Sabía que era tu novia –relató–. La localicé en el Gran Teatro Fortuna. La asalté y la obligué a subir a mi coche. Se resistió. Se resistió mucho. La pegué hasta que se amedrentó. Lloró. –Yazpik temblaba, presa del temor. Alexander, con cada terrible detalle que conocía, sentía aumentar sus ansias de acabar con él. Todo su cuerpo se tensó–. Lo creas o no, mi intención no era que la chica acabara como acabó. Salió mal, muy mal. Conduje mientras ella sollozaba, encogida en el sitio del copiloto. Yo solo quería asustarla para que se acobardase y se alejase de ti, pero las cosas se torcieron. Esa chica era mucho más brava de lo que me había figurado. No sé… –titubeó–. Fue obra de…, de la mala suerte.

Ese comentario provocó que, pese al singular estado en el que se hallaba, a Alexander se le partiera el corazón. Esa era la atroz verdad: Lara había hecho el amor con él, se habían fundido en uno solo. Su suerte padecía el período de quebranto a causa del tercer dogma. Por eso, todo salió mal. Por eso, su vida se truncó. Por eso, Lara Varone murió.

–Sigue –ordenó Alexander, casi en un susurro, sin interrumpir su concentración.

–Bueno, ella… –vaciló Yazpik–. No sé… Arriesgó demasiado. A lo mejor, creyó que le saldría bien, pero no tuvo suerte. Íbamos cerca de la ronda del Forastero, por una calle de un solo carril. De repente, oí cómo su puerta se abría. Miré. Ella estaba a punto de saltar en marcha. Saltó, pero yo la cogí a tiempo. Di un volantazo. Ella se quedó ahí, como en vilo, medio cuerpo dentro, medio cuerpo fuera. Nos la pegamos. ¡Joder…! ¡Cómo sonó! Oí cómo se le abría la cabeza. Frené en seco. Ella salió disparada y se dio otro golpe. Bajé. No había nadie por allí. La cogí. Ya estaba inconsciente. La toqué y noté esa brecha en su cogote. Se abrió la crisma, así de sencillo. Y no sé cómo… Fui a la cacera. La dejé allí.

Al término de su espantosa narración, por un instante, Alonso Yazpik dejó de vigilar la mano de Alexander y le miró a los ojos. Este vio el ruego latente en los suyos.

–Ella no tenía que morir –añadió el delincuente, apocado.

—No, desde luego que no —agregó Alexander, afligido. Sintió algo: acababa de hallar la huidiza brizna de suerte dentro de Yazpik—. La mataste para vengarte de mí —le acusó.

—No —negó el hombre.

—Sí. Lo hiciste porque, por mi culpa, fuiste a la cárcel.

—No. Fue…

No le permitió continuar. Alexander rememoró las enseñanzas de su padre adoptivo, las que tanto había descuidado. Hasta Héctor hubiera estado de acuerdo en que ese hombre merecía su condena. Por ello, hizo uso de los temibles poderes que su maldición le otorgaba. Mermó la suerte de Alonso Yazpik. Le sumió en la penumbra.

De súbito, posó la palma de su mano en el pecho del hombre. Fue como si sus pieles se adhiriesen de inmediato, ya que un proceso obscuro y terrorífico había comenzado; uno que no se podía detener. Yazpik ahogó un alarido. Se irguió. Una fuerza inquebrantable le atenazó. Abrió los ojos en una mueca de súplica. Una lágrima resbaló por su rostro. Miraba al gafe, le imploraba, pero este no mostraría piedad. Había tomado una determinación. Lo que acontecía era imparable. Entretanto, en torno a ambos, el sofocante calor de la habitación desapareció. El televisor captó interferencias. La bombilla de la desnuda lámpara que alumbraba el lugar titiló agonizante. Alexander movía los labios despacio. Murmuraba palabras inaudibles. Contrajo la faz en un acto de esfuerzo. Con dificultad y dilación, separó su mano del contrabandista. Extrajo una etérea brizna de luz, un hilillo de energía, el cual, luego, se volatilizó. El titileo y las interferencias finalizaron. El sopor del verano regresó a la estancia. Alexander recobró el aliento. Yazpik se desplomó en el tresillo.

Mientras su víctima gimoteaba en el sofá, Alexander se pasó una mano por la frente y se percató de que la tenía empapada. Necesitaba salir de allí. El ímprobo esfuerzo realizado se disponía a pasarle factura en cuestión de minutos. Llegaba el período de castigo. Alonso Yazpik había recibido su merecido: la merma era peor que la muerte. Sin embargo, no dejaría que el tipo quedara libre. Se encargaría de ello más tarde. Ahora, debía ponerse a salvo. Se dio la vuelta, dispuesto a marcharse, y Yazpik le habló:

—Yo no lo planeé —desveló, desprovisto de fuerzas.

—¿Qué quieres decir?

—Me sacaron de la cárcel para que atacara a la chica.

—¿Cómo? ¿Por qué?

—Para que se acobardara y se alejara de ti. Te lo he dicho.

—Pero ¿quién?

Yazpik se retorcía. Entre quejidos, con visible pesadez, anunció:

—Selena Myers.

Sin más, Alexander salió de ese cuarto. La penumbra le poseyó. Su avidez de venganza se había desatado. Deseó lastimar y aniquilar.

En su mente, resonaba uno de los certeros vaticinios de Betina Sikorski.

2

Desligado de toda noción del tiempo, la oscuridad se intuía inextinguible. Anduvo sin ser consciente de su propio movimiento, aunque sabía bien adónde iba. Fue allí, sin importar los riesgos: la posibilidad de ser descubierto, la nociva aversión que inundaba sus venas, y el período de castigo. Este, por descontado, se había iniciado, limitaba sus fuerzas y enturbiaba su percepción. Con todo, fue allí. El rencor era su aliento.

Caminaba por la avenida Persisto. La espectral claridad rayana a la aurora no alcanzaba ni la negrura de sus pulsiones ni la opacidad de sus recuerdos. El sexto vaticinio de Betina Sikorski se repetía en su cabeza: "Hay dos mujeres. Hay un vínculo de muerte. Hay una cacera de sangre". Al fin, había identificado a esas dos mujeres. Y quería sangre. Una fue su único y gran amor; la otra, una ardorosa pasión que ahora le repelía.

La mujer viva debía pagar por la mujer muerta. Así que, colmado de ojeriza, Alexander se coló, como hiciera un mes antes, en el señorial edificio inmaculado en el que Selena Myers vivía. Apenas eran las cinco de la mañana. Exhausto y enajenado, aporreó la puerta. Lo hizo con bulla e insistencia. Poco después, ella, anonadada, abrió.

Con violencia, él apartó la puerta de un manotazo y se hizo paso, cojera incluida. Ella gritó y corrió hacia el salón. Él cerró a su espalda. Persiguió a la mujer hasta que la alcanzó, la zarandeó y la retuvo contra una pared. Selena chilló, aterrada y dolorida. Alexander tapó su boca con la mano. Bufaba cual fiera desbocada. Rebosante de ira, gruñó:

298

–¡Sé la verdad! –dijo, con susurros sibilantes que laceraban–. ¡Hiciste que la matara!

Trémula e inmovilizada, ella negó con la cabeza. Intentó hablar, pero él se lo impidió.

–¡No mientas! ¡No mientas más! –demandó Alexander, fuera de sí–. ¡Le he visto! ¡He encontrado a Yazpik! ¡Él me lo ha confesado! ¡He acabado con él! ¡Hiciste que la matara!

Acallada por la mano del gafe, Selena trataba de suplicar en vano. Temblaba estremecida. Los ojos le lloraban. Su rostro se enrojecía. Era incapaz de liberarse de su fuerza.

–¡Fuiste tú! –insistió Alexander, que, a cada segundo que pasaba, acusaba más la falta de energía que suponía el período de castigo–. ¿Qué pretendías? ¿Qué buscabas? ¿Todo por mí?, ¿por tenerme? ¿A ti qué te pasa? ¡Estás loca! –La tensión empezó a vencerle. Relajó el tesón con el que paralizaba a la mujer. Entre sollozos, lamentó–: Hiciste que la matara.

Poco a poco, soltó a Selena. Alexander lloraba. Ella, cuyo rostro también estaba lleno de lágrimas, se arrodilló y se abrazó a sus piernas. Entre resuellos, imploró:

–Lo siento. Lo siento –repetía–. No preví lo que iba a suceder. Nunca quise que ocurriera. Enloquecí. Perdí el control. Te ruego que me perdones.

¿Perdonarla? Por algún motivo, escuchar esa súplica reactivó la demencia de Alexander. Aunque percibía cómo se agotaban sus fuerzas, agarró de nuevo a Selena y la obligó a tenerse en pie. Clavó una mirada umbría en ella. Se apartó un poco. Extendió la mano izquierda frente a su pecho. Se dispuso a gafarla.

–Te odio –declaró.

Selena todavía gimoteaba, pero no invocó su compasión. Él la observó: vestía un minúsculo camisón y, aparte de estar somnolienta y atemorizada, parecía haber enfermado.

Jamás había mermado a dos personas en un intervalo tan escaso. Sospechó que no lo lograría, por mucho que anhelara sumirla en su penumbra. ¿Hubiera opinado Héctor que la mujer merecía tal castigo?, ¿o se avergonzaría de él?

Entonces, Selena hizo algo inesperado. Despacio, con las dos manos, asió el brazo de Alexander y lo hizo descender para que quedara no frente a su pecho, sino a su vientre.

—Hazlo —musitó.

Hubo un instante en el que Alexander estuvo a punto de consumar su amenaza, pero se echó atrás. Aparte de que no creía poder conseguirlo, detestaba tanto a Selena que la idea de palpar su suerte de un modo tan íntimo le suscitaba repulsa.

—No —sentenció. Relajó su pose—. Pienso decirle a la Policía dónde está Yazpik. A ver si el rastro de inmundicia te salpica. Ojalá. Te odio. Te odio —reiteró. Rabioso, rememoró el sexto vaticinio de la difunta Betina, y añadió—: ¡Ojalá la muerta fueras tú! ¡Ojalá nunca más vuelva a verte!

Se giró. Se alejó de Selena. La dejó atrás para siempre. Salió de allí. Regresó al camino de la penumbra que le poseía. A su alrededor, la oscuridad se veía rasgada por los primeros rayos de un Sol cegador que abrasaba sus heridas.

3

Travis Dixon hubiera preferido morir él. Aparte de la soledad y el abandono, era víctima de una culpabilidad sin límites. No dejaba de repetirse que él debió preverlo. Se torturaba con ese pensamiento. Pete no era diestro ni con los secretos ni con los disimulos. No estaba acostumbrado a transitar los lados malos. Era una buena persona. Él, al contrario, sí se desenvolvía bien con lo indebido y lo delictivo. Tenía instinto para ello. Había sobrevivido de ese modo mucho tiempo. Ahora, su instinto le había fallado. Pese a los caros trajes que vestía desde que era el chico de confianza del alcalde, no existía tela capaz de ocultar lo que, en el fondo, había sido siempre: un simple buscavidas.

Buscó a Pete todo el fin de semana anterior. Lo hizo sin tregua, si bien, en realidad, desde el primer momento, cuando vio el dado violeta en mitad del charco de sangre, supo que no había nada que hacer: Pete había muerto. Travis no podía rescatarle. No volvería a sentir su tacto.

Localizaron el cadáver en la orilla del Tyche, en circunstancias muy similares a las de Vanessa Danzi. Las noticias en prensa fueron escasas. A nadie le interesaba el fallecimiento. Pronto surgieron sensacionalistas explicaciones que vinculaban la muerte de Pete a drogas y ajustes de cuentas.

En cualquier caso, Travis no se fiaba de los cauces oficiales. No denunció la verdad ante las autoridades. La ley no servía. La justicia era va-

300

cua. Hasta se alegraba de que el idiota de Garmash hubiese muerto. Se había negado a hablar con Yuri Anton, la persona de la Organización que había tratado de alertar del peligro de Pete. Se preguntaba quién delató a su chico: ¿la Policía?, ¿Heptágono?, ¿una combinación funesta de ambas? Fuera como fuese, la raíz del mal era Joseph Klausmann.

La mañana del domingo, a primerísima hora, después de más de una semana sin Pete y de agónicas borracheras encadenadas, Travis merodeaba por el sur del barrio de Hornos. El amanecer había traído un calor seco que él, embotado en su pesar, ya ni advertía. Vestía con desaliño. Lucía una barba rala de bastantes días. Bajo la cuenca de sus ojos, las ojeras se confundían con señales de un llanto perpetuo. Deambulaba por Tragaluces. *La herradura de plata* se encontraba a pocos metros, en la acera opuesta.

De pronto, en la quietud de esa zona que todavía dormía, Travis avistó el correteo de cierto personaje evasivo.

Su fiero pelaje era negro. Se trataba de un minino delgaducho, dotado de unos vistosos ojos dorados. Salió del callejón anejo a *La herradura de plata* y, a continuación, torció una esquina hacia la calle de la Ceniza.

Travis conocía a ese gato. Le vio el otoño previo, en casa de Alexander Berkel, el gafe que mermó su suerte.

La ventura acababa de brindarle una oportunidad indeterminada. Sin tiempo para cavilar, llevado por un impulso irracional e impensado, ese domingo de resaca y pesadumbre, se apresuró a seguir al huidizo animal. Cruzó a grandes zancadas la desierta calzada. Llegó a la esquina a tiempo de ver cómo el felino se colaba en un ventanuco abierto a ras del suelo, al lado de un desangelado portal negro.

Travis se las ingenió para colarse en el portal. Pronto se ubicó y dedujo que el ventanuco pertenecía a un solitario semisótano; tal vez, el refugio de un antiguo portero. Seguro del dislate que protagonizaba, tal vez motivado por los remanentes de alcohol en su sangre, llamó al timbre, como si aquello fuera lo más normal del mundo. ¿Había caído de lleno en las garras de la locura? ¿Qué pretendía?

Nadie abrió. Él, determinado, habilidoso en la materia, se afanó hasta que consiguió abrir la simple cerradura sin que esta se notase forzada. Al pasar, percibió el brinco del gato, que le miró con taimada atención desde la parte inferior de una estantería. Travis le ignoró. Inspeccionó el semisótano. No tardó en concluir que era un escondite y no uno cualquiera, pues una posesión singular le indicó que Alexander Berkel se ocultaba allí: el dado de cristal azul que el gafe le arrebató en otoño.

Se le atragantó una sarcástica carcajada. Acababa de descubrir el paradero del hombre más buscado de la ciudad. Era más listo que la Organización Heptágono y la Policía juntos. Solo había tenido que seguir a un gato.

Prosiguió el registro. Para su sorpresa e intriga, halló recortes de periódico relativos a la muerte de Vanessa Danzi; de hecho, los mismos que Pete reunió a raíz del asesinato de la limpiadora. ¿Qué interés tenía Berkel en ese asunto?

Un susto tremendo interrumpió sus pensamientos. Escuchó el ruido de una llave que se introducía en la cerradura. A Travis le bastó un instante para asumir que iban a mermarle otra vez. Aterrado, se echó atrás y se pegó a una de las paredes de la habitación. Desde allí, advirtió la dificultad con la que el inquilino de ese escondite abría la puerta. Luego, un Alexander Berkel tambaleante y cojo hizo su aparición en el cuarto y se tiró encima de la cama. Él, entretanto, no daba crédito a lo que ocurría ante sus ojos. De repente, Alexander, tumbado boca abajo, pegó un bote, se puso en pie de un respingo y, aún sin verle, corrió hasta el cuarto de baño. Se oyó el sonido de sus arcadas. Estupefacto, Travis se asomó y constató que el gafe estaba vomitando. ¿Qué le pasaba?, ¿acaso había salido a beber, igual que él?

La explicación era lo de menos. Lo importante era que la ventura se mostraba de su lado, así que Travis aprovechó el apuro de Berkel y se escabulló sin que el hombre reparase en su furtiva incursión.

4

Luka Miller se esforzó por resistir el ahogo del desván. Necesitaba encontrar un viejo ventilador. El aire acondicionado se había averiado el día anterior. Aunque lo tenía delante, le llevó varios minutos localizarlo. No lograba concentrarse. No sabía nada de Alexander. Continuaba enfadado con él, pero se preguntaba qué había hallado este tras la puerta del trébol. El sueño de Marko se había repetido esa noche. Era la sexta vez. Si el sueño persistía, ¿era porque todavía no habían resuelto su auténtico significado?

Antes de huir del desván, miró de reojo la caja en la que se guardaban los diarios de Betina. Bajó con el polvoriento ventilador al salón. Allí, Clarisa, con Marko en brazos, veía la televisión. Luka cogió un trapo y, con parsimonia, limpió las aspas del aparato. Su esposa debió notar su abstracción, por lo que le entregó a su hijo y le quitó el trapo. Mientras repasaba su tarea con mayor viveza, suspiró, y habló con seriedad:

—Tienes que centrarte —declaró. Luka se acomodó en el tresillo con el pequeño sobre sus rodillas. Sabía que hacía tiempo que Clarisa quería decirle varias cosas, así que calló para permitirle hablar—. No puedes dejarte arrastrar —insistió ella—. Si confías en la verdadera suerte, deberías temer los riesgos que corres. El apego a un gafe puede causar mucho daño. ¡Piensa en las consecuencias que ha traído lo de la Comisaría!

—Y ¿qué hago? ¿Dejo de ayudarle?, ¿le doy de lado?

—No lo sé —admitió Clarisa—. Solo sé que ya nos hemos arriesgado suficiente. Nuestro margen de seguridad debe ser mayor. —La mujer terminó la limpieza de las aspas, se sentó a su lado, le besó en los labios, acarició su rostro más serena, y añadió—: Tu familia te quiere y te necesita. Replantéate tus prioridades. Sé lo que piensas, lo que prometiste, pero no existe promesa que justifique el peligro de perdernos a nosotros.

Luka no dijo nada más. Comprendía a su esposa y sabía que, en el fondo, estaba en lo cierto. En las últimas semanas, los aliados de Alexander habían lamentado numerosos problemas. Por no hablar de Irene, que estuvo detenida, o de Martin Krane, que perdió la vida. Además, también entendía que su mujer pudiese sentirse desplazada por el vínculo especial que el sueño había tramado entre su hijo y él.

Clarisa se levantó, le dio otro beso y se fue a la cocina. Marko, feliz, aplaudía y balbucía con el arrojo de quien pronunciaba un gran discurso.

Luka reflexionó. ¿Qué hubiera opinado Betina, a quien él aseguró que ayudaría a Alexander, de la posibilidad de alejarse del gafe? Aquella promesa entre abuela y nieto no podía servirle de excusa nunca más. No era justo.

Apático, caviló acerca de su insistente ensoñación. Rememoró las palabras de Betina. Pensó en las parábolas que los augurios de la mente podían transitar.

5

Irene Berkel aparcó la moto en un hueco de la avenida Sageco. De no ser por el calor que hacía ese lunes, hubiera seguido con el casco puesto. No quería que nadie la reconociera. Todavía la apesadumbraba el bochorno de saberse señalada por una ciudad asustada. De todos modos, se lo quitó. Había variado su apariencia. Vestía y peinaba con mayor sobriedad, sin estilo propio. Intentaba ser otra. Barajaba la posibilidad de dejar de lucir su característico *piercing*. Había curado sus heridas; al menos, las físicas. Consultó su móvil. Acumulaba mensajes sin leer. No le apetecía leerlos.

Pasó al vestíbulo de la sede de la Organización. La cámara reparó en ella. El ascensor la llevó a la cuarta planta. Allí también sentía vergüenza. De hecho, se propuso que, ya que había cumplido el encargo del precontrato y presentado su propuesta, debía finiquitar esa relación. Necesitaba escapar, pero ¿adónde?

Como de costumbre, un vigilante le solicitó que esperara en el despacho de Isaac. Este llegaría en breve. Ella ocupó su asiento habitual y extendió diversos documentos encima del escritorio. Mientras aguardaba, estuvo a punto de mirar los mensajes de su móvil. Jamás pensó que sentirse sola pudiera dolerle tanto.

La aparición de Isaac la distrajo. El hombre, quien con tanta severidad la había mirado la semana anterior a la salida de la Comisaría, le dedicó una bonita sonrisa, tomó asiento en su butaca, delante de ella, y comenzó a hablar:

—¿Qué tal estás? —preguntó—. ¿Cómo ha sido volver a tu piso? ¿Has tenido problemas con los vecinos? Cuenta conmigo para lo que sea. No te lo calles, de verdad.

—Gracias. No te preocupes. No ha habido ningún problema. Mi edificio es muy tranquilo y la gente no se mete en la vida de los demás —respondió ella. Su voz sonó nerviosa—. Si no te importa, prefiero que nos centremos en el tema de la reunión.

Tras lo de la Comisaría, Irene intentaba recobrar una impresión de control y normalidad. Le preocupaba delimitar los campos. Notaba que todo estaba mezclado, confundido.

Isaac, sin mutar su sonrisa, asintió con la cabeza. Hojeó los documentos, y comentó:

304

–Has realizado un trabajo excelente y lo has hecho en un plazo inferior al que nosotros habíamos previsto. Ya sabes que yo me pierdo con los aspectos técnicos, pero los expertos han estudiado tu informe. Me han asegurado que tu propuesta para unificar y manejar toda la información de Heptágono es eficiente y funcional. Te felicito.

–Gracias –añadió Irene. Más allá de sus peliagudas circunstancias personales, ejecutar ese encargo le había encantado. El trabajo le apasionaba–. Si seguís mis protocolos, con los recursos adecuados, podéis tener todo en funcionamiento en menos de un año.

–Sí. Estoy de acuerdo. Y no creo que esta relación profesional tenga que acabar aquí. Te repito lo que te dije la semana pasada: hay mucho futuro para ti entre nosotros. No solo queremos contar contigo para que supervises la materialización del proyecto que has elaborado, sino para más propósitos. Te ofrezco un contrato permanente.

Irene desvió la mirada. Las palabras de Isaac representaban un verdadero dilema. Era la mejor oferta profesional que le habían formulado nunca. Sin embargo, dudaba.

–Pero –prosiguió el hombre, como ella se temía–, todo esto tiene una condición que tú ya conoces. No puede existir el más mínimo indicio de que conservas el contacto con tu hermano. Es más, si sabes lo que te conviene, deberías desterrarle ya de tu vida.

Irene mantuvo la cabeza gacha y la vista perdida en algún punto de la mesa.

–Irene –insistió él, con un matiz más íntimo en el timbre de su voz–, me asusta, pero no voy a juzgarte por lo que pudiera ocurrir antes del incidente de la Comisaría. La cuestión es si, desde que hablamos en mi casa y te pedí que te alejaras, has vuelto a saber de él.

Despacio, apocada, ella negó con la cabeza.

–Espero que sea cierto –anotó Isaac.

Irene guardó silencio. Los mensajes sin abrir en su móvil la angustiaban. Por un lado, borrarlos sin leerlos se le antojaba lo mejor para evitar aprietos. Por otro lado, aún le costaba asumir la perspectiva de desligarse por completo de su hermano. Algo así habría disgustado muchísimo a Héctor, pero ella le hubiera explicado que su lazo con Alexander se había tornado insostenible.

Isaac suspiró, se echó hacia delante, ensanchó su sonrisa, y dijo:

—Necesitas relajarte, evadirte. Estás agobiada.

Irene le miró. Asintió de nuevo. No pudo evitar sonreír también. Ese hombre la cautivaba. Sospechaba en qué consistían las evasiones que él podía sugerir: la pasión de su sexo bajo las sábanas y el anhelado éxtasis del H17.

—Me han invitado a una fiesta —desveló Isaac—. Será el jueves, en *El séptimo cielo*. Parece exclusiva. Quieren exponer un producto o algo por el estilo. Se llama "La noche escarlata". No sé de qué va, pero puede ser divertido. Hay que olvidarse de todos los malos rollos del verano. ¡Anímate!

La idea no sonaba mal. Irene quería disfrutar. Se merecía un respiro.

Isaac extendió su brazo derecho y le acarició una mano con suavidad. Ella reflexionó: era raro, pero percibir aquel tacto la sosegaba y la animaba a dejarse llevar.

<u>6</u>

La penumbra que habitaba en él, unas veces latente, otras manifiesta, pero jamás irrevocable; ese reverso tenebroso que él sentía y temía tomó forma. Casi como si se tratase de un ente corpóreo, le poseyó y doblegó. Perdió contacto con la realidad. Incapaz de remediarlo, se sumió en un pesado trance que aunaba sueño, agonía y punición.

Cuando lograra volver en sí e intentara reordenar la confusa secuencia de sus pasos, tan solo recopilaría impresiones de dudosa veracidad y sospechas improbadas. En cualquier caso, fuera como fuese, halló la manera de regresar a su escondrijo, en la calle de la Ceniza. Temía haberlo hecho a plena luz del día, a primerísima hora de la mañana del domingo, debido a la temeridad de irrumpir en casa de Selena. ¿Por dónde transitó desde allí? ¿Tomó acaso el tranvía? Cualquiera podía haberle reconocido. Además, a su llegada al semisótano, era posible que hubiera efectuado cierto movimiento enajenado y arriesgado.

Después, extenuado, se desplomó sobre su cama. Ni siquiera se quitó la ropa. Sudó y deliró. Perdido en una densa somnolencia, la sed y el aturdimiento se intercalaron con súbitos escalofríos y congoja. La pena le abatía. Nunca lo recordaría, pero siempre pensaría que el recuerdo de Lara fue muy intenso y doloroso durante esas horas baldías. Entretanto, a su alrededor, esa vida que se le antojaba inalcanzable proseguía su ritmo. Advirtió el correteo y los maullidos de su colega felino. La luz cambió, de la mañana a la noche y a la mañana.

Cuando comenzó a despertarse, en efecto, era la claridad matutina la que entraba por el ventanuco. Despacio, Alexander se sentó en la cama. Notaba la musculatura entumecida. Se frotó la cara. Como si se hallaran lejísimos de él, atisbó los dígitos luminosos de su despertador. Se asombró al deducir que había dormido un día entero. No creía haber dormido tantas horas seguidas nunca. Aspiró el olor de su cuerpo. Tenía la ropa empapada de sudor. Asqueado de sí mismo, se desnudó y, con bastante torpeza, fue al cuarto de baño, donde se metió bajo el chorro frío de la ducha y se lavó con empeño. Todavía cojeaba.

El período de castigo era una especie de reacción alérgica. Su organismo respondía de ese modo a esa brizna de suerte que había detraído y, por un instante, le había pertenecido. La suerte no era para él. Por ello, el acto que había perpetrado merecía un escarmiento. La debilidad, aparte de física, también era anímica. Sus poderes se veían limitados durante ese estado. Ese período, el del verano del año catorce, fue el peor que había experimentado jamás. Sin duda, nada más gafar a Yazpik, debió refugiarse y no ir en busca de Selena.

En compañía de Trece, mientras procuraba recuperarse, Alexander observó el desorden reinante en el salón. En concreto, los papeles sobre la muerte de Vanessa, los extraídos de la caja diecisiete, estaban desperdigados por la mesa, al lado de su *smartphone.*

Recordó en qué consistía el movimiento enajenado y arriesgado que había realizado: escribir un correo electrónico a Eddie Baltz para delatar el paradero de Yazpik. ¡Qué insensatez! Aquello podía suponer la ruina del agente y la suya.

Malos presentimientos acrecentaron su desasosiego. Encendió el televisor y sintonizó el canal de noticias. No escuchó nada relevante. Se relajó. A pesar de que no tenía apetito, pensó que le convenía comer algo. No apagó el televisor.

Desde la cocina, escuchó algo que reclamó su atención: acababan de mentar a Alonso Yazpik. Apresurado, corrió frente al televisor. Las imágenes retrataban la llegada del criminal, en un estado penoso y en medio de mucha expectación, a la Comisaría. Según el relato del presentador, nuevas evidencias le vinculaban a diferentes causas: no solo al asesinato de Lara, sino también al atentado contra el cuartel de la Policía. La información, sin embargo, no resultaba clara. No se explicaba el motivo de tan radical viraje en las investigaciones.

A medio camino entre la ilusión y el miedo, Alexander se sentó en una silla. ¿Qué iba a ocurrir a partir de ahora? De repente, le sobrecogieron los antitéticos sentimientos que le suscitaba evocar a Lara y a Selena, dos mujeres dispares enlazadas por un fatal vaticinio.

7

Alonso Yazpik nunca imaginó que regresar a prisión sería un alivio. Esa era la tercera vez que le encarcelaban. Durante su primera estancia en la Penitenciaría Este-II, no era más que otro desgraciado que procuraba pasar desapercibido sin meterse en problemas. La segunda vez, el otoño previo, se granjeó una fama temible que le facilitó las cosas. Esa tercera vez, en cambio, fue diferente: además de no mostrar resistencia cuando le detuvieron, en el fondo, una vergonzosa parte de él se alegraba de esa reclusión porque, en la cárcel, estaría a salvo. Allí, nadie más podía dañarle.

Estaba vencido. Le faltaban fuerzas. El otoño anterior, enfermó en esa cárcel a la que había vuelto. Durante los largos meses que se había ocultado en el barrio de Hornos, con la forzosa ayuda de Dragan Tucker y Dania Venci, no logró recuperarse. Algo había infectado su sangre y ya no le abandonaría. Le daba la impresión de ser otra persona, de haber mutado hacia algo más débil y patético.

En realidad, el verdadero cambio había venido de la fatídica mano de Alexander Berkel. Ahora, Alonso comprendía que no existía afección más perniciosa que perder la suerte. Él no siempre creyó en la mitología de esa fuerza. Para él, era una falacia, una superstición de la que había oído hablar alguna vez. Tardó en entender el auténtico influjo de su energía; esa energía que con él nunca había sido generosa.

El balance de su suerte era aciago. Hasta hacía un par de años, había hallado el modo de salir adelante ante cada adversidad, ya fuera la pobreza, el peligro o la cárcel. Medró en el mundo del crimen. Se lucró. Tuvo quien le amara, pese a sus defectos y malicias. Todo se torció cuando su novia falleció de una dolencia súbita e incurable. Esa tragedia le hundió. A partir de ahí, la Policía le arrestó, conoció a Selena Myers, pactó en secreto con Garmash, se involucró en el negocio de la droga de Vera Klausmann…, y, de repente, se vio junto al cadáver de Lara Varone. Todo sucedió demasiado deprisa. Ojalá hubiera previsto su caída. No le extrañaba que Berkel le hubiera gafado. Él empatizaba con su dolor. Hasta le hubiera gustado decirle que lamentaba la muerte de su amada.

Hoy era lunes. Se iniciaba un día, una semana, un mes y, para él, uno de los años que pasaría a la sombra. De todos modos, la penumbra que le desolaba, la que le había lastimado sin piedad, era aquella que Berkel le había inoculado.

Despertó en su celda. Se zafó de ir a las duchas. No le gustaba que ya no le temiesen. Después, le indicaron que su abogada le esperaba en una sala de reuniones. No tenía ni idea de a quién se referían. Supuso que sería la letrada sufragada por la Administración. Cuando descubrió quién le aguardaba, no supo si reír o gritar.

Selena Myers mostraba un aspecto casi tan malo como el suyo. Sentada en una silla, a un lado de la solitaria mesa, se la veía mustia y empequeñecida. La mujer observó a Alonso con apocamiento. Él la fulminó con su mirada. Después, se esforzó para contenerse y ocupó el asiento libre al otro lado. Carraspeó, y comentó:

—Apuesto lo que sea a que ha vuelto a venir con una identidad falsa.

—Por supuesto —afirmó ella, con la voz tomada—. Debo protegerme.

—¡Cómo no! Usted se protege y deja los daños y los riesgos para los demás —espetó él. Odiaba a esa mujer. Deseaba no haberla conocido. ¿Cómo se atrevía a presentarse allí? Con mala idea, añadió—: ¡Qué mala pinta tiene! ¿Qué le pasa?

—Me he resfriado —dijo Selena, escueta e incómoda.

—¿En verano? ¡Qué mala pata! —rio Alonso. No obstante, su carcajada sonó vacía, falta de esencia. Entendió que, por un instante, había olvidado su infortunio. Enojado, inquirió—: ¿Qué quiere? Vaya al grano. Aquí hace frío.

Selena respiró hondo, y respondió:

—He venido aquí, registrándome con unos datos ficticios, como el otoño pasado, para arreglar el entuerto que empezó la última tarde que nos vimos cara a cara, aquí mismo.

—Quiere decir –replicó Alonso– el entuerto que usted se inventó pero que, al final, he pagado yo, con mi libertad y mi suerte.

—¡No! –saltó ella, de pronto indignada–. Me refiero al que usted solito provocó al asesinar a la chica. ¿Por qué la mató? –susurró, con la garganta raspada.

—Fue un accidente –declaró él.

—Yo nunca pedí su muerte.

—Ya, pero seguro que tampoco la lamentó.

—Eso no importa –arguyó ella–. Lo complicó todo. ¡La cagó!

Alonso no contestó. No podía. Selena tenía razón. ¡Vaya si la cagó!

—Bueno –suspiró, con más calma–, la cuestión es que todo se fue a la mierda. La chica que no tenía que morir murió. A mí, un gafe me ha mermado por venganza. Y usted, la responsable de todo, la que no ha pagado por nada, solo está aquí porque le acojona que yo me chive de su implicación ante el juez, ¿o no?

—Sí –confesó la mujer, después de tragar saliva–. No puede delatarme. Cuente lo que le dé la gana, pero no diga ni que yo le saqué de aquí el año pasado ni lo que le pedí. Resista la mala racha. Yo me encargaré de recompensarle.

—¿Recompensarme? ¿Con qué va a hacerlo?

—¿Con qué va a ser? –le interpeló Selena. Y, un segundo antes de que se lo aclarara, él adivinó qué le ofrecía–: Haré que recupere la suerte. Invocaremos el quinto dogma.

Alonso se reclinó en su incómodo asiento. Notaba frío, pero allí no hacía frío. Era la carencia de suerte la que le helaba por dentro. Rumió la oferta de Myers. No tenía nada que perder. Se juró a sí mismo que, si esa mujer volvía a fallarle, esta vez, la mataría sin ningún miramiento y encima disfrutaría con ello.

<u>8</u>

Joseph Klausmann consultó su reloj de mala gana. Jon Hosen volvía a retrasarse. La informalidad le sacaba de quicio. Disfrutaba de un té helado que casi se había acabado en el interior del *Café Greco*, un amplio local de decoración tradicional y un tanto recargada. Hacía demasiado calor para estar en la terraza, aunque la previsión meteorológica pronosticaba

310

un inminente descenso de las temperaturas. Septiembre traía aires nuevos y frescos.

A Joseph le encantaban las previsiones de todo tipo, pues le hacían sentir que tenía el control. Por ello, no le gustó nada la inesperada llamada que recibió. Cuando notó la vibración de su móvil, ojeó la pantalla. Tenía el número de la interlocutora grabado en la agenda. Lo conservaba de sus antiguas colaboraciones esporádicas con la Organización Heptágono. Mosqueado, tragó saliva, pulsó el botón para descolgar, y habló:

—¿Sí? —contestó, lacónico.

—¿Joseph? Soy Selena Myers. Buenas tardes.

—Buenas tardes, Selena. Cuánto tiempo —dijo él, monocorde.

—Sí, casi un año, si recuerdo bien —comentó la mujer. Sonaba seria y cansada.

—¿A qué debo esta llamada? ¿Hay algo que pueda hacer por la Organización?

—No, pero la Organización sí puede hacer algo por usted —espetó Selena, de pronto.

La antipatía que desprendía aquella abrupta frase inquietó a Joseph, quien preguntó:

—¿Cómo dice, Selena?

—Joseph —oyó cómo suspiraba la actual directora de operaciones de Heptágono—, esta conversación no me agrada, como tampoco va a agradarle a usted. Así que seré breve.

—Por supuesto —anotó él. Se temía lo peor.

—Me consta todo, Joseph —declaró Selena—. A Heptágono le consta todo; todo lo que ha hecho. Me ha decepcionado, Joseph. Pensaba que aprendió algo de la caída en desgracia de su sobrina. Descubrimos lo que hizo con aquella chica y se le dio una oportunidad que, por lo que se ve, no merecía. Ahora, hemos descubierto lo que le ha hecho al ayudante que le delató. El atentado tiene despistada a la Policía, pero no tardarán en pillarle.

La mujer pronunció esas frases con precipitación e incluso ojeriza. Si lo que buscaba era amedrentarle, desde luego lo consiguió. Joseph no sabía cómo reaccionar.

—Le pillarán —continuó Myers— si no lo evitamos antes.

—¿Qué significa eso? —interrogó el hombre.

—Significa que le ofrezco su última oportunidad. Más le vale aceptar porque no habrá otra. He parado una nueva investigación en torno a usted, arriesgando mucho por mi parte.

—¿Qué quiere?

—He investigado algunos temas —explicó la mujer, que se dirigía a él menos crispada—. Me comprometo a evitarle cualquier problema si me pone en contacto con cierta persona.

—¿Quién?

—En los archivos que he leído figura como "A. Klausmann". ¿Sabe de quién hablo?

—Sí —admitió Joseph, sorprendido. No se esperaba aquello—. ¿Por qué le busca?

—No está en posición de preguntar nada, Joseph.

En efecto, no lo estaba. Sudoroso, incluso con el aire acondicionado, Joseph no tuvo más escapatoria que comprometerse a poner en contacto a Selena con "A. Klausmann", su socio inversor.

La llamada finalizó con la misma brusquedad con la que se inició. Jon Hosen llegó al *Café Greco* cuando Joseph todavía no había asimilado lo cerca que había estado de ver cómo su vida y su trabajo se iban al traste.

—¡Pon en hora tu reloj! —le recriminó a un embobado Hosen. Malhumorado, se puso en pie. Le dio un abultado sobre de burbujas marrón, tamaño folio, donde había dibujado un distintivo: una estructura radial de siete brazos serpenteados, seis negros y uno carmesí—. Este es el pago por el dinero que recibí. La deuda queda saldada —detalló—. Buenas tardes.

Joseph se disponía a marcharse sin más. Sin embargo, cuando ya había dejado atrás a Jon, recordó otro detalle. Se giró un momento, y agregó:

—¿Invitaste a aquel gafe a la fiesta que te dije?

—Sí —asintió Jon—. Puede que se pase por allí.

Joseph cabeceó reflexivo. Salió del local. De camino a las plataformas del tranvía, en la soleada plaza de la Cornucopia, meditó que, al menos, los preparativos de su experimento definitivo estaban listos. Sus listas se cumplían. Había reunido los elementos y las personas requeridas: desde gente con un alto grado de suerte hasta un gafe.

No le amilanaban las dificultades. Estaba a punto de lograr su fin. Jamás imaginó que encontraría una motivación tan fuerte a su edad. Quebraría el segundo dogma. Así, tal vez, podría enmendar los errores del pasado.

2

Frank Axel había recibido una invitación para "La noche escarlata", una fiesta que se celebraría la noche del jueves en *El séptimo cielo*. Se la había dado su jefe. Él conocía la discoteca, si bien no había entrado nunca. Prefería otros bares.

Esa clase de eventos no solía llamar su atención. De todos modos, el lunes por la noche, cuando salió de la estación de ferrocarril, decidió darse una vuelta y estudiar el ambiente que se respiraba en aquella discoteca. Tal vez, asistiera a la fiesta. Además, el paseo le iría bien para despejarse. Desde hacía días, se notaba desconcentrado.

No paraba de pensar en las cosas que aquel tipo perseguido por la Policía, Alexander Berkel, le había dicho. Jamás había escuchado ideas tan raras. ¿Creer en la suerte?, ¿ser gafe y poder perjudicar a quienes tuviera cerca? ¡Vaya locura! ¿Quién podía aceptar semejantes supersticiones? Aun así, Frank no sabía por qué, pero la asombrosa declaración de ese tipo le había afectado. De hecho, le había inspirado una extraña sensación próxima a la empatía.

Tenía que admitir que, si echaba la vista atrás y repasaba sus vivencias, no podía considerarse alguien afortunado. Su padre les abandonó a él y a su madre, una mujer que sufría una enfermedad degenerativa y estaba internada en una residencia. Vivía en un edificio muy antiguo, alquilado por una usurera que era prima de su madre. Y, hasta que obtuvo el puesto de maquinista, dependía de empleos penosos y ayudas sociales. Entablar amistad no se le daba bien. Se había sentido engañado por muchos. Nadie se había enamorado nunca de él.

Se detuvo un instante. Se encontraba en mitad de una oscura y desierta calleja, cerca de *El séptimo cielo*. Se percató de que el calor de los días previos ya no resultaba tan sofocante. La noche era fresca. Un pensamiento le asaltó: ¿acaso su vida no era la propia de alguien a quien pudiera llamarse gafe? ¿Moraba en él una penumbra innata?

Enojado consigo mismo por su tontuna, meneó la cabeza y alejó esas elucubraciones. ¿Por qué le turbaban las absurdas palabras de un supuesto asesino, un hombre que huía de la ley y, para colmo, se dedicaba a predicar sandeces? ¿Por qué no había avisado a las autoridades de que le había visto? Era ridículo empatizar con alguien así.

313

Después de la caminata, resultó que *El séptimo cielo* cerraba por descanso todos los lunes. Fastidiado, Frank se refugió en un antro, donde no halló alivio para su embotamiento. En vez de eso, un mamarracho embriagado, quien parecía tener ganas de gresca, le incordió bastante rato. Él se esforzó por ignorarle y contener su mal humor. No obstante, el mamarracho continuó dándole la murga. Cada vez más molesto, Frank cerró los puños con rabia. Le apetecía partirle la cara al imbécil. Su mal genio era tal que notaba como si saltaran chispas en su mano izquierda. Al final, se puso tan tenso, tan repleto de malas vibraciones que, antes de marcharse de allí, le propinó un empujón al majadero, lo que provocó una aparatosa caída. Cuando lo hizo, Frank sintió que liberaba un torrente de energía. De nuevo en la calle, anduvo con paso animado y comprendió que había obtenido el alivio que necesitaba.

10

Isaac Wagner salió de la clínica veterinaria la mañana del martes, después de pasar allí la noche entera. La palidez del cielo y la calma reinante le estremecieron. Ese sitio, separado de la tranquila calle en la cual se ubicaba por un contorno de elegante enrejado y frondosos arbustos, parecía aislado del resto del mundo; el mundo donde no le apetecía volver.

Esa clínica era, en realidad, un pequeño hospital para animales. Sus responsables habían adecuado un chalet del noreste del Arco Clásico con todo lo necesario en un establecimiento de ese tipo: recepción, consultas, salas de curas, quirófanos, etc. Tenía tres plantas y un sótano, además de un precioso y amplio jardín trasero. Las cuantías que la gente adinerada se gastaba en sus mascotas financiaban negocios de índole tan idílica como ese.

Isaac entró en su coche, estacionado en el pequeño aparcamiento que había en la parte delantera de la parcela. Bajó un poco la ventanilla. De repente, el calor estival había dado paso a un frescor inesperado. Sacó un objeto de su bolsillo: un collar canino, del que pendía una vieja y larga llave. Aspiró su olor. Un horrible nudo se le formó en la garganta.

Nelson había fenecido. Aunque la situación había sido anticipada y casi programada, asimilar su ausencia iba a costar. Padecía una dolencia sin remedio certificada por su veterinario. Lo que este consideraba un

314

tumor, en opinión de Isaac, era el cúmulo de tristeza que el maravilloso *golden retriever* no había logrado superar desde que su verdadero amo, su compañero de dos patas, Ismael, murió. El can nunca pudo soportar la traumática marcha de su amado dueño.

Hacía días que Nelson sufría dolores y molestias continuos. La noche anterior, vomitó la cena y su fiebre fue en aumento. Isaac, afligido por el evidente tormento de su mascota, le trasladó a toda prisa a la clínica. Allí, el equipo de urgencia le confirmó lo que su cerebro ya había asumido y su corazón trataba de obviar: no había nada que hacer por el perro, salvo paliar su malestar y proporcionarle un desenlace digno, libre de más dolores. El sacrificio no podía realizarse hasta la primera hora de la mañana, de modo que se quedó toda la noche junto al can. Le abrazó, le acarició, le besó, susurró un secreto en su oreja y aguantó a su lado hasta que se quedó dormido. Le indicaron que podría recoger las cenizas en unos días. Había pensado esparcirlas por los jardines de la mansión. Era una idea bonita.

Ahora, inmóvil en el asiento de su coche, en un entorno demasiado agradable para el sentimiento que ardía en su interior, Isaac se aferró a la correa de su querido perro. Lo hizo como si, al asirla con fuerza, intentara transmitirle a Nelson la caricia que jamás podría volver a darle. La rabia le poseyó. ¡Qué injusto era todo! Por eso, se puso a llorar. Fue un momento de debilidad durante el que la congoja le dominó. No obstante, no tardó en reprimir el llanto y amonestarse por esa muestra de flaqueza. Por supuesto, el querido *golden retriever* merecía ser añorado y honrado, pero el duelo no sería excusa para lo que su joven amo se había propuesto llevar a cabo. Se sentía harto de malas sensaciones. Era hora de apartar los lamentos y concentrarse en sus objetivos. Así, resuelto, arrancó el coche.

Mientras conducía, la vieja llave, anudada a la correa que llevaba en la mano, tintineaba al dar contra el volante. De camino a casa, Isaac pensó en todos los agravios que debían ser resarcidos. Ahora que Nelson se había marchado, lo único que pervivía de Ismael Wagner era su memoria. Su asesinato no iba a quedar impune. Él esperaría y maquinaría todo cuanto fuese preciso. Tarde o temprano, se vengaría de Alexander Berkel.

Todas aquellas cuestiones, sus anhelos y empeños, igual que el enigma en torno a qué puerta abría la dichosa llave de Nelson, serían resueltos. Solo era cuestión de tiempo.

Ricardo Varone observó la calle a través de los cristales tintados: una vía curvada, de calzada algo insuficiente para la circulación en ambos sentidos, con bloques de pisos y tiendas sencillas, próxima a una plazoleta animada, al norte de Saberes. La ciudad recuperaba la actividad habitual. El verano no tardaría en ser un simple recuerdo.

El alcalde necesitaba tranquilizarse. Había voceado a sus asesores toda la mañana. Le urgía iniciar los contratos públicos y publicar la oferta de empleo de *eFortuna Global*. Quería aplacar los ánimos enaltecidos por el atentado de la Comisaría. Siempre que se acordaba de ese asunto, maldecía con ira a Alexander y los Klausmann.

Carlo acababa de detener el vehículo en doble fila. Hacía tiempo que no conducía para él. Hoy, además, Ferrara le había dado un regalo relativo a un tema que Ricardo ya daba por perdido: uno de sus contactos en la prensa le había facilitado una interesante información sobre Martina Leone; una historia que podía prender la llama que incendiara el futuro político de la actual presidenta de la república.

Mientras tanto, el alcalde quería abordar un asunto que le inquietaba.

Esperaron en el coche. Minutos después, vieron a Travis salir de un portal. Carlo bajó del vehículo y se acercó al joven. El rostro de Dixon reflejó su sorpresa al ver a Ferrara. Cabizbajo, se subió al sitio del copiloto. Ricardo se fijó en su faz llena de ojeras y su desmejorado aspecto. Carlo, por su parte, regresó a su asiento.

—Buenas tardes, señor alcalde —saludó Travis, quizá avergonzado.

—Gracias, Carlo —añadió Ricardo, con una inclinación de cabeza hacia su viejo amigo. A continuación, se centró en el joven. De manera reposada pero severa, le explicó—: Travis, Carlo te ha seguido por orden mía. Llevas días ausente y descentrado. No sé qué te ocurre, pero no puedo tolerar tu dejadez. Cuéntame qué pasa.

Travis, incapaz de mirarle a los ojos, reflexionó unos segundos. Luego, contestó:

—He estado enfermo: gastroenteritis, creo.

—Normalmente, mientes sin titubear, pero ya veo que también has desatendido tu cerebro —replicó Ricardo. Se fijó en que Travis llevaba unos papeles doblados en una mano, y exigió—: Venga, dame eso que llevas ahí.

Travis obedeció. Ricardo desdobló las hojas. Se trataba de notas de prensa. Unas versaban sobre la muerte de Vanessa Danzi. Eran las mismas que Yuri Anton recopiló para la Organización Heptágono. Otras se referían a un segundo cadáver, hallado en circunstancias similares al primero. Confuso, preguntó:

—¿Qué haces con esto? —Travis tragó saliva. Ricardo intuyó que su gesto no implicaba temor alguno, sino tristeza, de modo que, menos estricto, dijo—: Sea lo que sea, cuéntamelo. Confía en mí. Solo pretendo ayudarte.

—El ayudante de Klausmann se chivó a la gente de Heptágono. Klausmann se enteró, no sé cómo, y se vengó. Le mató, como a la chica —respondió Travis, con evidente congoja—. Nadie lo ha descubierto todavía.

—¿Por qué te interesa eso?

—Porque el ayudante era… —Travis reprimió el llanto, y concluyó—: Era mi amigo.

Ricardo cruzó una mirada con Carlo. Supuso que este también entendía lo que el chico intentaba transmitirles. Sintió lástima por el joven; una lástima que, un año antes, cuando todavía desconocía los tormentos de la pérdida, con toda seguridad, no hubiera sentido.

—Lo siento de veras, chico —declaró.

—He hecho algo… —vaciló Travis.

—¿Qué?

—He encontrado a alguien.

—¿A quién?

—A quien nadie más ha sido capaz de encontrar.

A Ricardo le costó varios segundos dilucidar lo que esas palabras significaban. Cuando lo hizo, el asombro impregnó su voz al decir:

—¡Has encontrado a Alexander Berkel!

<u>12</u>

La comisaria Miralles todavía intentaba acostumbrarse a su nuevo y repentino puesto, así como a la ciudad donde este se situaba. Su llegada a Ciudad Fortuna había sido fácil. La urbe atraía, captaba. De hecho, tras solo una semana, tenía la sensación de llevar allí mucho tiempo. El

317

magnetismo del lugar era raudo y firme. Marcharse se intuía irreal. Al contrario, la Comisaría que ahora capitaneaba se revelaba enseguida como un auténtico vertedero. Lo era en un sentido literal y metafórico. Al menos, su despacho, antes ocupado por el difunto Garmash, rebosaba basura. A Miralles le había costado más de una jornada limpiar y ordenar ese desastre. Junto a papeles descabalados y varias corbatas arrugadas, había encontrado envoltorios de chocolatinas, paquetes de tabaco, pastillas para el dolor de cabeza, ¡incluso un brillante y enigmático dado de cristal rojo!

En el plano figurado, Miralles ya contaba con la podredumbre con la que iba a toparse. El primer ministro Brenner, quien la apreciaba y había puenteado al alcalde Varone para imponer su nombramiento, le había advertido de la corrupción de la Comisaría. Ella misma había comprobado cómo, durante un lustro, Garmash se había dedicado a encumbrar a los pelotas mediocres en detrimento de los oficiales valiosos. El atentado sufrido había sacado a la luz el mal funcionamiento y el deterioro del cuerpo. Había mucho que orear. Mientras las zonas dañadas del edificio eran reparadas, las suspicacias de la recién designada comisaria aumentaban. Se preguntaba qué podía contener la caja de seguridad número diecisiete, el aparente objeto del asalto. La Policía de la ciudad acumulaba demasiados casos abiertos y cabos sueltos.

Su mayor impedimento era una constante impresión de que se le escapaba algo. Miralles presentía que desconocía factores esenciales acerca de aquella ciudad. Necesitaba descubrirlos. Debía ganarse la confianza de sus subordinados, en especial de aquellos que mostrasen su valía. Percibía el recelo de los gandules que, tal vez, temiesen que un comisario más justo les privase de las inmerecidas prebendas que habían disfrutado.

Entretanto, había acaecido un hecho de lo más curioso. Miralles se había entrevistado con un joven muy formal, Yuri Anton. Días antes, este pidió una reunión con ella. Durante el encuentro, se identificó como el número tres de una entidad que ella no había escuchado jamás: la Organización Heptágono. De improviso, Anton se puso a explicarle un aluvión de nociones y circunstancias que sonaban increíbles: suerte verdadera, dogmas, genética, eugenesia y un largo y apabullante etcétera. La comisaria había estado tentada de tildar al tipo de botarate y echarle a patadas. En cambio, sin saber cómo, comenzó a formular preguntas en

318

torno a los temas de los que Anton hablaba. Se dio cuenta de que, en mitad de tanto caos y desconcierto, aquellas extrañas revelaciones se convertían en la pieza que prometía otorgar sentido a todo cuanto ella se esforzaba por esclarecer.

Era miércoles. La semana había empezado con el descubrimiento de Alonso Yazpik. A medida que se revelaban más aspectos relacionados con el criminal, todo entroncaba, de una manera que ella aún no acababa de establecer, con unas graves acusaciones pronunciadas por Yuri Anton. Miralles desconfiaba sobremanera del origen de la información que les condujo al contrabandista.

Después de numerosas indagaciones, deseaba probar cierta hipótesis. Así, descolgó el teléfono de su escritorio y llamó a uno de sus agentes. Con voz grave y firme, ordenó:

—A mi despacho.

Se puso en pie y se alisó el uniforme. Podía vestir de calle, pero prefería la imagen de respeto del atuendo oficial hasta que se hiciera con su gente. Había cumplido los cincuenta ese año. Era una mujer de estatura media, espalda ancha, abundante cabello castaño oscuro y belleza descuidada. La única joya que lucía eran unos bonitos pendientes que sus hijas le regalaron años atrás.

Cuando Eddie Baltz llamó con los nudillos y, un tanto timorato, asomó la cabeza, ella le hizo un gesto, y dijo:

—Cierra la puerta y toma asiento.

13

Cuando Alexander se desperezó, entrevió, una vez más, la claridad matutina. Calculó que, durante los últimos tres días, se había limitado a dormir. Sin embargo, ese miércoles, al abrir los ojos, notó algo al instante: el período de castigo había finalizado. No advertía ninguno de los síntomas. También percibió mejoría en su rodilla.

Aturdido, se puso en pie. Trece no estaba en el semisótano. Las temperaturas habían descendido. En dos o tres semanas, sería otoño. Entonces, habría pasado un año desde que la Organización Heptágono le contrató y complicó su existencia. Había tratado de aclarar su inocencia en vano. Era hora de plantearse salir de la ciudad. ¿Sería posible?

319

De repente, vislumbró algo tan inesperado que, por un instante, se quedó petrificado. En el suelo, en el recibidor, al lado de la puerta que daba al descansillo del edificio, halló un sobre blanco, tamaño folio. Alexander no daba crédito a lo que sus ojos veían. Estaba claro que alguien lo había deslizado por debajo de la puerta. ¿Quién? ¿Por qué?

Absorto, recogió el sobre. Sentado frente a la mesa redonda, lo abrió. De su interior, extrajo una serie de papeles fotocopiados. Los primeros que ojeó ya los conocía. Se trataba de las notas de prensa que narraban el hallazgo del cadáver de Vanessa. Tras estos, halló un recorte de prensa que informaba de la aparición del cuerpo de un hombre en circunstancias muy similares a las de Vanessa. Aquello le sobrecogió. Revisó el resto de papeles. Encontró los informes de las autopsias de los dos fallecidos.

Al palpar el sobre de nuevo, se dio cuenta de que quedaba algo dentro. Sacó otro papel doblado. Lo desdobló. Leyó un mensaje anónimo escrito con tinta roja y letras mayúsculas manuscritas: "Jueves 4. 20 horas. Terpsícore".

Alexander releyó el anónimo unas cuantas veces más. Entre las implicaciones que necesitaba asimilar, sobresalía una: la certeza de que su segundo escondite, el semisótano de la calle de la Ceniza, había dejado de ser seguro.

Alguien golpeó la puerta con los nudillos. Alexander se sobresaltó. ¿Quién era? ¿Qué más podía suceder esa mañana? Sintió pavor.

—Alexander, soy yo —dijo una voz al otro lado.

Identificó el timbre de quien acababa de hablar. Era el agente Eddie Baltz. Por alguna razón, aquello no le sosegó. Nervioso, se acercó al umbral. Despacio, abrió la puerta. Eddie estaba en el descansillo, con la mirada gacha.

—¿Qué ocurre, Eddie? —preguntó.

—Lo siento, Alexander —añadió el policía, y se hizo a un lado.

Una mujer uniformada, que había permanecido oculta junto a la entrada, emergió del rincón y se dirigió a él:

—Buenos días, señor Berkel —dijo la mujer—. Soy la comisaria Miralles. Me alegra conocerle al fin.

320

CAPÍTULO X

La noche escarlata

1984

El día era muy luminoso. El cielo azul llegaba al fin del mundo. Y ese día era el día.

Alexander jugaba a solas en la parte delantera de la finca, cerca del columpio oxidado. El chirrido que este producía al moverse le solía hacer reír, pero su risa se había extraviado. Ya no era tan despreocupado. Ahora acusaba más esa oscuridad latente a su alrededor.

La mujer pelirroja, la de la cocina, acababa de marcharse. Él había intentado arrancarle una sonrisa, una mínima mueca de cariño. Ella se había ido sin apenas decirle nada. Él lo entendía. La ausencia de la niña pelirroja lo había descolorido todo. A él le llenaba de tristeza y culpabilidad. Le hubiera gustado gritar que nadie la añoraba más que él.

Su madre salió al porche del caserío. Él la contempló. Le parecía la mujer más preciosa que pudiera existir. Sabía que había estado enferma, lo cual le había angustiado porque ella era la persona que más le quería. Desde lo de la niña, era la única que lo hacía.

Su madre le saludó con la mano desde el porche. Le sonrió con alegría. Él le devolvió el gesto con el mismo júbilo. Entonces, comenzó. El ruido de un motor a su espalda llegó a sus oídos. Alexander se dio la vuelta. Vio cómo una furgoneta negra se detenía al lado de la cancela. Cuatro hombres, vestidos con camisas y pantalones blancos, salieron de ella.

Un pavor insólito le horripiló. ¿Qué ocurría? De pronto, tuvo mucho miedo. Aquello no le gustaba. Algo no iba bien. Asustado, se volvió de nuevo hacia su madre y distinguió el mismo temor en su rostro.

Escrutó a los hombres de blanco. Uno le señaló y ordenó algo al resto. Él se giró otra vez hacia su madre.

–¡Corre! –exclamó ella.

Todo lo que sucedió después aconteció muy, muy deprisa.

Se lanzó a la carrera con todas sus fuerzas, como nunca antes había trotado. No tuvo que mirar atrás para saber que aquellos hombres iban tras él. A toda velocidad, se encaminó al campo de cereales. Si lograba penetrar entre los maizales, un laberinto que tanto conocía, se escabulliría. No obstante, en un momento de pavor, un espeluznante interrogante vino a su cabeza: ¿y su madre? Aminoró el paso un instante, lo justo para que dos de los hombres de blanco le diesen caza, antes de que alcanzase los cultivos.

Chilló y pataleó. Le poseyó una cólera inusitada. Esos tipos le alzaron en volandas, de regreso hacia la furgoneta. Buscó a su madre. Atisbó cómo, delante del caserío, la otra pareja de villanos la retenía y anulaba su resistencia. La mujer y el niño, en simétricos gestos de impotencia, extendieron sus manos. Fijaron su mirada el uno en el otro.

Lloraron ante la atroz certeza de que les separaban para siempre.

Los asaltantes metieron a Alexander en la parte trasera de la furgoneta. El interior de la zona de carga estaba libre, salvo por dos pares de asientos enfrentados. Uno de los hombres obligó al crío a sentarse sobre sus rodillas y le apresó entre sus fornidos brazos. A continuación, los dos hombres que faltaban se montaron en el vehículo.

—¡Vamos! —ordenó alguien al conductor.

Este, un veinteañero, observó a Alexander un segundo. Sobre la frente, en medio del cabello castaño claro, tenía un fuerte mechón de pelo blanco.

La furgoneta se movió. Él se esforzó por ver a su madre a través de la luna delantera, pero solo consiguió identificar el sendero que se alejaba del caserío y la finca; ese que él no había recorrido en toda su vida.

Inmovilizado por uno de sus secuestradores, se rebeló sin éxito. Más enérgica que su terror o su llanto, sin embargo, fue su rabia al convencerse de su derrota. Apretó los puños y llegó a advertir minúsculas chispas entre sus dedos.

Un súbito frenazo detuvo el vehículo. Un automóvil de reluciente carrocería, que circulaba en sentido opuesto, se había parado frente a la furgoneta. Alexander se irguió en las rodillas de su captor. Presenció cómo un hombre se apeaba de ese coche y, absorto en mitad de aquel camino, les miraba.

Reconoció a aquel hombre que, en cinco años, no había sido capaz ni de sonreírle. Lloroso, clamó por su ayuda:

—¡Padre!

322

30 AÑOS DESPUÉS

1

Alexander Berkel se quedó callado y estático ante la rotunda intervención de la comisaria Miralles. Le sobrecogió una irrefutable convicción: su huida de la justicia había llegado a su fin. Los meses de cautiverio, las escapadas furtivas, la claridad de la habitación sobre la taberna, los sonidos callejeros de ese semisótano…; todo ello era agua pasada. Y, a pesar de su fracaso, experimentó un inesperado y sanador alivio.

—¿Podemos pasar? —dijo la nueva comisaria.

Alexander estuvo a punto de proferir una sarcástica carcajada. ¿Acaso se podía negar? En ese momento, reparó en algo de lo que no se había percatado: la comisaria y Eddie iban solos. No parecían llevar refuerzos. Miralles y Baltz se hicieron paso. La mujer lo escrutaba todo con claro interés, mientras el apocado agente mantenía la cabeza gacha. Alexander no entendía qué se le escapaba. Algo no cuadraba.

—Señor Berkel, voy a advertirle algo —anunció la comisaria, de pie a un lado de la mesa redonda—. Tengo el presentimiento de que, pese a las acusaciones contra usted, no es un tipo peligroso, pero no dudaré en disparar mi arma si hace algo extraño, ¿de acuerdo? Vengo de incógnito, si le soy sincera, y en son de paz. No voy a detenerle por nada.

Por el rictus que Alexander apreció en el rostro de Eddie, aquella revelación asombró tanto al joven como a sí mismo. Resuelta, como si estuviera en su casa, Miralles ocupó una de las sillas que rodeaban la mesa, y comentó:

—No es muy hogareño esto, la verdad.

Eddie permaneció en una cohibida y confusa posición secundaria, en pie, al fondo de la estancia. Alexander, desconcertado, se sentó frente a la uniformada, e inquirió:

—Si no va a detenerme, ¿qué ha venido a hacer?

—Hablar con usted —respondió Miralles, quien finalizó su repaso del cuarto, reposó su mirada sobre él, y empezó su relato—: Esta ciudad está corrupta. Usted ya lo sabrá, sin duda. Lo está a muchos niveles. Es una pena porque, desde luego, es un lugar único, pero existen personas aquí que no aman la ciudad, que la utilizan a su antojo. La Comisaría que yo

323

dirijo ahora es una porquería. Hay mucho que limpiar. Es así porque el comisario Garmash, que en paz descanse, permitió que el alcalde Varone hiciera lo que quisiera con todos los recursos y las instituciones de la ciudad. –La comisaria hizo una pausa para respirar, y continuó–: He sido nombrada por el primer ministro Brenner. Este es muy listo y sabe que Varone es un corrupto. Sin embargo, por juegos de la política que a mí no me atañen, el alcalde posee un valor electoral que Brenner desea aprovechar. Para eso, necesita que alguien limpie toda la porquería de esta ciudad y su Comisaría. Así que aquí estoy. Llevo apenas una semana en esta ciudad y ya me he encontrado más enigmas que en toda mi carrera.

–Y más que encontrará, todo el rato –agregó Alexander, sin pensarlo, con cierto matiz taciturno–. La ciudad es así, pero no la juzgue a la ligera. Es maravillosa.

–Por supuesto. Señor Berkel, ¿le importaría darme un vaso de agua? Estoy sedienta.

Él asintió y, presto, fue a la cocina, donde llenó dos vasos con agua fresca del refrigerador. Le hizo un gesto interrogativo a Eddie por si también quería beber, pero él negó con la cabeza. De nuevo en la mesa, Miralles se hidrató la garganta, y prosiguió:

–No sé qué le pasaría el domingo pasado, señor Berkel –anotó–, pero, después de ser muy hábil para esquivar a la Policía durante casi un año, fue un imprudente al enviar aquella información sobre Alonso Yazpik al agente Baltz. Yo ya imaginaba que alguien de dentro le ayudaba y, cuando descubrí que había escrito a la dirección de Eddie, telefoneé a un amigo de la división tecnológica. Este rastreó las direcciones IP y otras cosas que no comprendo y dio con las cuentas que ustedes empleaban.

–No fue mi día –confesó Alexander. Luego, se dirigió a Eddie–: Lo siento mucho.

–Tranquilo. A Eddie no le pasará nada –aseguró Miralles–. Es un buen agente.

Para consuelo de Alexander, Eddie le dedicó una contenida sonrisa.

–Me sorprendió su alias, "El tirador de dados" –apostilló la mujer.

–Sí. Es curioso, una larga historia.

–Quizá algún día me la cuente.

–Si no va a detenerme es porque cree que soy inocente –conjeturó Alexander.

324

—De momento, sé que no mató a Lara Varone —desveló la comisaria—. Alonso Yazpik ha confesado su versión de lo que sucedió, la cual le exonera a usted. Vamos a contrastar la historia que nos ha contado, pero puedo adelantarle que, en breve, retiraremos la acusación contra usted. Además, tras el análisis del sitio en el que Yazpik se escondía, se han localizado indicios de que suministró el explosivo que provocó el atentado para el robo de la caja diecisiete, otro asunto corrupto del que, por cierto, me encantaría olvidarme.

Alexander se asombró al escucharla. Advirtió un nudo en la garganta. Aunque siempre se consideraría responsable de la desgracia de Lara, le reconfortaba que las autoridades ya no le acusaran de ser el autor material de su muerte.

—Todavía queda un escollo sin resolver —expresó Miralles, con más rigidez—. Aún se le acusa del asesinato de Ismael Wagner.

—Lo sé —admitió Alexander—. Le prometo que también soy inocente de esos cargos.

—Ya. ¿Sabe?, mi intuición, que no me suele fallar, me indica que usted no le mató, pero, en ese tema, no existen pruebas que le apoyen, de modo que la acusación se mantiene.

—Entonces, ¿qué podemos hacer?

—Un pacto, señor Berkel. Por su lado, usted se compromete a llevar una vida discreta, no meterse en líos y no dejarse ver. Por el mío, me las ingeniaré para que todo lo referente a su búsqueda caiga, poco a poco, en el olvido. Esta ciudad tiene otras cuestiones de las que preocuparse de verdad. Por descontado, jamás reconoceré haber ideado este pacto. Baltz se mantendrá callado, si sabe lo que le conviene. Si usted incumple las condiciones que le he impuesto, seré yo misma quien le enchirone. ¿Le queda claro?

Miralles clavó su mirada en Alexander. La entereza de su semblante denotaba que, en efecto, le pondría las esposas en persona de ser preciso.

—Me queda claro —concluyó él.

La comisaria le tendió su mano por encima de la mesa. Él meditó y se la estrechó.

—Sobra decirle —glosó Miralles, mientras se levantaba y alisaba su impoluto uniforme— que este escondite ya no es seguro. Búsquese otro.

—Alexander cabeceó meditabundo. Miró de reojo el sobre con el anónimo que, minutos antes, había leído—. Si, en un futuro, usted o yo ne-cesitáramos contactar con el otro, solo en caso de extrema necesidad, Eddie servirá de intermediario. —Miralles, seguida por Eddie, se dispo-nía a marcharse. Antes, no obstante, se dirigió una vez más a Alexan-der, y dijo—: Hace poco, me he topado con el más endiablado jeroglífi-co de esta ciudad. Alguien de algo llamado Organización Heptágono se ha ofrecido a ayudarme. Desconfío, sí, pero siento que voy a depender de esa institución. Sus conceptos me incomodan. ¿Puede orientarme, señor Berkel?

Alexander suspiró, reflexionó, y contestó:

—Todo lo que puedo decirle es que no podrá eludirles, ni a ellos ni a lo que representan. Encarnan una influencia mayor de la que pueda ima-ginar. Deberá aprender a sortearles y protegerse.

Miralles rumió sus palabras. Acto seguido, con una comedida inclina-ción de cabeza como despedida, abandonó el semisótano. Tras ella, Ed-die sonrió y se marchó con su nueva jefa.

Superado por todo cuanto acababa de acontecer, Alexander se sentó otra vez. Volvió a leer el mensaje anónimo. Una ráfaga de aire fresco se coló por el ventanuco y le recordó que el otoño se acercaba y esa guarida era historia.

2

Solo un par de horas después, mucho antes de lo que hubiera previs-to, lo que, por un instante, le había parecido un sueño se ratificó como realidad. Los noticiarios televisivos del mediodía informaron de que, tras la inesperada detención de Alonso Yazpik dos días antes, el conocido contrabandista había confesado ser responsable del homicidio de Lara Varone. La propia comisaria Miralles apareció en pantalla para confirmar la veracidad de los hechos y eliminar la acusación contra Alexander por el asesinato de su amada. Asimismo, la nueva dirigente de la Policía anotó que Yazpik podía estar implicado en más asuntos, que todavía se investigaban. El locutor se apresuró a recordar a la audiencia que Berkel aún era buscado por la muerte de Ismael Wagner.

A los pocos minutos de que se conociera la noticia, Alexander recibió un mensaje de Luka vía *Twitter*. El texto manifestaba el entusiasmo de su

326

amigo, quien le preguntaba si era consciente de lo que se acababa de decir en televisión. Además, le adjuntaba un enlace para que viera el vídeo en Internet. Él le respondió con medidas palabras. Le invitó a una partida de naipes pasado el almuerzo. A modo de posdata, le aconsejó que no volviera a utilizar esa cuenta ni ninguna otra. Desde que Miralles y Eddie se marcharan, había recapacitado acerca de sus circunstancias y de la necesidad de cambiar su trastocada existencia. Luka, sin duda el mejor de sus escasísimos amigos, era la primera persona a la que deseaba confiar las decisiones que había tomado.

Así, después de comer, Alexander recibió a Luka. Trece, adormilado bajo la cama, ronroneaba. Ellos se sentaron en torno a la mesa redonda. Luka barajó y repartió las cartas. Escuchó con atención su relato sobre el descubrimiento del escondrijo de Alonso Yazpik, la merma y el período de castigo, la intervención de la comisaria Miralles y su pacto. Luego, entre baza y baza, habló incapaz de disimular su exaltación. Ya no estaba enfadado.

—Hace solo unas semanas, algo así parecía imposible —recordaba—, pero no lo era. Si se ha podido demostrar que no eres culpable de lo de Lara, es cuestión de tiempo y alguna buena idea que aclaremos que tampoco mataste a Ismael Wagner. Hay que hablar con Irene y los demás, reagruparse y volver a pensar la situación. Lo lograremos.

—No conviene precipitarse —opinó Alexander, más relajado, aunque complacido porque su amigo se alegrara por él—. Tú y yo sabemos cómo funciona la suerte en realidad. No es una mera cuestión de azar —anotó, mientras echaba un naipe sobre el tapete—. La ventura es mucho más. Lo es todo. En mi caso, es aún más estricta, menos simpática. Créeme. No es mi intención desanimarte, pero no puedo evitar temer que, para un portador del infortunio como yo, tantos golpes de buena suerte continuados sean la distracción previa al mazazo de la mala suerte, de mi mal fario. La suerte funciona sobre todo en el largo plazo, no en las cosas puntuales. Por eso, he decidido actuar con cautela. Mi suerte es la que es y no va a cambiar nunca. Sabes a qué me refiero, ¿no?

—Sí —asintió Luka.

—Tú mismo, durante una partida como esta, me explicaste el segundo dogma. Nunca dejaré de ser gafe. La maldición jamás desaparecerá. Más me vale ir con cuidado.

—¿Qué has decidido?

—Vivir en mi penumbra. Me acusan de un crimen que no cometí. No sé si alguna vez quedaré libre de esos cargos también. Hasta que eso pase, si pasa, haré caso a la comisaria. Seré discreto. Me moveré en la noche. Buscaré cómo salir adelante. Por ahora, no me iré de la ciudad. El futuro lo desconozco. Hace tiempo que siento que he deshonrado a mi padre y he olvidado sus enseñanzas. Hoy me he dado cuenta de que, quizá, deba seguir mi propio camino; un camino que voy a recorrer solo, sin poner en peligro a quienes me rodean.

Al comprender el sentido de esas últimas palabras, Luka, a quien le tocaba repartir en ese momento, dejó de barajar. El disgusto quedó patente en su rostro. Antes de que pudiera oponerse a su postura, Alexander se le adelantó:

—Luka, piénsalo —dijo—. Piensa en todas las cosas malas que han ocurrido este verano. Herbert y Manuel casi se enfrentan a problemas legales por ayudar a ocultarme. Irene fue al calabozo por lo de la Comisaría. ¡Martin murió! He decidido que no voy a poner en peligro a los que me importan nunca más. Luka, protégete y protege a tu familia. No merezco tanto riesgo. Sabes que tengo razón.

Luka seguía sin barajar.

—Luka —añadió Alexander—, aunque no lo creas, no le has fallado a tu abuela. Me has ayudado muchísimo. No dejaremos de saber el uno del otro. Ya decidiremos cómo hacerlo. No te implicaré en mis problemas. Prometo que nunca descuidaré los vaticinios de Betina. Algunos se han cumplido. Atesoraré cada una de sus palabras, pero lamento decepcionarte: no soy ningún Hijo del Siete. Ese no es mi designio.

Despacio, Luka volvió a barajar, repartió los naipes y retomó el juego.

—Está bien —concedió, no sin aflicción en su voz—, pero espero que cuentes conmigo si alguna vez, da igual por qué, te encuentras perdido sin tener dónde ir.

Alexander sonrió y afirmó con la cabeza. No habló del anónimo. No iba a confiar ese asunto a nadie. Su determinación de trazar su propio camino era inquebrantable. Afrontaría las adversidades sin involucrar a los demás.

—Marko y yo volvimos a tener nuestro sueño —desveló Luka—. Fue la sexta vez. Si soy sincero, me pregunto si todavía se repite porque no hemos descifrado su verdadero significado. Tengo dudas.

328

—Yo también.

—Mi abuela opinaba que los vaticinios nunca son rectilíneos, que trazan curvas, parábolas. No son literales.

Alexander, imbuido de sus nuevas ideas ante la vida, se limitó a comentar:

—Sea cual sea el significado de ese sueño, tarde o temprano se nos revelará.

La conversación quedó suspendida tras esa reflexión. Los dos amigos se centraron en la partida. Aunque Alexander perdió, lógico debido a su tara, se lo pasó bien. Rememoró el absurdo buen ambiente que disfrutaba con cada partida que compartió con el difunto Héctor. Entretanto, Trece se desperezó y se paseó bajo la mesa.

A media tarde, Luka se marchó. Se despidieron con un apretón de manos. Alexander se dispuso a salir. Quedaban cosas por hacer.

<u>3</u>

Esperó a que la luz vespertina se atenuase. Se percató de que el anochecer llegó antes que otros días. Era increíble la rapidez con la que se producían los cambios. De repente, le daba la sensación de que, aunque quedasen tres semanas de estación, la esencia del verano se había desvanecido. Debía aceptar la noche como hábitat; tal vez, para siempre. Ya que la rodilla apenas le dolía, cuando salió a la calle, camuflado como de costumbre, dio un paseo con el que asentó sus ideas.

La zona donde vivía Irene, en la calle Turing, se veía moderna y, a la vez, desangelada. Cualquier espacio se hallaba compartimentado, la parcela correspondiente a cada bloque de pisos estaba cercada, las moles de ladrillo carecían de gracia o estética, y el escaso césped se advertía artificial. De camino al portal, Alexander cayó en la cuenta de que había ido allí en contadas ocasiones. Lamentó no haber tenido una relación más natural con su hermana cuando era libre y los vínculos entre ambos no se habían deteriorado.

Desde una esquina de la acera opuesta, vigiló el portal. Estudió la calle. No notó nada sospechoso. Se acercó a la entrada y aguardó unos minutos hasta que alguien salió, instante que aprovechó para colarse. Subió a pie hasta la cuarta planta. Pegó la oreja a la puerta de la casa. No oyó

329

nada. Podía haber avisado de su visita, pero prefería no utilizar las comunicaciones. Tomó aire y llamó al timbre.

Cuando Irene abrió, le observó impávida desde el umbral. Él no supo qué decir. Algo llamó su atención: su hermana había cambiado. La acostumbrada informalidad de su aspecto se había diluido en un cariz anodino que extrañaba. Su peinado era más serio. ¿Quién era esa chica?, ¿qué le había pasado? Una indefinida inquietud asaltó a Alexander cuando se fijó en un detalle crucial: su hermana ya no lucía su *piercing*.

Irene reaccionó. Agarró a su hermano del brazo y tiró de él para hacerle entrar. Nerviosa, se dirigió al salón, seguida de él, donde le dijo:

—¿Estás loco? ¡Puede que me vigilen!

—He sido muy precavido —alegó él.

—¿Por qué has venido?

—Para hablar contigo.

Mientras Alexander ocupaba una esquina del tresillo, Irene se sentó en una silla, lejos. La joven cruzó los brazos y suspiró. Él se preguntó si ella sería capaz de echarle, en vista de la innegable desgana que le suscitaba su visita. Un incómodo silencio surgió entre ellos. El hámster Sam, que correteaba dentro de su esfera transparente, se paseó por allí.

—Irene —empezó a hablar Alexander, pero se detuvo para tragar saliva, dado que tenía la garganta muy seca. Timorato, prosiguió—: Irene, perdóname. Lo siento de corazón.

Ella evitó mirarle a los ojos. Él vio cómo le temblaba el labio inferior, a pesar de que intentara mantenerse inconmovible. Le asaltó una honda tristeza. Deseó ir en su encuentro y estrecharla entre sus brazos. Durante años, había rehuido el contacto físico. Ahora que lo necesitaba, presentía que ya no tenía derecho a abrazarla.

—Lo siento. Lo siento mucho —repitió, y ahogó un sollozo—. ¿Quién te ayudó a salir?

—¿Del calabozo? Los de Heptágono —contestó Irene, que le miró con severidad.

—¿Los de Heptágono?

—Sí. Alguien de allí contrató un abogado para mí. Ahora soy una de ellos, ¿recuerdas?

Las frases de Irene rezumaban una indisimulada pretensión de enervarle.

330

—¿Trabajas para ellos? —interrogó él. No quería enredarse en otra disputa.

—Trabajo con ellos —corrigió ella—. He trabajado para ellos. Me han pagado bien y han reconocido mi valía. Y voy a continuar trabajando con ellos. Por fin, tengo algo de suerte.

—Eso no es suerte —añadió Alexander, apenado. No podía callárselo—. Eso es peligro. ¿Lo haces para herirme? Si es así, no merece la pena. No te fíes. Nunca serás una de ellos.

—Está hecho —sentenció Irene—. He tomado mi decisión. Voy a apostar por mí. Estoy cansada de verme lastrada por tu gafe. Voy a cambiar en lo profesional y lo personal. Ya he iniciado ese cambio. Me gusta. Solo será peligroso si tú me pones en peligro.

Esas frases disgustaron a Alexander. Se le hizo un nudo en el estómago. Contempló a su hermana. Irene no estaba bien. Algo huidizo en ella le atemorizaba. ¿Qué era? No podía ser solo despecho. Ocurría algo más. Parecía demasiado abrigada. Sus ojos habían perdido brillo. Con todo, el primogénito tuvo que admitir que, fuera cual fuese el rumbo que ella había emprendido, él ya no podía alcanzarla. La impotencia le devastó.

—No puedo soportar perderte —declaró—. Sé que he perjudicado en exceso a todos los que solo tratabais de ayudarme. Mi mal fario os ha dañado. Por eso, yo también he iniciado un nuevo camino; uno que voy a recorrer solo. No volveré a involucrarte en mis problemas. Acepto que nos veremos menos. Me duele, pero reconozco que es lo mejor. Lo único que te pido es que, de algún modo, mantengamos el contacto. No me separes de ti.

—Es imposible —decretó Irene, con una firmeza que emocionó a Alexander—. Ya te he dicho que tengo una nueva vida. No pienso echarla a perder, pero solo será posible si me distancio de ti. Tienes que respetarlo, Alexander. Me lo debes. Me debes mucho. Si no eres capaz de hacerlo por mí, hazlo por ti. Si te acercas a mí, tarde o temprano, los centinelas de la Organización Heptágono te pillarán y volverás a causarme problemas. No lo hagas.

—¿Qué habría dicho Héctor de esto? —inquirió él, compungido y desesperado.

—No uses esa treta —advirtió ella, severa—. No tienes derecho a ello.

En su interior, Alexander se respondió que, en efecto, no lo tenía. La única alternativa viable, por tanto, consistía en asumir que aquel distanciamiento era lo mejor, un requisito ineludible en el nuevo camino que se había propuesto.

–Bien –musitó, por fin.

–Gracias –susurró ella.

Alexander e Irene se incorporaron. Él se acercó a ella y acarició su mejilla.

–Cuídate –dijo.

Sam se paseó por el salón una vez más. Por su parte, antes de irse, Alexander vio una colorida invitación encima de la mesa. Parecía para una fiesta denominada "La noche escarlata". Aquel título le inquietó, pero no discernió el porqué.

<u>4</u>

Ricardo Varone admiró las magníficas vistas que se disfrutaban desde su despacho de la Organización. La ubicación de la estancia, un sitio privilegiado del séptimo piso, simbolizaba el poder de su inquilino. Combinaba la grandeza de las alturas con el temor asociado al vértigo.

No obstante, en la vida de Ricardo, desde que la tragedia le golpeara, cada ascenso en alguna de sus aspiraciones coincidía con un descenso en otro campo.

La información confidencial en torno a la presidenta era suculenta. Martina Leone no había hecho nada malo. Había contratado a su hija como asesora de su gabinete sin incumplir ninguna norma. El problema consistía en que su yerno, compinchado con más funcionarios, había usado datos privilegiados para amasar una gran cantidad de dinero mediante sociedades de dudosa legalidad.

Consciente del potencial del escándalo, Ricardo había optado por remitir el chivatazo al primer ministro Brenner. De esta manera, dejaba en sus manos la decisión de trasladar el tema a la prensa, además de las eventuales consecuencias si alguien destapaba el origen del lío. Brenner, después de dudarlo y batallar con sus escrúpulos, había filtrado la historia a un periodista aliado. En cuestión de días, toda la trama corrupta saltaría a los medios y las fichas del dominó político comenzarían a desmoronarse.

Brenner, ante el daño que el embrollo iba a provocar a Martina Leone, había tomado la determinación de dar un paso adelante en su carrera.

En las elecciones del año siguiente, le disputaría la presidencia a Leone. Ricardo, como recompensa por los servicios prestados, sería el candidato del partido a sucederle como primer ministro. Las novedades todavía no se anunciarían, pero el pacto entre caballeros ya estaba firmado. El éxito político del alcalde implicaba, en principio, dimitir de la dirección general de Heptágono y perder su poder allí, si bien él enfocaba la situación de otra manera.

Entre tantas alegrías, sin embargo, una amargura enturbiaba su ánimo. La mañana de ese miércoles, la comisaria Miralles había informado de que la autoría del asesinato de Lara correspondía a Alonso Yazpik y no a Alexander Berkel. Ricardo se decía que Yazpik había matado a su hija como represalia por aquel acuerdo secreto que se malogró. Aun así, jamás dejaría de culpar a Berkel, cuestión que no le sulfuraba, pues, gracias a la ventura, en breve, al fin, disfrutaría de su venganza contra el gafe.

Mientras releía una libreta donde había tomado varias notas, caviló que, para vencer en todos sus frentes abiertos, lo único que necesitaba era mover los hilos adecuados, arte en el que se manejaba a la perfección.

Alguien tocó la puerta con los nudillos. Acto seguido, Isaac Wagner asomó la cabeza. Ricardo le invitó a entrar. Se sentaron en los cómodos sillones que había en un rincón de la habitación. Se sirvieron bebidas del minibar.

Después de un rato de charla trivial y de revisar los asuntos ordinarios de Heptágono, Ricardo adoptó una pose seria, y dijo:

—Isaac, quiero contarte algo muy relevante. —Sin tiempo para que el joven se preparara, el director general anunció—: El año que viene, seré el candidato de la Unión Nacional al cargo de primer ministro. Brenner luchará por la presidencia. Tal vez hoy parezca imposible, pero tenemos muchas posibilidades de ganar las dos contiendas. Los electores terminarán con la cohabitación. Eso significa que, en poco más de un año, tendré que abandonar la alcaldía de la ciudad y la dirección general de la Organización.

Asombrado por la revelación, Isaac se quedó mudo. Ricardo aprovechó, y continuó:

—No creo que los planes del partido se desvelen hasta dentro de unos meses. Te lo he contado porque confío en tu discreción y prudencia. —Isaac le dedicó un gesto interrogativo, por lo que él se explicó—: Tras dejar mi puesto aquí, algún día, podría ser elegido para el Consejo, pero no tengo intención de desentenderme de Heptágono sin más. Alguien digno del honor debe sucederme. Y esa persona no es Selena Myers.

—¿No? –inquirió Isaac, más desconcertado–. ¿Ella no te sucederá?

—Según cuándo oficialice mi renuncia, ella podría ostentar la dirección como interina, pero eso puede evitarse. Preferiría que las cosas ocurrieran de otra manera. Reconozco que Selena me ha defraudado. No sé cuál es su problema. Esta tarde, me ha comunicado que va a ausentarse dos semanas sin darme ninguna explicación. Nombró número tres a Yuri Anton, un novato sin entereza. ¿Sabes por qué? Porque teme a quien pueda hacerle sombra. Y la persona que gestione la dirección general no puede mostrar esa clase de debilidades, sino auténticas virtudes, como tú, Isaac. Tienes un gran futuro en la Organización.

Isaac sonrió, agradado por las alabanzas. Ricardo celebró intuir que le cautivaba. No le convenía ser sucedido por alguien astuto y ambicioso como Selena Myers. Para mantener su influencia en Heptágono, instaurar un perfil bajo, como el de Isaac, resultaba idóneo. El proyecto del censo debía desarrollarse tal como él había vislumbrado. Necesitaba anular el poder de Selena. Era consciente, sin duda, de que habría guerra con ella.

—Y también en la ciudad –apostilló–. Si me voy, Ciudad Fortuna necesitará un nuevo referente, alguien en quien confíe. Ha sufrido mucho últimamente. Existe margen suficiente para disponer todo. Yo he compaginado mis dos cargos sin complicación. Hablaremos. Y, sobre todo, Isaac, piensa cuánto podrías honrar la memoria de tu padre.

Ricardo analizó a Isaac. Con toda seguridad, su perorata le había convencido. Rio para sus adentros: apenas le había permitido hablar. Se levantó. Isaac dedujo que la apabullante reunión había finalizado y le imitó. Antes de que se fuera, el director añadió:

—Me sorprendió y preocupó que ficharas a Irene Berkel –admitió.

—Sí, lo sé –afirmó Isaac–. Agradezco que se respetara mi elección. Reclutar a Irene va a ser muy útil en muchas causas. Ya lo verás. Estoy seguro porque, Ricardo, no descuido la memoria de mi padre en ningún momento –agregó Isaac, en un tono más sombrío–. Como él decía, la suerte gobierna el mundo. Sabrá ser justa con nuestros destinos.

—Desde luego –anotó Ricardo, gratamente intrigado por aquellas palabras.

334

Se despidió de Isaac con un apretón de manos. Luego, sacó de su bolsillo la llave del cuarto privado del director general y, con su libreta en mano, abrió la puerta.

Ricardo movía los hilos con sigilo y sagacidad. Estos, con ritmo lento y seguro, tejían la trama que le conduciría a la venganza, la victoria, la capital y el país.

5

Isaac Wagner comprobó con celo las paredes de la planta baja de la mansión. Un recuerdo había revivido en su mente; uno que le había transportado, de pronto, a su infancia, una etapa que apenas revisitaba. Una tarde de esa infancia, en la que, como hijo único, tuvo que aprender a jugar solo, realizó una hazaña sin par: localizó un pasadizo y un subterráneo que el paso entre generaciones había dejado en el olvido. Descubrió la forma de una puerta, mimetizada a la perfección con el revestimiento de madera de la pared en la que se hallaba. Se las ingenió para abrirla y bajó a una especie de sótano que le fascinó. Cuando sus padres le pillaron, le amonestaron por la temeridad y comentaron que el lugar debía tratarse de un antiguo refugio, ideado en época de guerra por sus antepasados. Su padre se aseguró de que la entrada no pudiera abrirse de nuevo y le prohibió volver a jugar allí.

Más de veinte años después de ese lance, la ventura había provocado que Isaac, antes de salir del despacho de Ricardo Varone, viera cómo este introducía la llave en la puerta del cuarto privado del director general. Ese gesto, en principio insignificante, había germinado una hipótesis en su cerebro. Nada más regresar a casa, algo antes del anochecer, emprendió la búsqueda de la puerta que desveló de pequeño. No estaba seguro de la posición exacta, pero sí del pasillo concreto, en el ala este.

Minutos más tarde, detectó una discontinuidad en la pared y vislumbró la disimulada abertura de una cerradura. Con la misma excitación que le maravilló de niño, de su bolsillo, extrajo la vieja y larga llave que había pendido del cuello de Nelson. Abrió la puerta ignota. Descendió una angosta escalera de caracol, entre muros de piedra, cuyos apliques se encendían a su paso. Entretanto, los interrogantes le asaltaron. ¿Cuándo se remodeló esa parte de la casa?, ¿para qué? ¿Quién lo sabía? ¿Por qué Nelson tenía la llave?

Abajo, tras una antesala y una puerta doble, encontró una amplia biblioteca. Recorrió los numerosos estantes y palpó la robusta mesa heptagonal del centro. No tardó en reparar en que esa sala parecía haber sido desvalijada: se veían demasiados huecos en las baldas y el desorden resultaba llamativo. Allí, Isaac percibió la presencia de su padre. Se multiplicaron sus interrogantes.

Asimismo, se intensificó su intención de vengar a su progenitor, que tantas veces recitó el primer dogma. Su venganza restituiría el equilibrio que un gafe había trastocado en la suerte. Y ¿cuál sería su venganza? Para Isaac, la venganza sería una hermana: la hermana de Alexander Berkel. A través de ella, con paciencia y pericia, lograría llegar hasta él.

Luego, al inspeccionar los numerosos cajones de un elegante secreter, Isaac realizó el más valioso de los hallazgos: varios diarios del difunto Ismael, los cuales se dispuso a leer.

<u>6</u>

El conocimiento era la clave para saber mover los hilos correctos y manejarlos con la maestría adecuada. Así, alcanzaría objetivos como la victoria y la venganza.

Ricardo tenía un refugio, una guarida exclusiva a la que acudía para reflexionar. Era lo que, con la máxima reserva, había ordenado construir bajo la caseta de su patio. Para acceder a su silo secreto, era necesario desplazar un arcón que, aunque simulaba ser pesado, en verdad se hallaba vacío. Así, se desvelaba la trampilla y la escalerilla por la cual se bajaba. El espacio, de unos siete metros cuadrados, acondicionado para resguardar las pertenencias que ocultaba, poseía varios armarios y estanterías metálicas, además de una mesa y una silla. La luz era dura. Resultaba claustrofóbico, pero a él no le importaba.

Allí, Ricardo conservaba los libros y reliquias que sustrajo de la biblioteca privada de Ismael Wagner después de matarle. Casi nadie conocía la existencia y ubicación de semejante botín. El traslado de lo robado fue complicado. No pudo llevarse todo lo que se guardaba en la mansión de Wagner. Sí se hizo con la posesión más relevante: el legendario pergamino denominado Palabra de la Sibila, la síntesis acerca de los indicios relativos al séptimo dogma y los Hijos del Siete. Algún día, leería el *Libro de los Días*.

Como siempre que bajaba al silo, Ricardo releyó por enésima vez los obscuros trazos de esa antigüedad. En su opinión, Wagner, cegado por una terquedad inexplicable, erró de manera flagrante al pensar que tales indicios se referían de algún modo a Alexander Berkel. De hecho, se había propuesto emprender una ambiciosa pesquisa para desentrañar el mayor misterio de la suerte. Con tal fin, realizó unas últimas anotaciones en su libreta. Antes de subir a la caseta, puso el ejemplar de *La ecuación del siete* en su sitio.

Arriba, atrancó la trampilla, colocó el arcón encima, salió al jardín y bloqueó la puerta con un candado. Fuera, Carlo Ferrara, una de las contadas personas conscientes de lo que esa caseta disimulaba, le esperaba, siempre paciente y sereno.

—Disculpa la espera —dijo Ricardo. Le entregó la libreta, y explicó—: Ahí tienes toda la información que he reunido. De todos modos, puedes contactar conmigo cuando sea. Avísame si necesitas dinero. Ingresaré una buena cantidad en tu cuenta. ¿Está todo claro?

—Sí —asintió Ferrara—. Le mantendré al tanto.

—Perfecto. Los archivos clasificados de la Organización y los libros de Ismael señalan a un tal Remiel o Ramiel que, según las fuentes, podría ser el último Hijo del Siete de quien queda alguna constancia. Son datos del siglo XX. Averigua si existe o existió. Encuéntralo. Sé discreto. Y descuida: me he encargado de que Heptágono no investigue estas cuestiones.

—Estaremos en contacto —declaró Ferrara. Estrechó la mano del alcalde y, antes de irse, añadió—: ¿Está seguro de que no quiere protección con Berkel?

—Sí. No te preocupes. Me tiraré un farol. Ve con cuidado.

—Lo haré, señor alcalde. Usted también.

Cuando entró en casa, por la entrada del patio trasero, Ricardo se dirigió a la cocina. En el vestíbulo, alumbrado por una espléndida e historiada lámpara, el sonido de un correteo le sorprendió. La canija Nizza llegó de repente y olisqueó sus zapatos. Él dedujo que su esposa había regresado de sus vacaciones sin avisar.

En efecto, acto seguido, Casandra apareció procedente del salón. Se quedó ahí, junto a la puerta. Miró a su marido. Ninguno de los dos se

337

acercó al otro ni sonrió. Se limitaron a observarse en la distancia, no con cariño o desprecio, sino con indiferencia.

—¿Qué tal el viaje? —preguntó Ricardo. Quiso sonar cordial.

—Bien —respondió ella, lacónica y flemática.

—¿Te han contado las noticias de hoy? —interrogó él. Era absurdo ignorar las recientes revelaciones en torno a Lara y Alonso Yazpik.

—Sí, las de hoy y las de mañana —replicó ella, bastante seria.

—¿Cómo?

—Me ha llamado mi prima —reveló Casandra—. Martina sabe lo que la prensa va a publicar sobre su yerno. Su hija está hecha polvo.

—No sé de qué me hablas —contestó Ricardo. Procuró no ser arisco.

—Sí lo sabes. Lo sabes todo, pero no te importa el daño personal que puedas hacerles a mi prima o su hija. Ninguna de las dos sabía lo que ese imbécil se dedicaba a trajinar. No intentes fingir que no eres el causante de todo. No me insultes. Llevas meses detrás de esto. ¿Has conseguido lo que querías?, ¿vas a ascender? ¿Te das cuenta de que soy tu esposa y ni siquiera me has consultado si me apetece exponerme a un circo a nivel nacional? —Casandra anduvo hacia él. Se plantó a escasos centímetros de su rostro. Por un instante, a Ricardo le asustó la gelidez que infundían sus ojos grises—. No, no lo has hecho, porque a ti no te importa nada. No te conmueve nada. No te frena nada. —Y las siguientes palabras laceraron el corazón de Ricardo cuan afilados cuchillos—: Ricardo, deseo que tus éxitos te compensen y te sirvan de algo. Lo deseo sinceramente. Y me da igual lo que contaran hoy los periódicos. El único culpable de la muerte de Lara fuiste tú. Tú, tú y tú. Tú hiciste que se fuera de casa. Tú me impediste que la protegiera. Tú provocaste que fueran a por ella. El único mal fario fue el tuyo. Tú fuiste nuestra desgracia. No dudes que voy a acompañarte a la capital. Quiero que, cada vez que me veas, te acuerdes de la verdad: que eres un ser tan pútrido que ni la muerte de tu única hija te detiene.

A Ricardo se le cortó la respiración. No fue capaz de replicar o refutar nada. ¿Cómo reaccionar a un ataque así? Las palabras de Casandra eran tan hirientes que ni él mismo las hubiera dicho nunca. A continuación, con una tranquilidad que le estremeció, su esposa se marchó al piso de arriba.

Él, sobrecogido, salió al porche delantero. Inspiró el fresco aire de la noche. Sintió un movimiento a su espalda. Se dio la vuelta y vio a Nizza

338

al lado de la puerta. La perrita ladeó su cabeza mientras le observaba. De pronto, Ricardo deseó que la graciosa boloñesa corriese hacia él y le consolara. En cambio, Nizza se giró y se alejó.

Las más amargas lágrimas cayeron por el rostro de Ricardo. Anheló librarse de tanto y tanto dolor. El odio henchía su pecho. Sentía ganas de correr, gritar, herir y matar. Ya no podía dominarlo. El mundo era una mierda. ¡La suerte era una estafa! Le habían arrebatado lo más precioso que existiría jamás sobre la faz de la Tierra. Debía resarcirse.

Ansiaba la venganza. Y ¿qué era la venganza? La venganza era un padre.

<u>7</u>

Tan obstinado estaba en proseguir su senda en solitario que nunca previó lo duro que sería soltar los lazos forjados. La conversación con Luka y la visita a Irene le habían disgustado. Pese a ello, Alexander se sentía aún más reforzado en su determinación de seguir adelante por su cuenta.

Por eso, al llegar la noche, volvió a salir del semisótano. Caminó hasta el portal de *La herradura de plata* y subió a la azotea. Ese lugar había sido su particular retiro para las noches de calor y zozobra. Ahora, se tenía que buscar otro. Por el momento, aquel sería el escenario de su penúltimo encuentro del día.

Herbert Finch y Manuel Sócrates no tardaron en llegar. El primero lucía su viejo pero cuidado delantal; el segundo, un refinado e impoluto traje. Alexander les había reunido para agradecerles su inestimable ayuda desde que las autoridades empezaron a perseguirle. También, se disculpó por las complicaciones que esa ayuda les había supuesto. Ambos restaron importancia a los problemas y aseguraron que habían obrado motivados por estima hacia él y su difunto padre adoptivo.

Tanto Herbert como Manuel escucharon con atención cuando Alexander les dijo que ya no iba a usar su actual escondite y que prefería no involucrarles más en sus desventuras. Ambos intentaron convencerle de que no fuese drástico. No obstante, su postura era firme. Ellos la respetaron.

—Sabes que estoy aquí para lo que sea —insistió, en cualquier caso, el tabernero, como solía mencionar.

–No dudes en acudir a mí si estás en apuros –exhortó el gerente del casino–. Da igual en qué situación.

–Tranquilos. Todo irá bien –aseveró Alexander, con serenidad–. No me pasará nada. Ya veré cómo comunicarme con vosotros. No quiero poneros en peligro nunca más.

Herbert se despidió de él con un sentido abrazo, mientras que Manuel, siempre cauto con su suerte, le sorprendió al tenderle la mano. Alexander le miró con gesto indeciso.

–¡Vamos! –rio el empresario–. ¿Qué puede pasarme?

De ese modo, Alexander le estrechó la mano durante unos breves segundos.

Más tarde, de nuevo solo, echó a caminar hacia la parte occidental de la ciudad, donde afrontaría su último encuentro pendiente; con toda seguridad, el más difícil.

Dio un largo paseo que aprovechó para recapitular sus pensamientos y prepararse para lo que se disponía a encarar. En su silente recorrido, anduvo por los barrios de Hornos y Saberes. Atravesó Majstro y Deziro. Esquivó la luz de las farolas. Enfiló calles vacías. Dejó atrás rincones que le traían muchos recuerdos. Apenas se cruzó con gente. Al fin, en Persisto, se encaminó al sur. Se adentró en la periferia del barrio de Serenidad.

Había decidido acudir a la cita del día siguiente con el remitente del anónimo. No se lo iba a contar a nadie. Asumiría las consecuencias de cuanto tuviera que acontecer. Había fracasado en muchas cosas; tal vez, en todo. Había acarreado la desgracia para muchos. No resolver los enigmas en torno a su infancia y su identidad era lo que más le frustraba. Esclarecer la verdad de la muerte de Vanessa era lo mínimo que debía hacer.

Sin embargo, tras el anónimo bien podía aguardarle una trampa. Por si acaso ocurría, quería enfrentarse a un trago amargo que había rehuido hasta entonces.

Los accesos al Cementerio del Arcángel Miguel estaban abiertos. Desapercibido, Alexander, con paso remiso, temeroso de las emociones que pudieran desatarse, se dirigió a la zona septentrional del recinto, donde se ubicaban las sepulturas más vistosas e ilustres.

La tumba de Lara Varone se situaba en un terreno privilegiado del cementerio, donde los sepulcros no se aglomeraban y abundaban los elementos decorativos. La superficie de la tapa se percibía tan pulida que reflejaba el resplandor de la Luna. La inscripción de la lápida rezaba "Amada hija". Encima, una limpia y preciosa escultura de mármol representaba una figura femenina con alas angelicales.

Alexander comenzó a temblar. Algo le oprimía la garganta y le impedía respirar. Las lágrimas cayeron por sus mejillas. Alterado, no consiguió articular palabra, pero su corazón transmitió sus sentimientos. Imaginó que hablaba al espíritu eterno de su amada. Suplicó su perdón por haber osado intimar con ella, haber debilitado su suerte y, con ello, haber suscitado su malaventura. Juró que jamás la olvidaría. Se dijo que había sido indigno de gozar de su generoso e inconmensurable amor. Con todo, avergonzado e inane, reconoció que daría cualquier cosa por disfrutar de un día, una hora o siquiera un segundo más a su lado, con la esperanza de revivir su mirada, su sonrisa, su aroma y sus labios. Lloroso, se besó los dedos y los posó en el nombre de la chica.

—Te quise, Lara —murmuró.

Pasados varios minutos, se sosegó. Escuchó el sonido de unos tacones, miró hacia su derecha y divisó la silueta de una mujer que se acercaba. Para evitar que le reconocieran, se alejó en dirección contraria, sin prisa. Poco después, notó que los tacones cesaban. Se giró y descubrió que la mujer que los calzaba se había parado frente a la tumba de Lara. La identificó porque había visto su rostro en los medios. Era Casandra Varone. A la luz de la Luna, la madre de Lara le observó. ¿Sabía quién era? Él se quedó quieto, vacilante por un instante. La señora Varone se mostró impasible, dejó de mirarle y se centró en admirar la sepultura de su hija. Alexander continuó su camino.

8

Selena Myers había tratado de dominar una intrincada urdimbre de nudos maltrechos que, después de bastante tiempo contenida, se había desequilibrado. La pasión y la adicción iniciaron su ruina. Osó tirar de esos extremos para atraer de nuevo a Alexander Berkel. Por el camino, las ligaduras del riesgo y el gozo se tensaron. Ardieron la excitación y los deseos. Sobrevinieron la perdición y el dolor. Al final, sus padecimientos más hondos retornaron a la superficie. Ahora eran bien palpables. No lo podía soportar.

Aquella temible urdimbre se había ceñido tanto que Selena ya no veía cómo aflojarla. Sin duda, la mayor opresión la notaba en su vientre. De cara al exterior, procuraba disimular su embarazo. Mientras, en su interior, el calvario resultaba innegable. Jamás, ni siquiera cuando padeció el período de quebranto del otoño anterior, percibió la esencia de la suerte de un modo tan palmario. Notaba cómo la perdía. Temía las secuelas permanentes que ese estado pudiese acarrear.

Solo quedaba una alternativa que aplicaría sin miramientos. La ventura quiso que Selena hallara una posible solución a su problema. Sabía quién podía ayudarla. Había contactado con él. No sería escrupulosa. Al fin y al cabo, ya se libró una vez de un aprieto similar.

Había dedicado el miércoles a preparar el viaje. Desconocía cuántos días pasaría fuera. Por lo que su contacto había comentado, calculaba que no menos de diez. Hizo la maleta. Informó de su ausencia en la Organización Heptágono sin justificarse demasiado. Si se ponían pesados, aduciría alguna enfermedad y les recordaría cuál era su rango. No era tonta: sospechaba que intentaban anularla en el trabajo. Tenía claro que, si al final había guerra, ella daría la batalla.

Cuando acabó era tarde. Prefería viajar de noche, con la complicidad de la Luna. Colocó la maleta junto a la puerta. Aunque le costó, logró convencer a Sibylle de que se metiera en el transportín. La minina maulló con aire arisco. No la ajuntaba desde que se percató de que su ama estaba encinta del mal fario. Selena verificó que dejaba todo cerrado y apagado. Antes de salir, en el umbral del salón, observó el piso en la penumbra de la madrugada. Un presentimiento indefinido la estremeció. Se marchó.

Nunca dejaría de maldecir el día que se cruzó con un hombre llamado Djoser. Este la atrapó en un campo magnético cuyo influjo no previó. Selena se dejó tentar por su carisma. Le buscó, jugó, apostó y gozó. Disfrutó de todo cuanto él le descubrió. Se enredó en una espiral placentera. Lo que para él era divertimento, para ella tornó en dependencia. El ardor mutó, de pronto, en recelo e inseguridad.

Entonces, en lo más oscuro de aquella historia, aconteció la muerte. Su hermana, a la que había descuidado, perdió la batalla contra la enfermedad. Lo más certero en la existencia de Selena falleció. Ella se hundió sin remedio en las tinieblas. En mitad del caos, abortó un hijo de Djoser. A él no le volvió a ver. Rendida, se propuso no vincularse más ni correr nuevos riesgos. Creó una coraza. Aisló su corazón. Pasó a ser la que dominaba.

Por culpa de Alexander Berkel, su fortaleza se había derrumbado. La historia se había repetido, con matices incluso más sombríos. Estaba decidida a arreglar el entuerto, dejar el pasado atrás y empezar de cero. En esa ocasión, no se equivocaría. Todo iría bien.

Sacó el coche del garaje. Enfiló la avenida Persisto en dirección sur. El señorial y, a esas horas, desierto ambiente de esa vía quedó atrás. A la derecha, surgieron las minas; a la izquierda, las construcciones perdieron altura. Delante, atisbó la silueta de los cerros. Con todo, no se discernía un límite nítido. Incluso le asaltó la impresión de que, por mucho que acelerara, no alcanzaría la salida. La urbe continuaba. ¿Existía acaso un auténtico final?

Pero sí llegó. Lo logró. Alcanzó la salida meridional de Ciudad Fortuna, ubicada en el extremo de Persisto. Conducía a un ancho túnel, dotado de una calzada con varios carriles. Antes de adentrarse en su interior, se vislumbraba la silueta de los cerros que horadaba.

Circuló por uno de los carriles centrales. De repente, su coche era el único en toda la carretera de circunvalación. Las luces mareaban. El túnel trazaba una curva interminable.

Selena aceleró y se dispuso a descubrir lo que aguardaba más allá.

9

Llegó al amanecer. Tuvo la sensación de estar en otro mundo.

En algún momento de su trayecto hacia el norte, había perdido la noción del tiempo. ¿Cuánto había conducido? Daba igual. Lo importante era el destino. Se extravió, pero consiguió corregir su ruta. A medida que se aproximaba al punto de encuentro, le sorprendió la claridad que irradiaba aquel cielo tan azul e impoluto. La calma reinante la hechizó. Junto a ella, en el sitio del copiloto, en su transportín, Sibylle ya no maullaba.

Selena deceleró al divisar una tosca salida a la derecha de la carretera secundaria. Giró y siguió un sendero agreste con una loma a un lado. Poco después, avistó un campo yermo. Aparcó junto a una oxidada cerca. Se apeó y estiró las piernas. Fue consciente por primera vez del cansancio que había acumulado durante el trayecto.

De otro vehículo, estacionado a pocos metros, bajó un hombre. Tenía más de sesenta años. Su cuerpo era alto y flaco; sus facciones, afiladas y alargadas. Su tez, irritada por el afeitado, reflejaba el brillo de la mañana, igual que su cabello, cano y recio. Vestía camisa de manga larga y pantalones largos, todo ello blanco. Era cojo. Usaba un bastón.

—¿Adolph Klausmann? –interrogó Selena, que caminó hacia el hombre.

—Señorita Myers –dijo este, con voz grave y gesto serio.

Aquel hombre figuraba en algunos archivos de la Organización Heptágono como "A. Klausmann". Selena contactó con él por medio de su hermano, Joseph. Según los archivos, era capaz de solucionar la contrariedad que amenazaba la integridad de su suerte, lo que la literatura llamaba "embarazo desafortunado".

—Necesito quitarme un problema de encima –confesó ella, y le entregó un sobre lleno de billetes que llevaba en su bolso.

—Tranquila, yo la ayudaré –contestó él, tras contar el dinero–. Haré unas llamadas y lo prepararemos todo.

El hombre regresó al asiento de su coche. Dejó el sobre con el dinero en el salpicadero. Desde fuera, Selena se fijó en que lo puso junto a un segundo sobre, marrón, de burbujas y tamaño folio, con un distintivo dibujado que reconoció: una estructura radial de siete brazos serpenteados, seis negros y uno carmesí.

Entonces, intrigada, tuvo una corazonada y, por primera vez, prestó atención al lugar donde se encontraba. Se dirigió a la oxidada verja. Muy cerca, vio una desvencijada cancela. Movida por una creciente curiosidad, se acercó y la abrió, lo cual provocó un agudo chirrido. Anduvo por un camino de árida tierra. Alzó la vista. Se quedó estupefacta. Aquel lugar estaba deshabitado y descuidado, pero a ella le habían hablado de él.

Frente a Selena, a la derecha, se alzaba un columpio carcomido. Detrás, se situaba un enorme caserío de aspecto antaño hogareño, construido en madera, con porche, tejado con gabletes y lucernarios, ventanas y balcones. Más allá, intuyó la forma de un enorme granero, erigido con tablones de madera, pintada otrora en rojo, y techo a dos aguas. A la izquierda, se extendía lo que, tiempo atrás, fue un vasto maizal. En la actualidad, todo estaba inerte.

Selena rememoró la narración de los recuerdos de una infancia quebrada: la de un niño maldito, que creció con una familia a la que anhelaba reencontrar.

10

Era jueves, el día de Júpiter, el padre de Fortuna. La noche había regresado y, ese día, él presintió que retornaba al inicio de todo. Sin embargo, este era un inicio diferente, marcado por la incertidumbre y carente de cualquier perspectiva. ¿Qué podía sucederle a continuación? Solo vislumbraba tinieblas en el porvenir.

Alexander permaneció en el semisótano todo el día. Descansó y reflexionó. La hora indicada en el mensaje anónimo, las ocho, se acercaba. Acudiría al misterioso y arriesgado encuentro solo, sin ayuda. Así lo había decidido. En el fondo, siempre fue un gafe solitario y taciturno, por lo que sabría desenvolverse.

Por fin, llegó el momento de salir. Antes, contempló el semisótano. Comprendió que, tal vez, después de esa noche, no pudiera regresar. Reparó en la sigilosa presencia de Trece. Su colega felino, acurrucado en un rincón, seguía sus movimientos. Un pensamiento insólito surgió en Alexander. Recordó la vez que salió de su casa, su buhardilla, y no pudo volver porque la Policía le buscaba. Aquel día, temió no ver más al minino. Por ello, esa noche, se acercó a Trece, le agarró, le alzó hasta que el animal quedó a su misma altura e hizo algo de lo que jamás se creyó capaz: hablar a un gato.

—Me voy —dijo—. No sé qué pasará. Tú quédate aquí o ve a pasear, lo que quieras, pero siempre vuelve aquí. Pase lo que pase, tarde lo que tarde, te prometo que vendré a recogerte. No te dejaré. ¿De acuerdo?

Trece observó a su colega humano con una fijeza hipnótica. Este le posó otra vez en el suelo y lamentó no acariciarle más a menudo: su pelaje era más suave de lo que parecía.

Alexander abandonó el semisótano. Luego, se desplazó a pie por la ciudad, discreto e inadvertido en todo momento, gracias al instinto que había desarrollado en el último año.

El Jardín de las Musas era un agradable oasis botánico, que sorprendía entre edificios altos y entornos más urbanos. Se ubicaba en la zona occi-

345

dental del barrio de Saberes, cerca del centro. A unos cuantos minutos a pie, podía llegarse al Gran Teatro Fortuna y la plaza de la Cornucopia. Aquel solía ser un sitio tranquilo, poco concurrido. Albergaba estatuas en honor a las nueve musas canónicas de la Antigüedad Clásica. Esa noche, Alexander caminó por los solitarios paseos del jardín, de escasa iluminación, y desembocó en el rincón donde se erigía la escultura de Terpsícore. Hasta más tarde, no caería en el significativo detalle de que esta fuera la musa de la danza y la poesía coral.

La estatua de Terpsícore se alzaba rodeada de unas bonitas flores de pétalos rosados. En torno a ella, había cuatro viejos bancos de piedra. Alexander se sentó en uno de ellos y aguardó a que el remitente anónimo apareciera.

Apenas un minuto después, se percató de que una figura, cuya silueta se dibujaba en los claroscuros del parterre, se aproximaba a él con paso calmado. Inquieto, se puso en pie. A medida que reconocía la anatomía y los rasgos del hombre, el pánico le pasmó. Estuvo en un tris de echar a correr. Asumió que había caído como un tonto en la peor de las trampas. Contuvo la respiración cuando, en efecto, la triste luz de una farola iluminó la faz de su peor enemigo, Ricardo Varone. Este se detuvo a unos cuantos pasos y le clavó una gélida mirada. El silencio fue abrumador.

—Señor Berkel —saludó el alcalde, con una tibieza que impresionaba.

Alexander no abrió la boca. Calculaba cómo escapar de allí.

—No lo intente —anotó Varone, que anticipó sus intenciones—. Hay un hombre apostado a pocos metros de aquí, oculto. Le pegará un tiro si hace algo raro.

Aunque Alexander buscó a su alrededor y no vio a nadie, optó por no arriesgarse.

—¿No me esperaba? —preguntó Varone. Mantenía su sosiego.

—No —admitió él. Era la primera palabra que articulaba.

—Le he encontrado. Bueno, si le soy sincero, no he sido yo. Fue mi jefe de seguridad. Podría decirse que esto es obra de la casualidad, pero seguro que coincide conmigo en que, en realidad, la única capaz de reunirnos aquí ha sido la ventura: mi buena suerte y su asqueroso mal fario. Dígame, ¿qué interés tiene en la muerte de esa puta?

—La conocía. No era una puta —corrigió Alexander. Procuró no sonar muy arisco.

—Ya —suspiró Ricardo, con indisimulado desdén—. Ahora entiendo por qué murió.

Esas palabras enervaron a Alexander, pero prefirió callarse.

—El otro muerto, el chico —indicó Varone—, era el compañero de mi jefe de seguridad. Él desea venganza. Usted buscará venganza por lo de esa puta. Yo también ansío venganza. La ventura ha anudado las venganzas. Ya ve, la venganza. Al final, resulta ser el sentimiento que mueve el mundo. Encuentro venganzas pendientes por doquier. —El alcalde se aproximó un poco más y, con un matiz que rebosaba inquina, añadió—: Usted mató a mi hija.

—No —replicó Alexander. La mención a Lara resultaba demasiado dolorosa. Detestaba a Ricardo Varone y, no obstante, no soportaba escuchar su reproche, pues el hombre no dejaba de ser el padre de la chica—. No fui yo —insistió.

—Cuénteme lo que quiera. Cuénteselo a sí mismo si eso le hace sentir mejor. Los dos sabemos cuál es la verdad. Puede que a mi hija la matara Alonso Yazpik, no sé si para vengarse de mí o de usted, pero fue usted, solo usted, quien provocó su desgracia. Le contagió su maldición. La embaucó, la enamoró. Se aprovechó de su bondad. ¿Cómo fue capaz? No se lo perdonaré nunca. Tenga por seguro que jamás habrá venganza suficiente para mí.

Ricardo pronunció esas frases tan desbocado que tuvo que detenerse para recobrar el aliento. Su profunda animadversión era manifiesta. Alexander aguantó sus acusaciones con estoicidad. Asumió semejante retahíla como una represalia que, de algún modo, merecía.

—Debí evitarlo —murmuró Ricardo, con la mirada perdida. Daba la impresión de que, en esta ocasión, se reprendía a sí mismo por la tragedia—. Debí actuar con más firmeza para que ella comprendiera lo peligroso que era trabar lazos con alguien de su baja calaña.

Ese comentario despertó una sospecha en Alexander. Esta vez, no se refrenó.

—El día que ella murió —rememoró—, alguien atacó a mi hermana. La secuestró y, si yo no hubiera llegado a tiempo, quién sabe qué le habría hecho. ¿Ordenó usted aquello?

Flemático, Ricardo posó su mirada en él. Su cara reflejaba un hondo menosprecio.

–¿Sabe que para alguien como yo trae mala suerte matar a un gafe? –inquirió, evasivo. Alexander guardó silencio–. Nada me haría más feliz que acabar con usted con mis propias manos –prosiguió–, pero he de contenerme. Quebrantaría mi suerte. Lo bueno es que existen muchas maneras de herir. La venganza es muy inspiradora. Por eso he venido hoy aquí.

–¿Para qué?

–Para vengarme.

–¿Cómo?

–Con lo más poderoso que poseo, sin contar mi suerte. ¿Sabe de qué hablo? El poder no reside ni en el dinero ni en los votos ni en los cargos. El poder verdadero no es ni más ni menos que el conocimiento. Yo sé muchas cosas. Sé cosas que usted suplicaría de rodillas que le contara, pero solo voy a contarle aquellas que merece saber.

–¿Qué merezco saber?

–Las que le harán daño, por ejemplo, quién mató a la puta.

–¿Quién?

–¿No lo adivina? Es usted idiota, aparte de un tarado. Fue Joseph Klausmann. Según parece, ha retomado los experimentos de su sobrina. Ha transformado aquella droga en un gas, en algo mucho peor. La puta fue su conejillo de indias. El chico, su ayudante, se chivó a la Organización Heptágono. Klausmann se vengó. Su empresa se llama *Kmann.* Puede ir a su laboratorio. Está al norte.

Alexander trató de conjugar la información que el alcalde acababa de proporcionarle con sus indagaciones al respecto. ¿Cómo no sospechó que Klausmann pudiera estar detrás de *Kmann?* Los datos y las razones encajaban.

–¿Por qué está tan seguro de que iré a por Joseph Klausmann?

–Porque lo hará, no lo dude –aseveró Ricardo, y sonrió.

La inesperada sonrisa de Varone estremeció a Alexander. Dedujo algo que le escamó: la absoluta certeza de que el alcalde disfrutaba con lo que sucedía. Intuyó que estaba a punto de descubrir algo que le dolería sobremanera.

–Yo decidí que la Organización Heptágono le contratara para lo que llamamos "caso azafrán". ¿Por qué cree que lo hice? –interrogó Ricardo. Su sonrisa no se borraba–. Fue por venganza, por supuesto, aunque no

348

era de usted de quien me quería vengar. Usted era solo un instrumento. Huelga decir que mis planes salieron muy, muy mal.

—¿De quién quería vengarse? —increpó Alexander, alterado.

—De la familia Klausmann. Carecía de certezas, pero presentía que la droga era invención de esa gente. En cualquier caso, fuera quien fuese el responsable, merecía la merma de su suerte. Si luego resultaba que eran los Klausmann, que usted los mermara me pareció hasta divertido: justicia poética. Nadie debería odiar a esa familia más que usted, sobre todo a Joseph, y no solo por la puta. Lo que ocurre es que no lo sabe. No se acuerda.

—¿Acordarme de qué? —rogó Alexander. Temblaba.

Ricardo dio un paso más hacia él, y manifestó:

—De lo que le hizo a usted y a su familia.

—¿Cómo? —musitó Alexander, helado.

—Hace años, tuve cierta relación con la familia Klausmann que terminó mal. Por ello, sé todas estas cosas. Alexander —anunció Varone—, su madre no le abandonó. Esa mujer no hubiera permitido nunca que la apartaran de su hijo. Joseph Klausmann hizo que le separaran de su familia. Él acabó con su padre.

Alexander sintió que se le cortaba la respiración. Rememoró los alaridos de su madre el día que unos hombres vestidos de blanco le raptaron. Oyó el eco de sus propias súplicas mientras le arrancaban sin piedad de su casa y su familia. Les separaron para siempre. ¿Joseph Klausmann era el responsable de aquello?

Luego, recordó también la angustia de esos otros recuerdos: la huida por un pasadizo que le inspiraba terror, una escalera tortuosa, un sótano… ¿Qué lugar era ese? Desde luego, no se trataba del orfanato donde creció.

—¿Adónde me llevaron? —cuestionó.

—A otro lugar —dijo el alcalde, sin más.

—¿Por qué me lo cuenta? —demandó.

—¿No quería la verdad sobre su familia? Esta es la peor que podía imaginar. Usted no tiene familia que recuperar. Joseph la destruyó. Estoy convencido de que irá a por él. Pase lo que pase, yo gano, usted pierde. Su dolor es mi triunfo. Es un desgraciado —espetó, con acritud—. No lo olvide. Su suerte no cambiará. —Ricardo hizo ademán de irse, pero anotó—: Y vaya buscándose otro escondite.

Ricardo le dio la espalda y emprendió la marcha con la misma calma con la que llegó.

Aun azorado por las revelaciones, Alexander se acordó de algo, y alzó la voz:

—¿Quién mató a Ismael Wagner? –interpeló.

Sin girarse, campante, Varone rebatió:

—Usted. ¿No escucha las noticias?

El alcalde desapareció en los claroscuros del jardín. Alexander se quedó allí, junto a la fuente de Terpsícore, la musa de la danza, el arte en el que era virtuosa Lara Varone, la chica a la que Ricardo y él habían amado tanto, cuya fatalidad les enfrentaría y alimentaría un encono mutuo hasta el final de sus días.

11

Esa noche de jueves, Júpiter sería visible en la bóveda celeste. Del mismo modo, las incógnitas de Alexander empezaban a desvelarse. Con ellas, aparecían nuevas preguntas.

¿Podía creerlo? ¿Debía creerlo? La transcendencia de cuanto acababa de averiguar era de tal cariz que intimidaba. Las implicaciones emocionales le sobrepasaban. ¿Era el alcalde Varone, su enemigo declarado, alguien digno de creer? Su instinto le decía que recelara. Al mismo tiempo, una corazonada le susurraba que una verdad devastadora subyacía en todo lo que el alcalde había narrado. Con todo, algo no terminaba de encajar. Y, aunque con ello le diera la razón a Varone, Alexander acudiría a esclarecerlo.

Sus recuerdos y el relato del alcalde habían formado una teoría en su mente. Presentía que, en efecto, su familia nunca quiso abandonarle. Alguien le raptó por algún motivo malvado que no podía entender. ¿Ese alguien fue Joseph Klausmann? ¿Él destruyó su infancia? ¿Por qué lo hizo? ¿Adónde le condujo? ¿Qué lugar era aquel?

Alexander caminó hasta la avenida Persisto. Allí, cogió el tranvía de la línea Persisto-Komerci. Durante el largo trayecto, repasó sus pesquisas en torno a la muerte de Vanessa. Se sintió idiota. ¿Cómo no sospechó de la implicación del científico Klausmann? ¿Cómo no le relacionó con el nombre *Kmann*? El azafrán volvía a él.

Recordaba a Joseph Klausmann. Le conoció en los *Laboratorios Librae*, la mañana que desenmascaró a Vera Klausmann y mermó su suerte. Aparte de tenderle su mano, Joseph le engañó. El científico le hizo creer que no era como su sobrina, incluso que renegaba de sus aspiraciones. Sin embargo, al final, resultaba ser un farsante, un embaucador.

El viaje en tranvía se le hizo eterno. Cuando el convoy alcanzó el extremo norte de la línea, ya eran casi las nueve y media de la noche. Alexander se acordaba de dónde estaba el laboratorio de la empresa *Kmann*. Completó el camino a pie. Allí, observó el desolado edificio. Se trataba del sitio idóneo para actividades criminales, así como para la intrusión ilegal que él pensaba perpetrar. Envalentonado por la rabia, destrozó la cerradura del local con una potente patada y se hizo paso.

El inmueble estaba desierto, así que no le preocupó encender la luz. Inspeccionó la recepción. Enseguida dedujo que aquella empresa no solía recibir a clientes, ya que todo se veía desatendido y desordenado. Exploró un pasillo. Localizó unos despachos. Solo uno de ellos mostraba signos de utilizarse con asiduidad. Ojeó documentos. No había nada interesante. Todo le retrotraía a sus pesquisas sobre la antigua empresa de Vera Klausmann. Percibía la misma inmundicia en aquel ambiente.

Su exploración continuó por un pasillo que sí despertó sus suspicacias, si bien, en ese momento, todo se redujo a una sensación huidiza que no terminaba de dilucidar. Estudió el oscuro corredor. Se escuchaba un rítmico ruido seco producido, como luego comprobaría, por el sistema de refrigeración de la zona. Hacía bastante frío.

Al fondo del pasillo, Alexander descubrió una férrea puerta cerrada. Observó el cartel de peligro que la anticipaba y analizó su cerradura. No pudo reprimir una carcajada cargada de repulsa e ironía. Él sabía cómo abrir esa puerta, tras la que, con toda seguridad, aguardaban las más importantes revelaciones. Conservaba el objeto adecuado en su semisótano.

Dispuesto a no amilanarse, se encaminó a la salida. Iría al semisótano y regresaría. En la entrada, en cambio, algo en lo que no había reparado antes reclamó su atención. Estaban en un escritorio, detrás de un polvoriento mostrador, junto a unas notas manuscritas. Eran unas coloridas cartulinas: invitaciones para una fiesta denominada "La noche escarlata". Un escalofrío le estremeció: ¡Irene tenía una invitación igual!, ¡iba a asistir a esa fiesta! ¿Qué le esperaría allí? Los garabatos que leyó no inspiraban nada halagüeño.

De pronto, sus planes cambiaron. Echó a correr. Consultó la hora en su reloj. Temió que fuera tarde. Debía rescatar a su hermana y a los desgraciados que, como ella, se refugiaran en los poco recomendados rincones de *El séptimo cielo*.

Mientras se alejaba del edificio al galope, Alexander rumió la sensación huidiza que le suscitaba el oscuro corredor de *Kmann*. Allí había algo más, un mensaje cifrado que aún no conseguía clarificar y se presumía primordial.

<u>12</u>

Irene Berkel llegó a *El séptimo cielo* en compañía de Isaac. Después de marcar distancia con Alexander, lo mejor era zambullirse en su nueva vida y procurar no pensar.

La pista central estaba abarrotada. "La noche escarlata" se prometía un éxito. Los jóvenes de la mitad oriental de la ciudad huían de la depresión por el final de las vacaciones y el retorno a la rutina. En la barra, se servían copas a raudales. La música sonaba tronadora. Los focos alternaban tonalidades púrpuras y encarnadas.

Isaac e Irene se dirigieron a la escalera que conducía a la planta alta. Allí, en mitad de un pasillo, había una puerta doble, junto a la cual atisbaron a Dragan Tucker y Dania Venci. Según se acercaba, Irene advirtió que la pareja discutía, hasta que estos se dieron cuenta de su proximidad y se callaron. Dragan se marchó airado. Isaac le dio la colorida invitación a la chica de la sombra de ojos añil y los labios pintados de morado. Ella comprobó la cartulina, les dedicó un guiño, y anunció:

—Tenéis barra libre. Disfrutad de la noche.

La sala a la que pasaron era amplia. Tenía capacidad para varias decenas de personas. Aparte de mesas, butacas y una barra surtida con inagotables bebidas y aperitivos, sorprendía la presencia de mostradores y máquinas donde jugar gratis a numerosos juegos de azar. El lugar parecía simular una psicodélica estancia de *La rueda de la fortuna*. Asimismo, la decoración se basaba en elementos de color escarlata: globos, lámparas, etc. En mitad de la pista central, había una máquina desconocida, una curiosa especie de humidificador o similar.

352

El ambiente era sugerente. Había más de cincuenta personas. Algunos danzaban en la espaciosa zona central. La música era más suave y sugerente allí que en la pista de abajo. La mayoría charlaba y bromeaba en pequeños grupos. Muchos se divertían con los juegos.

Irene e Isaac pidieron sus bebidas y se sentaron en una esquina. Él llevaba dos pastillas de H17 y ella tenía muchas ganas de colocarse. Las ingirieron. Compartieron un sensual beso. La joven cedió al éxtasis y se enrolló con Wagner como si estuviesen solos.

Más tarde, no sabía cuánto, Irene experimentó las más gratas sensaciones del culmen de la enajenación, embelesada por la bebida, la droga y la lujuria. Isaac le susurró algo y se marchó. Ella no le entendió. Le dio igual. Vio una baraja de póker encima de la mesita que tenía delante. Empezó a jugar. Entretenida, inventó las reglas de un juego absurdo sobre la marcha, sin conseguir sacar los naipes que quería.

Entonces, reconoció el tema que oía a lo lejos, allá en el centro de la pista, como si la llamara: *Air Conditionné*, de Julian Jeweil. ¡Adoraba esa canción! Embriagada, se puso en pie. En ese instante, la máquina del centro, el humidificador o lo que fuera, comenzó a despedir vaharadas de un gas escarlata, de densidad y sinuosidad hipnóticas. La gente lo admiró embobada. Algunos se acercaron para respirarlo y palparlo. Irene, encantada, danzó al evocador ritmo de la música. ¡Aquello era un sueño maravilloso! Deseó no despertar jamás.

La euforia poseyó a los invitados. Bailaban, besaban, jugaban, reían y contemplaban aquel gas escarlata que, poco a poco, les circundaba. Irene, con los acordes de aquella canción todavía en la cabeza, probó suerte con la máquina tragamonedas que vio en un rincón. Accionó la palanca. Para su asombro, logró el premio máximo. Radiante, dio brincos, palmas y voces, henchida de júbilo.

Se percató de que no era la única que gritaba, pero los otros gritos eran diferentes. Se giró y presenció la escena. Una chica acababa de rociar con un sanguinolento vómito a su acompañante. Un tipo trajeado sufría una especie de ataque epiléptico. Alguien se desmayó. De súbito, la fantasía onírica tornó en pesadilla. Los alaridos sustituyeron a las carcajadas. La muchedumbre fue hacia la salida.

Presa del pánico, Irene halló una puerta a su lado. La abrió y huyó por un estrecho y mal iluminado corredor. Pronto, la enloquecida marabunta la alcanzó, la empujó y la golpeó contra la pared. Ella chilló y lloró. Se convirtió en un animal, guiada por sus instintos. Propinó patadas y zarpazos. Se incorporó, apartó al gentío y escapó entre tinieblas. Bajó unas temblorosas escaleras. Se topó con una salida de emergencia, pero ¡estaba cerrada! ¡No! ¡Iba a morir! ¡La turba la aplastaba y asfixiaba!

Oyó unos fuertes golpes. Alguien abrió desde fuera. Al principio, Irene creyó que era Alexander, pero se equivocó: se trataba de Isaac, a quien se abrazó desesperada.

13

Frank Axel no tenía pensado asistir a la fiesta. De hecho, esa noche le tocaba trabajar. En cambio, en el último momento, su jefe había modificado el cuadrante de la estación y le había dejado la noche libre. Sin nada mejor que hacer, acudió a *El séptimo cielo*. Se vistió de manera impropia en él, demasiado arreglado. Hasta se engominó el pelo. Se sentía disfrazado, pero no sabía qué clase de gente estaría invitada a "La noche escarlata".

Nunca había entrado en una sala reservada. La decoración que encontró le sorprendió e incluso le pareció ridícula. Al principio, le cohibió no conocer a nadie. Estaba acostumbrado a la soledad, pero allí, esa noche, se sintió expuesto. Temía que los demás notasen que no encajaba en ese lugar. Decidió acercarse a la barra y aprovechar la gratuidad para evadirse. Necesitaba dejar de pensar.

El entretenimiento con los juegos de azar era muy original y curioso. Se acercó a una máquina recreativa, que emulaba las clásicas de *Arcade*, cuya interfaz simulaba el entorno de un casino. Comenzó una partida de cartas. Minutos después, se hartó de perder. Aquello le hizo recordar las extravagantes palabras de aquel hombre, Alexander Berkel, sobre la suerte. Se puso de mal humor. A pesar de que, según afirmaban ahora en las noticias, el tipo era inocente de uno de los asesinatos, a Frank le mosqueaban las cosas que le había dicho.

Cansado de esa estúpida fiesta, fue a la concurrida planta baja. Deambuló por la pista principal y sus espacios adyacentes. Aquello sí le gustó. Un chico llamó su atención. Este bebía a solas, pegado a la barra. Su semblante era cabizbajo. Aparentaba su edad. Se le intuía guapo a la luz del local. Vestía unos pantalones rojos. Frank desconocía el ambiente de

354

esa discoteca, pero se sentó a su lado e intentó darle conversación. El chico no se mostró receptivo, lo cual remató el fiasco en el que la noche se había convertido.

Frank se disponía a marcharse cuando alguien se le acercó. Se trataba de la chica de la sombra de ojos añil y los labios pintados de morado que había chequeado su invitación. La empleada le preguntó si ya se iba y le pidió que no lo hiciera. Atosigado por su insistencia, decidió regresar a la sala privada, sin comprender la razón de ese interés.

Arriba, conforme caminaba hacia la puerta doble de "La noche escarlata", escuchó el jolgorio procedente del interior. Tal vez, la fiesta se hubiera animado. No tardó en sospechar que el griterío no era fruto de la diversión, sino de algo desagradable.

De repente, le golpearon y derribaron. En mitad de la súbita confusión, tardó unos segundos en deducir que habían abierto la puerta en sus narices y una estampida humana le había arrollado. ¿Qué sucedía? ¡Aquello era un caos! Gritos, llantos y carreras le arrastraron hasta el absoluto descontrol. Desconcertado, su único pensamiento fue huir.

Entre empellones y pisotones, trató de llegar a la escalera por la que había subido. No conocía más salidas. Las decenas de personas que escapaban taponaron el camino. Además, atrapado en medio del atasco, tuvo la impresión de que la anarquía se había contagiado a la planta baja. Un fortachón, que iba colocado y deliraba, le oprimía y robaba el aire.

Entonces, aterrado, al borde del ahogo, Frank puso su mano izquierda en el torso del fortachón. Intentó quitárselo de encima. Algo insólito aconteció: percibió un latido. No era el corazón del tipo, sino una esencia aún más valiosa. Irradiaba un reconfortante ardor, con un gratísimo cosquilleo. Lo deseó con todas sus fuerzas: aquella era la energía que anhelaba, la que le faltaba, ¡la que hacía que el mundo fuese real!

Estableció una recóndita conexión con el fortachón, quien clavó su mirada en él con pavor. Frank no lograba frenarse. Ansiaba esa esencia íntima como jamás le había ocurrido. Realizaba un esfuerzo tan extremo como inexplicable.

Una voz lejana le llamó desde otro mundo. ¿Quién era?, ¿dónde estaba? Una mano se adentró en la burbuja creada en torno al fortachón y él. La atmósfera se quebró. Le dolió como si hubieran lacerado su propia piel. Miró a un lado y reconoció a aquel hombre.

355

–¡Para! ¡No lo hagas! –clamaba Alexander Berkel.

De alguna manera, Alexander le detuvo. El mundo retornó a la normalidad. La turba se disipaba poco a poco. Frank respiraba tembloroso, incapaz de hablar. Una terrible certeza sobre sí mismo, sobre su penumbra innata, le abatió.

14

Dragan Tucker estaba cabreado con todos: con Dania, con Joseph y con los clientes, pero, sobre todo, consigo mismo por no haber detenido aquel asunto de raíz. Se arrepentía de haberse aliado con Alonso Yazpik para vender la droga rojiza del verano anterior. Esos pactos solo le habían traído problemas.

Recordaba con asco el ahínco con el que tuvo que limpiar hasta el último y mugroso centímetro del local para eliminar toda huella de aquello. "La noche escarlata" prometía ser un asunto igual de turbio que los líos de Vera. Hacía tiempo que su mal genio no desaparecía. Estaba cansado de *El séptimo cielo*.

Aunque el tema no le olía bien, permitió que Joseph organizara aquella fiesta. No entendía qué interés podía tener un hombre como Klausmann en su negocio, pero requería el dinero que el hombre le ofrecía para construir sus planes de cambio. Delegó en Dania para no inmiscuirse en los detalles sucios. No estaba dispuesto a mancharse de nuevo.

Esa noche, cuando se dio cuenta de que se habían vendido más entradas de las que el aforo posibilitaba, discutió con Dania junto a la puerta de la sala reservada. Más tarde, pasó al cuarto contiguo, un trastero de muebles viejos desde el que, mediante un falso espejo, se presenciaba todo cuanto sucedía en la fiesta. Joseph estaba allí, con sus listas y anotaciones. Dragan, con gesto adusto, no habló. Solo quería que esa maldita noche terminase pronto.

En cierto momento de la fiesta, Joseph llamó a Dania y recalcó que era fundamental que un joven, un gafe según aseguraba el científico, regresara a la sala antes de "la demostración". Temeroso de lo que allí pudiera maquinarse, Dragan se dispuso a exigir una explicación, pero el artefacto que parecía un humidificador comenzó a expulsar un atrayente gas escarlata. Se quedó anonadado ante el espectáculo.

Minutos después, Joseph, Dania y él se encontraban en el cuarto cuando se desató el caos. Joseph, que había tomado un sinfín de notas con indudable entusiasmo, se apresuró a guardarlo todo en su maletín, actitud que enojó a Dragan. Mientras, Dania corrió hacia una estrecha escalera de caracol que, por un claustrofóbico conducto, descendía hasta el sótano.

—¿Dónde cojones te crees que vas? —exclamó él, furioso.

Le importó un carajo el desorden que, por lo que oía, se extendía por toda la discoteca. Persiguió a Dania hasta el almacén del nivel subterráneo. La alcanzó, la agarró del brazo y la obligó a plantarle cara.

—¿Qué coño pasa ahí arriba? —inquirió.

—¡Y yo qué sé! —replicó la chica, igual de nerviosa—. ¡Él dijo que ganaríamos una pasta! ¡Dijo que ese invento suyo aumentaba la suerte!, ¡que la gente pagaría millones por volver a sentirlo! ¡No lo sé! ¡Tenemos que irnos, joder!

Un sonido llegó a sus oídos desde la calle adyacente, amortiguado por las paredes y el griterío que reinaba arriba. Dragan lo discernió sin duda alguna: una sirena de policía.

Entonces, supo cómo debía actuar. Tenía claro que aquel asunto no iba a perjudicarle, de modo que se dio la vuelta y le arreó un puñetazo a Dania que la tumbó *ipso facto*.

15

Travis Dixon no hallaba música o fiesta que le animase. Jamás superaría la muerte de Pete. Para colmo, intuía que el alcalde ya no confiaba en él. No sabía qué había hecho con la información sobre Berkel. Todo había salido mal. Era un completo desgraciado.

Esa noche, decidió volver a vestir aquellos pantalones rojos, los que tanto le gustaban cuando era un buscavidas de barrios pobres y entornos nocturnos, e ir a *El séptimo cielo*. Esa prenda representaba la etapa anterior a la de los elegantes trajes y las gafas oscuras que portaba como jefe de seguridad del alcalde.

Le sorprendió el concurrido ambiente de la discoteca. Aun así, inmune a la excitación que le rodeaba, se apalancó en la barra y pidió una cerveza. Un chico se sentó a su lado y le dio conversación. Él se mostró bastante huraño y le ahuyentó. Enseguida, se arrepintió. Se dijo que quizás una distracción así fuese lo que necesitaba. El chico era guapo, así que salió tras él. Le vio hablar con Dania Venci y subir a la planta alta. Intentó seguirle, pero Dania le explicó que había una fiesta privada que requería invitación.

Volvió a su taburete, junto a la barra, y pidió otra cerveza. En cuestión de minutos, la situación se descontroló. Escuchó un chillido femenino. Se giró y vio a un montón de gente que bajaba en tropel de la planta alta. Un hombre, probablemente el que había motivado el chillido, estaba cubierto de un vómito sanguinolento. Una mujer gritaba dominada por el horror. Cundió el pánico entre la ingente clientela. La salida principal quedó colapsada.

Lo curioso fue que él no se asustó. En condiciones normales, le habría entrado el pánico como a cualquiera, pero, tan hundido como se sentía, la perspectiva de morir ahogado y hacinado no le importó. Al contrario, le indicó a los que tenía cerca dónde había una salida de emergencia. A continuación, se dirigió a la atorada puerta principal y, de algún modo, se las ingenió para que la gente se calmara y comenzara a evacuar el local con un mínimo de orden. Una adolescente envuelta en lágrimas se le abrazó. Él procuró sosegarla y la acompañó hasta que los dos estuvieron sanos y salvos en la calle, abarrotada de gente histérica.

Cuando, al fin, respiró el aire de la cuesta del Serrín, Travis descubrió que varios coches de policía acababan de hacer su aparición. Miralles, la nueva comisaria, se apeó de uno de los vehículos y, con autoridad y diligencia, coordinó a sus agentes. Lo que más le intrigó fue percatarse de que Yuri Anton, de la Organización Heptágono, estaba con la comisaria.

Desde un rincón, mientras recuperaba el aliento, Travis presenció cómo dos agentes sacaban a rastras a una noqueada Dania Venci. La chica lucía un golpe en la cara del mismo tono morado que su habitual pintalabios. Por su parte, un soliviantado Dragan Tucker lanzaba acusaciones contra su socia ante la ceñuda mirada de la comisaria Miralles. Travis creyó oír el nombre de Joseph Klausmann, un detalle que disparó su interés.

Se fijó en que Yuri Anton estaba solo y se acercó a él:

–¿Qué pasa aquí? –preguntó Travis.

Yuri dio un respingo al reconocerle.

358

—Esto es culpa de Joseph Klausmann –respondió–. Le he vigilado durante días. Sabía que planeaba algo. Por lo que el dueño del local asegura, su socia está implicada. –Yuri suspiró, miró a Travis con gesto contrito, y añadió–: Lo siento mucho. Intenté hacer las cosas bien. Yo le protegí, lo prometo, pero confié en quien no debía. Ahora, Joseph Klausmann está perdido. La comisaria va a detenerle por esto y por las muertes de Pete y de la chica.

—Gracias –anotó Travis, compungido.

Yuri asintió con la cabeza y, como él, asistió a la ruidosa escena en silencio.

16

Cuando, después de una fatigosa carrera, enfiló la estrecha cuesta del Serrín, el pánico había estallado en *El séptimo cielo*. Quienes estaban en la calle explicaban a gritos lo que ocurría y pedían ayuda. Algunos trataban de abrir una salida de emergencia atascada. No se veía al portero. Alexander temía por su hermana, de manera que entró en el local sin dudarlo.

Dejó atrás el desocupado mostrador de recepción. Se adentró en la confusión del corredor que conducía a la pista principal. La gente abandonaba el lugar dominada por la tensión. Alexander era el único que intentaba acceder al interior, mientras esos pobres infelices escapaban del sitio que, de súbito, se había convertido en un auténtico atolladero mortal.

Escrutó los rostros de las espantadas y llorosas chicas con las que se cruzó en su oscuro camino. En ninguna de ellas reconoció a su hermana. Traspasó la atorada puerta que llevaba a la pista principal. Se fijó en un joven que ayudaba a la enloquecida aglomeración a salir. Más tarde, se percataría de que se trataba de Travis Dixon.

El caos era más grave en la escalera que subía adonde, tal como indicaban unos carteles, se celebraba "La noche escarlata". Según ascendía, Alexander ayudó a los que pugnaban por bajar. Entonces, en mitad del ahogo, le asaltó un escalofrío que no había sentido jamás. A medida que avanzaba, su corazón se aceleraba y cada paso que daba resultaba más costoso, como si pretendiese penetrar en un campo de fuerza cuya barrera le repelía.

Entendió qué sucedía al hallar, dos escalones más allá, al gafe maquinista, Frank Axel. El joven, a quien no había sabido explicar la verdad de la maldición que ambos compartían, estaba a punto de mermar a un tipo fortachón y desorientado. Alexander supuso que Frank no era consciente de lo que hacía. Se dispuso a detenerle. Apartó a la gente y caminó hacia él. Intentó agarrarle de un brazo, pero una energía invisible le rechazó.

—¿Qué haces? —exclamó, si bien Frank no podía escucharle.

En el fondo, Alexander no sabía qué podía provocar si interrumpía a Frank. Decidió arriesgarse. Con un tremendo esfuerzo, atravesó la dura esfera etérea que separaba a Frank y su víctima del resto del mundo, asió al gafe del hombro y le zarandeó. Al tocarle, el pecho le dolió como si le estrujaran el corazón y se consumiera todo el aire de sus pulmones.

—¡Para! ¡No lo hagas! —clamó.

La merma se suspendió. Al mismo tiempo, el torrente humano empezaba a disiparse. La víctima de Frank desapareció. El maquinista se sentó en un peldaño. La impresión era patente en su rostro. Alexander imaginó que el joven necesitaba su apoyo para asimilar lo que ya no negaría, pero, ahora, su prioridad era dar con su hermana, así que continuó hacia la sala privada. Frank, mudo y turbado, le siguió.

Desde el umbral de la estancia, observaron la dantesca escena a la que se había reducido "La noche escarlata". Cinco personas yacían en el suelo, iluminadas por los focos cuyo giro no cesaba. Un hombre, que se sacudía con violencia, miraba a la nada con los ojos en blanco. Las máquinas recreativas reproducían sus soniquetes y melodías. El gas, de densidad y colorido asombrosos, se expandía por la zona alta de la sala.

Alexander le hizo una seña a Frank, quien seguía aturdido, para que se quedara donde estaba. Él contuvo la respiración, se echó al suelo, reptó hasta el artilugio que emitía el gas y lo desconectó. Regresó al pasillo. Lo mejor era irse.

En la calle, presenció la aparición de la Policía. Se mezcló con el gentío y evitó llamar la atención. Luego, desde un rincón apartado, por fin, encontró a Irene. En la acera opuesta, la chica se abrazaba a alguien a quien no identificó.

Irene advirtió la presencia de Alexander. Él, contento por verla pero triste por no ser quien la hubiera auxiliado, la saludó con la mano. Ella le respondió con un disimulado movimiento de cabeza. Acto seguido, dejó de mirarle. De esa manera, él aceptó que, aunque le doliera, debía dejar que ella trazase su propio rumbo.

Antes de irse, Alexander se dio cuenta de que Frank, cual niño perdido y afligido, seguía a su lado. Se acercó a él, posó una mano en su hombro, y dijo:

—Se puede vivir sin suerte. Lo importante es tener alma.

Frank no habló. Ni siquiera se atrevía a alzar la vista del pavimento. Era evidente que lo acaecido le superaba.

—Aprenderás a dominar tus poderes —añadió Alexander.

—¿Cómo? —replicó Frank, inquieto. Esa vez, sí le miró.

Así, Alexander se rindió a aceptar la responsabilidad que la ventura había querido encomendarle, y declaró:

—Yo te enseñaré, igual que, hace muchos años, me enseñaron a mí. —Frank reflexionó unos segundos, tras los cuales asintió despacio con la cabeza—. Ahora he de irme —comentó Alexander—. Hay algo importante que debo hacer. No sé qué pasará, pero iré a buscarte a la estación tan pronto como pueda. Hablaremos y te explicaré todo lo que necesites. ¿Vale?

Frank volvió a asentir. Alexander entendía sus emociones. Imaginaba las dudas que le acuciarían, pero, si no se daba prisa, Joseph Klausmann podía fugarse. Antes de correr una vez más, tendió su mano al joven, quien se la estrechó.

Alexander se alejó de la cuesta del Serrín. Debía ir al semisótano antes de plantar cara a Joseph y reclamar aquello que había anhelado toda su vida, aquello que los Klausmann le habían arrebatado: su familia.

17

Aquel jueves, al final del verano del año catorce, Alexander caminó de nuevo hacia el norte, en busca de su destino. Recibió un mensaje de Luka por el camino. Su amigo, el único que tenía, le contaba que acababa de revivir el sueño por séptima vez. Supo que esa sería la última vez que la ensoñación se manifestaría, pues ahora, por fin, se disponía a desvelar todas las verdades en torno a su existencia, fueran cuales fuesen.

Tras una brevísima visita al semisótano, Alexander regresó a las inhóspitas instalaciones de la empresa *Kmann*. Consciente de que la Policía no tardaría en personarse para detener a Joseph Klausmann por lo de *El séptimo cielo*, pasó al inmueble.

361

Esta vez, se fijó mejor en la placa que reproducía el logo de la empresa: un esquemático anagrama de formas rectas a partir de las dos primeras letras del nombre, la k y la m. Se percató de que ambas grafías se habían diseñado con siete trazos desunidos, tres para la k y cuatro para la m. El empleo de siete rectas connotaba la vinculación entre la actividad de la empresa y la superstición relacionada con la genética de la suerte.

Entró en la recepción. Todo seguía en penumbra, tal como él lo dejase. Sin embargo, cuando llegó al pasillo que desembocaba en la gruesa puerta, Alexander notó una rendija de resplandor bajo la misma: había luz al otro lado. El instinto le hizo acariciar su amuleto, ese trébol de cuatro hojas de madera que siempre colgaba de su cuello y reposaba en su pecho; ese signo de su identidad, de su maldición, que su padre adoptivo talló para él.

Se detuvo al inicio del corredor. Contempló la puerta, que le atraía desde el extremo opuesto. Reunió los detalles dispersos de la escena. Allí, ante aquel pasillo umbrío, angosto, frío y turbador, al tocar su preciado amuleto, al palpar las cuatro hojas talladas en madera, discernió todo lo que no fue capaz de captar antes. Por fin, se dio cuenta de dónde estaba: en el sueño de Marko. Aquel era el lugar. Bajo sus pies, dirigidos hacia la puerta oscura, vio unos viejos railes, parecidos a los de un ferrocarril, los cuales surcaban el suelo gris. Cerca, según avanzaba hacia el umbral, escuchaba un sonido rítmico y seco, similar al de un mecanismo de relojería, como un tictac, provocado por el sistema de refrigeración. Este, tal como indicaba el panel de control, mantenía la sala a diecisiete grados exactos. La temperatura descendía a medida que la distancia con la puerta disminuía. En esta, bajo el fantasmagórico resplandor encarnado de una luminaria de emergencia, un falso cartel de peligro por riesgo de radiactividad dibujaba un sintético trébol, marrón con cuatro hojas y no tres, como solía ser habitual en esa clase de carteles. Ahora lo veía.

Como escribió Betina, los augurios de la mente rara vez transitaban senderos rectilíneos. Adoraban las parábolas. Vivían en lo latente.

Estupefacto, Alexander se plantó ante aquella puerta. De un bolsillo, extrajo el objeto que había ido a buscar al semisótano: el dado de cristal azul que, un año antes, le permitiera acceder al laboratorio de Vera Klausmann en los *Laboratorios Librae*, dotado de una cerradura igual a la que, ahora, el tío de aquella científica enloquecida había usado. Lo introdujo en la abertura cuadrangular y el dispositivo de su interior obró la apertura.

362

Alexander se adentró en el laboratorio de *Kmann*. En efecto, allí había luz. Analizó las estanterías, los artilugios, los ordenadores, etc. Lo que más llamó su atención, sin duda, fue el amplio espacio acristalado construido a un lado de la estancia. Al evocar el gas escarlata, temió adivinar sus atroces usos. Rememoró la alegría con la que Vanessa Danzi había celebrado su nuevo empleo en ese sitio. La ira corrió por sus venas.

Joseph Klausmann estaba allí, en el otro extremo de la sala, de espaldas a él. Guardaba cuadernos y papeles en un raído portafolios de cuero. Sobre una mesa, se encontraba su dado de cristal añil, su llave para acceder allí. El hombre se giró y observó a Alexander. No reaccionó. Se limitó a mirarle, como si la situación fuese normal.

—¿Qué haces aquí? —interrogó el científico— ¿Rompiste tú la cerradura de la entrada?

—Sí. Vine antes y descubrí sus planes. ¿Qué ha hecho aquí? —replicó Alexander.

—¿Me recuerda?

—Sí. ¿Y usted?

—Por supuesto.

—La Policía sabe que ha sido usted. Lo sabe todo. He estado en la discoteca. He oído cómo le incriminaban. Imagino que primero habrán ido a su casa. Después, vendrán aquí. Supuse que estaría aquí, que trataría de salvar su trabajo. No tiene nada que hacer. Cuando vengan a detenerle, estará acabado y yo ya me habré ido.

Joseph se mantuvo impasible ante las palabras del gafe, pese a la funesta promesa que contenían: no saldría de ese lugar con suerte.

—¿Qué ha hecho aquí? —repitió Alexander.

—Trabajo aquí —respondió el hombre.

—No, no, para nada. Trabajar es hacer algo de provecho. Usted es un asesino. Eso no es un trabajo. Ha matado a gente.

—No soy un asesino —aseveró Joseph.

—Sí lo es. —Alexander tomó aire, y dijo—: Mató a mi padre.

La acusación descolocó a Joseph y mudó su semblante.

—¿Cómo? —preguntó, contrariado.

—Mató a mi padre —reiteró Alexander. Habló despacio. Trataba de contenerse.

—Eso no es cierto. Es imposible.

—Usted acabó con mi padre.

—¿Quién le ha dicho eso?

—Ricardo Varone.

—¡Ese hombre es un mentiroso!

—Puede ser, sí. No lo discuto. Pero, en este caso concreto, me inclino a creerle.

—¡Ni hablar! Alexander, por favor, confíe en mí: Varone le está manipulando.

—¿Confiar en usted? ¡No me haga reír! No es lo que quiero de usted.

—¿Qué quiere? ¿Qué ha venido a buscar?

—Respuestas, venganza y justicia.

—Por favor, tranquilícese —rogó Joseph, cuyo temple se había desvanecido. Dio unos pasos hacia adelante. Hizo un gesto con las manos para pedir calma—. Sea lo que sea lo que le ha dicho, estoy seguro de que le ha mentido o le ha dicho las palabras justas para hacerle creer lo que él quiere. Permítame que se lo cuente, que se lo explique todo.

—Explicar ¿qué?

—Cómo cambié de opinión.

—¿Sobre qué?

—¡Sobre la suerte! —El hombre suspiró, y explicó—: Vengo de una familia de personas afortunadas; fanáticos de la genética, no lo negaré. Mis hermanos siempre me miraron mal, me menospreciaron. ¿Sabe por qué? Porque no era como ellos. No estaba tan obsesionado. Me interesaba la suerte, por supuesto. Cuidaba la mía, pero sin su fervor. Tal vez, por ello, el devenir me golpeó. No reaccioné bien ante la adversidad, lo confieso. Me desentendí, me aparté y me amargué. Pero, no hace mucho, de repente, cambié de opinión.

—¿Por qué?

—Porque le conocí a usted, Alexander. Vi la persona en la que se había convertido y tuve una revelación. No puedo describirlo de otra manera. Me arrepentí de mi desatención y mi amargura. Supe que podía enmendar mis graves errores. Me dije que existía una nueva oportunidad. Descubrí que mi sino era refutar el significado del segundo dogma: "La suerte persevera toda una vida". ¡Reniego de esa frase! La suerte se puede corregir.

364

–No –negó Alexander, categórico–. Los dogmas son inflexibles. Lo sé. Lo he sufrido. Usted está loco, como Vera. ¿Refutar el segundo dogma?, ¿para eso ha matado a las personas de esa discoteca?

–¿Han muerto? No lo creo –disintió Joseph, convencido–. No pude comprobarlo antes de irme, pero apuesto a que sobrevivirán. Al menos, esos son mis cálculos generales. La versión definitiva del gas no es letal. Me he cerciorado. A partir del básico trabajo de mi pobre sobrina, he creado un compuesto capaz de incrementar la suerte de los desafortunados temporalmente. No afecta a los afortunados, más allá del subidón propio de las drogas. En resumen, el gas complace a todos los que lo respiran, pero no creo que sea letal, seguro que la última versión no lo es. Si alguien ha aspirado demasiado no es mi problema. El gas es una maravilla que ha de disfrutarse con mesura. Y este logro, mi logro, es el logro que mi familia siempre ansió. Después de tantísimos años, tantas generaciones, tanto desprecio, yo, el hermano con menos ambición, lo ha conseguido. ¿No es irónico?

–¡No! ¡Mentira! ¡Locuras! –exclamó Alexander, que caminó hasta situarse frente a Joseph–. Ha matado a esa gente. He visto muertos. Usted desvaría. Mató a sus empleados, su limpiadora y su ayudante, y acabó con mi familia.

–Cometí errores, pero puedo redimirme.

–Me sacaron de mi casa, mi hogar –relató el gafe–. Me secuestraron. Me arrebataron a mi familia. Me llevaron a un sitio. No lo recuerdo con claridad, pero sé que daba miedo y que allí pasaban cosas malas. ¿Qué ocurrió?

–Desconozco esa época –contestó Joseph, con gesto sombrío. Tragó saliva.

–Hace unas semanas, una mujer totalmente demenciada, sin identificar, llegó a la ciudad. Decía mi nombre. Me buscaba. Aunque murió, antes, me reconoció y me imploró que la perdonara. ¿Por qué lo hizo? ¿Era mi madre? ¿Qué fue de mi madre?

Alexander advirtió el asombro que asaltó a Joseph al oír hablar de la mujer.

–¿Quién era esa mujer? –insistió.

–No lo sé –aseveró Joseph.

–¿Era mi madre?

—No lo sé.

—Sabe muchas cosas.

—¿Qué piensa que sé?

—Todo. Tiene que saberlo todo. Usted estuvo detrás de lo que me pasó de niño. Hizo que me secuestraran, que me arrancaran de los brazos de mi madre. Jamás volví a verla. He creído siempre que me abandonaron en un orfanato por ser gafe, pero, ahora, a medida que recuerdo más y más, entreveo otras cosas, otro lugar. Hubo un sitio intermedio. Aquello no era el orfanato, sino un sitio donde estuve un tiempo antes. Y esa mujer, la que tal vez fuera mi madre, tenía unas manchas en la piel iguales a las que recuerdo haber visto en el sótano de ese lugar tan oscuro. Yo tenía miedo. Corría. Quería escapar. Había un hombre cojo con un bastón… —narraba Alexander, extraviado en la espesa bruma que llenaba su memoria.

Esas palabras perturbaron a Joseph de algún modo. Confundido, el hombre habló:

—Es cierto. Le arrebataron a su familia. Fue un error fatal.

—¿Por qué dice Ricardo Varone que acabó con mi padre?

—Porque es maligno y manipulador por naturaleza. Gusta de hacer daño, aunque, en este caso, tenga razón: yo acabé con su padre. Hice que aquel hombre dejara de ser padre.

—Usted mató a mi padre —sentenció.

—No, no es eso. Es imposible. Yo…

Podía haber permitido que hablara más, pero Alexander estaba harto de la palabrería embaucadora de Joseph. Había tomado una decisión. El científico, el asesino de Vanessa y más gente, merecía el peor de los castigos: por lo que había hecho esa noche, por lo que le hiciera a su familia y por toda su miserable existencia.

Alzó la mano, que abría y cerraba, delante del pecho de Joseph. De inmediato, detectó la abundante esencia del hombre, que debía gozar de un grado de suerte elevado.

—Yo no… —intentó articular Klausmann, aterrado ante su irremediable condena.

Alexander le impidió terminar. La abundancia que percibía espoleó su animosidad.

Sin vacilación, lleno de odio y repulsa, Alexander Berkel gafó a Joseph Klausmann.

366

Posó su mano sobre el pecho del hombre. Le encerró en una burbuja, aislada del resto del mundo, donde solo existía el temible acto que perpetraba. No tuvo piedad. Rastreó y detrajo una etérea brizna de luz de lo más íntimo de su ser. Luego, esa brizna se volatilizó.

Cuando la merma se consumó y la normalidad se restableció en el mundo, un abatido Joseph cayó de rodillas ante su verdugo. Intentaba recuperar el aliento. Le lloraban los ojos. Se aferró a las piernas de Alexander, quien, también extenuado, le contemplaba con asco, y extendió una mano suplicante. Señalaba el amuleto, el trébol de madera de cuatro hojas.

—¿Quién te lo dio? —musitó.

—Mi padre —dijo Alexander.

—No, tu padre adoptivo.

—Mi único padre.

—No… —exhaló Joseph.

Aturdido, Alexander admiró la súplica del hombre. Revivió otra súplica, la de un niño sacado de su casa, que rogaba la ayuda de un padre que nunca fue capaz ni de sonreírle.

Y Joseph concluyó:

—Ricardo no te dijo la verdad. Yo no maté a tu padre. Yo soy tu padre.

EPÍLOGO

2 AÑOS DESPUÉS

El haz de los faros resquebraba la insondable oscuridad. La carretera parecía discurrir por la más absoluta nada. Mientras intentaba distinguir algo en la negrura, caviló que aquella autopista había quedado reducida a un mero camino hacia ninguna parte.

El firmamento nocturno resplandecía. La Luna era llena y perfecta. Las estrellas podían contarse por miles. A esa hora, el calor del estío cedía paso a un grato frescor. Aun así, el panorama que vislumbraba desde el interior del coche se antojaba surrealista e inquietante. La carretera poseía una calzada de tres carriles para cada sentido. Antes del "fenómeno", esa autopista, el acceso norte, tenía tráfico constante. Ahora, todo se atisbaba desierto, vacío. El alumbrado público no funcionaba. Los letreros estaban tachados.

Iba en el primer coche, en el asiento del copiloto. Se acercó al cristal de la ventanilla. Su vista se acomodó a la fantasmagórica luminosidad del paraje. Notó cómo el terreno descendía y trazaba una prolongada curva. Bordeaban uno de los cerros que formaban el valle. El suelo se intuía árido. Más adelante, se apreciaba un aumento de vegetación boscosa, que impedía descubrir lo que moraba más allá, donde el desvío descendía todavía más y, tras un largo tramo en línea recta y un túnel, llegaba a su irreal destino.

Se dirigían a otra curva y otro descenso. A la derecha, un carril de deceleración conducía a una estación de servicio en desuso. De pronto, vio algo.

—¡Un momento! ¡Para! —solicitó al chófer.

El coche se detuvo en mitad de la calzada. El vehículo de atrás frenó al darse cuenta. Él se apeó. Hizo una señal a los otros para que no se impacientaran. Estaba harto de todas sus prisas, quejas, paranoias y obsesiones.

Cruzó la calzada, saltó el guardarraíl y caminó hacia la estación de servicio. Se pasó la mano por el pelo y se alisó la ropa. De no ser por los focos de los coches, no veía.

Junto a la tienda y los surtidores, había una zona de aparcamiento. Más allá, frente a los árboles que tapaban lo que aguardaba al otro lado, se erigía un cartel. Allí estaba la figura que había visto. Era un vagabundo, un hombre de cuarenta y tantos, escuálido, encorvado, de greñuda barba morena y fisonomía envejecida. Empujaba un carro metálico.

—Buenas noches, amigo —saludó él, en tono afable.

El vagabundo, receloso y asustadizo, no contestó. Podía estar trastornado.

—Creía que ya no quedaba nadie por aquí —añadió.

Esa vez, el vagabundo sí habló. Lo hizo en voz baja y ronca:

—Quedamos algunos, pero a nadie le importa —dijo.

Observó aquel rostro. Una sospecha le espantó.

—Mi nombre es Erik Dammer —se presentó—. ¿Le conozco?

—No —replicó el vagabundo, apresurado. Rehuyó su mirada.

Pero sí que le conocía. No mucho tiempo atrás, aquel hombre era como Erik: maduro, atractivo, elegante, exitoso y afortunado. Reconocerle le estremeció. Entendió la magnitud de lo que allí había sucedido. No halló palabras para describirlo. No lograba imaginarlo. ¿Qué pudo convertir a alguien como Manuel Sócrates en ese pordiosero?

—¿Qué han venido a hacer aquí? —inquirió Sócrates, arisco.

—No hay nada que temer, amigo —aseveró Erik.

—No encontrarán nada aquí.

—¿Dónde está la ciudad?

Sócrates alzó una mano y señaló hacia su derecha, al bosque, el cartel y el vacío.

—Se la tragó la oscuridad —sentenció.

Erik notó que se le erizaba el vello de la nuca. De repente, la noche era gélida.

Anduvo hasta el cartel. Este, de grandes dimensiones, daba la bienvenida a la ciudad. Un nuevo rótulo, pegado encima, prohibía el paso. Erik avanzó. Desde lo alto de un risco, detrás de los árboles, contempló en lontananza una panorámica completa del lugar.

Las siluetas de los edificios se perfilaban en la penumbra. Las pocas luces alumbraban construcciones desoladas. El humo de fogatas ascendía hacia el cielo. Nada se movía. Nada se escuchaba. La ausencia de vida era innegable. Allí yacía, inerte, Ciudad Fortuna.

NOTA DEL AUTOR

Estimado lector:

Aquí finaliza *Trébol de madera*, el segundo volumen de *Ciudad Fortuna*.

Mis respuestas favoritas son aquellas que conducen a nuevas preguntas. Tal vez antes de lo que pensabas, Alexander ha encontrado respuesta para alguna de sus grandes preguntas, pero estas son el inicio de otras intrigas. Soy consciente de ello y de los enigmas todavía pendientes (la mujer no identificada, los siete brazos serpenteados, etc.). Esto se debe a que este volumen tiene un fuerte vínculo con el siguiente, en el cual se resolverán estas cuestiones y otras tantas, aparte de las claves en torno a los orígenes de Alexander, cuyo verdadero apellido acabas de descubrir tras una puerta con un trébol.

Escribir es una suerte llena de mundos enteros. En los últimos tiempos, a la labor de escribir se ha sumado la de publicar y promocionar. Muchas cosas han cambiado desde que comencé mi primera novela. Hoy día, estoy muy ilusionado con esta serie, en cuyas páginas nos encontramos. Mi mayor afán es superar mis debilidades y minimizar los errores. Confío en que comprendas las dificultades de esta pasión que, para mí, no es una afición, sino un modo de vivir. Aunque, a veces, me asalten las dudas, las alegrías siempre se imponen. Muchas gracias, lector, por llegar a estas líneas. Tú eres mi impulso.

Son tantas las personas que, de alguna manera, me ayudan a que las novelas que sueño se hagan realidad que, una vez más, estas líneas finales resultan exiguas. Doy las gracias, por supuesto, a mis padres; a toda la familia y amigos que me apoyan; a Ángel, por sus lecturas, comentarios y correcciones; a quienes colaboran en presentaciones y eventos de toda índole; a mis seguidores; de nuevo, a los lectores… En especial, este volumen se lo dedico a Pilar Lahuerta, amiga a la que siempre imagino en el barrio de Hornos, trabajadora incansable y no reconocida como bien merece, quien, además de artífice de las portadas de estos libros, es una consejera y confidente insuperable. Soy afortunado por tenerla a mi lado.

No dejo de trabajar en *Ciudad Fortuna*. Una continuidad importante relaciona los tres primeros libros. En el tercer volumen, titulado provisionalmente *Destellos de oscuridad*, que se inicia varios meses después de este, Alexander encontrará muchas respuestas, no todas ellas agradables. El tiempo oscilará para que averigüemos qué le ocurre a esta urbe tan fascinante que, de pronto, queda reducida a la imagen del epílogo que has leído. Y estoy seguro de que te habrás fijado en un detalle primordial: hemos salido de la ciudad. Ese nuevo horizonte se expandirá. Hallaremos novedosas perspectivas. Descubriremos qué se esconde más allá.

¿Continuarás conmigo este viaje?

David F. Cañaveral
Aranjuez, 2014-2015

ÍNDICE